立 足 当 代

贯 通 古 今

融 合 新 旧

兼 顾 中 外

ZHONGHUA
SHICI
YANJIU

中华诗词研究

中华诗词研究院 复旦大学中文系 / 编

第六辑

中国出版集团 东方出版中心

目　录

诗学建构

1　欧阳修与朱自清"以文为诗"的差异与成因 ……………洪本健

23　校正诗歌观偏弊　确认"诗明理"之正当性 ……………陈友康

39　声歌之道
　　——构建新时代中国音乐文学体系 …………………杨　赛

48　从酬唱看传统诗词的独特价值 …………………………洪峻峰

57　专题文献的整理与诗词学研究的深入
　　——国家社科基金重大项目"明清唱和
　　诗词集整理与研究"综述 ……………………………姚　蓉

诗史扫描

72　20世纪词论的发展进程及其反思 ………………朱惠国　付　优

84　民国沪上词坛的双子星座
　　——陈小翠与周炼霞 …………………………………赵郁飞

102　晨风庐诗人群与民初沪上遗民社团的新变 ……………李　昇

115　台湾诗余与大陆社团的交流与互动
　　——以南社、虞社为主 ………………………………许俊雅

136　结社每分韵，江湖重诗人
　　——台湾传统诗社的诗史价值 ………………………简锦松

158　中国新诗格律化独特的尝试
　　——论赵朴初的"自度散曲" ………………………石钟扬

169　论顾随的诗歌理论与创作 ………………………………王　春

186　论臧克家旧体诗与古典诗歌之关联 ……………………李　沛

206 当代田园竹枝词与新田园诗歌 ……………………………姚泉名

报刊诗词

217 论近代澳门报刊与诗词演变 ………………………赵海霞
228 论民国报刊词话的特点和价值 ………………………付 优

诗教纵横

245 唐宋律诗尾联处理的功夫 ………………………查洪德
263 全国统编本中小学语文教材古诗词的解读与教学 …………周建忠

中外交流

280 晚清江南文人在神户的诗文交流
   ——以水越耕南《翰墨因缘》为中心 ………………蒋海波
308 论叶松石与明治诗坛盟主森春涛的汉诗交流与唱和 ………黄仁生
326 余达父旅日期间的诗歌创作与唱和活动 ………………吴留营

339 编后记

欧阳修与朱自清"以文为诗"的差异与成因

洪本健

【摘　要】　欧阳修、朱自清皆"以文为诗",从赋与比兴的运用、谋篇布局的精巧、魅力无穷的想象、浓烈感人的抒怀四个方面加以比较,欧诗均强于朱诗。原因在于欧有长年累月不间断的创作和精益求精的磨砺,丰富的社会活动经历使他能既有广度又有深度地反映现实生活;相对而言,朱的活动天地偏小,眼界欠开阔,新诗数量又少,难有大手笔的佳作。"以文为诗",唐人仅发其端,欧尚有大展身手的余地;而朱的新诗创作,能摆脱旧诗的影响,已属不易,白手起家,筚路蓝缕,故更应看到他的成绩。

【关键词】　欧阳修　朱自清　以文为诗　差异与成因

　　欧阳修与朱自清分别是我国古代与现代著名的散文家和诗人。他们所擅长的诗文两种体裁的创作又互为影响,不仅"以诗为文",留下了《醉翁亭记》《荷塘月色》等堪称散文诗的杰作,而且都很重视"以文为诗"。朱自清"主张诗应该散文化的,所以他喜欢宋诗"[1],欧、朱创作了《水谷夜行寄子美圣俞》《毁灭》等广受赞誉的诗篇,在文学史上留下了浓墨重彩的一笔。

　　我国诗歌的发展,以《诗经》发端,历先秦、汉魏六朝,到唐代,

---

[1] 王瑶:《念朱自清先生》,见郭良夫编《完美的人格——朱自清的治学和为人》,清华大学出版社2003年版,第26页。

攀上了辉煌灿烂的高峰。清人蒋士铨云:"宋人生唐后,开辟真难为。"[1]
作为宋代文坛的盟主和享誉后世的一代文宗,欧阳修在诗歌革新的道路
上披荆斩棘,奋进不懈,追随前代大师韩愈的"以文为诗",有诸多富
于散文化和议论化特色的诗作传世,推动宋诗的发展,弹出了既有亮丽
的风采神韵,又有睿智的理性思维的迥异于"唐音"的"宋调"。他的
后继者苏轼,更是后来居上,继续引领时代潮流,有更多富于"宋调"
的诗篇流传千古。苏轼的巨大贡献,与欧阳修的开辟之功,一同载入了
古代文学发展的史册。

朱自清是"五四"新诗坛上出现的引人瞩目的群体之一员。他虽然
不是最早的开拓者,但十分难得的是,他较多地摆脱了旧诗的束缚,同
时也注意吸收我国传统的诗歌技巧,致力于具有民族风格的白话新诗的
发展。他不仅有以《毁灭》为代表的新诗创作,而且有《新诗杂话》等
理论著作。作为文学研究会的最早成员之一,朱自清与叶绍钧、俞平伯
等成立了我国首个新诗社团,即中国新诗社,出版了《诗》月刊。他
为《中国新文学大系》编选诗集部分,并撰写导言,为新诗的发展作出
了卓越的贡献。如果说欧阳修引领了北宋诗歌革新,在由"唐音"转向
"宋调"上居功甚伟的话,那么,朱自清积极投身新诗的创作,在由古
典诗歌转向白话新诗的发展上,也有卓越不凡的建树。

既"以诗为文",又"以文为诗",且文强于诗,是欧、朱二人的共
同特点,但从对诗歌发展的影响来看,他们"以文为诗"的主张,尤其
是创作实践,得到了当时和后世不少的认同和呼应,作用巨大。以下试
从赋与比兴的运用、谋篇布局的精巧、魅力无穷的想象、浓烈感人的抒
怀四个方面,比较分析两位著名诗人所做的努力和存在的差异。

一、赋与比兴的运用

《诗经》的表现手法为赋、比、兴。据朱熹《诗经集传》:"赋者,
敷陈其事而直言之者也";"比者,以彼物比此物也";"兴者,先言他物
以引起所咏之词也"。[2]所谓"赋",意即铺陈、直言,是文的最主要的

---

[1] 蒋士铨:《辨诗》,见《忠雅堂诗集》卷十三,成都刻本。
[2] 朱熹:《诗经集传》卷一《葛覃》《螽斯》《关雎》注,《文渊阁四库全书》本。

表现手法，更是"以文为诗"题中应有之义；"比"属引物连类，即比喻，有明喻、暗喻、借喻、博喻；"兴"即起兴。比兴对讲究形象思维的诗歌来说，是十分重要的。我们先看欧诗《水谷夜行寄子美圣俞》：

> 寒鸡号荒林，山壁月倒挂。披衣起视夜，揽辔念行迈。我来夏云初，素节今已届。高河泻长空，势落九州外。微风动凉襟，晓气清馀睡。缅怀京师友，文酒邀高会。其间苏与梅，二子可畏爱。篇章富纵横，声价相磨盖。子美气尤雄，万窍号一噎。有时肆颠狂，醉墨洒滂沛。譬如千里马，已发不可杀。盈前尽珠玑，一一难拣汰。梅翁事清切，石齿漱寒濑。作诗三十年，视我犹后辈。文词愈清新，心意虽老大。譬如妖韶女，老自有馀态。近诗尤古硬，咀嚼苦难嗄。初如食橄榄，真味久愈在。苏豪以气轹，举世徒惊骇。梅穷独我知，古货今难卖。二子双凤凰，百鸟之嘉瑞。云烟一翱翔，羽翮一摧铩。安得相从游，终日鸣哕哕。问胡苦思之，对酒把新蟹。

开头十句，写水谷夜行见闻，为全诗的起兴，引出"缅怀京师友，文酒邀高会。其间苏与梅，二子可畏爱"，均紧扣诗题。接着"篇章富纵横"六句，叙写苏舜钦的豪放不羁。又用"譬如千里马"四句比喻苏诗气势旺盛，笔力劲健，值得珍惜。而后转写梅尧臣，"石齿漱寒濑"喻梅诗如寒泉漱石，沁人心脾；"譬如妖韶女，老自有馀态"和"初如食橄榄，真味久愈在"的比喻，赞美梅诗的风度和韵味。末幅，以"双凤凰"喻苏、梅二子，感叹他们遭遇之悬殊，并抒发自己对他们的深切思念。全诗赋、比、兴俱佳，尤多绝妙的比喻，道出了"子美笔力豪隽，以超迈横绝为奇；圣俞覃思精微，以深远闲淡为意"[1]的不同风格，确是精彩动人，久而难忘。

欧另有《读蟠桃诗寄子美》仍是颂扬苏梅二人，以"韩孟于文词，两雄力相当"起兴兼比喻，将唐代的韩孟比拟苏梅，以韩孟"合奏乃

---

[1] 欧阳修：《欧阳修全集》卷一二八《诗话》，中华书局2001年版，第1953页。

锵锵"预示苏梅和鸣亦辉煌。诗中夸奖梅尧臣"老鸡觜爪硬，未易犯其场"，谦称"不战先自却，虽奔未甘降"。继而"更欲呼子美，子美隔涛江。其人虽憔悴，其志独轩昂"。用形象生动的笔墨，充分肯定苏梅诗的艺术价值和历史地位，并对苏氏横遭陷害离京，以致"双凤凰""乖离难会合"，发出深沉的慨叹，充分展现了欧诗善用比兴的功力。

《丰乐亭游春三首》分别以"绿树交加山鸟啼""春云淡淡日辉辉"和"红树青山日欲斜"的美景起兴，引出"鸟歌花舞太守醉""篮舆酩酊插花归"的自得与潇洒，并以"游人不管春将老，来往亭前踏落花"，反衬太守与民同乐之欢欣。

诗人贬官夷陵途中作《晚泊岳阳》诗：

> 卧闻岳阳城里钟，系舟岳阳城下树。正见空江明月来，云水苍茫失江路。夜深江月弄清辉，水上人歌月下归。一阕声长听不尽，轻舟短楫去如飞。

此诗先写"卧闻"钟声，见已"系舟"树下。继而写江面所见，明月当空，云水苍茫。又转写听觉，夜深忽闻"水上人歌"。歌声未尽，却见有轻舟如飞而逝。全诗视觉与听觉的交错描写，道出了遭贬谪中的诗人对陌生环境敏锐的感受和孤寂惆怅的心情。"云水苍茫失江路"，以迷茫的江景寓遭贬失意之情。末尾又化用李白的"两岸猿声啼不住，轻舟已过万重山"，平添无穷的意味。

再看朱自清的诗，《羊群》写道：

> 如银的月光里，/一张碧油油的毡上，/羊群静静地睡了。/他们雪也似的毛和月掩映着，/啊！美丽和聪明！/狼们悄悄从山上下来，/羊儿梦中惊醒：/瑟瑟地浑身乱颤；/腿软了，/不能立起，只得跪着了；/眼里含着满眶亮晶晶的泪；/口中不住地咩咩哀鸣。/如死的沉寂给叫破了；/月已暗淡，像是被咩咩声吓着似的！/狼们终于张开血盆般的口，/露列着巉巉的牙齿，像多少把钢刀。/不幸的羊儿宛转钢刀下！/羊儿宛转，/狼们享乐，/他们喉咙里时时

透出来/可怕的胜利的笑声！/他们呼啸着去了。/碧油油的毡上/新添了斑斑的鲜红血迹。/羊们纵横躺着，/一样地痉挛般挣扎着，/有几个长眠了！/他们如雪的毛上，/都涂满泥和血；/啊！怎样地可怕！/这时月又羞又怒又怯，/掩着面躲入一片黑云里去了！

诗中写的是可怜的"羊群"和凶狠的"狼们"，比喻也好，象征也罢，都很浅显，无疑指受害者与加害者两方，或者说指被欺压以至被杀戮的弱势群体与无比冷酷的残暴统治。在"如银的月光里"，羊群正"静静地睡"，到狼们悄悄地来，张开似钢刀般的狼牙，恐惧的羊群即惨遭宰割，血染草地，以致月亮都"掩着面躲入一片黑云里"。诗人通过拟人、比喻、对比等描写手法，揭露黑暗势力的疯狂，哀悼弱势群体的不幸。当然，主要还是用赋的手法，展示一场惊心动魄的屠杀场面。

《沪杭道中》写雨中所见道路两边的景色：青的是"新出的秧针"，黄的是"割下的麦子"，深黑色的是"待种的水田"，还有"小河缓缓地流着"，河上"窄窄的板桥搭着"，河里小船"横着"，岸旁有人"撑着伞走着"，田里农夫跟着牛"将地犁着"……其他"都给烟雾罩着"，雨还在"一丝一丝地下着"。描写很细致，耐心地铺陈，还是用赋的手法。

《北河沿的路灯》写道：

有密密的毡儿，/遮住了白日里繁华灿烂。/悄没声的河沿上，/满铺着寂寞和黑暗。/只剩城墙上一行半明半灭的灯光，/还在闪闪烁烁地乱颤。/他们怎样微弱！/但却是我们惟一的慧眼！/他们帮着我们了解自然；/让我们看出前途坦坦。/他们是好朋友，/给我们希望和慰安。/祝福你灯光们，/愿你们永久而无限！

城墙上那"一行半明半灭的灯光"自然是光明的象征，给满是"寂寞和黑暗"的人们带来"希望和慰安"。全诗前幅写景，后半议论，意思亦浅显易懂，仍是赋的表现手法。

《别后》是朱自清因家庭经济负担沉重，不得不离别亲人到宁波任教时写的一首抒怀诗：

我和你分手以后，/的确有了长进了！/大杯的喝酒，/整匣的抽烟，/这都是从前没有的。/喝了酒昏昏的睡，/烟的香真好——/我的手指快黄了，/有味，有味。因为在这些时候，/忘了你，/也忘了我自己！/成日坐在有刺的椅上，/老想起来走；空空的房子，/冷的开水，/冷的被窝——/峭厉的春寒呀，/我怀中的人呢？/你们总是我的，/我却将你们冷冷的丢在那地方，/没有依靠的地方！/我是你唯一的依靠，/但我又是靠不住的；/我悬悬的/便是这个。/我是个千不行万不行的人，/但我总还是你的人！——/唉！我又要抽烟了。

此诗可谓典型的散文化加议论化，前半详细地铺叙独处时在"空空的房子"里喝酒、抽烟的无聊，通过"峭厉的春寒呀，我怀中的人呢"的过渡，发了一通"我是你唯一的依靠，但我又是靠不住的"感慨和议论，但不讲比兴，若不是分行排列，这不就是一篇地道的散文吗？

综览欧朱诗集，欧于比兴甚为重视，精彩的比兴见于诸多诗篇。像《奉答子华学士安抚江南见寄之作》和《南獠》那种直白地叙述治国之道与交战经过，极少比兴而多平铺直叙的作品毕竟较少；而朱诗擅长用赋的手法，如《旅路》的自我倾诉内心的失望，《人间》的纯凭对话或外在描写以见人物心灵，《转眼》的初到杭州任教情景的冗长叙事，《星火》的关于卖酥饺儿小伙子家庭不幸的记述，《宴罢》中为宾客服务忙前忙后不得喘口气的阿庆的描写，皆是大段的直言、铺陈，而比兴手法欠缺，则难以对读者产生更大的吸引力。

二、谋篇布局的精巧

欧诗在谋篇布局上颇为用力，《千叶红梨花》即是例证：

红梨千叶爱者谁，白发郎官心好奇。徘徊绕树不忍折，一日千匝看无时。夷陵寂寞千山里，地远气偏时节异。愁烟苦雾少芳菲，野卉蛮花斗红紫。可怜此树生此处，高枝绝艳无人顾。春风吹落复吹开，山鸟飞来自飞去。根盘树老几经春，真赏今才遇使君。风轻绛雪樽前舞，日暖繁香露下闻。从来奇物产天涯，安得移根植帝家。犹胜张骞为汉使，辛勤西域徙榴花。

开头四句强调峡州知州朱庆基对千叶红梨花的好奇与喜爱，通过"一日千匝看无时"的夸张，突出此花的非同寻常。"夷陵四句"称夷陵地偏，气候怪甚，风物多异，少名贵花木，用以衬托红梨花的珍奇。"可怜"六句，赞其"高枝绝艳"而"无人顾"，如今却获得知州的"真赏"。末四句发议，谓红梨花为稀奇之物远在天涯，如何才能似张骞通西域带回石榴一般，将其移植至京城。作者紧扣知州的"好奇""真赏"展开全诗，并将红梨花与西域传入的石榴相媲美，给予深情的礼赞。

《春日西湖寄谢法曹歌》云：

> 西湖春色归，春水绿于染。群芳烂不收，东风落如糁。参军春思乱如云，白发题诗愁送春。遥知湖上一樽酒，能忆天涯万里人。万里思春尚有情，忽逢春至客心惊。雪消门外千山绿，花发江边二月晴。少年把酒逢春色，今日逢春头已白。异乡物态与人殊，惟有东风旧相识。

友人谢景山作诗称颂远赴夷陵的迁客，欧回赠此诗，因景山诗有"多情未老已白发，野思到春如乱云"句，故欧称"参军春思乱如云，白发题诗愁送春"，赞景山"万里思春尚有情"，而言"忽逢春至客心惊"，此"客"乃夷陵迁客，欧之自谓也，实道出了对官场浮沉人生坎坷的感慨。前八句写对方，后八句写自身，中间两个"万里"绾连前后，又有"东风""白发"一再地呼应，将两地春色的描画和互赠佳作的深情融为一体，布局何其巧妙！

《边户》诗云：

> 家世为边户，年年常备胡。儿僮习鞍马，妇女能弯弧。胡尘朝夕起，虏骑蔑如无。邂逅辄相射，杀伤两常俱。自从澶州盟，南北结欢娱。虽云免战斗，两地供赋租。将吏戒生事，庙堂为远图。身

居界河上，不敢界河渔。

欧出使契丹时，在北部边境看到，宋、辽订立"澶渊之盟"后，爱国的边户成为最大的受害者，他们不仅交税加倍，连界河捕鱼的权利也被剥夺。本诗共四节，每节四句，依次叙写边户习武、边户能战、朝廷议和、边户心寒。不满朝廷软弱无能和苟且偷安的诗人，将习武能战的边户与畏敌如虎的朝廷，作为对立的两方组成全篇的架构，形成底层百姓与高居庙堂者不同态度的鲜明对比，以通俗平易的语言展示出来，表达了对屈辱外交的不满和对边户人家的深切同情。

又有《早朝感事》云：

疏星牢落晓光微，残月苍龙阙角西。玉勒争门随仗入，牙牌当殿报班齐。羽仪虽接鸳兼鹭，野性终存鹿与麛。笑杀汝阴常处士，十年骑马听朝鸡。

本诗先注目"晓光"中的皇宫，接着描叙早朝时的礼仪，然后用妙对展现人在班列而思接颍州的心理，末以或遭汝阴处士讥笑的议论作结。特别要指出的是，颈联由"鸳兼鹭"带出"鹿与麛"，属对工整，过渡自然，从宫廷转向村野，从"早朝"转向"感事"，见思颍之急切，真生花之妙笔。综览全诗：写景气象庄严，场面十分壮观，抒怀磊落风趣，构思极为精巧，起承转合，一气呵成。

朱诗的谋篇布局也有特色。第一首白话诗《睡吧，小小的人》，因看到"西妇抚儿"的美丽画图有感而作，此诗由"睡吧，小小的人"领起五个小节，首节写明月照着小儿，微风送来花香，营造了相当温馨的环境；次节描述小儿"满头的金发""碧绿的双瞳"，称其为"爱之神"，既写其可爱，又抒发了自己对他的喜爱之情；第三节庆贺小儿享受着月光、花香和母爱，恶魔也不敢来侵扰；第四节揭示幸福来之不易，因为我们"睡在上帝的怀里"，有他"慈爱的两臂""搂着"，还有那"光明的唇""吻着"，这实际上表达了年轻的诗人对美好、光明生活的向往和追求；末节不忘与开头呼应。1919年2月以白话写下的这篇处女作，描摹生动，语调亲切，充满爱意，文情自然流淌，加上首尾呼应，结构十分完整。

《光明》是一首短诗：

> 风雨沉沉的夜里，/前面一片荒郊。/走尽荒郊，/便是人们的道。/呀！黑暗里歧路万千，/叫我怎样走好？/"上帝！快给我些光明罢，/让我好向前跑！"/上帝慌着说，"光明？/我没处给你找！/你要光明，/你自己去造！"

诗歌用第一人称写法，说"我"在风雨交加中夜行，面临"歧路万千"，希望"上帝"指引光明的路，上帝回答："你要光明，你自己去造！"这是通过对话的布局来阐明主题。《旅路》的构思与《光明》的近似，以"倦了""不能上前了"的"我"和"逼迫地引诱我"的"希望"对话，展示"我"无心无力以致"倒在地上"的绝望。

《冷淡》以"他"和"我"的对视和对话组成全诗：

> "像一张碟子"——，/他看着我。/从他的眼光里，/映出一个个被轻蔑和玩弄的我。/他讥讽似地说了些话，/又遮遮掩掩伴笑着；/像利剑刺在我心里。/我恳挚地对他/说出那迫切的要求。/他板板脸听着，/慢条斯理，有气没力地答应，/最后说："我不能哩。"/——又遮遮掩掩伴笑着，去了。/我神经大约着了寒，/都痉挛般抽搐着；/我只有颤巍巍哭了！

此诗写刚出校门到杭州任教的时候，对陌生的环境和人事很不适应，在孤独寂寞的处境中又受到冷遇，竟是那样的辛酸、愁苦和无可奈何！

《人间》先写"蓝褂儿，草鞋儿，赤了腿，敞着胸"的农友，"见了歧路中徬徨的我"，亲热地给予"招呼""指点"，让"我接触着他纯白的真心"；后写"穿的紫袄儿，系的黑裙儿"，"端庄、沉静、又和蔼的"年轻女性，"在我车子过时"，"随意地看我，我回过头时，她还在看我","再三看我",让"我接触她浪漫的真心"。前者是语言的交往,后者是目光的相视,都以"但是,我们并不曾相识"为结语,写出人性温馨之美。这与《光明》《旅路》纯对话的构思相似,不过又增添了"对视"的内容,可谓异曲同工。

《自白》仍延展上述的写法,将"我"和"担子"作为对立的双方展开较量。先说明这是朋友们硬加在"我"肩上的"担子","渐渐将我压扁",然后用担子的语气说,"你如今全是'我的'了"。接着写"我用尽两臂的力"也推不开担子,只能"成天蜷曲在担子下",与外界隔绝。"但是担子他手里终会漏光",让"我"看见了外面多彩的世界,激动得忘乎所以,孰料"担子他的手又突然遮掩来了"。较量的结果,"我"输了。这是诗人不堪生活重压的心理的真实写照。

再看《不足之感》:

> 他是太阳,/我像一枝烛光;/他是海,浩浩荡荡的,/我像他的细流;/他是锁着的摩云塔,/我像塔下徘徊者。/他像鸟儿,有美丽的歌声,/在天空里自在飞着;/又像花儿,有鲜艳的颜色,/在乐园里盛开着;/我不曾有什么,/只好暗地里待着了。

这是用双向博喻作对比,歌颂光明伟大,感叹自身不足的杰作。"他"是作者崇敬的英雄或崇高人格的化身。跟光辉灿烂的太阳相比,"我"是暗淡的烛光;跟浩瀚无边的大海相比,"我"是细小的支流;跟耸入云天的高塔相比,"我"是徘徊、仰视着的追随者;跟自由在天空飞翔的鸟儿与盛开的鲜艳花儿相比,"我"确实"不曾有什么,只好暗地里待着了"。

由以上几首诗的分析中,可以看出,作者十分擅长用双方对话、对视,以及行为的较量、人格的对比,或兼以拟人、比喻的修辞,作为谋篇布局的手段。

纯写景、纯抒情、纯议论的结撰,在朱诗中也常见。

《静》是纯然写景之作:

淡淡的太阳懒懒地照在苍白的墙上；/纤纤的花枝绵绵地映在那墙上。/我们坐在一间"又大、又静、又空"的屋里，/慢腾腾地，甜蜜蜜地，看着/太阳将花影轻轻地，秒秒地移动了。/屋外鱼鳞似的屋；/螺髻似的山；/白练似的江；/明镜似的湖。/地上的一切，一层层屋遮了；/山上的，一叠叠青掩了；/水上的，一阵阵烟笼了。/我们尽默默地向着，/都不曾想什么；/只有一两个游客门外过着，/"珠儿"，"珠儿"地，雏鹰远远地唱着。

此诗作于杭州城隍山四景园。先通过阳光在墙上的移动写屋内之景；接着居高临下，写屋外之景，有屋、山、江、湖，又分作地上、山上、水上三部分，再写观感；最后写门外之景，宁静中传来雏鹰的叫声：这是一幅阔大的多层次的美丽图画，突出的是静的特色。前文述及的《沪杭道中》，亦为纯写景之作。

《怅惘》写的是大学毕业走向社会后的心绪：

只如今我像失了什么，/原来她不见了！/她的美在沉默的深处藏着，/我这两日便在沉默里浸着。/沉默随她去了，/教我茫茫何所归呢？/但是她的影子却深深印在我心坎里了！/原来她不见了，/只如今我像失了什么！

诗中的"她"当是诗人原先持有的希望的象征。为了生计踏上社会之后，理想与现实的差距使他产生失望的情绪，巨大的失落感，让他陷入茫然无所之的苦闷之中。此为纯抒情之作。《心悸》写自己的心理活动，渴望太阳、和风、细雨给予温暖、抚慰和滋润，反之亦然，自己也想用暖与爱去报答，但很遗憾，"恕我无力"。这与《怅惘》同属纯抒情类诗。《挽一多先生》则属议论发慨的诗：

你是一团火，/照彻了深渊；/指示着青年，/失望中抓住自我。/你是一团火，/照明了古代；/歌舞和竞赛；/有力猛如虎。/

你是一团火，／照见了魔鬼；／烧毁了自己！／遗烬里爆出个新中国！

诗人用"你是一团火"领起三段排比，歌颂闻一多先生的爱国精神。首段赞其指引青年勇敢斗争，中段赞其弘扬古代学术、文化，末段赞其献身国家新生的伟业。

欧朱的谋篇布局各有特色，比较一下，不难发现，欧更善于变化，方法活泼多样；朱较多运用人物双方的对话、对比等方式构撰诗篇，在写景抒情议论的结合和变化上，与欧相比，似也略逊一筹。

三、魅力无穷的想象

欧有《石篆诗》，诗中写道：

> 我疑此字非笔画，又疑人力非能为。始从天地胚浑判，元气结此高崔嵬。当时野鸟踏山石，万古遗迹于苍崖。山祇不欲人屡见，每吐云雾深藏埋。群仙飞空欲下读，常借海月清光来。

欧在滁州得见珍贵的李阳冰篆《庶子泉铭》，十分欣喜，故有上引一段充满想象的文字。前四句疑阳冰篆字为天地元气所钟，"当时二句"想象字迹系"野鸟踏山石"所留，"山祇"二句言山神勤护卫，神仙"欲下读"，给全诗增添了神奇浪漫的色彩。

《庐山高赠同年刘中允归南康》相传为欧自鸣得意之作，充满丰富的想象是此诗的主要特色：

> 庐山高哉几千仞兮，根盘几百里，巀然屹立乎长江。长江西来走其下，是为扬澜左蠡兮，洪涛巨浪日夕相春撞。云消风止水镜净，泊舟登岸而远望兮，上摩青苍以晻霭，下压后土之鸿厖。试往造乎其间兮，攀缘石磴窥空谾。千岩万壑响松桧，悬崖巨石飞流淙。水声聒聒乱人耳，六月飞雪洒石矼。仙翁释子亦往往而逢兮，吾尝恶其学幻而言哤。但见丹霞翠壁远近映楼阁，晨钟暮鼓杳霭罗幡幢。幽花野草不知其名兮，风吹露湿香涧谷，时有白鹤飞来双。

欧承继韩愈的"以文为诗"，喜排比铺陈，多用险韵，又效法李白的想象奇特、奔放不羁，成就了此一气势充沛、意境动人、开阖自如、长短句交错且杂以骚体的杰作。苏轼《居士集序》称欧阳修"诗赋似李白"，就诗而言，主要指本篇及《石篆诗》等古体诗，像李白那样发挥高度的想象力，有奇特夸张的描绘或议论。

《鹎鵊词》是一篇描写生动又不乏丰富想象的佳作：

> 龙楼凤阙郁峥嵘，深宫不闻更漏声。红纱蜡烛愁夜短，绿窗鹎鵊催天明。一声两声人渐起，金井辘轳闻汲水。三声四声促严妆，红靴玉带奉君王。万年枝软风露湿，上下枝间声转急。南衙促仗三卫列，九门放钥千官入。重城禁籥锁池台，此鸟飞从何处来？君不见颍河东岸村陂阔，山禽野鸟常嘲哳。田家惟听夏鸡声，夜夜陇头耕晓月。可怜此乐独吾知，眷恋君恩今白发。

作此诗时，欧以宰辅、翰林侍读学士的身份参与宫中轮值，晨闻鹎鵊的鸣声，触动思颍之念。"龙楼"四句写深宫幽静，鹎鵊催晓。"一声"四句写后宫内汲水梳妆，里城外众官候朝。"万年"四句写仪仗各就各位，众官次第上朝。以上描绘均真切而形象，如见其状，如闻其声。取鹎鵊鸟为题，以小见大，写出身居深宫将晓时的感受，且将汴京与远在江淮的颍州、将警卫森严的皇宫与颍河岸边的村野联系起来，想象丰富而自然，感慨由衷而深挚，复杂的心理得到活灵活现的展示。既有对早已向往的归隐生活的憧憬，也有难以割舍的君臣情结，实为其时诗人情怀的真实写照。

《梦中作》亦是富于想象的佳作：

> 夜凉吹笛千山月，路暗迷人百种花。棋罢不知人换世，酒阑无奈客思家。

月照千山的凉夜，传来了阵阵的笛声；暗淡无光的路旁，盛开着迷人的百花；对弈的棋局结束，人间已世代更迭；酒尽筵散的时候，宾客分外想家。四个不同的梦境，似毫不相干，却以跳跃的节奏，神奇地串成一首意象朦胧情怀沉郁的七绝。"夜凉""路暗""不知""无奈"，营造出变幻莫测、精彩难再、令人感慨万端的氛围，给人以无尽想象的空间。陈衍评曰："此诗当真是梦中作，如有神助。"[1]

朱自清的诗歌也不乏想象，《小鸟》就是凭借想象而作：

清早颤巍巍的太阳光里，/两个小鸟结着伴，不住的上下飞跳。/他俩不知商量些什么，/只是叽叽呱呱地乱叫。/细碎的叫声，/夹着些微笑；/笑里充满了自由，/他们却丝毫不觉。/他们仿佛在说："我们活着/便该跳该叫。/生命给的欢乐，/谁也不会从我们手里夺掉。"

此诗四行一节，共三节，写两只小鸟欢叫，叫声"夹着些微笑"，"笑里充满了自由"。看，小鸟已成为自由的象征，可以随意地"飞跳""乱叫"，拥有生命赋予的"欢乐"，谁也无法"夺掉"。

《灯光》写于到台州任教之时：

那泱泱的黑暗中熠耀着的，一颗黄黄的灯光呵，我将由你的熠耀里，凝视她明媚的双眼。

其时，诗人离别妻和儿女，一人在外谋生，强烈的孤独感令他陷入心理的"黑暗"之中。对妻子的深切思念，让他居然从黄黄的灯光的闪烁之中，看到并"凝视她明媚的双眼"。这是出于想象的神来之笔。

在颂扬革命者的《赠A.S.》中，他也有气势不凡的想象："你飞渡洞庭湖，你飞渡扬子江；你要建红色的天国在地上！""我想你是一阵飞沙走石的狂风，要吹倒那不能摇撼的黄金的王宫！"

朱自清最丰富和奇妙的想象，是在他的获得甚多好评、影响最大的长诗《毁灭》里。诗的开头是不断地"流离转徙"，"在风尘里老

---

[1] 陈衍：《宋诗精华录》卷一，巴蜀书社1992年版，第42页。

了""衰了"的诗人的自我形象。他感到过往的空虚，是"幻灭的开场"，毅然决然地丢弃之。他以七个"回去！回去"引出充满缤纷意象的回返"自己的国土"的誓言。诗人发挥高度的想象，写"虽有茫茫的淡月，笼着静悄悄的湖面"，"雾露濛濛"，群山"睡了"，萤火虫"乱飞"，"各走各的道"，没必要"缠绵"；写"虽有雪样的衣裙，现已翩翩地散了"，"那活活像小河般流着的双眼"，"也干涸了"，"撇开吧"；"虽有如云的朋友"，"茫茫苍苍里"，"便留下你独个"；"虽有巧妙的玄言，像天花的纷坠"，"我将被肢解在五色云里，甚至化一阵烟，袅袅地散了"；"虽有饿着的肚子，拘挛着的手"，"只觉肢体的衰颓，心神的飘忽"，还在"潜滋暗长"；"虽有死仿佛像白衣的小姑娘，提着灯笼在前面等我，又仿佛像黑衣的力士，擎着铁锤在后面逼我"，"我宁愿回我的故乡"；"摆脱掉纠缠，还原一个平平常常的我"，"我要一步一步踏在土泥上，打上深深的脚印"！诗末是义无反顾、斩钉截铁地声称："别耽搁吧，走！走！走！"诗人将数不清的奇思妙想，融汇成他毁灭所有旧的纠缠、迈向新的生活的宣言书。

欧朱都富于想象，都给诗歌带来了无穷的魅力。相形之下，欧诗在意象的丰富、意境的动人、表达的流畅、用语的凝练等方面，皆强于朱诗。后者在想象的抒发上有稍嫌生硬之处，如《赠A.S.》的"你的言语如石头"；或有形容之不妥，如《挽歌》的"踯躅在那远刁刁荒榛古道"；还有冗长之弊，即使是名作《毁灭》似亦难免，如"虽有如云的朋友"一节，从"互相夸耀着，互相安慰着"到"谁当真将你放在心头呢？于是剩了些淡淡的名字"，再到"倒许有自己的弟兄姊妹，切切地盼望着你"，共用了近三十行文字。

四、浓烈感人的抒怀

欧阳修的情感极为深厚和真挚，其诗文皆富于情感性，浓烈感人的抒怀是欧诗的一个重要特征，在为至爱亲朋所写的诗中，这一点表现得尤为突出。

欧早年在西京洛阳任职，因公事外出并到随州探望叔父，孰料夫人胥氏生子未满月却不幸病逝，欧返洛时已阴阳两隔，悲伤不已，作《述

梦赋》外,又作《绿竹堂独饮》诗以悼亡:

> 人生暂别客秦楚,尚欲泣泪相攀邀。况兹一诀乃永已,独使幽梦恨蓬蒿。忆予驱马别家去,去时柳陌东风高。楚乡留滞一千里,归来落尽李与桃。残花不共一日看,东风送哭声嗷嗷。洛池不见青春色,白杨但有风萧萧。姚黄魏紫开次第,不觉成恨俱零凋。

"人生"四句谓亲人暂时分离还难免伤感,何况此行却成永别!"留滞"与"落尽"的对比,见无限的悔恨。"残花"六句写人亡物在,情何以堪?"哭声嗷嗷""风萧萧","姚黄魏紫""俱零凋",皆以所见所闻写悲。接着情感一转,奇峰突现:

> 予生本是少年气,瑳磨牙角争雄豪。马迁班固泪歆向,下笔点窜皆嘲嘈。客来共坐说今古,纷纷落尽玉麈毛。弯弓或拟射石虎,又欲醉斩荆江蛟。自言刚气贮心腹,何尔柔软为脂膏?

时欧在西京钱惟演幕府,与友人吟诗作文,自许甚高。《答梅圣俞寺丞见寄》云:"词章尽崔蔡,论议皆歆向。文会忝予盟,诗坛推子将。"可谓意气风发,豪气干云,似已远离了伤感。不料"自言"二句再转,由宣泄"刚气"变为抒发悲情:

> 吾闻庄生善齐物,平日吐论奇牙礜。忧从中来不自遣,强叩瓦缶何哓哓。伊人达者向乃尔,情之所锺况吾曹!愁填胸中若山积,虽欲强饮如沃焦。乃判自古英壮气,不有此恨如何消。又闻浮屠说生死,灭没谓若梦幻泡。前有万古后万世,其中一世独蚑蟯。安得独洒一榻泪,欲助河水增滔滔。古来此事无可奈,不如饮此樽中醪。

作者以庄周作比,诉说自己愁更深而悲更甚。"乃判自古英壮气,不有此恨如何消"与前日"予生本是少年气,瑳磨牙角争雄豪"遥相呼应,见受打击之沉重。悲痛至极，只能以酒浇愁作结。

《班班林间鸠寄内》是欧在庆历新政夭折之时写给夫人薛氏之诗。"愤怒出诗人"，诗中郁积着满腔的激愤之情。作诗后，欧即上《论杜衍范仲淹等罢政事状》，言杜、范等乃可用之臣，无可罢之罪，遭政敌诬陷，贬官滁州。说是寄内诗，却从中窥见了政坛上的风云，"孤忠一许国，家事岂复恤。横身当众怒，见者旁可栗"，尽显诗人公而忘私的品格和勤于国事、敢于担当的精神。诗以"班班林间鸠，谷谷命其匹"开头，以"还尔禽鸟性""耕桑老蓬荜"终结，呼应甚妙。全篇不乏生动感人的描绘："窜逐"夷陵、随后"还朝"、再"来镇阳"等经历，展现仕途的波折、凶险与诗人不屈不挠的意志；"沦弃甘共没"的同心、"跬步子所同"的宽慰、"昨日"得家书的挂念、"子能甘藜藿"的理解，又穿插其间，道出了伉俪之间无比深挚的感情。

《重读徂徕集》是怀念、歌颂革新派友人石介的诗作，作者对庆历新政夭折和友人死而含冤的满腔悲愤，见于字里行间，颇有震撼人心的力量。题中"重读"二字看出《徂徕集》在诗人心中的地位和分量。篇首云：

> 我欲哭石子，夜开徂徕编。开编未及读，涕泗已涟涟。勉尽三四章，收泪辄忻欢。切切善恶戒，丁宁仁义言。如闻子谈论，疑子立我前。乃知长在世，谁谓已沉泉。

欧视石介为革新派勇士和亲密的战友，"哭"字发端，悲情难抑。读其书，如闻其声，如见其人，却已阴阳两隔，痛何如哉！全诗历述石介著述之不凡与不朽、遭遇之不公与不幸，强调终有冤情大白之时。诗末曰："我欲犯众怒，为子记此冤。下纾冥冥忿，仰叫昭昭天。书于苍翠石，立彼崔嵬巅。"期待墓志撰成并刻之于石。笔端有力，气势雄健，鸣冤叫屈，无限激愤。许颛评此诗："英辩超然，能破万古毁誉。"[1]富于激情与正义感是其特色，某种程度上弥补了本诗形象性弱的不足。

---

[1] 许颛：《彦周诗话》，见何文焕辑《历代诗话》，中华书局1981年版，第384页。

当然，就以文为诗而言，此篇纯然用赋，议论甚多而略于比兴，不无遗憾。

《哭圣俞》由"昔逢诗老伊水头，青衫白马渡伊流。滩声八节响石楼，坐中辞气凌清秋"开头，到"命也难知理莫求，名声赫赫掩诸幽。翩然素旐归一舟，送子有泪流如沟"结尾，一气呵成，浓郁的悲情贯穿通篇，加上效柏梁体的句句押韵、一韵到底，更将诗人痛彻心扉的悲痛抒发得淋漓尽致，产生感人的艺术魅力。

朱诗的情感也是浓烈的，"为五卅惨剧作"的《血歌》中，就饱含着诗人爱祖国、爱同胞和憎恨帝国主义强盗的火热情感：

> 血是红的！/血是红的！/狂人在疾走，/太阳在发抖！/血是热的！/血是热的！/熔炉里的铁，/火山的崩裂！/血是长流的！/血是长流的！/长长的扬子江，/黄海的茫茫！/血的手！/血的手！/戟着指，/指着他我你！/血的眼！/血的眼！/团团火，/射着他你我！/血的口！/血的口！/申申詈，/唾着他我你！/中国人的血！/中国人的血！/都是兄弟们，/都是好兄弟们！/破了天灵盖！/断了肚肠子！/还是兄弟们，/还是好兄弟们！/我们的头还在颈上！/我们的心还在腔里！/我们的血呢？/我们的血呢？/"起哟！/起哟！"

面对帝国主义屠刀的疯狂和残暴，诗人炽烈的情感，如诗中所形容"火山的崩裂"一般，充满了无与伦比的爆发力。诗人紧扣"血"字，多用三至五字的短句，六字及六字以上的仅有五句，形成短促的句式、有力的节奏，并凭借重复、排比、比喻、拟人等修辞和大量的感叹号，把自己最强烈的爱与恨，像洪流决口似的奔泻出来，给国人带来无比的震撼。

对革命者的赞颂，他热血沸腾，激情难抑，《赠A.S.》写道：

> 地上是荆棘呀，/地上是狐兔呀，/地上是行尸呀；/你将为一把快刀，/披荆斩棘的快刀！/你将为一声狮子吼，/狐兔们披靡奔

走！/你将为春雷一震，/让行尸们惊醒！

连续有力的排比和极其形象的比喻，抒发了对无畏的勇士无比崇敬的心情。

《挽歌》写对已故朋友尧深的怀念：

> "尧深呀，/归来！"尽有那暮暮朝朝，/够你去寻欢笑。/去寻欢笑！/高山上，有着好水；/平地上，百花眩耀；/日月光，何皎皎！/更多少人儿，/分你的忧，慰你的无聊！/"尧深呀，/归来！"

这是诗中仿《楚辞·招魂》抒发伤逝情怀的一段。"尧深呀，归来"为前后呼应，显见作者极为不舍的心情；"尽有那暮暮朝朝，够你去寻欢笑"的日子，你怎么就走了呢？"高山上"的"好水"，"平地上"的"百花"，"皎皎"的"日月光"，这些供你欣赏的景色，难道你都不留恋吗？"多少人儿"愿为你分忧解闷，你怎么一点都不接受呢？一连串的诉说中潜藏着感人的深情厚谊！

《侮辱》诗中，作者直接叙写未能得到一个舱位，又遭人"冷笑嘲弄"时的心情：

> 我觉得所失远在舱位以上了！/我觉得所感远在愤怒以上了！/被遗弃的孤寂哪，无友爱的空虚哪：/我心寒了，/我心死了！/却猛然间想到，/昨晚的台州！/逼窄的小舱里，/黄晕的灯光下，/朋友们的十二分的好意！/便轻易忘记了么？/我真是罪过的人哪。/于是——我心头又微微温转来了；/于是——我才能苟延残喘于人间世了！

诗人不用任何修辞，而是用自白的方式表达内心的愤怒、孤寂和空虚，但一想到昨晚台州朋友们的好意，情感顿时转变，同样用的是自白，"心头又微微温转"了。

　　欧朱都是感情丰富的诗人，都深谙抒情的技巧，都以柔美的风格著称，但就抒怀的委婉动人、手法的变化多样和韵味的悠长不尽而言，欧诗还是胜过朱诗。

　　以上从四个方面分析了欧朱"以文为诗"的差异，那么，产生这些差异的原因何在呢？

　　欧诗收入《居士集》与《居士外集》中共有860多首，最早的《汉宫》等诗，作于初试礼部不中的天圣五年（1027），最晚的应是熙宁五年（1072）临终时作的《绝句》，时间跨度长达45年。长年累月不间断的创作和精益求精的磨砺，对他诗歌水平的不断提高深有帮助。从甲科登第为西京留守推官到身居高位的参知政事，他有丰富的从政经历。一贬夷陵、再贬滁州的谪宦生涯及庆历年间奉命出使河东的地方调查，让他对社会底层的情况有深入的了解；参与庆历革新、嘉祐贡举、出使契丹、赞立英宗等国家大事，又让他对高层的情况十分熟悉，为他的诗歌提供了源源不断、丰富多彩的创作素材。作为宋代诗文革新的领袖，欧阳修不仅具有进步的文学观和熟练的写作技巧，而且具备既有广度又有深度的观察和反映现实生活的本领。

　　据江苏教育出版社1996年出版的《朱自清全集》，第五卷《诗歌编》里有新诗58首，最早是写于1919年的《睡吧，小小的人》，最晚是写于1947年的《题林屋山民送米图卷子》。时间跨度虽有28年，但作品集中写于1919年至1926年，其中1919年有7首（《羊群》列第六首，未注写作时间），1920年有11首（列第六首的《怅惘》、第七首的《沪杭道中》未注写作时间），1921年有17首，1922年有8首，1923年1首，1924年4首，1925年3首，1926年3首。此后直到1933年、1935年、1946年、1947年才各有1首。以通常所说"五四"后民国的三十年中，分三段而言，朱诗的创作主要集中在早期的前七年，计54首；中期、后期仅各有2首。显然，朱诗的数量不多，且多为早期所作。这样，成熟的完美的佳作更是不多，是完全可以理解的。

　　朱自清迫于生计，北大提前毕业后，辗转于浙江、江苏一带的师范学校或中学教书，虽接触了不少同事和众多学生，但生活的圈子限于校园，毕竟狭小。他说："人生如万花筒，因时地的殊异，变化不穷，我们要能多方面的了解，多方面的感受，多方面的参加，才有其真趣可言。"又说："我现在做着教书匠。我做了五年教书匠了，真个腻得慌！黑板总是那样黑，粉笔总是那样白，我总是那样的我！成天儿浑淘淘的，有时对自己活着，也会惊诧。"[1] 所以，他早期诗歌总是写在养家糊口担子的重压下的苦闷，在学校里遇到人事纠葛时的不安，与妻儿别离时的孤独，旅途中来回奔波的烦恼，等等。而到了中晚期，他的精力几乎全放在散文创作上，仅留下四首新诗，著名的也就是《挽一多先生》一首。因此，朱自清不仅仅是诗作的数量远没有他所崇敬的欧阳修那么多，而且与熟悉国家的政治与军事、内政与外交、友朋众多书信不断、文酒诗会应接不暇的欧阳修相比，他的活动天地太小，眼界也不宽，难有大手笔的描绘、震撼人心的吟唱和波澜壮阔的诗章。

当然，同是"以文为诗"，与受到大量古典诗作的熏陶，尤其是得益并效法李白、韩愈等创作的欧阳修相比，朱自清的新诗创作面临太多的空白，白手起家，筚路蓝缕，艰难可想而知，所以我们要更多地看到他的成绩。唐诗辉煌在前，宋诗难以超越，但古体诗和格律诗的样式毕竟已经具备，而"以文为诗"，唐人仅发其端，宋人尚有大展身手的余地。这为欧阳修的创新提供了不可错失的良机，他凭自己的聪慧和勤奋，趁势而上，创造了令人艳羡的文学业绩。

而对朱自清来说，"五四"以后的新诗与古诗的差异，仅仅在运用文言与白话上就截然不同，古诗用典、押韵、多偶对，新诗全没有这些限制，更遑论还有西洋诗作的影响。撰写新诗是前无古人的创造。朱自清虽不是最早写新诗的作家，但他是新诗创作的积极倡导者和勇敢的实践者。王瑶指出："初期的新诗，虽然标示着要靠'语气的自然节奏'，但大都没有脱离旧诗词的影响；朱先生的诗却比较更多地摆脱了旧诗词的束缚，使新诗向前跨了一步。"[2] 这表明朱自清从事新诗创作之不易，大概也是在这一点上，王瑶感慨地认为朱自清的"白话诗却远超《尝试

[1] 朱自清：《"海阔天空"与"古今中外"》，见《朱自清全集》（第1卷《散文编》），江苏教育出版社1996年版，第127页。
[2] 王瑶：《念朱自清先生》，见郭良夫编《完美的人格——朱自清的治学和为人》，清华大学出版社2003年版，第5页。

集》里的任何最好的一首"[1]。

以欧阳修从事古体诗和格律诗的写作来看，他具有现代的朱自清所未具备的有利条件：

一是唱和活动激发了诗歌创作的热情。仅在西京洛阳时的明道元年（1032），欧与友朋互为酬唱的诗歌就有《拟玉台体七首》《和梅圣俞杏花》《昨日偶陪后骑同适近郊谨成七言四韵兼呈圣俞》《和游午桥庄》《嵩山十二首》《和龙门晓望》《和国庠劝讲之什》《陪饮上林院后亭见樱桃花悉已披谢因成七言四韵》《钱相中伏日池亭宴会分韵》《初秋普明寺竹林小饮饯梅圣俞分韵得亭皋木叶下五首》《和谢学士泛伊川浩然无归意因咏刘长卿佳句作欲留篇之什》《和杨子聪答圣俞月夜见寄》《和八月十五日斋宫对月》《张主簿东斋》《河南王尉西斋》《除夜偶成拜上学士三丈》等。古代诗坛的这种创作互动，增强了诗人的写作欲望，磨砺了他们的笔锋，催生了不少佳作。

二是充满悼念之情的挽词丰富了诗歌创作的内容。由于在政坛、文坛广有影响和同僚友朋众多，欧阳修应请写了不少碑铭墓志，也写了不少挽词挽诗挽歌，有为谢绛、宋绶、晏殊、苏舜元、陈动之、刘沆、宋庠、苏洵、谢景平等前辈、同辈而作的，也有为仁宗、英宗皇帝而写的。这些诗作哀悼的人物，不管是国君、上司、同僚或朋友，都与欧有甚为密切的交往，故真情发自肺腑，显于笔端。

三是宫廷文化活动促进了诗歌的创作。欧至和元年（1054）分别为皇帝阁、皇后阁、温成阁、夫人阁作《春帖子词》二十首。至和二年（1055）为以上四阁写了二十首《端午帖子词》。嘉祐二年（1057）作《春日五首》黏诸阁中屋壁，以迎吉祥。四年又作二十首《端午帖子词》。六年作《应制赏花钓鱼》诗，七年有《群玉殿赐宴》诗。欧有如此之多的创作需求和诗艺磨炼的机会，自然是朱自清望尘莫及的，欧诗成就之优于朱诗也是理所应该的。

【作者简介】华东师范大学中文系教授，博士生导师。

---

[1] 王瑶：《念朱自清先生》，见郭良夫编《完美的人格——朱自清的治学和为人》，清华大学出版社2003年版，第5页。

校正诗歌观偏弊
确认"诗明理"之正当性

陈友康

【摘　要】　主流的诗歌观存在一个偏颇，就是把情感性、形象性定义为诗的本质规定性，拒斥诗说理。诗、理对立造成一些弊端，一是对诗史形成遮蔽，二是诗歌功能被弱化，三是误导创作。要从诗史实际和诗的功能出发，确立诗明理的正当性，把明理作为诗的基本职能，与诗言志、诗缘情并提。当代诗词写作要继承诗明理的传统，理直气壮写好说理诗。

【关键词】　诗歌观　诗歌功能　诗明理　正当性　明理内容　明理方式

　　诗歌观即对诗的基本看法，包括关于诗的定义、特征、功能和价值等的观念，是诗学的核心。当代主流诗歌观存在一个偏颇，就是把情感性、形象性定义为诗的本质规定性，是诗的必备条件。不具备此二性，就不是诗，至少不是好诗。这种诗歌观，导致对诗言理的拒斥，对说理诗评价的矮化，不利于我们享用已有诗歌资源，也不利于当下诗歌创作。应该校正这种偏误，科学评判诗理关系，把"诗明理"确立为诗的基本功能和价值之一。

一、诗、理对立造成的弊端

　　诗与理的关系是基本诗学问题之一。"理"简言之，即哲理、思想、观念，是对现象世界及感性经验的抽象，属于知性范畴，强调普遍性和逻辑性，在诗中表现为议论。而"诗"偏于感性，强调通过意象、营造意境含蓄地表达思想情感，突出特殊性即个性，有的也有逻辑性，有的则是反逻辑的，但"反常合道"。二者在观照世界和表达的方式上确实有显著区别，但终极目的殊途同归，就是如何理解、安放人生。在诗与理的关系上，诗学界存在不同看法，主要有对立论和近邻论。

有的论者没有看到诗与理的"同源性"（源于对人生和世界的关切）和归宿的一致性，只注重二者表达方式之不同，认为诗与理势不两立，理似乎成了诗的敌人。诗史上此起彼伏的唐宋诗之争尤其是贬抑宋诗的行为实际上就是不能正确看待诗理关系造成的。先秦两汉人说"诗言志"，志本包括情与理，"在心为志，发言为诗"（《诗大序》），意为诗是内在之情感与理念的语言表达。自西晋陆机倡导"诗缘情"说，情得到凸显。到南宋严羽提出"诗有别趣，非关理也"（《沧浪诗话·诗辨》），诗、理被区隔。明末陈子龙将诗理对立推向极端，说："宋人不知诗而强作诗，其为诗也，言理而不言情，故终宋之世无诗焉。"（《王介人诗余序》，见《安雅堂稿》卷二）直视言理、言情不共戴天，把宋诗一笔抹杀。20世纪以来，强调诗要用形象思维，"诗言理"亦不被待见。这种观点在当代诗论中占主导地位。诗学津津乐道于缘情论、意境论、形象思维论，作诗论诗"以议论为戒"，说理成了诗的负面，明理论自然就没有地位。

情感性、形象性毕竟是诗的鲜明特征，予以凸显，进而高扬缘情论和意境论有其合理性，但绝对化，将诗理对立，排斥或忽视说理性一端，一谈到"诗言理"便皱眉，一看到说理诗就弃若敝屣，就是"真理往前多走了一步"。晚清诗人和诗论家朱庭珍早已指出这是"一偏之曲见"："近人主王孟韦柳一派，以神韵为宗，谓诗不贵用典，又以不著议论为高，此皆一偏之曲见也。"（《筱园诗话》卷一，郭绍虞编选《清诗话续编》）此种"一偏之曲见"在当代仍然延续甚至被强化。拒斥"诗言理"，鄙夷说理诗，产生一些弊端。

一是对诗史形成遮蔽，诗史只看到或只注重缘情、含蓄之作，而忽视或贬低说理诗，"弃置勿道"。各种诗选本很少选说理诗，文学史、诗歌理论著作论及说理诗亦不多，即使有所论及，往往是负面的。中国古典诗歌有强大的抒情传统，也有强大的说理传统。倘若不是局限于读"课本诗""选本诗"来认知古诗，而是直接阅读各代诗总集、别集，我们会发现说理诗比重相当大，"明理"是诗歌写作常态。《诗经》有说理

诗，屈原、陶渊明、谢灵运、王维、杜甫、白居易、韩愈、苏轼、陆游
等人的诗中，都有说理之作或"理语"。西洋诗中也有哲理诗。广泛阅
读诗歌文本之后，再反观诗歌理论将情感性、形象性作为金科玉律，确
实有覆盖面不广、周延性不足的问题。历史上那么多的说理诗被遮蔽和
遗弃，不为读者享用，是精神资源的浪费。

　　二是诗歌功能的弱化。中国古典诗歌重视社会关怀，强调"兴观群
怨"，诗的书写对象和思想内容包含极广，诗的功能有多种面向，并非
只是"吟咏性情"，流连光景。晚清云南著名诗人和诗论家许印芳批评
严羽诗论说："严氏虽知以识为主，犹病识量不足，僻见未化，名为学
盛唐准李杜，实则偏嗜王孟冲淡空灵一派，故论诗惟在兴趣，于古人通
讽谕、尽忠孝、因美刺、寓劝惩之本义全不理会，并举文字才学议论而
空之。"又说："严氏举汉唐为法，于汉唐人鸿篇巨制未能细意寻绎，深
探原本，启迪后学，正是见诗不广，参诗不熟。所取兴趣，大抵流连光
景、风云月露之辞耳，何足贵乎？"[1]严羽诗论被多数论者奉为密谛和圭
臬，"论诗惟在兴趣"主导诗歌评价。浅识者把诗的表现对象收缩于吟
风弄月和一己之喜怒哀乐，诗的社会关怀（通讽谕、尽忠孝、因美刺、
寓劝惩）被弱化，诗的价值亦被削减，地位因之下降。

　　三是对创作形成误导。因为缘情论、意境论笼罩诗坛，明理被视
为诗歌禁区或歧途，作诗"竟以议论为戒"。宋诗以思理见长，而"自
'不读唐以后书'之论出，苟称其人之诗为宋诗，无异于唾骂"（叶燮
《原诗·内篇》）。写作者就不愿或不敢理直气壮地在诗中言理，说理诗
写作就趋于沉寂，传统诗歌中写景、抒情、叙事、说理分镳并驰的情景
不复再现，当代很不容易读到思理精湛、气盛言宜的哲理诗，诗便不免
单调。朱庭珍《筱园诗话》卷一："自宋人好以议论为诗，发泄无余，神
味索然，遂招后人史论之讥，谓其以文为诗，乃有韵之文，非诗体也。
此论诚然，然竟以议论为戒，欲尽捐之，则因噎废食，胶固不通矣。"
这是通达之论，既指出"好以议论为诗"之弊，也指出摒弃议论之害。

　　为了克服这些弊端，必须重新审视诗与理的关系。

---

[1] 许印芳：《世法萃编按、跋》，见张国庆《云南古代诗文论著辑要》，中华书局
　　2001年版，第178页。

二、确立"诗明理"的正当性和必要性

诗理关系，换言之即文学与哲学的关系，二者当然有很大不同，但也有交叉重叠之处：它们都以自然、社会和人生为关注对象，重视形而上之道，重视超越性，以省察事物的核心为天职。它们的终极目的都是提升人的生命境界、生存质量和幸福感。苏格拉底说"未经省察的人生，是不值得过的"，文学和哲学就是"省察人生"的方式，"理"则是省察的结果。哲学是爱智之学，诗也是智慧和情感的结晶，它们让人美好和聪明，把二者割裂乃至对立，是不明智的。诗学在高扬缘情论、意境论的同时，基于"近邻论"，应该肯定明理论。

从诗的存在意义出发，诗学应把"明理"确立为诗的基本职能和价值。《诗大序》说："诗者，志之所之也。"志包括意志、情感，意志就属"理"的范畴。此定义已经蕴含了"明理"是诗的题中之义。叶燮《原诗·内篇》拈出"理、事、情""三语"作为诗之要素，"三者缺一，则不成物"。诗缺"理"，亦难成诗。海德格尔深入思考"思"与"诗"的关系，强调"思诗合一"，明确提出"诗歌与哲学是近邻"的命题："歌唱与思想同源，都是诗的近邻。它们出自存在，通达存在之真理。"（《从思想的经验而来》）"思想"就是"理"，"通达真理"就要表达真理。又说："诗的本质是真理之创建。"[1]郑敏高度认同海德格尔的观点，说"没有哲学的诗歌没有思想"[2]，指出诗要带着智慧和思考。老舍提出"诗是表现人类最高真理"的观点，明确把"诗明理"与"诗缘情"并提，将"明真理"定义为诗的功能："诗所以彰正义、明真理、抒至情，故为诗者首当有正义之感，有为真理牺牲之勇气，有至感深情以支持其文字。"[3]又说"诗是文艺的极品，它表现真理"[4]。诗"必求真理至善之

---

[1] 海德格尔著，孙周兴译：《林中路》，上海译文出版社2004年版，第54页。

[2] 姜妍：《92岁"九叶派"女诗人郑敏：中国新文学一直没往前走》，人民网·文史，2013年6月26日。见http://history.people.com.cn/n/2013/0626/c348600-21976654.html。

[3] 老舍：《诗人节献词》，见《老舍文集》（第15卷），人民文学出版社1988年版，第515页。

[4] 老舍：《谈诗——在文华图书馆专校演词》，见张桂兴《老舍旧体诗辑注》，中国国际广播出版社2000年版，第368页。

阐明，与美丽幸福之揭示"[1]。这些论述揭示了诗"明真理"的重要性，也揭示了"缘情"与"明理"的关系，最为精辟[2]。

诗史表明，"诗明理"是客观存在的事实。我国诗史上有大量说理之作，玄言诗、励志诗、咏怀诗、咏史诗、论诗诗、劝学诗、理学诗、佛偈等多是直陈事理；诗中"理语"比比皆是，且往往是"诗眼"，传诵不绝。苏东坡"腹有诗书气自华"（《和董传留别》）说明诗对人的精神气质之塑造作用，它是一个判断，揭示一个"真理"，这就是"理语"。朱熹《鹅湖寺和陆子寿》中之理语"旧学商量加邃密，新知培养转深沉"，阐明治学之道，颠扑不破。宋诗长于言理，"多以筋骨思理见胜"[3]；"宋诗以意胜，故精能"[4]，成为与唐诗并美的两大古典诗歌范型。现代杰出诗人冯至、穆旦、郑敏诗中也有浓郁的哲学意味。因此，诗是否说理不是问题，讲的理好不好，讲的方式好不好才是问题。

"诗明理"就是诗可以用来说理，阐明哲理、思想、观念。诗要对人、自然、社会的各种问题，特别是"对人类的信仰、价值、尊严、道德、大美等价值体系的基本元素"[5]进行深入思考、追问，给出解释，表明观点，揭示真谛，从而启发人们正确处理。马修·阿诺德说："诗的力量是它那解释的力量；这不是说它能黑白分明地写出宇宙之谜的说明，而是说它能处置事物，因而唤醒我们与事物之间奇妙、美满、新颖的感觉，与物我之间的关系。物我间这样的感觉一经提醒，我们便觉得我们自己与万物的根性相接触，不再觉得纷乱与苦闷了，而洞晓物的秘密，并与它们调和起来；没有别的感觉能使我们这样安静与满足。"[6]这解释了诗歌的力量，也就是诗歌的功用：诗根源于人的生命需要，它对

---

[1] 老舍：《诗人》，见《老舍文集》（第14卷），人民文学出版社1988年版，第198页。

[2] 参阅陈友康：《论老舍的旧体诗》，载《中央民族大学学报》2004年第6期；《诗以民族最美的语言表现真理——论老舍的诗歌理论》，载《中南民族大学学报》2010年第6期。

[3] 钱锺书：《谈艺录》，中华书局1984年版，第2页。

[4] 缪钺：《论宋诗》，见《缪钺全集》（第二卷），河北教育出版社2004年版，第156页。

[5] 南鸥：《郑敏访谈：哲与诗的幽光》，见罗继仁等主编《中国诗人》（2012年第3卷），远方出版社2012年版。

[6] 转引自舒舍予：《文学概论讲义》，北京出版社1984年版，第149页。

生命现象和自然现象进行观察、思考、表达，作出解释，使我们窥透人生和自然的奥秘并顺应它，合规律地发展它，从而摆脱蒙昧和焦虑，找到正确的方向和道路，使灵魂得到安顿，使精神得到安适、自由和快乐，也增强我们感知、发现、享用、珍惜生命和自然之美的能力，实现日常生活审美化，让人"诗意地栖居在大地上"。

诗传达的理给人教益。诗通过是非、美丑、善恶的评判，帮助人建立正确的世界观、人生观和价值观。刘勰《文心雕龙·明诗》说诗"顺美匡恶，其来久矣"。古人强调诗教，即缘于此。诗总结人生智慧，通过对"理"的澄明，把人生的价值和美彰显出来，让生活、生命超越平常、平庸、琐屑，变得优美、雅致，让生活更值得过。诗能高尚志气，开拓心胸，涵养爱心，从而升华人的精神境界，使个人生活更有品位和意义。它使人与人的关系更加温暖、美好，人与自然的关系更加和谐。"诗是惟一代表人类真理的东西，所以能够表现真理的人，我们就叫他做诗人。人类总是向光明走的，诗就表现了这光明的最高真理，所以我们喜欢诗。"[1]诗的价值取向始终应该是正面的、向上的和积极的，让人认识和坚守生命的真理，把人导向高尚、纯洁和自由。"思者道说存在，诗人命名神圣。"[2]

因此，"明理"是诗的基本职责，它使诗具有思想深度和精神高度。"苏门四学士"之一张耒《与友人论文，因以诗投之》说："理强意乃胜，气盛文如驾。气如决江河，势顺乃倾泻。"这是论文，也是谈诗，"理强"使诗"意胜"，即思想美好超卓，有强大精神力量。"气盛"也包含精神力量之强大，它可以如江河决口，滔滔滚滚。彰显缘情论、意境论非常重要，但不必以蔑弃"明理"为代价。诗缘情、诗明理并提，对诗的职能和价值的概括才全面。"明理"拓展了诗的思想境界，增添了诗的智性之美，丰富了诗歌的功能。理直气壮地承认"诗明理"的必要性和正当性，才能正确评价诗中的说理诗，历史上大量的说理诗的价值才能得到开显，当下诗歌创作也才能走上更广阔的道路。

---

[1] 老舍：《谈诗——在文华图书馆专校演词》，见张桂兴《老舍旧体诗辑注》，中国国际广播出版社2000年版，第368页。
[2] 海德格尔著，郜元宝译：《人，诗意地安居》，上海远东出版社2004年版，第36页。

三、诗所明之理

"理"用中国术语表述，就是"道"，简言之即事物之内在本性和规律。掌握"道"或规律，让人自由快乐，"能给我们自由的惟有规律"（歌德十四行诗《自然与艺术》，杨武能译）。理或道包罗至广，"物物皆有性，便皆有其理"（《朱子语类》卷九十七）。诗中表现的道主要有自然之道、人生之道、治国之道、历史之道、艺术之道、审美之道等。诗中的理或"道"，有的是自家感悟所得，有的是重申、印证先哲训诲，谈得好，都能给人教益。

自然之道，即表现自然的本性和运动的规律，以及人与自然相处的原则。中国古典诗中，大量的写景诗往往以感性形式呈现自然之道，也有的诗直接言说自然之道。此类诗着眼自然，而落点在人如何与自然相处，"赞化自然"。朱熹《西铭解》解释"物吾与也"说："凡有形于天地之间者，若动若植、有情无情，莫不有以若其性、遂其宜焉。此儒者之道，所以必至于参天地、赞化育，然后为功用之全。"强调顺应自然万物的各自本性，妥善对待，使万物完善其性。朱子说这是"儒者之道"，其实也是中国诗人对待自然之道：敬畏自然、赞化自然、享用自然。诗人们还进一步将自然之道与人生之道打通，从自然之道中获得人生启示，"纵浪大化中，不喜亦不惧"。

兹以清代昆明诗人李文耕《丙寅春日》为例。李文耕（1761—1838）嘉庆壬戌（1802）进士，屡官至山东按察使、署理布政使，清廉能干，入《清史稿·循吏传》。服膺宋明理学，坚守儒家正大光明理念，终身以弘扬和践行儒学为志事，成就大儒气象。著有《喜闻过斋全集》。其诗多谈个人道德意志，偏于理性，率真自然，不假浮华。《丙寅春日》（《喜闻过斋全集》卷一二，《云南丛书》本）云：

> 春从何处来？生意惊忽睹。梅柳已争新，江山含媚妩。大哉造化工，一元群汇溥！橐籥本无为，气至机若鼓。顾昔壮冰雪，凋残嗟众苦。岂知由慄寒，酝酿出和煦？斯理环无端，乘除积可数。君子识机先，持盈预兹取。

该诗言说冬天向春天的转换之理。春天在不知不觉间到来，转眼之间，万象更新，江山妩媚，春天赋予万物勃勃生机。诗人感叹造化之伟力，进而探寻春天从何处来？是从冬天的冰雪和荒凉中走来。二者循环，如圆环之无端。于是悟出不必为冬天嗟叹，冬天的严寒孕育出春天的和煦。"一元群汇溥"意为春天的德泽遍布世界："阳春布德泽，万物生光辉。"以道学家的眼光观之，还意味着人心之正气诚意，亦显露于方方面面。"橐籥"两句既指春风轻松改变一切，亦喻指心性涵养达到一定程度，一切水到渠成，自然显露，不必费力推挽。尾联还蕴含"持盈保泰"的人生哲学。这是高明的理学诗。

人生之道，即关于为人处世的道理。人生之道，至为宽广，古代阐发人生哲理的诗也有很多，主要表现儒家刚毅、正大、笃实的人生观、价值观，或佛道随缘任运、飘然物外的情思。大量人生哲理诗强调道德涵育和人格提升、民胞物与情怀、为人的正大光明、对国家的忠诚和对社会的责任，强调自强不息、厚德载物精神，崇议宏论，远见卓识，启人心智。明白这些道理，人就能有定见定力，有大胸怀、大眼光、大格局，而走上堂堂大道，人生就坦然、平和、快乐，"穷达两裕如"，笃实而有光辉，人生的价值和美也就能得到充分彰显。

晚清云南诗人金泽曾作《形体诗十二首》，分别歌咏心、发、眉、目、耳、鼻、口、肩、腰、腹、手、足十二种人体器官，写其特点、功能，人们对待它们的态度。选题别致，偏于议论，对人认识自身很有启发。《心》(《交养轩残集》，《永昌府文征》诗录卷三十四)云：

> 灵台只一点，不受点尘侵。从理不从欲，划然判人禽。握此光明镜，时时自照临。何者为大人？不失赤子心。

指出心灵不应受任何尘垢的侵染，要保持干净、光明。人与动物的区别就在于人有理性和道德意志，动物则只有本能欲望；心灵追求理性就是人，如果被欲望吞没，就变成动物。因此，要时常用心灵的明镜鉴照自己的言行，即进行自我省察。伟大的人，是不失赤子之心的人，即始终有率真、纯洁、善良、神圣之心。彰显心灵的纯洁与神圣，实际上就是彰显人的德性崇高。理欲之辨是中国思想史上的重要命题，儒家主流思想主张以理节欲，此诗体现了这一思想。

生死、善恶、美丑、真伪、愚巧、穷达、顺逆、苦乐等人生问题，是诗始终言说的主题。老舍说："诗是表现人类最高真理的东西，它有伟大深厚的情感，能永远让人们落泪、欢快；它从人生的最深处，表现出生、死、苦痛、美。"[1] 云南诗人陆应谷（1804—1857），道光十二年（1832）进士，历任江西巡抚、河南巡抚、黄河河道总督、刑部侍郎等。为官清贫自守，自谓"固穷节不改，庶无负平生"。诗词俱佳，有《抱真书屋诗钞》和《抱真书屋诗余》。其诗以"抱真"为祈向，气骨清俊，真诚自然，温厚悱恻。他写了《观我》诗四首，分别谈生、老、病、死四大问题。"观我"顾名思义就是反观人自身，这就是对人生的"省察"。《死》（《抱真书屋诗钞》卷七，《云南丛书》本）云：

> 人生到此复何言？息我还沾造化恩。久已形骸同物化，肯将嗔爱惹尘根？眼前自觉庄周梦，身后谁招楚客魂？来去分明同撒手，空花映水了无痕。

死亡是人生最大的恐惧，死亡焦虑让人类不得安宁。陆应谷以豁达积极的态度对待死亡，认为人生到死，是永久休息，我们不仅不必痛苦，还要感谢造化的恩泽；如果老早就把自己的形体同化于外物，哪里还会在意世俗的爱恨情仇呢？人生本来就如庄子的蝴蝶梦，又何必在乎死后是否有人招魂呢？所以，来去都不应拘执，要痛快撒手，无声无息地消失。这是张载《西铭》"存，吾顺事；没，吾宁也"的诗化演绎，是对人生的透彻了悟，有助于化解死亡恐惧，坦然面向死亡。

治国之道，即阐述治理国家的理念、原则和方法等。我国历史上有"诗通政"（郑玄）、"诗缘政"（孔颖达）之说，"政"主要关涉国家治理。国家命运关系着每一个个体的命运，表达对国家命运的关切，对国家治理的想法，进而思考个体对国家的责任就是诗的重要主题。

---

[1] 老舍：《谈诗——在文华图书馆专校演词》，见张桂兴《老舍旧体诗辑注》，中国国际广播出版社2000年版，第368页。

清中期云南诗人杨载彤《吾乡云龙州民数万众，山居无田，以煮盐为业。前明于兹，四百余年矣。今岁，伊大中丞（按：伊里布，时任云南巡抚，后任两江总督）欲弃而封之。居民遮道哀求，永昌太守周公澍驰赴省，力争曰："政以民为要，国计次之。"中丞曰："我只知国计，不知道民生。"后复屡求，乃已》（《嶰谷诗草》卷三）谈国家治理之道，诗曰：

> 计国先计民，计民计其生。民非生不立，国非民不成。唐虞道在厚，夏以邦本名。胥匡商训切，保恤周礼精。失民桀纣亡，得民汤武兴。秦汉晋五代，唐宋递元明。国岂山河异？民实休咎征。矧兹隆盛世，四海庆永清。万纸决一狱，命重其余轻。胡为持筹者，刈若草菅萌？旨哉太守言，民安国自平。

长长的标题交代了写作缘起，诗则借此总结历史教训，从"民为邦本"生发，揭示"计国先计民，计民计其生""民安国自平"的思想。历数历代兴衰存亡的事实和先贤的训诲，阐明人民是决定国家吉凶、兴衰存亡的根本因素，执政者若要考虑国家安全，必须首先考虑人民安宁、保障民生的道理。这是历史发展的规律。对伊里布在隆盛之世还试图草菅民命的做法，他予以批评。全诗纯为说理，但议论正大，用心良苦，对治国者有警示作用，是有价值的诗。

历史之道，写历史题材，总结历史教训和社会发展规律。咏史诗、怀古诗中思索、表现历史之道的最多。如乾隆云南诗人赵廷枢《读秦纪》（《滇南诗略》卷二一）：

> 百战余威祀舜还，心教万世有河山。岂知指鹿盈庭日，已报前军入武关。

诗人阅读《史记·秦始皇本纪》，有感而发，指出秦始皇身经百战，建立统一的大帝国，希望子子孙孙世代为皇帝，但二世未终，秦帝国灰飞烟灭，原因是朝廷上谄谀成风，假话盛行，颠倒黑白。此诗与唐人章碣《焚书坑》"竹帛烟销帝业虚，关河空锁祖龙居。坑灰未冷山东乱，刘项原来不读书"异曲同工。秦王朝的倏兴倏灭，留下沉痛的历史教训：奸邪猖獗，正气不彰；摧残文化，愚弄人民，是自取灭亡之道。二诗篇幅短小，而思理深湛，振聋发聩。

审美之道，即探寻审美规律，包括美的标准、审美态度、审美方法等。人怎样去认知、发现、感受宇宙人生之美是哲学和文学的一大问题。诗人告诉我们，要坚信世界和人生的美无所不在，"群籁虽参差，适我无非新"（王羲之《兰亭诗》）；"即事多所欣"（陶渊明《癸卯岁始春怀古田舍》）。宇宙人生固然有残缺、黑暗和丑恶的一面，但不能因此而对圆满、光明和美好的一面失去信心。要确立审美主体性，提高审美能力，以审美的态度观察和感受这种美。只要祛除心灵的自我遮蔽和锢囿，涵育光明俊伟、活泼新鲜的心胸，以审美的眼光看一切，则宇宙人生之美就会最大限度开显，那么人生自会"欣然自足"，快乐美丽。

兹以明代诗人侯必登（1514—1587）诗为例。侯必登，云南江川人，明嘉靖三十八年（1559）进士，历官潮州知府、江西参政等。人品、才能一流，为海瑞所敬佩。著有《金碧草》。其诗激昂磊落，自写胸怀，读之使人油然生忠孝之心，而动慷慨之志。《滇南望》（《滇诗丛录》卷六，《云南丛书》本）云：

> 荡荡昆明池，澄光镜苍昊。流沃泽群品，吞吐炳二曜。金马迥东峙，碧鸡秀西抱。太华何岧峣？历览并佳妙。佳妙在心领，动静匪殊道。太虚随鸢飞，深渊任鱼跃。万物各自适，一机本真造。达观感此心，超御从所好。振衣岱宗巅，濯足溟渤澳。俯仰天宇阔，倏然发长啸。

此诗景情理俱佳，通体透亮，写得极美。首先是以滇池为中心描写昆明自然景物之美。滇池浩瀚，湖水清澈，吞吐日月。滇池水惠及"群品"，万事万物生机盎然。滇池周边耸峙着金马山、碧鸡山。各种景物，"历览并佳妙"。然后写自然景物的"佳妙"要靠"心领"，即靠人去感受，突出人的主体精神对于感悟美、发现美的重要性。感受美的心灵要"达观"，要高远脱俗。有此心灵，则能观察到世界广大，万物各得其所、美不胜收。结尾四句豪情四溢。

四、诗"明理"的方式

诗明理的方式，无非两大类，一是采用比兴手法，"赋物以明理"，融理于写景叙事。常见的为景中寓理、借事明理两种情形。二是直陈义理。

写景明理，理趣盎然。即借助景物描写寓托道理。这类诗景中寓理，景理水乳交融，意味隽永。人们熟知的有苏轼《题西林壁》、朱熹《春日》《观书有感》。《题西林壁》："横看成岭侧成峰，远近高低各不同。不识庐山真面目，只缘身在此山中。"表现人的认知受到所处环境和观察角度的制约，只有跳出制约，才能看清事物的真面目。哲理深湛，思辨性强。《春日》："胜日寻芳泗水滨，无边光景一时新。等闲识得东风面，万紫千红总是春。"一般人把它当写景诗看，按照接受美学原则，固无不可，但朱子实际要表达的是，获得孔子的思想和智慧，亦即儒家之"理"，心中明澈，正气充盈，看到的就是一个生机勃勃、绚丽缤纷的世界。"鸟语花香即秉天地浩然之气；而天地浩然之气，亦流露于鸟语花香之中。"[1]《观书有感》："半亩方塘一鉴开，天光云影共徘徊。问渠那得清如许？为有源头活水来。""昨夜江边春水生，艨艟巨舰一毛轻。向来枉费推移力，此日中流自在行。"阐明读书是获取知识的路径，知识是思想的源头活水，知识、思想让心胸和眼光澄澈，让主体满盈活力，得"大自在"。罗大经《鹤林玉露》就说此二诗"借物以明理"。钱锺书指出此类诗最符合黑格尔的美学原则："黑格尔以为事托理成，理因事著，虚实相生，共殊交发，道理融贯迹象，色相流露义理。""共"是共相，即普遍之理。"殊"是殊相，即具体事物。"共殊交发"意为普遍之理支配具体事物，而具体事物又呈现了普遍之理。这类诗"理""趣"浑然一体，是说理诗的高境界，它的美，向无异词。

借事明理，理事圆融。即借助事物说明道理，或根据一定的经历、事件，概括出道理，达到事、理统一。这种方式又有两种情形：一是短诗，往往叙事而含议论，议论而兼叙事，事理不二。苏东坡《琴诗》：

---

[1] 钱锺书：《谈艺录》，中华书局1984年版，第232页。

"若言弦上有琴声，放在匣中何不鸣？若言声在指头上，何不于君指上听？"借弹琴事阐明美产生于主客观统一这一重大美学思想。二是有些较长的诗，以叙事为基础，以"理语"点明道理，叙议结合，如杜甫《自京赴奉先县咏怀五百字》。借事明理，理来得自然，感染力、说服力强。再以张汉《归兴》和歌德《守望者之歌》为例。

张汉（1680—1759），字月槎，康熙五十二年（1713）进士，历官翰林院检讨、河南（今洛阳）知府、山东道监察御史。人品高洁，人称"月槎清节"。才华富艳，好学沉思，诗文风发泉涌，出笔天然，典赡风华，有《留砚堂诗集》80卷，"文采风流，照耀人世"。《归兴》（《留砚堂诗钞》卷三，《云南丛书》本）云：

> 斜风细雨即须归，客子乘舟一叶微。莫到急流方勇退，水波平处橹如飞。

这是一首哲理小诗，通过乘船获得感悟，告诫人们平时不要急于冒进，在激流中遇到危险才想到后退，那时可能就没有退路了。要在斜风细雨的时候就平稳抽身。这对人们为人处世是一种警醒，对热衷躁进、得意忘形的人更是一副清凉剂。

西洋诗中也有类似的写法。歌德《守望者之歌》（梁宗岱译本）：

> 生来为观看，矢志在守望，受命居高阁，宇宙真可乐。我眺望远方，我谛视近景，月亮与星光，小鹿与幽林，纷纭万象中，皆见永恒美。物既畅我衷，我亦悦己意。眼呵你何幸，凡你所瞻视，不论逆与顺，无往而不美！

前面写主人翁眺望远方，谛视近景，看到月亮、星光、小草、树林，后二句抽绎出宇宙万象均有其永恒之美的观点。梁宗岱说它有"宇宙意识"，"展示出一个旷邈、深宏，而又单纯、亲切的华严宇宙"[1]。无后二

---

[1] 梁宗岱：《李白与歌德》，见《诗与真·诗与真二集》，外国文学出版社1984年版，第114页。

句，前面的叙事和写景便没有多少意义，恰恰是这两句"理语"，让其精神顿出，升华了诗的思想境界。最后说，美充盈世界，人能享受它，是何等幸运。精湛美好的哲理使之成为传诵世界的杰作。

陈义理，理直气壮。即直接阐明诗人的思想观念，以议论为诗。赵翼《论诗》"李杜诗篇万口传，至今已觉不新鲜。江山代有才人出，各领风骚数百年"是这方面的名篇。再以近代著名教育家、文学家和书法家陈荣昌作品为例。

陈荣昌（1860—1935），字小圃，号虚斋，昆明人。光绪九年（1883）进士，历官翰林院侍讲、贵州学政、山东提学使、昆明经正书院山长等。诗为滇省大家，袁嘉谷《卧雪诗话》卷三云："小圃师诗以笔胜，以局胜，以气胜。悟韩文法为诗法，近百年无此作也。"著有《虚斋诗稿》《虚斋文集》《虚斋词》等。《自策》（《虚斋诗稿》卷四，《云南丛书》本）是一组励志诗，共8首，兹选2首：

> 一生大事在持躬，不在争名夺利中。豪杰心肝藏热血，圣贤骨干耐奇穷。只求自了真无用，一受人怜便不雄。撑起脊梁立定脚，好还正气与苍穹。

> 一拳莫说太凶顽，打破人间义利关。从此清明心似水，任他重大事如山。性天以外无尧舜，师友之间见孔颜。倘失这条真血路，哀哉弱丧不知还。

第一首指出保持操守是人生中最大的事情，人生的意义不在争名夺利，而在以一腔热血有所作为。"正气"是宇宙所赋予，人必须守住正气，挺直脊梁，站稳脚跟，正大光明，才对得起宇宙，俯仰无愧怍，这就是"好还正气与苍穹"的意思。它包含着孟子的思想，也用了文天祥《正气歌》的内容，《正气歌》说"天地有正气"正是这句诗所本。孟子说，浩然之气"配义与道"，没有正义和天道的支撑，气就消散了，人也就变得怯懦、软弱和猥琐，心地狭隘、污浊，失去了主体的自主和自由。第二首说人生之中，必须打破义利关，才能保持澄明的心灵，坦然面对任何大事。义利之关不破，便会陷于锢蔽，丧失自我，堕入万劫不复的深渊。这是一条血路，不管多痛苦艰难，都要杀出来。二诗大气磅礴，豪情至理喷薄而出，体现君子人格、丈夫气概，让人热血沸腾。贺宗章评曰："语语有物，绝似邵尧夫、朱晦翁、王阳明诸儒先师。圣贤学问，一气沆瀣，心悦诚服，不觉俯首之至地也。"（《虚斋诗稿》卷四批语）风格属宋诗一路，以思理见长。

这类诗历来饱受诟病。李梦阳《缶音序》（《空同子集》卷五二）说："夫诗比兴错杂，假物以神变者也。宋人主理，作理语。诗何尝无理？若专作理语，何不作文而作诗耶？"沈德潜《国朝诗别裁集》"凡例"云："诗不能离理，然贵有理趣，不贵下理语。"他们都承认诗中有理，难能可贵，但反对诗中出现"理语"，"理语"即直接说理的句子。理语被称为"理障"。一首诗以说理为主，就是"专作理语"，更是"理障"。胡应麟《诗薮·中》说："程邵好谈理，而为理缚，理障也。"以说理为主的诗，向来不被看好，甚至不被承认是诗，钱锺书俏皮地称之为"押韵的文件"[1]。

富于理趣的诗自然是说理诗的上乘，但我想指出的是，纯然说理的诗也有佳作，诗可以通篇说理，即"专作理语"。关键是所说之理要好，要说得独到、深刻、真诚。理有正邪优劣，只要所说之理正大光明，"表达传播的是崇高、进步的、阐明真理的思想"[2]，即使是人们反复言说的思想，也有其价值。人类有些基本问题、基本原则，需要不时面对、不断言说，以强化、提醒，让人认识和坚守生命的真理，把人导向高尚、纯洁、丰富和自由。上引《心》《死》《计国先计民》《自策》诸诗都是"专作理语"，没有多少形象性，但蕴含着深刻的哲思，有饱满精神灌注，"指出向上一路"，郑重庄严，给人超越的力量，所以不失为好诗。如果不存诗必须"用形象思维"的先入之见，反复吟咏、品味，自能感受到它们的智性之美和精神冲击力。景中寓理的诗"天地浩然之气，流露于鸟语花香之中"，直陈义理的诗，"天地浩然之气"直接从人

[1] 钱锺书：《宋诗选注序》，见《宋诗选注》，生活·读书·新知三联书店2002年版，第20页。
[2] 老舍：《诗与快板》，见《老舍文集》（第16卷），人民文学出版社1988年版，第346页。

心中倾泻而出，有何不可？

五、当代诗词写作要继承诗明理传统，创作说理诗

说理诗写作是诗歌的传统。当代诗词，多写景、言情之作，说理诗不多，好的说理诗更少。这多少受到褊狭诗歌观的影响，在校正流行诗歌观，把"明理"界定为诗的功能之一、确立"诗明理"的正当性和必要性之后，诗人要理直气壮地写作说理诗。

借景明理、借事寓理的诗最有韵味，应多致力，结合现代社会的新事物、新生活，表达新观念、新思想，有新意妙理，并力求情感、思想、艺术高度统一，写出富于理趣的佳作。倘若真有满腔热情和繁复思想需要表达，不妨"专作理语"，通篇议论，"气如决江河，势顺乃倾泻"。某些观念性的东西，也可以用诗阐明。关键是诗人要有"品量"，有精神高度，所说之理要精到、深刻、真诚，要灌注饱满的精神。

"兴废系乎时序，文变染乎世情"；"文无新变，不能代雄"。世界正面临百年未有之大变局，中国正处于波澜壮阔的现代化和民族复兴历史性进程，风云激荡之际，正是诗歌大显身手之时。新事物纷呈，新理念涌现，生活方式剧变，对新事物、新生活方式的体验、"省察"可以激发新思想、新理致；当代人的欢欣与苦恼，自豪和沮丧，需要关注和思考，需要抒发、宣泄，也需要解释、疏导。善于致思，精心写作，就会写出不同于古人的说理诗，达成说理诗之"代雄"。

当代诗词写作中，所谓"老干体"顺口溜倒是热衷大发议论，但空口叫嚣，堕入"理障"，则不可不戒。说理、议论一定要经过心智的过滤，真诚、艺术地表达出来。著名诗人郑敏说："诗歌需要诗人对生命真诚地揭示。真诚是诗人的第一美德，而任何油滑的玩闹都是对诗的亵渎。"[1]这值得所有诗人仔细倾听。

【作者简介】云南中国文化学院副院长、教授，云南民族大学硕士生导师。

---

[1] 陆云红：《"九叶派"唯一健在诗人郑敏：时代把我们冲到一块》，载《深圳特区报》2013年4月16日。

声歌之道

——构建新时代中国音乐文学体系[1]

杨 赛

【摘 要】 构建新时代中国音乐文学体系，将两千多年来不断发展变化的旧音乐文学与"五四"新文化运动以后百年间形成的新音乐文学相结合，传承和发展汉语言听觉审美，并运用于当代声乐创作、表演、传播实践，是当今中国文学界与音乐界共同勉力担当的艺术使命。

【关键词】 声歌之道 中国音乐文学 古谱诗词 新体歌诗

吴梅说："声歌之道，律学、音学、辞章三者而已。"[2]中国音乐文学跟乐律学、乐器学、歌诗学有着密切的关系。

旧音乐文学传统

以文言词为基础的中国音乐文学旧传统，是中华礼乐文明、士大夫生活与传统民俗文化高度融合的产物。文言词有一个很漫长的发展过程，语音和语义单位有：单音字、双音词、三到四音词组、四言句、五言句、七言句、杂言句、上下联句、诗歌、散文等。双字词逐渐成为最基本的语音和语义单位，由声调抑扬而形成的格律和由语义形成的逻辑重音，是汉语言艺术的重要组成部分。[3]诗歌这一文体则集中体现了

---

[1] 本文系霍英东教育基金会高等院校青年教师资助课题《中国音乐史料学》（编号：111102）、国家艺术基金古谱诗词传承人才培养项目（编号：2018-A-04-[038]-0569）相关成果。

[2] 吴梅：《中乐寻源序》，见童斐《中乐寻源》，山西人民出版社2018年版，第1页。

[3] 启功：《汉语声律论稿》，中华书局2000年版，第1—114页。

汉语言音乐化的成就。吴梅说："欲明曲理，必先唱曲。"[1]富有表现力的汉语言声乐作品包括诸多要素：字（平仄）、词、读、句、韵等不同长度的语义单位，既规定了词组内部语音的长短、轻重关系，也规定了词组之间的远近关系，形成丰富多样的节奏型；平、上、去、入四声，宫、商、角、徵、羽五音，喉、舌、齿、唇、牙，五体相互配合，语感与声腔在旋律中交织；角色、性格、情绪、情感被放置到诗词设定的时空中，形成特有的审美意境。而所有要素，都要通过声音这一载体来表现。杨荫浏曾提出建立一门语言音乐学进行系统深入研究。[2]音乐与文学高度结合，最终实现语音和语义、人声和器声水乳交融，几乎不可分离。听觉是诗歌意义呈现的主要方式，音响成为诗歌创作、传播、接受、阐释、发展的重要媒介。朱载堉说："先学诗乐而后经义益明。"[3]

中国旧体诗词不是一个封闭的、僵硬的体系，而是一个强大的、开放的、发展的体系。外来音乐元素和新兴音乐元素不断被吸收，与时代审美同步，音乐与文学、人声与器声、内容与形式相互推动，共同发展，不断将人文精神与听觉审美结合起来，成为人类文明中审美的最高峰。陈钟凡说："其事（中国音乐文学）在六百年前，较任何国进步为早，不能不算是文学史最大的光荣。"[4]中国古代音乐文学，是世界声乐史乃至世界音乐史的瑰宝。

中国音乐文学起步非常早。朱载堉认为："学歌先学尧、舜、夏、商遗曲。"[5]明神宗万历十二年（1584）所刻《乐律全书》收有若干儒家仪式音乐和文人音乐，包括太庙旧制《初献乐章》《关雎》《沧浪歌》《南风歌》《康衢歌》《夏训》等歌诗数十首。

日本明和五年（1768）刻成的《魏氏乐谱》，由魏皓（？—1774）

---

[1] 吴梅：《原曲》，见吴梅《词学四种》，商务印书馆2010年版，第3页。
[2] 杨荫浏：《语言音乐学初探》，中国艺术研究院音乐研究所编：《杨荫浏全集》，江苏文艺出版社2009年版，第4卷，第406—479页。
[3] 朱载堉：《律吕精义外篇》第9卷，见《乐律全书》，明万历郑藩刻增修清印本，第953页。
[4] 陈钟凡：《中国音乐文学史序》，见朱谦之《中国音乐文学史》，上海人民出版社2006年版，第16页。
[5] 朱载堉：《律吕精义外篇》第9卷，见《乐律全书》，明万历郑藩刻增修清印本，第942页。

传承、平信好校订，收入歌诗215首，其中上古歌谣《南风歌》1首，《诗经》23首，汉魏晋南北朝乐府30首，隋唐五代歌诗47首，宋代歌诗86首，明代歌诗6首，《大成殿雅乐奏曲》6首，大祈殿仪式歌曲7首等。以歌为主，词为古代名诗人名作，每曲各存一体，其歌法则取正于笛，其声温柔和畅，配器有笙、笛、横箫、觱栗、小瑟、琵琶、月琴，而考击则用大小鼓、云锣、檀板等。[1]钱仁康认为：《魏氏乐谱》是一份极其宝贵的音乐遗产，日本人称之为"明乐"，其实它和明代的民间音乐和戏曲音乐毫无关联，它的来源是很古老的，是南宋以前宫廷音乐代代相传的历史遗留，为中国古代音乐的研究，提供了一部极珍贵的文献。[2]《魏氏乐谱》保存了明代及以前的歌诗，其音乐有历代宫廷音乐的遗存，也有日本音乐元素的渗入。如汉武帝《秋风辞》、《长歌行》就有汉乐府相和歌的特色，王维《大同殿》、李白《清平调》有盛唐宫廷音乐的风范；张祜的《思归乐》、卢纶的《宫中乐》有很强的日本风味；大量作品如柳宗元《杨白花》、欧阳修《朝中措》、辛弃疾《千秋岁》都有很强的文人音乐特色。《大成殿雅乐奏曲》直接译自《乐律全书》。可见，这是一份非常珍贵的中国音乐文学史料。1907年，留日学生华振将其中一首《清平调》收入《小学唱歌第一集》。1934年，黄自作《长恨歌》即参考了其中的曲调。钱仁康、傅雪漪、张前、郑祖襄、徐元勇、刘崇德、漆明镜等都做过大量译介和传播工作。我们也编配和录制了24首。我们将《续修四库全书》影印明和五年刻《魏氏乐谱》50首，作为基本教材，引入古谱诗词课堂。漆明镜有凌云阁六卷本总谱全译，《魏氏乐谱》的校订、注解、录制是一个浩大的系统工作，其巨大的学术价值还有待深入挖掘。

清乾隆十一年（1746），受乾隆钦命，庄亲王允禄领衔编成《九宫大成南北词宫谱》，分宫、商、角、徵、羽五函，共82卷，收录曲目4 466首，可谓集中国千年传统音乐曲谱之大成。吴梅说："其间宫调分合不局守旧律，搜采剧曲不专主旧词，弦索箫管朔南交利。自此书出而

---

[1] 宫奇：《书魏氏乐谱后》，见魏皓《魏氏乐谱》，明和戊子（1768）刻本。
[2] 钱仁康：《〈魏氏乐谱〉考析》，载《音乐艺术》1989年第4期。

词山曲海汇成大观,以视明代诸家,不啻爝火之与日月矣。"[1]其中歌诗谱即有177首,其中唐五代诗词29首、宋金词139首,元明词6首,还有一些诗词无法考订其年代。吴志武认为,该书为旧曲辑佚及存目研究提供了重要的参资对象,也为曲牌的格律演变提供了实例。[2]

清道光二十四年(1844),谢元淮编成《碎金词谱》14卷,收词449首、调559阕,和《碎金续谱》6卷,收词180首、调224阕。谢元淮在《碎金词谱》序中说:"尝读《南北九宫曲谱》,见有唐宋元人诗余一百七十余阕,杂隶各宫调下,知词可入曲,其来已尚。于是复遵《御定词谱》《御定历代诗余》详加参订,又得旧注宫调可按者如千首,补成一十四卷。仍各分宫调,每一字之旁,左列四声,右具工尺,俾览者一目了然,虽平时不娴音律,依谱填字,便可被之管弦,挝植适途,未可与扪籥谓日者辨也。"[3]钱仁康说:"《碎金词谱》是传承用南北曲唱词的重要典籍。"[4]郑祖襄认为,从音乐形态上分析,《碎金词谱》是昆曲风格的音乐,但这并不能否定它们的价值,甚至认为它们是清人的托古之作,这是元明以来,南北曲音乐发展的结果。[5]我们选了55首编入《碎金词谱精选》作为教材,编排和录制了近80首曲目。

清光绪三十年(1904),清政府重新修订《学堂乐章》《学务纲要》,专门提到:"今外国中小学堂、师范学堂,均设有唱歌音乐一门,并另设专门音乐学堂,深合古意。惟中国古乐雅音,失传已久。此时学堂音乐一门,只可暂从缓设,俟将来设法考求,再行增补。"[6]陈钟凡说:"中古文学随音乐而演进,而音乐又随文学而嬗变,彼此相互影响,其关系至

---

[1] 吴梅:《新定九宫大成南北词宫谱序》(1918),民国十三年(1924)影印清乾隆十一年(1746)刻本,第1页。

[2] 吴志武:《新定九宫大成南北词谱研究》,上海音乐学院博士研究生论文,2007年7月10日,导师陈应时教授,第88—95、223页。

[3] 谢元淮:《碎金词谱》,清道光二十七年(1847)刻本,第1—8页。

[4] 钱仁康:《请君试唱前朝曲——〈碎金词谱〉选译序》,上海音乐学院出版社2006年版,第3页。

[5] 郑祖襄:《一部不能忽视的古代乐谱集——〈碎金词谱〉》,《中国音乐》1995年第1期。

[6] 张百熙、荣庆、张之洞:《学务纲要》,见陈学恂《中国近代教育史参考资料》,人民教育出版社1986年版,第543页。

为明显。惜其乐谱不可得知，其音节遂无从推测。"[1]将古音雅乐增补入课堂，这一拖就是一个多世纪。

现存古谱歌诗，其谱多为减字谱、俗字谱、律吕字谱、宫商字谱、工尺谱，以工尺谱为主。这些古谱诗词对音高、节拍等作了部分提示，今人要阅原谱唱词相当困难。[2]但不管怎样，这些乐谱为我们恢复中国音乐文学的听觉形态提供了宝贵的依据，远比新谱曲更有文化价值。谢元淮说："盖唐人之诗以入唱为佳，自宋以词鸣而歌诗之法废，金元以北曲鸣而歌词之法废，明以南曲鸣而北曲之法又废。其废也，世风迭变，舍旧翻新，势有不得不然。至于清浊相宜，谐会歌管，虽去古人于千百世之下，必将无有不同者。兹谱之作即以歌曲之法歌词，亦冀由今之声以通于古乐之意焉耳。"[3]现存古谱歌诗对续接中国旧文学传统、唤醒文人音乐基因具有重大意义。赵敏俐说："将《诗经》、汉乐府、唐诗所传乐谱打出并加按语，供学习传唱，不独中文系师生受益，整个社会也会受益。"[4]我们持续开设古谱诗词课程，将识谱、译谱、校谱、唱谱有机结合起来，让成百上千的学生像练习书法字帖一样，习得中国传统歌诗文化。

新音乐文学传统

以白话文为基础的新文学传统是新文化运动的产物。音乐与旧文学渐行渐远，却与新文学和新人文日益紧密。陈钟凡说："过去的文学虽与音乐有密切的关系，其历史如是长久，今后有文学必脱离音乐而谋求独立。以文人能兼明乐理的无多，随意取到乐谱，不识其中所表的情绪如何，即依谱制词，这种办法，实在是难能而不可贵。若古代音乐仅存调名，并谱也不可得，仅依四声清浊，按格填字，尤为滑稽可笑。这类文

[1] 陈钟凡：《中国音乐文学史序》，见朱谦之《中国音乐文学史》，上海人民出版社2006年版，第16页。
[2] 冯光钰：《中国古代音乐经典丛书序》，见刘崇德《古乐谱百首》，河北大学出版社2001年版，第1页。
[3] 谢元淮：《碎金词谱》，清道光二十七年（1847）刻本，第1—8页。
[4] 赵敏俐：《汉代乐府制度与歌诗研究》，商务印书馆2009年版，第1页。

学只能称之为冒牌的赝品,绝不能名为音乐的文学。"[1]以白话体歌词和现代作曲理论技术和现代表演技术为基础的中国新音乐文学,走过了一个世纪的路程。

新生代词曲作家沈心工、曾志忞、萧友梅、易韦斋、龙榆生、赵元任、刘半农、吴伯超等,早年大都受过中国传统教育的熏陶,打下了比较深厚的旧学底子,青壮年以后,又到欧美、日本留学,受到新学的冲击,他们奋力挣脱中国音乐文学旧传统,努力重塑新传统,音乐的社会功能与教育功能受到充分重视。沈心工在东京留学生中发起组织"音乐讲习会",研习乐歌制作;1903年回国,即在南洋公学附属高等小学创设"唱歌"一课,用乐歌形式宣传启蒙思想得到社会的热烈响应,从而推动了国内乐歌运动的迅速发展。[2]1904年,曾志忞发表了中国近代最早的长篇音乐论文《音乐教育论》,主张发展新的音乐教育,"唤起全国之精神"[3]。

萧友梅1898年进入广州第一所洋学堂时敏学堂,接受唱歌等课程。又先后到日本、德国学习唱歌、钢琴、作曲等课程,以论文《中国古代乐器考》被莱比锡大学授予哲学博士学位,回国后于1927年创办上海国立音乐学院(上海音乐学院前身)。萧友梅的《今乐初集》(1922年版,收21首歌曲)、《新歌初集》(1923年版,收25首歌曲)是我国最早出版的作曲家个人作品专集,是为20世纪中国艺术歌曲的先河。[4]萧友梅和词作者易韦斋成为中国新音乐的先行者,二人致力于把中国声音中的抑扬顿挫运用到新体歌词的创作上,与钢琴伴奏配合。[5]易韦斋早年就读于张之洞创办的广雅书院,后来又去日本留学,习师范。他的词是很难懂的,但他所作的歌词,脱胎于他的诗词,却那么通俗易

[1]陈钟凡:《中国音乐文学史序》,见朱谦之《中国音乐文学史》,上海人民出版社2006年版,第16页。

[2]沈洽:《沈心工传》,载《音乐研究》1983年第3期。

[3]陈聆群:《曾志忞——犹待探索研究的先辈音乐家》,载《音乐艺术》2013年第4期;《曾志忞——一位不应遗忘的先辈音乐家》,载《中央音乐学院学报》1983年第3期。

[4]廖辅叔:《萧友梅先生传略》,载《音乐艺术》1980年第2期。

[5]龙顺宜:《从〈问〉而想起的——回忆易韦斋先生》,载《音乐艺术》1983年第2期。

唱，为新歌词的创作，开创了先例。就新歌词的内容而论，萧友梅和易韦斋要求"一洗以前奄奄不振之气"，"宜多作愉快活泼，沉雄豪壮之歌"，作品多歌颂自然的美景、纯洁的友情以及历史人物，同情穷苦人家。龙榆生只念过乡村小学，但读了不少家藏的古书，后来就教小学、中学、大学。他接任音专教师职务之后，与萧友梅联名发表歌社成立宣言，邀请傅东华、曹聚仁、张凤、胡怀琛等人参加歌社，写了好些歌词，如《好春光》《蛙语》《朦朦薄雾》《眠歌》等。他在音专通过与师生的接触，从乐律想到声律在词曲中的作用，于是根据四声轻重的原则对词曲的节奏的影响以及进一步如何表达诗意进行了深入的研究，并想就他研究的心得在新歌词的创作上达到古为今用的目的。他在这方面的研究，的确发掘出了一些声韵促进词曲创作的值得重视的规律，为词学研究开拓出一片新园地。[1]他的《玫瑰三愿》无疑是受了冯延巳《长命女》里面那句"再拜陈三愿"的影响。[2]龙榆生说："唐宋词是音乐语言与文学语言紧密结合的特种艺术形式，与戏曲有着不解之缘，若不从词乐入手，词的体制、律调、作法等许多问题将很难深入展开，甚至难以入门。"[3]

　　赵元任在江苏出生，小学、中学都上私塾，在父母的昆曲中度过童年和青少年，然后赴美国留学。他的歌曲创作总是配合歌词本身的轻重拍子，体现近乎平常说话声调高低的关系，增加歌词的表情，从中国语言的特点又得到了新的音乐材料。[4]他多与刘半农合作，创作了《教我如何不想他》等作品。他曾用无锡方言将自己的声乐作品唱出来，吐字清晰，速度自由，歌词和音调配合贴切，唱出来如同说话一般，字字声声入耳。[5]

　　乔羽说：陈毅在评论诗歌创作的时候，曾经独具只眼地指出，"五四"以来，歌词的创作成就支持了新诗。新诗由于迄今还没有找到自己最完美的形式，因而限制了自己的发展，一时还难以做到使广大群

［1］廖辅叔：《谈老一代歌词作家》，载《中央音乐学院学报》1994年第3期。
［2］同上。
［3］刘明澜：《中国古代诗词音乐》，中国科学文化出版社2003年版，第247页。
［4］赵如兰、薛良：《我父亲的音乐生活》，载《中国音乐》1987年第3期。
［5］戴鹏海：《赵元任和老音专》，载《艺术探索》1997年第3期。

众喜闻乐见。歌词则因受到了音乐的影响，或者说由于插上了音乐的翅膀，好词好曲便易于口碑流传。现在流传在群众口头上的新诗，或者在日常生活中时获引用的佳句，有许多是来自歌词。田汉、光未然、塞克的歌词，都做到了这一点。[1]

魏德泮说，大约九十年前，当白话文开始使用，可诵的诗与可唱的歌正式分流，歌词成了一种独立的语言艺术品种，并有了《教我如何不想他》《卖布谣》等数首白话歌词被传唱时，没人想到，用这跟说话一样明白的语言写的歌词会在中国风靡起来。六十年前，当新中国刚诞生，《我的祖国》《让我们荡起双桨》等歌曲借助电影的翅膀飞向老百姓中间时，还是没人想到白话文歌词有一天会在群众中大受青睐。[2]

中国新音乐文学在旧学与新学、中学与西学的碰撞与交融中产生，前半段经历了中华民族衰败的痛楚，后半段则见证了共和国全面复兴的荣光，为中国革命和建设作出了应有贡献。

结语

吴梅说："歌曲之道，昔儒咸目为小技，顾其难较诗、古文辞远甚也。"[3]一个完整的音乐文学体系至少需要作词、作曲、声乐、伴奏等四个专业领域协作，吴梅说："余尝谓歌曲之道有三要也：文人作词，国工制谱，伶家度声。"[4]洛地说："但愿有日，我国：'文'界亦习乐听戏；'乐'界谙音韵爱曲唱；'戏'界并通文知律；我国民族文艺非但'振兴'有望，且将不断地'螺旋式上升'，在各个时期会有其新的进展。"[5]构建新时代中国新音乐文学体系，包括：建立纵贯先秦到现当代的中国音乐文学史，辑成中国音乐文学经典作品选集，建全中国音乐

[1] 乔羽：《怀念歌词大家田汉同志》，载《人民音乐》1997年第5期。
[2] 魏德泮：《继往开来、独树一帜——当代歌词界领军人物乔羽》，载《人民音乐》2008年第6期。
[3] 吴梅：《新定九宫大成南北词宫谱序》（1918），民国十三年（1924）影印清乾隆十一年（1746）刻本，第1页。
[4] 同上。
[5] 洛地：《词乐曲唱》，人民音乐出版社1995年版，第374页。

文学作品分析理论体系，搭建中国音乐文学创作、表演、评论、传播平台，不断推出中国风格新作品，培养新人才，形成新的以汉语言为载体的听觉审美，传播中国新人文。

【作者简介】上海音乐学院基础部副研究员。

从酬唱看传统诗词的独特价值

洪峻峰

【摘　要】　中华旧体诗词作为具有鲜明民族特色的文学形式，相较于"五四"后的白话文学，有其独特的价值。这一传统文学形式的独特价值，是现当代旧体诗词合法性的内在依据，也是传统诗词传承的关键。而酬唱作为传统诗词创作的一种特有的表达方式，从一个方面显示了旧体诗词的独特价值。具体表现为：酬唱成为传统文人的交往方式，包括"以诗赠酬"的礼尚往来方式和"以诗代简"的日常交流方式；酬唱是诗词情感表达的独特方式，即对话和心灵交流，它在发展中形成了"临歧赠别"和"雅集唱和"两大创作主题；酬唱也是传统诗词社会功能的实现方式，发挥了诗"可以群"的社会功用。

【关键词】　酬唱　传统诗词　独特价值　诗词表达方式

一、引论：传统诗词的独特价值

中华旧体诗词作为具有鲜明民族特色的文学形式，相较于"五四"后的白话文学，有其独特的价值。旧体诗词这一传统文学形式的独特价值，是现当代旧体诗词合法性的内在依据，也是传统文化的继承创新，尤其是传统诗词传承的关键。

前几年学术界关于中国现代旧体诗词合法性和入史问题的讨论，所关注的是现代旧体诗词创作的现代性追求和时代特征，持肯定观点者多从诗词作品、创作成果立论，注重的是现代诗词作品的价值而不是旧体诗词这种传统文学形式自身所蕴含的价值。从创作成果立论固然可以解说入史问题，但并不能真正证明旧体诗词这种传统文学形式在现当代的合法性。

　　诗词界关于旧体诗词传承的探讨，已较多涉及旧体诗词作为一种文学形式自身的价值。如诗词界普遍认同的"旧瓶装新酒"的主张，这里的"旧瓶"就是指传统诗词的文学形式。但是，人们对所要继承的旧体诗词文学形式的理解，多限于格律、音韵等语言形式以及一些艺术技法。这样的理解和传承显然过于狭窄，同时也未能显示其具有现代意义的特殊价值。

　　我认为，我们所要继承的应是传统诗词这种文学形式的整体价值。这个整体的文学形式具有丰富的内容，如基本理念方面，有"诗言志"和"诗缘情"的本质规定，"思无邪"的思想导向；表现形式方面，有文言创作和格律、音韵等语言形式，有用典、意象、唱和、赋比兴等表达方式；功能作用方面，有"兴观群怨"的功能实现方式、"温柔敦厚"的诗教等。在旧体诗词的这些传统价值中，诗词的基本理念和社会功能的实现方式，多与新诗这一新的文学形式相容，也部分为后者所汲取；而传统诗词独特的表现形式，则多与现代新的文学形式不相容，但蕴含着具有现代意义的独特价值。这种独特价值就是中国现代旧体诗词合法性的内在依据。

　　试以用典为例。用典是传统诗词的一种独特的表达方式，但这种方式积淀着深厚的历史内容，客观上也是对传统思想的一种阐发。"五四"时期，胡适在《文学改良刍议》一文中把"不用典"作为文学革命的"八事"之一，而他之所以竭力反对用典，就是因为典故承载着太多的传统思想，用典会产生传播传统思想的"溢出效应"。可见，用典这一传统诗词的表达方式为新文学所不容，但它却具有传递传统文化的独特功能，这就是它的特殊价值所在。在当前继承中华优秀传统文化的背景下，这种独特功能和价值的现代意义更加明显。

　　本文所要论述的酬唱这一表达方式，同样蕴含着传统诗词的独特价值。酬唱就是以诗词互相酬答唱和，具体包含酬答与唱和两方面内容。现代白话诗不可能唱和，虽然可能有酬答，但也不成为一种创作方式。所以说，酬唱是中国传统诗词创作的一种特有的表达方式。而这种表达方式具有现代新诗所不具备的特殊功能和"溢出效应"，从一个方面显示了旧体诗词这一传统文学形式的独特价值和永恒魅力。

二、酬唱成为传统文人的交往方式

酬唱是中国传统诗词创作的重要方式，在中国传统诗词的历史发展中，酬唱诗占有很大分量和独特地位。历代文人通过作诗酬赠和唱和，以文会友、表达友情，交流思想、传达信息，切磋诗艺、交游娱乐，在酬唱中增进了解、相互肯定。因此，酬唱这一传统诗词的创作方式，也便成为传统文人的一种生活方式和重要交往方式。诗词酬唱的这种"溢出效应"及其所体现的功能和价值，是现代新诗所不具备的。

酬唱成为传统文人日常交往方式的具体表现，最主要的是"以诗赠酬"，这是文人礼尚往来的一种方式。

礼尚往来是中国传统社会处理人际关系的一种行为规范，这种行为规范要求礼节上注重有来有往，要求以同样的态度或方式回应对方。这是人的社会性存在方式的体现。赠答酬送即是这种行为规范的一种外在形式，是维护良好的人际关系的重要手段。而"以诗赠酬"就是传统文人践履这种行为规范的独特方式，它与世俗社会通行的"以物赠酬"迥然有别。

从历史上看，诗词酬唱这种形式的产生，在某种程度上就是缘于社交礼仪的需要，首先是外交上的交往礼仪。《左传》记载了春秋时期列国使节与东道主之间的赋诗赠答，这是外交场合的一种礼仪活动。《汉书·艺文志·诗赋略论》云："古者诸侯卿大夫交接邻国，以微言相感，当揖让之际，必称诗以喻其志，盖以别贤不肖而观盛衰焉。故孔子曰'不学诗，无以言'也。"当然，那时外交活动中的"称诗以喻其志"只是从《诗经》中选取附会，并非自己创作。但随着时代的发展，也逐渐变为即兴自作，并广泛应用于其他社交活动，诗词酬唱便成为文人日常社交活动中酬赠答谢的手段。

传统文人的"以诗赠酬"与世俗社会的"以物赠酬"的区别，不仅在于"赠言"与"赠物"形式上的区别，而且在于"赠诗"包含"赠物"所不具有的丰富的思想内容。例如对对方的赞美、敬仰、思念、劝勉、安慰、祝愿、庆贺等。白居易在《与元九书》中说："故自八九年来，与足下小通则以诗相戒，小穷则以诗相勉，索居则以诗相慰，同处则以诗相娱。"[1]以诗相戒、相勉、相慰、相娱，也是酬唱诗的主旨。《荀子·非相》谓："赠人以言，重于金石珠玉。"从世俗社会的"以物赠酬"到传统文人的"以诗赠酬"，可以说是中国礼尚往来传统中酬赠境界的提升，而酬赠诗则是实现这种提升的媒介。

"以诗代简"是酬唱成为传统文人的交往方式的另一种表现，它体现于文人的日常交流。

日常生活中的交流和信息传达是人际交往的重要内容。秦汉以后，赠答诗创作逐渐世俗化，其交际作用也脱离外交场合，深入到文人的日常生活，并发挥了文人日常生活中信息传达的作用，即发挥了书信的一部分功能，"诗信"成为传统文人信息交流与传达的一种特定形式。自唐代以来，传统赠答诗几乎无所不写，涉及人们日常生活的各个方面，诗词酬赠成为文人的一种有效的交际手段。此即"以诗代简"。

历代酬赠诗词，除了题目直接标明"代简"者外，其余者也多带有"诗简"的功能，且涉及的内容十分广泛，交流的信息十分丰富，包括：相逢忆旧、临歧话别、久别寄思、劝勉赠言、失约致歉、会晤献句、茶座闲谈、欢迎致辞、读后感赋，还有表达景仰、表示拒绝，以及大量的答谢和致贺。致贺的内容也多种多样，如贺新著付梓，贺诗社成立与辰庆，贺新厦落成，贺征文获奖，贺会议举办、展览闭幕，贺婚嫁，贺就职，等等。唐代诗人元稹《叙诗寄乐天书》说："凡所对遇异于常者，则欲赋诗。""异于常者"，包括"乐罢哀余，通滞屈伸，悲欢合散，至于疾恙躬身，悼怀惜逝"[2]等，往往是难以言说、不好直言之事。书信不好表达，而赠之以诗、以诗代简则方便表达。因为书宜直白，诗则宜委婉。

酬赠"诗简"在文人交往中的广泛应用，带来了另一个很有意义的效应，就是日常生活的诗意化。在"诗简"中，书信与诗章融为一体，信息传达与艺术欣赏融为一体，既可以阅读也可以吟咏。可以说，"以诗代简"使日常生活中的信息交流由作为应用文体的书信变为作为艺术

---

[1] 白居易：《与元九书》，见《白居易集》，中华书局1979年版，第965页。

[2] 元稹：《叙诗寄乐天书》，见周祖譔编选《隋唐五代文论选》，人民文学出版社1990年版，第281页。

作品的诗词，作者亲友阅读"诗简"，不仅能了解其中传达的信息，而且同时也感受了传统诗词的语言艺术的魅力，体验到了世俗社会日常交往中的诗意。

三、酬唱是诗词情感表达的独特方式

酬唱作为传统诗词的一种重要表达形式，在诗词情感表达方面具有独特意义。它把诗词的情感表达，从独白拓展到对话、心灵交流，并在历史发展中形成情感交流的两大主题，即"临歧赠别"和"雅集唱和"。这种独特的情感表达方式和创作主题，也是其不同于现代新诗的特殊价值。

诗词酬唱无论是酬赠还是唱和都有特定的指示对象，诗人与他的酬赠、唱和对象往往有着共同的志趣、相同的心理基础，以及各种各样的社会关联，更容易在情感上引发共鸣，即所谓同声相应、同气相求，因而更乐于以酬唱的方式来抒发内心的真情实感。酬唱这种情感表达方式的特点就在于有明确的倾诉对象。这种酬唱和倾诉是亲友之间的真情流露，是心灵的真诚交流，而不仅仅是应酬。

心灵的交流是双向的，而酬赠诗则是独具双向性特征的诗体，因而成为诗人交往和心灵交流的最佳媒介和有效手段。在酬唱中，诗人的情感表达方式已从独白拓展到对话，情感表达更为深彻。有学者分析了魏晋时期赠答诗兴盛的原因，指出："赠答诗是魏晋诗人最钟爱的诗体之一，他们通过赠答诗来作心灵的交流，向赠答对象倾诉心中的欢乐与悲伤，诉说自己的抱负与理想，展示自己的情感与才华。他们在相与赠答中加深了相互间的了解，培养了深厚的感情，也交流了创作的甘苦与创作的技巧。他们在相与赠答中获得了用其他生活方式所不能获得的欢乐，他们在这种欢乐中体味了人生的价值。"[1]魏晋诗人对酬赠诗的这种创造性应用，成功地开发了酬赠诗作为诗人心灵交流手段的独特功能，赋予酬赠诗新的意义，也推动了诗的情感表达方式从独白到对话的拓展。

---

[1] 王晓卫：《魏晋赠答诗的兴盛及当时诗人的交流心态》，载《贵州大学学报》2002年第6期。

　　酬赠诗注重与酬赠对象的对话与交流，常常采用向酬赠对象言说的对话句式，或者直接向酬赠对象倾诉，并且在历史发展中形成诗中对话、交流的一种特殊格式，即"我—君"的格式。如黄庭坚《次韵高子勉十首》其一："久立我有待，长吟君不来。"苏轼、黄庭坚酬赠诗多采用这种句式。有学者在分析宋代元祐时期诗歌的交际性的论文中认为，苏轼、黄庭坚等人的大量唱和之作，几乎都按照诗人"我"与酬赠对象"君"之间的关系的模式展开的；这种"我"与"君"的关系模式便于诗人利用诗歌来与朋友交往，即便于作者"既要对朋友作出得体的应酬，无论是赞扬、勉励，还是劝慰、调侃，又要恰当地表现自我意识，无论是自许、自勉，还是自谦、自嘲"[1]。"君—我"成为酬赠诗中对话、交流式的情感表达的一种常见格式。由于酬赠诗实现了情感表达方式从独白到对话的拓展，注重与酬赠对象的双向交流，因而表达更为情深意切。

　　中国传统诗词在历史发展中形成了许多长久不衰的创作题材和主题，比如思乡、怀旧、悲秋，戍边、隐逸、行吟，登高望远、月夜思亲、佳节忆友，等等。诗词酬唱也有自己的特定题材，形成自己的创作主题。其中最重要的是"临歧赠别"和"雅集唱和"。这是历代诗人情感宣泄和交流的两大题域，也是诗词酬唱的两大主题，情感表达的两种独特方式。

　　"临歧赠别"是中国诗词创作的一大传统，"赠别"成为传统诗词创作的一大主题。这一传统和主题源于《诗经》中的两首赠诗，可谓源远流长。有学者在分析六朝赠别诗兴盛的原因时说："临别之际，最是能牵动文人的思绪。'以诗赠别'就成为文人离别愁怨最契合的情感宣泄方式……于是，众多的送别活动次第展开，文士迁转唱和赠答之风一时并起。"[2]这也是"赠别"能够成为传统诗词创作主题的原因。

　　"雅集唱和"也是古典诗词创作的传统主题，同样源远流长。《四库全书总目》卷一八八《玉山名胜集》提要云："考宴集唱和之盛，始

[1] 周裕锴：《诗可以群：略谈元祐体诗歌的交际性》，载《社会科学研究》2001年第5期。
[2] 韩蓉：《六朝赠答诗的类型研究》，载《晋中学院学报》2007年第5期。

于金谷、兰亭。"文人的宴集唱和起源应更早,但其兴盛则以历史上著名的西晋"金谷雅集"和东晋"兰亭雅集"为标志。金谷是西晋石崇的别墅。元康六年(296),石崇为送王诩回长安,在这里召集文友聚会,有三十人参与,昼夜游宴,赋诗叙怀。雅集所赋诗编成《金谷集》(已佚),石崇《金谷诗序》记叙其景况。这次雅集是西晋文学的一大盛事,影响深远。"兰亭雅集"是东晋永和九年(353)暮春之初,王羲之、谢安等为修禊事在会稽山阴之兰亭的一次聚会,参与者中有二十六人赋诗。"虽无丝竹管弦之盛,一觞一咏,亦足以畅叙幽情。"(王羲之《兰亭集序》)这次宴集因王羲之的名帖《兰亭集序》而成为历史上最著名的文人雅集。"金谷雅集""兰亭雅集"之后,"雅集唱和"便成为历代文人群体交流的基本方式和创作传统。

雅集唱和未必都标明唱和之作。一般而言,步韵都会在诗题中标明,但唱和诗并不都是步韵。从历史上看,早期的唱和诗都是和意而不和韵的,至中唐元稹、白居易的唱和才刻意步韵,使唱和诗从和意变为和韵;晚唐皮日休、陆龟蒙的唱和又承袭、发展了这种和韵的形式。南宋严羽《沧浪诗话》"诗评"云:"古人酬唱不次韵,此风始盛于元白皮陆。"[1]南宋刘克庄《后村诗话》"新集"云:"昔之和诗者,和意而已,惟皮、陆必和韵,有累至百韵者。"[2]而唱和中不次韵的"和意",大都是围绕同一个题材、主题或题目各自创作,没有原唱,因而往往也没有在诗题中体现。雅集唱和的传统延续至今,成为现代旧体诗词创作的重要主题和诗社活动的重要方式。

四、酬唱是传统诗词实现其社会功能的独特方式

诗词酬唱既是传统诗词的一种创作方式,也是传统诗词实现其社会功能的一种途径和方式。它通过影响诗风和弘扬诗教,发挥了诗"可以群"的社会功用,显示出这种创作方式的独特意义。

这里说的"影响诗风",既指诗坛风尚也包括个人风格。就个人诗

---

[1] 严羽著,郭绍虞校释:《沧浪诗话校释》,人民文学出版社1983年版,第196页。
[2] 刘克庄:《后村诗话》,中华书局1983年版,第246页。

词创作来说，唱和是一个有效的训练途径，对于初学者更是如此。近人况周颐《蕙风词话》卷一云："初学作词，最宜联句、和韵。始作，取办而已，毋存藏拙嗜胜之见。久之，灵源日浚，机括日熟，名章俊语纷交，衡有进益于不自觉者矣……离群索居，日对古人，研精覃思，宁无心得；未若取径乎此之捷而适也。"[1]对于初学者，无论是和意还是和韵，都是一个学习和模仿的好机会，有助于诗艺的提高。

酬赠唱答之作必然以获得酬赠对象的认同为旨归。因此，它所表达的情感志趣，很容易受酬赠对象的身世遭际等各方面的制约，突出易为酬赠对象接受的情感色彩。同时，在赠答酬唱氛围的影响下，也容易受已产生的酬赠唱和诗的思想和意象的感发，并据此确定和建构自己诗作的题旨和意象。这些都容易导致赠答唱和诗之间选题立意和情感表达的趋同。

因此，唱和这种创作方式和训练途径，往往带来一个后果，就是酬唱者之间创作倾向、风格趣尚的相互影响和熏染，以及初学者受学习和模仿对象的诗法、诗风的潜移默化，乃至同化。在这个意义上，酬唱成为诗风和诗派形成的重要途径。从历史上看，宋代是酬唱诗发展的一个高峰，而其酬唱活动与当时诗风、诗派的形成密切相关。如现存三部宋初唱和诗集——《二李唱和集》（李昉、李至唱和诗集）、《九僧诗集》（惠崇等九位僧人唱和诗集）和《西昆酬唱集》（杨亿参与编纂《册府元龟》时馆阁同人的唱和诗集），便分别代表了宋初诗坛"白（白居易）体""晚唐体"和"西昆体"三种风格流派。欧阳修《六一诗话》称："盖自杨刘唱和，《西昆集》行，后进学者争效之，风雅一变，谓'西昆体'。由是唐贤诸诗集几废而不行。"[2]可见诗之酬唱对一代诗风和诗派形成的深远影响。

"诗教"即以《诗》为教，后来泛指诗歌的教育作用，是儒家思想教化的重要方面。弘扬诗教，即发挥诗的教化作用，成为历代正统文人

---

[1]况周颐、王国维：《蕙风词话　人间词话》，人民文学出版社1982年版，第13页。
[2]欧阳修：《六一诗话》，见何文焕辑《历代诗话》，中华书局1981年版，第266页。

的职志。

诗词酬唱对弘扬诗教的作用,主要表现为发挥诗"可以群"的功能。传统诗教理论除了"温柔敦厚"与"思无邪",最重要的是"兴观群怨"之说。孔子说:"诗可以兴,可以观,可以群,可以怨。"(《论语·阳货》)这概括了以《诗经》为代表的中国传统诗歌的四大功能。所谓"兴"就是"引譬连类"(何晏《论语集解》引孔安国注),"感发意志"(朱熹《四书集注》);"观"就是"观风俗之盛衰"(何晏引郑玄注),"考见得失"(朱熹注);"群"就是"群居相切磋"(何晏引孔安国注),"合而不流"(朱熹注);"怨"就是"怨刺上政"(何晏引孔安国注),"怨而不怒"(朱熹注)。在诗的四大功能中,"可以群"指的是人们可以用诗歌来进行人际交流,沟通思想感情,获取群体认同,最终起到协和群体的作用;它着重强调的是诗歌的社会交际作用。而酬唱最能体现这种作用,可以说是传统诗词发挥"群"的功能的最佳形式。

从前面的分析可以看出,酬唱把传统诗词的情感表达方式,从独白拓展到对话,因而成为文人社会交际和心灵交流的有效手段,强化了诗"可以群"的功能。酬唱在文人日常交往中的运用,无论是"以诗赠酬"还是"以诗代简",都是"群"的功能的体现。

酬唱诗形成的"临歧赠别"和"雅集唱和"两大创作题材,也是情感交流、群体协和的重要题材。梁钟嵘《诗品》序曰:"嘉会寄诗以亲,离群托诗以怨……凡斯种种,感荡心灵,非陈诗何以展其义?非长歌何以骋其情?故曰:诗可以群,可以怨。"[1] 嘉会与离群,亦即欢聚与离别,给诗人提供了丰富的情思与灵感,是诗歌创作的两大动因,其实也是"雅集唱和"和"临歧赠别"两大酬唱主题形成的根源。钟嵘认为它体现了诗"可以群"的功能(曰"可以怨",也是因为"怨"缘于"离群")。雅集唱酬正是文人结交、联络情感,乃至结社缔盟的有效途径。

【作者简介】《厦门大学学报》(哲社版)编审。

---

[1] 钟嵘:《诗品·序》,见何文焕辑《历代诗话》,中华书局1981年版,第3页。

专题文献的整理与诗词学研究的深入

——国家社科基金重大项目"明清唱和诗词集整理与研究"综述[1]

姚 蓉

【摘 要】 国家社科基金重大项目"明清唱和诗词集整理与研究"课题组正在对明清唱和诗词集进行全面搜集与整理,并推动明清诗词唱和的深入研究。课题组广泛听取专家学者们的意见和建议,确定了实施方案和预期目标。项目实施两年多来,已整理唱和诗词集目录总数达到768种,撰写叙录100余种。通过项目例会的方式,营造了良好的学术研讨氛围。并以研促教,为研究生开设了2门与此重大项目相关的课程,指导了数篇与此项目相关的硕博士论文。在学术研究和学生培养两方面都有建树。

【关键词】 唱和诗词集 文献整理 文学研究 项目进展

诗词唱和(亦作"倡和")是以诗词为形式进行的酬答应和,是一种特殊的文学创作现象,也是一种文学生产方式,还是一种常见的文学交往方式。诗词唱和滥觞于先秦,成熟于魏晋,兴盛于唐宋,繁荣于明清。 从晋代开始,出现了2种专门的唱和诗集;唐宋时期的唱和诗词总集有47种;元代唱和诗词总集有15种;而明清时期的唱和诗词集达700多种,是以前历朝唱和诗词总集之和的10倍。同时,明清时期的唱和诗词集内容丰富,出现了一些以前唱和专集未曾有过的新特点。无论从数量还是内容上,明清时期唱和诗词集都值得研究者系统整理和深入研究。

---

[1] 此论文为国家社科基金重大项目"明清唱和诗词集整理与研究"(项目批准号:17ZDA258)阶段性成果。

2017年11月，"明清诗词唱和集整理与研究"获得国家社科基金重大项目立项。两年多来，课题组正在努力推进诗词唱和文献的整理和研究，争取夯实"诗词唱和"这一领域的基础。

一、研究价值

本项目"明清唱和诗词集整理和研究"是一个规模宏大、费时耗力的巨大工程，包括整理和研究两部分，既是对当前研究成果的深化和拓展，也是对明清诗词唱和、明清文学、明清文献研究领域的拓宽，其应用价值和社会价值不言而喻。

（一）学术价值

1. 本项目的文献整理与研究工作，具有学术补白的价值

据初步统计，明清唱和诗词集共768种，其中81种被收入各大丛书影印出版，《幽兰草》《倡和诗馀》等2种唱和词集被点校出版，还有685种未被纳入文献整理的视野。这600多种明清唱和诗词集，散见于一些大型丛书及各地馆藏中，亟需收集、分类、整理、研究。本项目将文献整理作为工作的重心，试图以整理促研究，为深入研究明清诗词唱和及明清文学提供丰富的资料。通过对明清唱和诗词集的全面摸排、整理、汇集，以见明清时期文献之盛，有助于文献学的发展。

明清唱和诗词集的研究内容包括书目、叙录、文献考证等部分。迄今为止，明清唱和诗词集的相关书目与叙录还未出现，因而本项目前期着力于此，以期填补学术空白。对于明清唱和诗词集的叙录撰写，本项目负责人姚蓉教授在承担国家社科基金青年项目"明清词坛唱和研究"时，已为57种明清唱和词集（包括诗词合集）作了叙录，介绍其版本、刊刻、内容、卷数等，为本项目的开展奠定了基础。不过，600余种明清唱和诗集仍未完成叙录撰写，本项目将通过对唱和诗词集叙录的撰写和文献的考订，梳理明清唱和诗词文献发展脉络，促进明清文献学的研究。

2. 本项目从诗词唱和的角度，拓宽了明清文学研究的领域

近年来明清唱和诗词的研究，主要围绕明清诗词唱和活动、名家、词作等展开，成绩斐然，但也存在着发展不均衡的现象，主要体现在以下三个方面：（1）目前明清唱和诗词的研究呈现波浪式高低起伏状，对

于其中低谷的研究有待加强。明清唱和诗词研究的波浪状主要体现在时间、人物、唱和活动的选择上。在时间上，明清唱和诗词的研究集中在明末清初、清末民初等时间节点，难以形成体系。在人物选择上，主要集中在明末清初、清末民初的著名文人身上，如"云间三子""江村三子"、朱彝尊、王士禛、厉鹗、陈维崧、王鹏运、朱祖谋等人，而对那些名位不显但作品极具有特色的诗人词人，还来不及关注。在唱和活动上，主要集中研究清初的"江村唱和""广陵唱和"和清末的"庚子唱和"等影响较大的唱和，而对其他的唱和关注度不够，还需要深入研究。（2）目前对明清唱和诗词集的研究仅限于个案研究，从专题的角度去研究唱和诗词集，可补当前研究之不足。（3）目前明清唱和诗词在分体研究中发展不平衡，唱和诗集的研究有极大的拓展空间。与明清词坛唱和、唱和词集研究成果层出不同的是，明清唱和诗集的研究成果屈指可数，与唱和诗集庞大的数量极不相称。

　　针对以上三方面问题，本项目拟将文献学、文学史料学、诗词学、文学史结合起来，通过系统地梳理明清唱和诗词集，对明清不同时期的唱和活动、唱和现象予以全面的把握，全面研究明清唱和诗词集所反映的文学、文化信息，深化明清诗词的研究和明清文学生态学的研究，拓宽明清文学的研究领域，甚至具有重写文学史的意义。本项目的研究在时间上贯穿明清，关注被忽略的问题，从整体上梳理明清诗词唱和历史的内在脉络；在选择对象上拟从专题的角度，对明清唱和诗词集进行分类研究，如关注家族唱和、同僚唱和、社团唱和、追和、祝寿唱和等不同类型的唱和，逐类深入，可拓展研究的空间；在分体研究上拟加大对明清唱和诗集的研究力度，对目前尚未被充分关注的大量唱和诗集进行整理和研究，有着广阔的前景。通过上述研究构想，本项目希望把握诗词唱和发展的内在规律，总结不同时段的诗词唱和特征，以及梳理诗词唱和与明清文学乃至整个中国文学的关系，进而正确地定位诗词唱和在文学史中的位置。

　　3. 本项目对明清唱和诗词集的整理与研究，还具有文化史、社会史价值

　　诗词唱和不仅是文学创作方式，还是社会交往活动，尤其是明清时

期的诗词唱和，具有鲜明的世俗化、生活化特征，对深入了解明清时代的变迁和社会生活，有积极意义，有利于社会史、文化史的研究。通过对明清唱和诗词集的研究，我们可以了解到明清社会变迁史、士人心态变化、文人交游状况、文学审美倾向等丰富内容，拉近古今距离，丰富当下对古代社会和文化的进一步认识。具体意义如下：（1）有利于保全明清文化遗产。目前发现的768种明清唱和诗词集，还只是初步统计的结果。随着搜集的深入，数目还会增长。但是这些唱和诗词集却散落在各处，尤其是一些稿本、善本、抄本等随着岁月的流逝，慢慢湮没于历史的长河之中。本项目的启动，可以挽救这些珍贵的文化遗产，保存珍贵的文化资料。（2）有利于了解明清人的社会、文化和心灵发展，有利于今人汲取精神养料，更好地建构当下文化生活。明清唱和诗词集反映了明清人交往、交流、创作的各种特征，向我们鲜活地展现了明清人的心理面貌和精神状态，可以说是一幅动态的明清人生活、交游史。通过阅读，我们可以从这部巨大的"著作"之中，汲取"心灵"的养料，来建构当下的生活。诗词唱和至今仍是文人们喜爱的一种文学交往方式，正体现了这一点。

（二）应用价值

1. 文献应用价值

本项目拟编撰《明清唱和诗词集文献丛刊》，为明清诗词研究、明清文学研究、明清文化研究提供参考和依据文献；拟撰写《明清唱和诗词集叙录》，提供唱和诗词集的作者、卷数、内容、版本、馆藏地等信息，既是对明清其他诗词集版本叙录的补充，也是对版本学研究的拓展，同时还可为明清诗词传播和接受的研究提供可资参考的文献。拟建设明清唱和诗词集电子资料库，将明清唱和诗词集的相关文献转变为电子资源，一方面可为研究者使用文献提供便利，另一方面可扩充明清文学的电子资料库。

2. 文学研究价值

明清唱和诗词集的文学研究旨在把握诗词唱和发展的内在规律，分析不同时期唱和诗词的特征，探讨诗词唱和与文坛的关系，挖掘诗词唱和背后的社会意蕴，可以为明清文学的研究提供崭新视角。

明清唱和诗词集的文学研究还可为执政者决策提供一定的智力支持。明清唱和诗词集是明清文学的一部分，也是中华传统文化的一部分，集中反映了特定历史背景下社会各阶层的精神风貌、价值信仰和生存策略，"以古为镜，可以知兴替；以人为镜，可以明得失"，明清唱和诗词中蕴含的大量社会、经济、政治、文化、思想内容，可为当代的执政者提供专业领域和普遍信息方面的智力支持。

明清唱和诗词集的文学研究亦可为普通读者提供更多的阅读选择。明清唱和诗词集的普及推广，还有利于"文学经典化"。筛选一定数量的唱和诗词，编辑出版，如《明清唱和诗三百首》《明清唱和词名篇选》等，对普及明清诗词大有裨益。

二、研究内容

"明清唱和诗词集整理与研究"对创作完成于明代洪武元年（1368）至清代宣统三年（1911）的各类唱和诗词集，进行全面的整理和深入的研究，不仅涉及目录、版本、提要、序跋、考证等文献学内容，还涉及诗词学、明代文学、清代文学、近代文学、文学史料学等文学研究内容。下面从拟解决问题、拟达成目标、拟推出成果等三个方面进行具体介绍：

（一）拟解决问题

项目拟解决的总体问题是：如何对明清唱和诗词集进行全面搜集与整理，并推动明清诗词唱和研究的深入。具体可分为以下三个层面：

1. 如何对明清唱和诗词集进行尽可能全面的摸排、搜集。本项目虽然不以"全集""全编"命名，但课题组的目标却是以"全"为导向的，希望借重大项目的东风，对明清唱和诗词集的传藏情况及存书现状作全面的摸底。

2. 如何对明清唱和诗词集进行高质量的整理。本项目的目标是通过对明清唱和诗词专集的整理，传承中华传统的唱和文化，并为研究者提供丰富而又方便使用的文献资料。要达成这样的目标，必须对明清唱和诗词集的整理工作进行精心设计和安排。

3. 如何推动明清诗词唱和研究的深入。本项目的初衷是想以整理促研究，让研究者在研读更多的诗词唱和文献之后，在明清诗词唱和集中发现更多的文学、文献学问题，对明清唱和甚至唱和史有更深入的理解与诠释。在此过程中，课题组从一开始就最大限度地吸收最新的学术方法和学术理念、扩大学术视域，不满足于对唱和现象的简单梳理，对唱和活动与唱和文学进行综合的、深入的研究，打造精品、创造经典。

（二）拟达成目标

1. 在资料文献发现利用方面

（1）打捞文献，避免遗失。大量的古籍文献正随着时间的推移而散佚，每天每时每刻都可能出现古籍文献的人为损毁、自然腐烂和意外丢失。对明清唱和诗词集的广泛搜罗，结集出版，对保存历史文献有重要价值。

（2）整理文献，拓荒补白。本项目以"明清唱和诗词集整理与研究"为总目标，拟完成《明清唱和诗词集文献丛刊》的编撰、考订、电子资料库建设等项目。为后续的文学唱和研究铺路奠基，改变明清诗词研究相对薄弱的现状。

（3）考订文献，去伪存真。对明清唱和诗词集及其作者、作品等相关内容的鉴别、考订，践行的是文献学上考证、辨伪、辑佚的工作，它具有去伪存真的资料利用价值。

（4）以类相从，可供借鉴。对大型总集的整理，学术界已经积累了相当丰富的经验，但多数是断代总集或分体总集。像本项目这样以"诗词唱和"这一文学现象，将相关文献归类存放的做法，还不多见。因此本项目在明清唱和诗词集文献整理方面积累的经验，可充实文献整理与研究的方式、方法，为今后的文献整理与研究工作提供借鉴。

2. 在学术思想理论方面

（1）以文献整理促理论研究，深化明清诗词唱和研究。有关唱和诗词及唱和活动的研究，近年来虽然已有学者作出不少成绩，但受诗词唱和文献零散、不成系统的现状所限，难以宏观、深入地展开。本项目《明清唱和诗词集文献丛刊》的编撰，将改变明清唱和诗词研究"觅书无门"的苍白现状，从而开创一个唱和诗词文献带动文学研究的蓬勃发展局面。

（2）以断代研究促通论研究，深化诗词唱和流变研究。明清唱和诗词具有"明清"和"唱和"双重底色，它既是一种文学现象，又是一种文化现象。只有将"唱和"的历史铺展开来、拉通研究，方能凸显明清唱和诗词的独特个性。本项目拟将明清诗词唱和置于"诗词唱和"历史的发展视野中考察，从而加深对整个诗词唱和历史的把握与理解。

（3）以个别研究促总体研究，深化文学史研究。唱和，既是一种文学创作的特殊现象，也是一种文学的生产方式，对文学作品、文学群体、文学关系等文学史内容都有介入及影响。忽视这一古老而久远的文学现象，我们的文学史必然会有所缺失。因此，本项目对明清诗词唱和研究的推进，对重构唱和研究的话语体系、重写文学史都有助益。

（三）拟推出成果

1. 明清唱和诗词集叙录。本项内容旨在全面梳理明清唱和诗词专集的传藏和存世情况，对每一种唱和集进行编目，详细介绍参与唱和的诗词作家之生平经历，唱和活动发生的时间、地点、缘由、经过，唱和作品的内容和形式，唱和诗词集编撰流传的过程和版本情况，及唱和活动的作用、影响等各方面内容，以期为世人了解明清唱和诗词集及其版本源流立下纲目。

2. 明清唱和诗词集文献丛刊。摸清明清唱和诗词集的版本与馆藏之后，还须将明清唱和诗词集的内容呈现出来、公之于众。本项目从事的重要工作是择其善本，与出版社合作原版影印，汇成一套《明清唱和诗词集丛刊》，力求达到"整旧如旧"之效。

3. 明清唱和诗词集研究丛刊。明清唱和活动本身的复杂、多样，决定了明清唱和诗词集的复杂多样。和唐宋诗词唱和相比，明清诗词唱和呈现出与文学流派相交融的特点，且作家的地域性、集团化特色突出，作品的交际化、世俗化、日用化特点明显。因此对明清唱和诗词的研究，须抉发明清唱和诗词独一无二的特点、亮点和看点。例如，可从家族唱和、社团唱和、僚属唱和，及祝寿唱和、联句唱和、追和等各种特殊种类的唱和选择不同角度，对明清唱和诗词集展开综合研究，如研究唱和诗词集的内容、形式、功能、特点、传播、影响等，出版《明清唱和诗词集研究丛刊》，以飨学界。

4.明清唱和诗词集电子资料库。当前为数字化电子时代，将本项目研究的前三项内容转化成电子资源势在必行。本项目在对明清唱和诗词集的纸本文献进行整理与研究的过程中，也会将纸本文献转化为电子资料。只是受时间、精力、经费等条件的限制，本项目难以将这些电子资料建成可供检索的网络数据库。但明清唱和诗词集电子资料库的建设，是在为下一步建设网络数据库作准备。

三、研究团队

本项目的首席专家姚蓉教授正当年富力强，现为上海大学文学院教授、博士生导师，先后师从陈戍国教授、黄天骥教授、王兆鹏教授等在文献、文学研究领域都颇有声望的资深学者，既有文献整理的实践，又有理论阐发的成果，已经主持完成了国家社科基金青年项目"明清词坛唱和研究"，为继续从事本课题研究打下了良好的基础。

在姚蓉教授的邀请下，肖瑞峰教授、巩本栋教授、黄仁生教授、徐雁平教授、杨柏岭教授组成项目组的学术委员会团队，朱则杰教授、尹楚兵教授、蔡锦芳教授、刘东海教授欣然担任项目的子课题负责人，王伟勇教授（中国台湾）、金贤珠教授（韩国）、吕肖奂教授、孙小力教授等诗词唱和研究领域及文献整理与研究领域的资深学者，以及孙承娟（美国）、刘荣平、夏勇、李桂芹、葛恒刚、汪超等一批颇有学术后劲的青年学者共襄盛事，可谓彬彬之盛。

本项目的团队成员在文献整理与研究、诗词唱和研究、明清文学研究等领域，已经积累了扎实的前期成果。如朱则杰教授主持完成了国家社科基金一般项目"清诗考证"（2004），王伟勇教授主持完成了台湾省科技部年度课题"清人词集（籍）序跋之搜辑与研究"（2014），孙小力教授出版了《明代诗学书目汇考》（2004），都是分量厚重的文献整理与研究成果；如巩本栋教授的《唱和诗词研究——以唐宋为中心》（2013），刘东海教授的《顺康词坛群体步韵唱和研究》（2013），李桂芹副教授的广州市社科规划办项目"明末清初唱和词集研究"（2008），姚蓉教授的国家社科基金青年项目"明清词坛唱和研究"（2010），都是诗词唱和领域颇有影响的成果；如夏勇副教授的《清诗总集通论》、姚蓉教授的《明清词派史论》（2007），都是明清文学、文献、文化研究方面有价值的学术著作。研究团队长期的学术积累，为本课题的顺利实施打下了坚实的基础。

本项目由以下五个子课题构成：子课题一"明清唱和诗词集叙录"，由首席专家姚蓉教授兼任子课题负责人，成员有王伟勇（中国台湾）、金贤珠（韩国）、李强、南江涛、曾莹、王天觉等人，主要任务是：全面梳理明清唱和诗词专集的传藏及存世文献，编写《明清唱和诗词集目录》；进行版本搜集与考订，编写《明清唱和诗词集叙录》。子课题二"明代唱和诗词集文献丛刊"，由尹楚兵教授任子课题负责人，成员有孙小力、汤志波、王毅、汪超等人，主要任务是：搜集明代唱和诗词集，择其善者编成文献丛刊；撰写每一种明代唱和诗词集的提要；就文献整理过程中遇到的作家、作品、版本等问题展开考证，写成系列论文。子课题三"清前期唱和诗词集文献丛刊"，由蔡锦芳教授任子课题负责人，成员有葛恒刚、夏勇、孙承娟、鹿苗苗、贾艳艳等人，主要任务是：搜集清代顺、康、雍、乾、嘉五朝的唱和诗词集，择其善者编成文献丛刊；撰写此期每一种唱和诗词集的提要；就文献整理过程中遇到的作家、作品、版本等问题展开考证，写成系列论文。子课题四"清后期唱和诗词集文献丛刊"，由朱则杰教授任子课题负责人，成员有李桂芹、刘荣平、吴惠娟、张宇超、周广骞、尚鹏等人，主要任务是：搜集清代道、咸、同、光、宣五朝的唱和诗词集，择其善者编成文献丛刊；撰写此期每一种唱和诗词集的提要；就文献整理过程中遇到的作家、作品、版本等问题展开考证，写成系列论文。子课题五"明清唱和诗词集综合研究"，由刘东海教授任子课题负责人，成员有吕肖奂、姚惠兰、史华娜、尚慧萍等人，主要任务是：从不同唱和类型角度包括地域、身份（如乡邦唱和、家族唱和、社团唱和、僚属唱和、使臣唱和、夫妻唱和等）、题材（如节寿唱和、送别唱和、咏物唱和等）和唱和形式（如追和、联句或次韵等）等方面研究唱和诗词集的内容、形式、功能、特点、影响，深入发掘明清唱和诗词集的特点以及唱和现象的流变。

（附："明清唱和诗词集整理与研究"内在逻辑关系框架图）

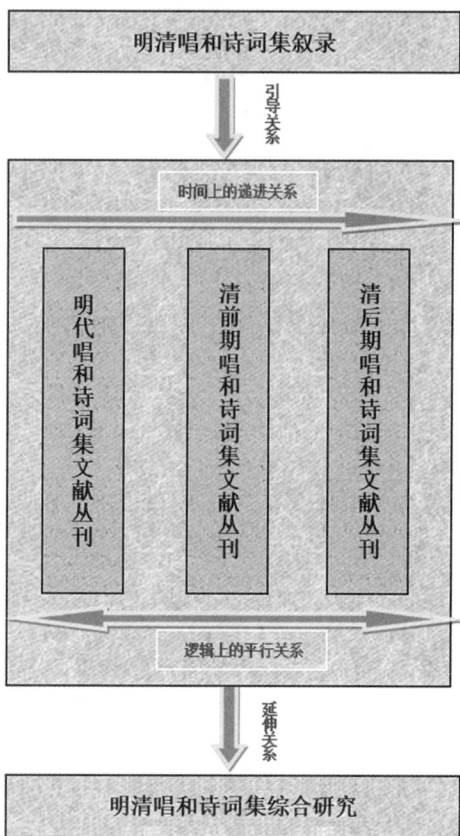

以上五个子课题，均围绕"明清唱和诗词集"展开，是对明清唱和诗词集整理与研究的具体化和深化。各个子课题之间有着严密的不可分割的关系。在具体研究中，各个子课题组将在总课题的统一安排下，资源共享、协调作战，既体现共性，又彰显个性。

四、研究进展

两年多来，国家社科基金重大项目"明清唱和诗词集整理与研究"课题组成员齐心协力，正在积极、努力推进各项任务，并取得了一定的阶段性成果。

（一）开题报告会与项目实施研讨会

2018年1月20日上午，姚蓉教授主持的国家社科基金重大项目"明清唱和诗词集整理与研究"课题组在上海大学宝山校区乐乎新楼思源厅举行开题报告会。来自全国各地相关研究领域的专家、学者40余人参加了此次开题报告会。姚蓉教授作课题汇报发言，从项目的选题、研究现状、研究重点、总体框架、研究手段、团队的构成和实施步骤七个方面展开，强调"明清唱和诗词集整理与研究"课题将不满足于对唱和现象进行简单梳理，而会把重点放在明清唱和诗词集文献本身、文献考证、文学研究，争取实证性成果与理论性成果双丰收，从而对唱和活动与唱和文学进行综合的、深入的研究，打造精品、创造经典。随后，子课题负责人及代表尹楚兵教授、蔡锦芳教授、刘荣平副教授、李桂芹副教授分别发言。课题学术委员会成员巩本栋教授、徐雁平教授也就选题价值、课题结构等问题发表了建设性意见。开题报告会评议专家刘跃进教授、廖可斌教授、李浩教授、程章灿教授、谭帆教授、朱万曙教授、伏俊琏教授就课题实施提出指导性意见。如针对课题涵盖范围较广，难以区分主次的问题，专家们建议聚焦重点，有针对性地对明清唱和诗词集进行整理和研究，如大型丛书已经影印出版的，一般无须再影印；对以往文献影印中出现的如缺页、前后颠倒错乱等问题，专家们希望该课题在进行过程中，尽力避免类似现象的出现，以实现"整旧如旧"的整理目标；专家们还建议选择部分有价值的诗词唱和集进行深度整理，精校精注，并深入研究，多出精品。

本次开题报告会标志着"明清唱和诗词集整理与研究"工作正式启动，对本项目研究任务的深入开展和顺利实施起到了积极的推动作用。姚蓉教授与国家图书馆出版社南江涛先生当场签订了"《明清唱和诗词集文献丛刊》编撰与出版合作意向书"。

2018年1月20日下午，课题组成员趁热打铁，在文学院306会议室举行了课题实施研讨会。会议分为两场，分别由南京大学巩本栋教授、上海立信会计金融学院姚惠兰教授主持。上海大学文学院曹辛华教授、蔡锦芳教授、尹楚兵教授，南京师范大学葛恒刚副教授，华南农业大学李桂芹副教授，杭州电子科技大学夏勇副教授，福建工程学院鹿苗苗副教授，南京信息工程大学史华娜老师等人就课题实施、出版事项、文献整理、经费安排等问题进行了细致而富有成效的讨论，南江涛先生介绍了图书采编、发行、宣传等方面的事宜。巩本栋教授进行了总结发言，认为这是一个很有价值的重大项目，课题组要通力合作，拿出高质量的成果。

开题报告会与项目实施研讨会的成功举行，为"明清唱和诗词集整理与研究"的顺利推进打下了良好的基础。经过两个会议确定下来的项目实施方案、奖励办法及专家们的指导性意见，成为之后项目推进过程中的指南，指导着项目各项工作有条不紊地开展。

（二）普查工作

两年多以来，课题组工作的重点是普查明清唱和诗词集，填写明清唱和诗词集普查表，编撰明清唱和诗词集叙录。课题组继续对明清唱和诗词集书目进行梳理，明确唱和的内涵与外延，在原有722种唱和诗词集基础上，剔除非唱和集书目21种，增补唱和集书目67种，目前整理的唱和诗词集目录总数达到768种。各项目子课题在普查书目的同时，填写唱和诗词集普查表，以时间为线，以类型为纲，对基本信息进行汇总，在普查表的基础上撰写叙录100余种，对唱和诗词集的版本、作家作品、唱和活动等作出简明扼要的介绍。

课题组成员每查阅一种唱和集，就填写一份普查表。普查表登记书名、卷数、册数、作者、版本、版式、序跋、收藏单位等基本信息，还要记录唱和形式、唱和题材、唱和参与者的身份等与唱和相关的特征，并对唱和集的特色、价值予以简要描述。

课题组成员在仔细阅读、研究的基础上，给每种唱和集撰写一篇叙录，旨在对本书进行简明扼要的介绍、述评。课题组制定了叙录撰写的标准，依次为著作简介、著作人简介、著作内容、学术评价、版本流传等。如第一段用简要的文字介绍书名、作者、编者、刊刻信息。著作人简介（包括作者与编者）的描述顺序依次为著作人姓名（生卒年）、字号、籍贯、功名、仕履、著述情况、传记文献出处。正史有传者可略之，反之可略加详述。对著作内容的介绍以客观描述为主，如各书之卷次结构、各卷内容、体例特点以及序跋刊校情况等须准确介绍，对唱和活动、唱和内容以及收录的重要作品也应予以简要介绍。简述本书的学术贡献与文化影响时，可围绕相关评论、传载等略加阐述，遇众说纷纭者，择优而从。引证文字宜简短，融化为用。

经过普查表的填写和叙录的撰写，课题组成员对每种唱和集有了更具体的了解，为一步步推进《明清唱和诗词集叙录》和《明清唱和诗词集文献丛刊》的结集出版，也为加深诗词唱和研究打下了基础。

（三）项目例会

课题组每周定期开例会，集中解决项目进程中遇到的困难，定期汇报工作进度。如例会中展开对"唱和"的定义、唱和的历史评价以及唱和的古今演变等问题的研讨，帮助课题组成员深化对项目的理解，推动项目的开展。

2018年10月12日，子课题负责人、浙江大学朱则杰教授，专门在例会中详细介绍了他在"清诗总集的分类与唱和诗词的整理"进程中的心得，重点阐述了清诗总集分类的方法与标准问题。认为以传统目录学为基础，同时结合实际情况，将清诗总集综合列为十类，庶几最为完备，分别是全国类、地方类、宗族类、唱和类、题咏类、课艺类、歌谣类、闺秀类、方外类、域外类。接着，他又详细介绍了唱和诗词集整理过程中行之有效的具体路径与策略，并对在座的硕士与博士生提出了基于课题的科研要求与期望。参会教师与学生踊跃发言，共同探讨课题开展过程中的诸多难题与阻力，使项目组成员在科研思想、研究路径、学术态度等方面都得到新的认识与提高。

课题组成员围绕重大项目搭建起学术交流与碰撞的平台，可以开阔大家的视野，启发大家的思考，进而促进更多学术成果的产生。

（四）以研促教

以重大项目为抓手，开设专题课程，指导学位论文，一方面推动本硕博学生参与到导师的科研工作中来，一方面以培养研究生为中心推动项目的深化与发展。首席专家姚蓉为18级硕士生开设"明清诗词文献研读"，为18级博士研究生开设"文学交往与文学演进：以明清诗词唱和为中心"等与所主持的重大项目相关的课程，有效地培养了课题组的后备力量，促进了唱和诗词集研究队伍的壮大。以姚蓉为首的课题组成员，在指导学生论文选题时，大多以唱和诗词集为研究对象，目前仅姚蓉教授的学生，博士4人、硕士6人、本科生2人均以唱和研究为题，从唱和群体、唱和形式、唱和内容与唱和影响多个层面对唱和诗词集进行研究，从而有效地推动了对明清唱和诗词集的综合研究。

两年多来，课题组成员撰写了与明清诗词唱和相关的研究论文10余篇，其中已发表5篇。博士生贾艳艳同学已于2018年5月完成毕业论文《明代阁臣诗歌唱和研究》，答辩评委一致认为论文选题很有创新性。硕士生侯雨薇同学的毕业论文《徐树铭闱场唱和研究》在前不久举行的预答辩中也颇受评委好评。

在这一重大项目的推进过程中，不断有新的研究人员和研究生加入课题组。课题组通过重大项目的实施，正在达成为国家培养一批新生代的学术力量，从而产出一大批硕博论文、学术专著的美好愿望。

五、研究难点

项目实施两年多以来，取得了上述一些成绩，也存在一些问题。具体阐述如下：

1. 如何尽可能全面地掌握明清唱和诗词集。本课题之难，首先难在一个"全"字上面，本课题虽不是"明清唱和诗词集全编"，但努力的方向却是尽可能全面地梳理明清唱和诗词集。将明清两代独立成集的唱和诗词专集搜罗殆尽，实在是一件美好却又无法臻于至善的工作。且不说因为战争、天灾、人祸、自然淘汰等导致的文献消亡，就算明清两代的唱和专集完好无损地保存了下来，获知这些书目的名称和地点也是一项浩大的工程。以有限的人力在有限的时间里去查找浩如烟海的两朝文献，有如大海捞针。所谓的"全"只不过是相对的"全"而非绝对的"全"。虽然现代交通的便捷、网络的发达为我们穷尽大部分的唱和诗词集提供了古人无法企及的便利，但遗珠之憾必然客观存在，难以避免。即便如此，我们还是会尽最大努力将这种遗憾缩小到最低限度。

2. 如何尽可能多地获取明清唱和诗词集。和访书一样困难的是获取难。如果说访书仅仅是找到与书相关的信息，那么获取则是得到图书本身。获取不是将国家、海外或他人的藏书据为己有，而是以影印、复制的形式将访问的书籍公之于众。即便如此，部分图书的获取也会限于诸多因素而搁浅。这些因素包括：成本太高、访问受限、拒绝影印、路途遥远和其他原因等。就此而言，我们是无法将所有获知的、存世的"明清唱和诗词集"影印出来的，只好退而求其次，将其基本信息写入"叙录"供读者参考。

3. 如何完善地呈现明清唱和诗词集。对古籍来说，影印虽然是呈现原本的最佳方式，但仅做到影印，是远远不够的。本课题在尽可能将唱和诗词集的原貌呈现出来的同时，为明清唱和诗词集编写叙录，针对影印中可能存在的诸多问题，如缺页、前后颠倒错乱等，或予以指出，或予以替换，以使之更学术化、更完美地呈现在读者面前。

4. 如何精当地考辨明清唱和诗词集。目前，唱和诗词概念的具体界定标准不一、对唱和诗词集进行甄别与价值评价存在难度等，是影响课题推进的主要因素，也是继续实施项目过程中努力的重点。本课题将明确界定唱和诗词集的边界和范畴，精当考辨各种唱和诗词集的性质，争取建构诗词唱和的话语体系。

"明清唱和诗词集整理与研究"是一项规模较大、任务艰巨、填补学术空白的重大课题。相信经过坚持不懈的文献搜集、整理和研究，课题组能高质量地达成既定目标，完成好这一重大项目。即便这一项目顺利完成，我们在诗词唱和领域也还有很多工作可做，比如对明清之前及明清之后的唱和诗词集继续进行整理和研究，才能掌握完整的诗词唱和历史。课题组在搜集明清唱和诗词集的过程中，已发现民国唱和诗词集上百种，可以说，这一领域的研究还大有可为。

【作者简介】上海大学文学院教授，博士生导师。

20世纪词论的发展进程及其反思

朱惠国　付　优

【摘　要】　以传统词学的终结和现代词学的建立为主线，大致可将20世纪词论的发展划分为"庚子事变"至新中国成立、新中国成立至70年代末、80年代初至20世纪末三个发展阶段。其中，传统词学的最后繁荣和现代词学的形成，主要表现为词坛名家辈出、词社活动频繁、词学刊物兴盛、词学著述大量出版。总的来看，20世纪词论影响最大的部分是记录词坛争鸣的"声响"、还原词论竞议的"现场"、追溯词学评论的"脉络"。

【关键词】　词学理论　现代转型　词学刊物　词体解放

词论作为词的"批评之学"，与词的创作既有联系又有区别。站在今天的时间节点，从宏观的层面评价已经过去的20世纪，可以发现：词的创作几乎未能产生影响持久而深远的作品，但词论却经历了其发展史上变化最大，且绝不缺乏亮点的特殊时期。究其原因，除这一百年间产生了《蕙风词话》《人间词话》等重要词论成果之外，更重要的是从20世纪初到20世纪末，中国词论在词学观念、成果形态、传播方式等方面发生了巨大变化。直观地看，从南宋王灼《碧鸡漫志》以来，以随笔型、笔记体、印象式、漫谈式为特征的词话批评逐渐让位于新兴的专题式词学论述，简言之，就是主流词论完成了从传统到现代的转型。

回顾20世纪词论的发展进程，展现每一阶段的代表性成果，并在此基础上梳理其发展演变的内在轨迹，有益于我们正确把握与评价20世纪词学，为当下的词学批评提供可靠借鉴，这是一项具有学术价值与现实意义的重要工作。

一

　　20世纪词论的起点是晚清常州词学。一般认为，中国词论有两个高峰：南宋和晚清。如果说南宋词论主要是在自唐五代至两宋词学高度繁荣的基础上，对词的艺术特点进行总结，那么晚清词论则是在词的创作经历最后辉煌之后，在更大时段的基础上进行总体性的观照，后者在晚清动荡的社会背景中融入对时代因素的思考，因此更加全面，也更加强调词的社会功能。从社会性、文艺性兼顾的角度看，晚清无疑是中国传统词论最为繁荣的时期。百年词论以此为起点，以20世纪末为终点，相比于两宋以来的千年，时间跨度并不大，但形式与内涵变化巨大。在此期间，传统词学不断式微，现代词学逐步建立，基本完成了词论史上最重要的转变。这是中国词论史上最值得关注与总结的百年。

　　对于20世纪词学衍变进程的分期，学术界异说纷纭。概而言之，以传统词学的终结和现代词学的建立为主线，大致可划分出1900—1949、1949—1979、1979—2000三个大的发展阶段。其中1908年《人间词话》发表、1931年朱祖谋去世、1933年《词学季刊》创刊等标志性事件，又可作为关键节点标志词学发展的里程。词论作为词学的重要组成部分，在20世纪经历了以下几个发展阶段：

　　从"庚子事变"至新中国成立（1900—1949），是传统词学的最后繁荣期和现代词学的创立期。从词论的角度看，这一时期的繁荣发展主要展现在五个方面：

　　其一，词坛名家辈出。这一时期词学家众多，大致可以分为三大群体[1]。其一，"由内而内"的词学家，即传统的词学家。1904年王鹏运去世后，以朱祖谋为首的传统词学家继续主盟词坛。他们的词学思想变化又可分为两个阶段。前一阶段，主要表达"黍离麦秀"与"铁棘铜驼"的"遗民"之感，这在他们的创作及借助词集序跋表达的词学评论中体现得淋漓尽致。后一阶段，他们关注的重心逐渐向词集校勘和声律研究

---

[1] 详见朱惠国：《中国近世词学思想研究》第十章，上海古籍出版社2005年版，第275—311页。

转移，更加强调词的技法。龙榆生曾将之总结为："一时词流，如郑大鹤（文焯）、况夔笙、张沚莼（上龢）、曹君直（元忠）、吴伯宛（昌绶）诸君，咸集吴下，而新建夏畞庵（敬观）、钱塘张孟劬（尔田），稍稍后起，亦各以倚声之学，互相切摩，或参究源流，或比勘声律，或致力于清真之探讨，或从事梦窗之宣扬，而大鹤之于清真，弘扬尤力，批校之本，至再至三，一时有'清真教'之雅谑焉。"[1]其二，"由外而内"的词学家[2]，即所谓体制外词学家，以王国维、梁启超为代表。这类新型的词学家吸纳西方哲学、美学和社会学观念，从纯文学和社会文艺学两个方向渗透、影响中国传统词学，其本质是西学东渐背景下，传统词学理论面对西方文艺理论挑战的应激反应。两人开创了新的词学风气，但所获的理论回应比较微弱，因而，有学者提出此时期词学未能如小说、戏剧、诗歌般形成规模化的"文学革命"[3]。直至1927年，胡适出版《词选》，批判晦涩难懂的梦窗词，提倡清新刚健的词风，同时以社会进化论的观点来观照词的发展演变，在具体的论证过程中多采用分析、实证的方法，在词坛产生了一定的影响。其三，内外兼修的词学家，即新生代词学家，以龙榆生、夏承焘、唐圭璋为代表。这类新生代词学家既吸收传统词学精华，又能借助现代的分析方法和实证方法进行词学研究，全面促进了词坛文学观念、研究视角、研究手段、成果形式和词学传播媒体的更新，最终完成了中国现代词学的建构。与他们同声嘤鸣的，还有南北各高校主持讲席的词学教授，如中央大学汪东、陈匪石、王易，北京大学赵万里、刘毓盘，武汉大学刘永济，河南大学邵瑞彭、蔡桢、卢冀野，中山大学詹安泰，重庆大学周岸登，暨南大学易孺等。从地理分布来看，这些词学家又先后形成了沪宁词学圈、京津词学圈、广州词学圈和成都词学圈，共同推动倚声之学的繁荣。

其二，词社活动频繁。从"庚子事变"到"五四运动"期间，承接湘社、鸥隐词社、咒村词社、寒碧词社遗风，以柳亚子主持南社、朱

---

[1] 龙榆生：《龙榆生词学论文集》，上海古籍出版社1997年版，第382页。
[2] 详见朱惠国：《论中国传统词学的现代化进程》，载《贵州社会科学》2011年第3期。
[3] 张宏生：《诗界革命：词体的"缺席"》，载《南京大学学报》（哲学·人文科学·社会科学版）2006年第2期。

祖谋主盟春音词社为中心，北京有著涓吟社；上海有丽则吟社、春晖社；厦门有碧山词社；成都有锦江词社、春禅词社；台北有巧社。这些社团不全是专门性的词社，但词的创作与讨论占据着其社集活动的重要位置。由于南社体兼诗词文，此阶段词社应属春音词社影响最大，王蕴章称"海上词社，以民初春音为最盛"（《春音余响》）。从"五四运动"到"抗战"全面爆发前，出现了白雪词社、瓯社、甲子词社、潜社、聊园词社、趣园词社、须社、六一消夏社、沤社、鸣社、蓼辛词社、蛰园词社、梅社、如社、声社、寿香社等词学社团。其中以潜社、须社、沤社影响较大，活动较多，辑有《烟沽渔唱》《沤社词钞》等。"抗战"爆发后，神州满地疮痍，词人弦歌不辍，组织有瓶花簃词社、午社、雍园词社、玉澜词社、绮社、瓶社、梦碧词社等。中国词社素来有立派的传统，往往在词社中崇尚、倡导某种词学倾向。民国时期词社情况则稍有不同，应酬、社交的成分多一些，不尽以立派为宗旨，但以上各类大小词社的社约、宣言、纲领、章程以及社集序跋等文献材料中，均不同程度体现了词社的创作倾向和美学崇尚，保留着丰富的词论材料。

其三，词学刊物兴盛。《词学季刊》和《同声月刊》是民国时期两种专业性词学刊物，为这一时期的词学研究和词学评论提供了发表园地，极大影响了这一时期的词学传播。1933年4月，《词学季刊》由龙榆生等人创办于上海，以约集同好研究词学为宗旨，主要作者为龙榆生、夏承焘、唐圭璋、赵尊岳、张尔田、夏敬观、吴梅、叶恭绰、邵瑞彭、周泳先十人。这是近代贡献最大的词学专刊，1936年因"抗战"爆发而停刊，历时三年，共12期。每期主要内容包括论述、专著、遗著、辑佚、词话、近人词录、近代女子词录、词林文苑、通讯、杂缀等。《同声月刊》是龙榆生1940年创建于南京的词学刊物，前后历时近五年，共出版39期。此外，陈赣一于1932年创刊的《青鹤》杂志也刊登了大量诗词作品和评论文章。除了这三家刊物，刊登词学研究文章的期刊还有《妇女时报》《小说新报》《小说海》《民权素》《礼拜花》《红玫瑰》《紫罗兰》《先施乐园日报》《天韵报》《永安月刊》《中华邮工》等百余种。其中，《民国日报》《中华编译社社刊》《北平晨报》等刊物都曾设有词论专栏。

其四，词学著述大量出版。词学创作与研究的繁荣，加上民国时期机器印刷的推广，书籍出版更加便利，共同推动着词学著作的大量出版。1926年，胡云翼出版第一部专门的词史著作《宋词研究》，分为上下两篇，上篇探讨宋词的发展、变迁和整体情况，下篇评述两宋主要词人作品。1931年，刘毓盘《词史》付梓，是为第一部略具规模的通代词史。全书共十一章，除第一章论词的起源外，后十章依次详细论述隋唐五代至明清的词人群体和流派。1932年，王易出版《词曲史》，分为明义、溯源、具体、衍流、析派、构律、启变、入病、振衰、测运十个部分，探究词曲的体制源流、宫调格律和词曲二体之异同。次年，吴梅出版《词学通论》，全书九章，前五章论平仄四声、词韵、音律和作词法；后三章标举评述历代词家得失。20世纪40年代，薛砺若三次修订出版《宋词通论》，分七编探索宋词风貌和词人嬗替的轨迹。此外，谢无量《词学指南》、王蕴章《词学》、徐敬修《词学常识》、徐珂《清代词学概论》、叶恭绰《清代词学之摄影》、胡云翼《词学ABC》《中国词史略》《中国词史大纲》、梁启勋《词学》《词概论》、谭正璧《女性词话》、卢前《词曲研究》、伊磋《花间词人研究》、缪钺《中国史上民族词人》、龙榆生《词曲概论》、余毅恒《词筌》、刘尧民《词与音乐》、孙人和《词学通论》、刘永济《词论》、任中敏《词学研究法》等著作均为此时段较有代表性的词史词论。

从新中国成立至20世纪70年代末，是现代词论的潜伏期。1949年7月，全国文学艺术工作者代表大会召开，毛泽东《在延安文艺座谈会上的讲话》被确立为文艺发展的新方向。从"十七年"到"文革"期间，在困顿的境遇中，一方面，张伯驹、夏承焘、黄君坦、寇梦碧、孙正刚、陈机峰、沈祖棻、唐圭璋、丁宁、朱庸斋等词人百折不挠，默默坚持创作，留下了不少情感炽烈的诗词作品；另一方面，唐圭璋《全宋词》、夏承焘《唐宋词人年谱》、邓广铭《辛稼轩年谱》等词集和年谱的出版，为词学研究提供了可靠的文献支撑。更为重要的是，夏承焘《唐宋词叙说》（1955）、龙榆生《宋词发展的几个阶段》（1957）等词学论文的发表，彰显着前辈学者志怀霜雪、不辞辛劳地推动词学研究向前进展的艰苦努力。但由于时代的限制，词学研究也受到大环境的影响，偏离了正常学术研究的轨道。其中的一个重要表现，就是将宋词"豪放派"称颂为"现实主义支流"，将"婉约派"贬低为"反现实主义逆流"，甚至强行将"豪放派"又划分为"儒""法"二派，把苏轼和其门下词人当做"保守儒家"的靶子来攻击，又将王安石、辛弃疾等人不恰当地理解为"法家词人"[1]。对当时盛行的词学议题，我们应该在对历史背景的理解中批判式继承。

从80年代初至20世纪末，是现代词论的新兴期。党的十一届三中全会召开之后，文艺界的创作和评论环境逐渐恢复繁荣局面。

首先，随着词学的复兴，词学专业刊物重新创办。1981年，华东师范大学施蛰存教授联合夏承焘、唐圭璋、马兴荣等创办《词学》集刊。集刊专攻古典文学中词学一块，旨在为海内外专业词学研究者提供发表研究成果的园地，以利大家"互相商榷，互相切磋，互通信息，互为补益"，共同推动研究，繁荣词学。刊物的主要栏目有：论述、年谱、文献、词苑、丛谈、图版等。从刊物的办刊宗旨、编辑思想，甚至主要栏目设置来看，均有遥接30年代《词学季刊》的意图。该刊是迄今为止国内唯一的词学研究专业集刊，对新时期词学的繁荣做出了巨大贡献。除此之外，80年代初，广东创办有《当代诗词》《诗词集刊》《诗词报》等报刊。90年代，中华诗词学会创办《中华诗词》，东南大学词学研究所创办《中华词学》刊物，这些刊物均促进了词学的繁荣，也对新时期词论的发展起了推动作用。

其次，词论文献整理取得重要成果。80年代在词论文献整理与出版方面最重要的成果是修订再版了《词话丛编》。唐圭璋《词话丛编》编纂于30年代，是20世纪最为重要的词论文献之一。1933年8月出版的《词学季刊》第一卷第二号，在"词坛消息"中最早报道编纂《词话丛编》的消息，作者透露了两个方面的内容：其一，汇刻词话的想法最初由郑振铎提出，唐圭璋先生是"重申斯旨"；其二，唐先生已编出初步目录，计有词话八十种。此后《词学季刊》多次发文，跟踪报道。综合这些报道，《词话丛编》收录词话的数量不断变化，经历了由少（80

---

[1] 详见刘扬忠：《新中国五十年的词史研究和编撰》，载《文学遗产》2000年第6期。

种）到多（90种），再由多（90种）到少（65种）的过程。事实上，
《词话丛编》刊印时，最终的词话数是60种，说明唐圭璋先生也经历了
从广搜词话到严选词话的过程。80年代，唐先生的修订本在原来所辑
60种词话的基础上增加了25种。《词话丛编》的重新修订出版，是唐圭
璋对词学文献整理工作的重大贡献，也是80年代词学复兴的一个重要
标志。除了《词话丛编》，这一时期还有施蛰存《词籍序跋萃编》、金启
华《唐宋词集序跋汇编》等词论文献资料出版，为词论研究走向深入和
精进奠定了基础。需要说明的是，施蛰存《词籍序跋萃编》其实编纂于
"文革"前，但由于其处境艰难，一直无法出版，能够在此时面世，正
说明词学研究的环境已发生改变。

再次，各类词学研究论著陆续出版。晚清以来，各类词学研究著
作不少，但专门的词论研究著作，尤其是专门的词学批评史著作十分鲜
见，因此，1994年出版的《中国词学批评史》具有筚路蓝缕的开创意
义。此书由华东师范大学中文系四位中青年教师方智范、邓乔彬、周圣
伟、高建中合著，由施蛰存参订。作者以时间为线索，将中国词学批评
的发展分为两大阶段：从唐五代到明末为第一阶段，主要论述以"本
色"论为核心的传统词学观和苏轼的诗化理论，对其特点和影响均作
了恰如其分的评价；清代至民国初为第二阶段，主要介绍、评价相继
而起的各种词派。全书以王国维《人家词话》为终结，以为由此开启
了"西学东渐"背景下词学批评的新变。两个阶段前后连贯，在介绍
词学家、词派以及各种观点的同时，勾勒出中国古代词学批评史的发
展轨迹。华东师范大学中文系古典文学研究室编的《词学研究论文集
（1949—1979）》于1982年由上海古籍出版社出版，收入1949年以来词
学研究的代表性成果，也可视之为重要的当代词学文献，引起学界广泛
关注。除了著作外，这一阶段单篇词学论文，如施蛰存致周楞伽以《词
的"派"与"体"之争》为题的几封书信，吴世昌《有关宋词的若干问
题》《宋词的"婉约派"和"豪放派"》等，也对词学研究走向"百家争
鸣""千帆竞发"起到积极的推动作用。

纵观百年词坛，在波折中蜿蜒前进，词的批评之学薪尽火传，生机
不绝，在传统词学的基础上成功孕育了现代词学学科。

二

在20世纪波澜起伏的词学发展中，词学理论的演进堪称重中之重。学者们不辞辛劳，爬梳文献，研习声律，力求准确地把握住理论演进、形式嬗递的脉络，创造了较为丰硕的研究成果。在这些成果中，有三个方面在词学发展中影响较大，尤其值得关注与探讨：

第一，记录词坛争鸣的"声响"。现代"词学"体系的建构、作词是否严守四声的争议和词体如何解放的命题，是20世纪前半期词坛关注的核心话题。一百年中，绝大部分词人都曾或主动或被动参与过相关话题的讨论。然而，在此前的研究中，我们主要关注的是各个时期代表词人的观点，极大程度上忽略了词坛上广泛存在的"低音"。以词体解放问题为例，梁启超、胡适提倡完全解放词体，用白话作词，"推翻词调词谱的种种束缚，不拘格律，不拘平仄，不拘长短"[1]；胡云翼等青年学者受胡适影响，形成了"词体并不是一种有多大意义和价值的文体，它的生命是早已在几百年前的终结，成为文学史上的陈物了"[2]之类的激烈主张；1916—1921年间，陈柱与友人冯振也提出"自由词"创作理念，倡导打破词谱约束[3]。30年代，曾今可、柳亚子与赵景深等人以《新时代月刊》"词的解放运动"专号为阵地，掀起了广为人知的"词的解放运动"。大致上说，曾今可、董每戡、柳亚子等人主张不分别阴平、阳平与上去入、以白话或现代浅近的文言入词，但要求保存平仄和韵脚；张双红、张凤等人主张完全废弃词谱、词牌，创制新谱自度腔填词。然而，细细考究，在"词的解放运动"中还存在更多的议题。例如董每戡大体赞成曾今可的观点，但又提出"不使事（绝对的）""不讲对仗（相对的）""要以新事物、新情感入词""活用死律""不凑韵""自由选用现代语"六条建议[4]；翁漫栖更加激进，提出"我的改善很不像曾今可先生那样只解放小部份的一小部份（只把阴阳的平仄解放而已）。

---

[1] 胡适：《谈新诗》，载《星期评论》1919年10月10日。

[2] 胡云翼：《论词体之弊》，见《词学ABC》第十章，上海书店出版社1930年版，第91—95页。

[3] 陈柱：《自由词序》，载《学术世界》1936年第1卷第10期。

[4] 董每戡：《与曾今可论词书》，载《新时达月刊》1933年第4卷第1期。

我以为这种解放脚而不解放乳的解放，似乎太于无聊。所以我自己的改善却是把词谱完全解放"[1]；而叶恭绰则干脆指出文体改沿革，诗之后有词，词之后有曲，"曲之流变应产生一种可以合乐与咏唱之物，其名曰歌"，提出"鄙意应不必仍袭词之名，盖词继诗，曲继词，皆实近而名殊。犹行楷、篆隶，每创一格，定有一专名与之，以明界限，而新耳目"[2]。

与此同时，仍有大量词人持保守立场，主张严守词谱、师法梦窗、辨明四声。例如，陈匪石主张严守四声，"若既不知五音，又不辨四声，则不必填词可也"[3]；向迪琮亦提出"今虽音律失传，而词格俱在，自未可畏难苟安，自放律外，蹈伯时所谓'不协则成长短诗'之讥"[4]；刘富槐则深信坚守词体的价值，提出"西方学者知有此体，殆将播诸管弦，列于美术，宁有屏而不御乎"[5]；蔡嵩云更跳出两派，主张"近年社集，恒见守律派词人，与反对守律者互相非难，其实皆为多事。词在宋代，早分为音律家之词与文学家之词"[6]。可见，在"词体解放"的旗帜下，词人群体的具体思想实则各不相同，而这些细节的差距、微弱的"低音"正是我们深入理解词学衍变的重要资料。

第二，还原词论竞议的"现场"。20世纪的词论著述中，保存着海量有关当时词人交游、词社活动、词作评论的材料，详细考索，不难还原出众声喧嚣的词论"现场"。若论辑录词人词作，汇辑词坛轶事，可观陈锐《裒碧斋词话》、碧痕《竹雨绿窗词话》、夏敬观《忍古楼词话》、冒广生《小三吾亭词话》、张尔田《近代词人逸事》、高毓浤《词话》、程善之《与瞿禅论词书》等材料。其中，如蔡突灵在《红叶山房词话》中假托寻芳倦客评述自己的词稿兼解释词作所影射政治事件，又如吴梅《与龙榆生言彊村逸事书》谈论朱祖谋故事，周焯《倚琴楼词话》辑录李劼人、毕倚虹词事，陈去病《病倩词话》抄录友人题《征献论词图》

---

[1] 翁漫栖：《词改善的意见》，见《波罗蜜》第二辑，上海群英书社1935年版。
[2] 叶恭绰：《与陈柱尊教授论自由词书》，载《学术世界》1935年第1第12期。
[3] 陈匪石：《旧时月色斋词谭》，载《华侨杂志》1913年第1期。
[4] 向迪琮：《柳溪词话》，载《南金》杂志1927年第5期。
[5] 刘富槐：《箫心剑气词序》，见《听潮音馆词集》，1930年铅印本。
[6] 蔡嵩云：《柯亭词论》，见《柯亭长短句》附录本，中华书局1948年版。

词作，均有存人存词之效。若论评骘词人，甲乙词作，可观闻野鹤《恓
箊词话》、黄濬《花随人圣庵词话》、朱庸斋《分春馆词话》等材料。如
陈声聪《读词枝语》点评近代女词人丁宁、沈祖棻、陈家庆、寿香馆弟
子、龙榆生弟子张珍怀、王筱婧；或如钱仲联《近百年词坛点将录》借
说部狡狯之笔，为记室评品之文；或如方廷楷《习静斋词话》论"鹓
雏长于写艳，亚子工于言愁；鹓雏秾丽似梦窗，亚子俊逸似稼轩"[1]；再
如沈轶刘在《繁霜榭词札》中提出"民初四词家外，尚有三大名家，窃
准汉末成例，拟为一龙。以夏承焘为龙头，钱仲联为龙腹，龙沐勋为龙
尾"[2]等，均堪称点睛妙笔。若论记录词人交游、词社活动始末，可观
王蕴章《秋云平室词话》、蒋兆兰《词说》、陈声聪《读词枝语》、陈洵
《致朱孝臧书札》（十通）等材料。如陈曾寿《听水斋词序》记录须社梗
概；陈声聪《读词枝语》历数燕京自庚子词社、聊园词社、趣园词社到
须社的社集活动与中心任务，又记录南方沤社、午社、如社参与人员；
徐沅《瀼溪渔唱序》记录"余于庚子之秋与刘语石、金蔗畦、左迦厂诸
君结词社于西泠"[3]；蒋兆兰《乐府补题后集甲编序》记载"去年庚申岁
暮，焕琪宴集程子蛰庵、储子映波、徐子倩仲及不佞共五人结词社，名
曰白雪，纪时也，亦著洁也"[4]；王蕴章《梅魂菊影室词话》记录春音词
社创社和第一次社集情况，云"近与虞山庞檗子、秣陵陈倦鹤有词社之
举，请归安朱古微先生为社长"[5]；庞树柏《襄香箊词话》记录春音词社
社员和第二次社集情况，都是研究近代词社词学思想的宝贵资料。

　　第三，追溯词学评论的"脉络"。考索20世纪的词论著述，不难发
现，其中保存有大量谈论学词法、作词法、选词法、评词法的内容，足
以为我们深入理解中国传统词学的现代转型提供强有力的支撑。如陈世
宜《珷庵词序》记录了跟随朱祖谋从《绝妙好词》入手学词的经历；陈
柱《答学生萧莫寒论诗词书》详细谈论了学词的步骤、对象和要点。又
如翁麟声提出"填词之苦，千态万状""句之长短，字之多寡，声之平

[1] 方廷楷：《习静斋词话》，载《小说海》1917年第3卷第5、6号。
[2] 沈轶刘：《繁霜榭词札》，见《清词菁华》，安徽文艺出版社1986年版。
[3] 徐沅：《瀼溪渔唱序》，见《瀼溪渔唱》，1938年刻本。
[4] 蒋兆兰：《乐府补题后集甲编序》，见《乐府补题后集》，1922年刻本。
[5] 王蕴章：《梅魂菊影室词话》，载《文星杂志》1915年第1期。

上去入，韵之清浊阴阳，皆有一定之严格"[1]；王潗主张"窃谓词难于诗，全在会意尚巧，选言贵妍，固不可歇后做韵，尤不可满纸词语，竟无一句是词"[2]；欧阳渐认为"作苏辛词，第一要胆大，俯视一切，敢发大言；第二挂书袋子，开口闭口总是吃现成；第三情挚，一肚子不合时宜，不堪久郁，不管是非，喷薄而出之"[3]；谭觉园主张"清、轻、新、雅、灵、脆、婉、转、留、托、澹、空、皴、韵、超、浑为词之十六字要诀"，又提出"初学者，以《白香词谱》或《填词图谱》，较为适用。《白香词谱》，尤以天虚我生之考正本为妥善"[4]；吴东园则认为"今之学词者，如以空灵为主，但学其空灵，而笔不转深，则其意浅，非入于滑，即入于粗矣。以婉丽为宗，但学其婉丽，而句不炼精，则其音卑，非近于弱，即近于靡矣"[5]。又如汪兆铭在致龙榆生书札中批评古今选家之弊端，提出"选一代之词，宜以落落十数大家为主，于此十数大家，务取其菁华，使其特色所在，烂然具陈……于此落落十数大家之外，如有佳作，亦择其尤精者选之，为之以辅，如此或可兼收众长而去其弊"[6]。值得关注的是，《沤庵词话》中保存有较多对王国维"境界说"的反思和修正。一方面，沤庵认为，王氏标举的"无我之境"实际并不存在。"物境者，景也；心境者，情也；情景交融，则构成词之境界"，境界即为外在物境与内在心境的化合为一。历代词人"以词心造词境，以词境写词心，固处处着我，初无'无我之境'也。另一方面，沤庵又反对王氏"隔"与"不隔"的区分方式，提出"凡词之融化物境、心境以写出者，皆为'不隔'，了无境界，仅搬弄字面以取巧者为'隔'，'隔'与'不隔'之分野，惟在此耳"[7]。

总体上看，20世纪是词学与国族同风雨，在裂变中涅槃的一百年，催生了许多启人深思的词学议题，在众声喧哗中谱写了波澜壮阔的学科

---

[1] 翁麟声：《怡簃词话》，载《华北画刊》1929年3月24日至1930年3月16日。
[2] 王潗：《王伯沈先生致徐君帆论词学书》，载《国学通讯》1941年2月第5辑。
[3] 欧阳渐：《中兴鼓吹题语》，1938年独立出版社铅印本。
[4] 谭觉园：《觉园词话》，载《励进》杂志1932年第1期至第3期、第5期至第10期。
[5] 吴东园：《与黄花奴论词书》，载《小说新报》1916年第2卷第27期。
[6] 汪兆铭：《双照楼遗札》，载《同声月刊》1945年第4卷第3号。
[7] 沤庵：《沤庵词话》，载《杂志》1942年11月、12月，1943年2月、4月。

史，时至今日，20世纪词论著述依然具有较高的理论价值和文献价值。

20世纪伊始，梁任公作《少年中国说》，引用西谚云"有三岁之翁，有百岁之童"。词论作为一种与词的创作密切相关的专门之学，发展到今天，也积累了千年有余的历史，而20世纪这一段，在西学东渐的历史大背景下，发生了一场至关重要的蜕变，成为一种既古老又年轻的学问。作为词学研究共同体的一分子，我们诚挚地期待它穿越千年的风霜，渡过百年的奔流，仍能承《大学》"日新又新"之诫，秉《大雅》"旧邦维新"之命，在变动不居的时光长河中，焕发出新的生命力。

【作者简介】朱惠国：华东师范大学中文系教授，博士生导师
付优：苏州大学博物馆馆员

民国沪上词坛的双子星座

——陈小翠与周炼霞

赵郁飞

【摘　要】　若说20世纪词史的"黄金时代"在民国，那么作为经济文化中心的上海则可谓占尽江山间气。迥超于"补阙""增色"的传统观念，女性词人是此期文学场域的重要构成部分，其中陈小翠与周炼霞可称光彩耀目的"双子星座"："湖海胸襟，珠玑咳唾"的陈小翠不仅足以跻身百年一流词人之列，更为女性词辟未有境界；而周炼霞则以灵心绮思与"嶙峋奇气"，在民国词坛别张一军。

【关键词】　民国词坛　陈小翠　周炼霞　女性词史

　　近世以来，"承接几千年江南文化的氤氲化育，容受近百年政经气候之波诡云谲"[1]的上海，涵蓄文气，挈揽才人，迅速崛起为新一代文学中心。在群星璀璨的民国海上词坛，女词人陈小翠与周炼霞颇值注目：二氏同膺中国女子书画会元老，身兼郑虔三绝；又为金兰契友，交接甚密，文采相若，堪称"流光相皎洁"之"双子星座"。她们非仅在民国词苑珠璧联辉，也在千年女性词史的长卷中镌刻芳名。

一、"湖海胸襟，珠玑咳唾"[2]的陈小翠词

　　陈小翠（1902—1968），原名璻，字翠娜，别署翠侯、翠吟楼主、空翠居士[3]等，浙江杭州人。父陈栩、兄小蝶两代实业家皆以诗词名

---

[1]　李康化：《近代上海文人词曲研究》，上海人民出版社2009年版，第1页。

[2]　陈小翠著，刘梦芙编校：《翠楼吟草》，黄山书社2010年版，第75页。

[3]　"翠娜"之字多有讹作名者，至于"陈娜"之名未见诸自述及文献。"空翠居士"号仅见周炼霞《满江红·题小翠终南夜猎手卷》词序。据陈小翠《半生之自述》。

世，又以译、著小说有"大小仲马"之目[1]；母朱恕、弟次蝶并擅文学，一门风雅，有类眉山苏氏。26岁与汤彦耆结缡，旋赋仳离。20世纪40年代任无锡国专教授，中华人民共和国成立后首批聘入上海中国画院，"文革"中逝世。小翠通人，举凡诗、词、曲、文、书、画、小说，俱一空依傍，造诣超卓，生前身后颇享声名：名山老人钱振锽有诗云"老子目光高一世""连朝击节翠楼吟"[2]，与订忘年交；郑逸梅平生阅人最多，而独有"首屈一指""最为杰出"[3]之称赏；即今日研究者亦可称实繁有徒[4]。然总体看关注度仍远逊子苾、圣因、怀枫诸辈，且限于学术小圈子内部，翠楼女词宗大抵仅以书画为世所知，惜哉。

翠楼命宫摩羯，十八卷《翠楼吟草》正一部危苦心史。半世纪中，那个"诗灵画灵"般的"隔帘情女"[5]，于国仇家恨下"收拾狂名中岁近"[6]，晚年"低鬟掩袂"[7]，赍志以终。在生命的最后时段，她这样写道："四十三年真一刹，谢女双鬟俱白。落落尘寰，寥寥知己，回首堪于邑。万尘奔马，蜉蝣生死朝夕。"[8]三百余首词作足以觇见这位旷代才人的心灵世界，更可从中参味出丰赡而独特的艺术魅力。

（一）陈小翠"词人之词"论

刘梦芙论翠楼词颇多阐发，谓"不受词坛风气的影响""含英咀华，自成馨逸，属于纯粹的'词人之词'"[9]，洵为卓识。"词人之词"说法由来甚久，持论者大致分两类：或着眼外部，辨析"词人之词"与"诗人之词"（如王士禛《倚声初集序》、李佳《左庵词话》、夏敬观《遁庵乐

---

[1] 郑逸梅：《郑逸梅选集》（六），黑龙江人民出版社2001年版，第241页。

[2] 钱悦诗：《诗人陈小翠》，载《世纪》2003年第4期。

[3] 郑逸梅：《郑逸梅选集》（四），黑龙江人民出版社2001年版，第758页。

[4] 较有分量论著如刘梦芙《二十世纪传统文学的玉树琪花——陈小翠作品综论》、颜运梅硕士论文《陈小翠诗词曲研究》（华南师范大学2005年）、黄晶硕士论文《陈小翠旧体诗词创作流变论》（华中师范大学2015年）、王慧敏博士论文相关章节等。

[5] 陈小翠著，刘梦芙编校：《翠楼吟草》，黄山书社2010年版，第244页。

[6] 同上书，第180页。

[7] 陈小翠著，陈克言、汤翠雏总编：《翠楼吟草全集》，三友图书有限公司2001年版，第62页。

[8] 同上书，第44页。

[9] 郑逸梅：《郑逸梅选集》（四），黑龙江人民出版社2001年版，第50页。

府续集序》相关论述）、"学人之词"之分轸；或强调作者精神气质，特重"词心"云（如况周颐《蕙风词话》等），鲜少立于词体本位阐发者，而论小翠词不得不从此处参入。故不揣谬妄，请提出"词人之词"一家言，即"本色"与"自觉"。

陈家故交周之盛《栩园词集跋》论蝶仙词佳处，谓"……绝不沾沾焉模仿，一家人谓先生诗似元白，词似秦黄，曲似东篱，文似史迁，说固近之，然予以为终未可以概论也……明白晓畅，情文相生，每能举眼前物、心中事，一一描写而出，使人读之，绝似麻姑指爪，搔着痒处，则又非古人所曾有者。以视矫揉造作、堆砌典章、期期格格、辞不达意者，殆不可同日语矣"[1]。"明白晓畅，情文相生""绝似麻姑指爪，搔着痒处"即陈栩自道之"立时捉住，方是本色"[2]。如郑逸梅语："陈小蝶诗文，胜于乃翁蝶仙。陈小翠诗文，胜于乃兄小蝶。"[3]蝶仙固艳才，文略胜质；小蝶"'端庄'味浓，性灵稍淡"[4]；小翠则文质并举，冠绝三家，周氏于乃翁妙论移谓其词毋乃更洽。

"本色"主要就词的技术水平而言，要求思精研巧，写什么便像什么。最能见"本色"者当属体物诸作：

> 箬篱渔舍星星火，乘潮乍来秋浦。多病文君，秣陵秋到，常是为君停箸。横行何苦。算率海之滨，莫非王土。解甲归休，万家鼎镬待烹煮。　　珠玑怒吹香雪，算奇才缚煞，来伴樽俎。东海尘沙，诸天妙想，心上些些留住。平生都误。只酒畔红衣，芙蓉休妒。骨出飞龙，断肠终为汝。
>
> （《齐天乐·咏蟹》）[5]

> 开近高楼底。认盈盈、蕊宫红袖，掌书仙侍。诗梦满楼春旖旎，为问江郎醒未？却刚共、垂杨及第。摘粉熏香惊蛱蝶，蘸蔚

---

[1] 陈栩：《栩园丛稿》，家庭工业社1923年版，第56页。
[2] 陈栩：《泪珠缘》，百花洲文艺出版社2011年版，第337页。
[3] 郑逸梅：《艺林散叶荟编》，中华书局1995年版，第168页。
[4] 参见马大勇：《近百年词史》，未刊稿。
[5] 陈小翠著，刘梦芙编校：《翠楼吟草》，黄山书社2010年版，第75页。

蓝、不动天如纸。修花国，起居注。　　画图井汲胭脂水。记樱唇、银毫小吮，一般红腻。临出银钩花欲笑，宜称卫娘纤指。有绝艳、惊才如此。撑住天南灵秀气，共吟风醉竹娇相倚。歌一阕，为君写。

（《金缕曲·木笔花》）[1]

何止"刻画工细，形神俱肖"[2]，确乎"绝艳、惊才如此"。翠楼集中咏物隽句又如"一勺水钗嫩""错认做、荷叶生时，小鱼长一寸"[3]"睡余揉眼，灯花生缬；憨时折纸，人物如弓"[4]"细处疑蜂，飘来似蝶，一折春波一寸情"[5]，即以《庆春泽》同一调分咏白梅、红梅，竟能使人从"粉蛾冷抱春前泪，误瘗仙、毕竟天真"与"空山昨夜群仙醉，点苍苔、蜡泪汍澜"[6]辨认出历历不同，手段高妙乃尔。

再谈"自觉"，此亦"词人之词"重要指标。因循程序、自囿气格者，于词业无推动贡献，似不可称真词人、大词人。小翠特钟爱《洞仙歌》一调，常一叠数阕，集中存二十五首之多。选二首：

载春船小，恰春人双个。坐近湘裙并肩可。把罗襟兜月，玉笛吹烟，风催放、鬓角素馨一朵。　　四围山睡尽，瞒却鸳鸯，满载闲云过南浦。树影暗成村，如水罗衣，有几点、流萤飘堕。听落叶萧萧下长堤，恰浅笑回眸，问人寒么？[7]

斜阳满地，滤一重帘影。茉莉钗头向人靓。正飞泉喷雪，镜槛敲冰，悄悄地、深院日长人静。　　天鹅银扇小，摇动春葱，唤起秋风白云冷。鸿雁渺长空，不信相忘，难道是、归期渐近。念水国连朝杂阴晴，莫孤艇寻愁，单衣催病。[8]

---

[1] 陈小翠著，刘梦芙编校：《翠楼吟草》，黄山书社2010年版，第175页。
[2] 同上书，第57页。
[3] 同上书，第251页。
[4] 同上书，第72页。
[5] 同上书，第71页。
[6] 同上书，第73页。
[7] 同上书，第79页。
[8] 同上书，第85页。

《洞仙歌》自苏轼首制[1]后佳篇寥寥，清初朱彝尊《静志居琴趣》借此调抒风怀，开出言情范式。民国间则有程十发、王蕴章、沈宗畸赓续之，规模不能称大。至陈蝶仙及小蝶、小翠的"栩园时代"，始妙手点化，使其生发出风情摇曳的专属魅力。其中小翠又以清雅隽逸品貌超越父兄，不仅可与上述诸名家相抗手而无愧色，更为这一较冷僻词调起推毂之功。

读《翠楼吟草》，往往诧其堂庑阔大，不知其师承，亦难概括其风貌。取诸宋以下大家与之参照，似取径多端而未见痕迹，无所因袭而不显生造。其实小翠绝非钻研故纸堆中、墨守兔园册者，她以"从知绝技即千秋，何必邯郸尽趋俗"[2]自勉，净洗陈言，辞必己出，不赖托庇，自成造化。她向不作、也不屑作一字密晦语，在梦窗风正炽时能够保存这样一颗明净沁透的词心，岂止性灵，尤需胆略。总体而言，翠楼词糅合了高超、名隽、灵活[3]等多个审美向度上的成就，形成了"色香味俱全"[4]的独特品格；从女性词大背景着眼，她树立起超越前代、亦迥异于同辈的风貌，是从被动的接纳者向主动的缔造者转变的关键人物，在百年、千年词史中"先策蛾眉第一勋"[5]：

> 小玉钩帘银蒜亚。菡萏开时，逼得明湖窄。一桁秋河天际泻。石阑人影清于画。　　双鬟词仙娇不嫁。嚼蕊吹香，日日红楼下。向晚沙堤风渐大。柳丝扶上桃花马。

> （《蝶恋花》）[6]

---

[1] 此调原为唐教坊曲，后作词牌。敦煌曲、柳永《乐章集》中《洞仙歌》体式芜杂，今以《东坡乐府》"冰肌玉骨"一首为准。

[2] 陈小翠著，刘梦芙编校：《翠楼吟草》，黄山书社2010年版，第233页。

[3] 郭麐《词品》"高超"云："行云在空，明月在中。潇潇秋雨，泠泠好风。即之愈远，寻之无踪。孤鹤独唳，其声清雄。众首俯视，莫穷其通。回首薮泽，翙哉蜚鸿。""名隽"云："名士挥尘，羽人礼坛。微闻一语，气如幽兰。荷雨夜歇，松风夏寒。之子何处，秋山盘盘。万籁俱寂，惟鸣幽湍。千漱百咽，奉君一丸。"杨夔生《续词品》"灵活"云："天孙弄梭，腕无暂停。麻姑掷米，走珠跳星。荷露入握，菊香到瓶。如泉过山，如屋建瓴。虚籁集响，流云幻形。四无人语，佛阁风铃。"

[4] 陈小翠著，刘梦芙编校：《翠楼吟草》，黄山书社2010年版，第146页。

[5] 同上书，第131页。

[6] 同上书，第170—171页。

露叶擎珠，萤灯照梦，秋在藕花深处。小倚红栏，凉气袭人如雾。渐吹残、水阁箫声，刚睡静、玉阶鹦鹉。剩纤纤新月如眉，含颦相对两无语。　　罗云千里似絮，待借轻舟，泛遍绿涛红树。立足昆仑，高唱大江东去。只伶仃、人似秋花，怕旋被、罡风吹堕。趁余醺、拔剑闻鸡，夜深和影舞。

（《绮罗香》）[1]

（二）"中性视角"与高士情怀

除前文重点表彰之《洞仙歌》外，小翠令词还擅作《浣溪沙》。此调轻灵谐畅，宜写风怀，以下两组虽为先后创作而同题"拟饮水"：

夹岸桃花落不禁，红楼听雨又春深。水风凉上美人心。　　山里沧桑云起灭，乱中消息雁浮沉。绿阴深处万愁侵。

小扇单衫瘦不支，一春幽梦逐游丝。恹恹睡过日长时。　　低鬟围花蔫白奈，银钗揾粉写新词。等闲何敢说相思。

窄袖天寒耐薄寒，自缄锦字劝加餐。山桃微涩小梅酸。　　斗草年华悲喜易，养花天气雨晴难。纵无情思也相关。

小院春寒花放迟，碧纱窗外雨丝丝。日长何事耐寻思。　　香近语低疑薄醉，离多会少却宜诗。当年未到可怜时。[2]

丽泽流动如珠走盘，"水风凉上美人心""山桃微涩小梅酸"使置《饮水词》中，也是一等好句子。拟饮水则饮水自不必说，需要指出的是"酷肖纳兰"不是小翠的终极目的，她并未止步于技术上的学步，竟由"拟"而"入戏"，以旁观者手眼来摹写女性情思容态。小翠固也以词抒写一己幽怀，但更多的时候选择了持中性视角：再读"系领芙蓉缬，堆鬟茉莉珠。绿阴深处闭门居。记得个侬生小，窈窕十三余"[3]"风曳绣襟斜，花径春寒峭，是谁唐突唤芳名，羞还恼。欲作娇嗔佯不理，禁不

---

[1]陈小翠著，刘梦芙编校：《翠楼吟草》，黄山书社2010年版，第283页。
[2]同上书，第263页。
[3]同上书，第78页。

住，眉先笑。　　故理鬓边丝，软破樱唇小。美人心似未眠蚕，难猜料。花底鸣蝉无意识，偏说是，他知了"[1]，写到了这样生动和深细的程度，是无论如何也不能草率归之为"自诩""自画"的：这是女性词人第一次由摹画自身的"画地牢"中跳脱出来，站到镜头之后，暂时摒弃了传统女性身份——同时也疗愈了"工愁善病"的"先天不足"，还原成"中性"（或曰"无性"）的词人身份进行彻底无我的无差别创作。这或许与她艺人善咏的经历有关，但更应归结到"名士气"的气质性情上。

小翠及笄年有诗云"自笑孤高成底事，天涯潦倒女陈登"[2]，活画出狷介高逸的士人风神。其实自幼时兵乱中读《史记》、使诸兄姊强呼"翠哥哥"[3]等轶事即可看出不乐拘忌、自视如男的秉性，蝶仙亦钟爱胜于二子[4]。除"女陈登"外，她又尝自比为"女东坡""女相如""香山女居士"，以"女要离"为"易钗而弁，从军江西"的弟子周丽岚铭剑——这里"女"仅作修饰词用，并不为与"陈登""东坡"等男性性别符号对立起来。尽管她也不满于"庄以仁义为桎梏，孔以女子为小人"，自叹"心雄力弱终何用"[5]，但也写出了气格昂扬的"漫云巾帼无奇士，君不见道蕴缇萦皆女子""美人出处似英雄"[6]，几乎未有女性诗人习见的自怜、自卑情绪，而是"大踏步"地径入男性古贤中寻找精神相通的知音。小翠论诗云"我爱雄奇胜娟媚""诗忌纤秾落小家"[7]，故下笔每峻健凝朴如唐人，"安得长弓射夕阳，携书重返水云乡""不祥士气能鸣雁，垂毙民生入肆鱼""黑白他年凭史笔，玄黄我马感虺隤""太息中原豪杰尽，雨中立马望黄河"[8]，又尝临席赋《将进酒》、为抗战死

［1］陈小翠著，刘梦芙编校：《翠楼吟草》，黄山书社2010年版，第284页。
［2］同上书，第10页。
［3］事皆见陈小翠《半生之回顾》。
［4］陈栩《翠楼吟草序》："予生平寡交游，不喜酬酢……可与言诗者，则惟吾女一人。予素健忘，视吾女为立地书橱。今将离我而去，正不知来日光阴如何排遣，予心中有万千感想，而不能措一辞。以视河梁握手、朋友分襟，其情状何如耶？"
［5］陈小翠著，刘梦芙编校：《翠楼吟草》，黄山书社2010年版，第136、166页。
［6］同上书，第14、217页，
［7］同上书，第19、110页。
［8］同上书，第167、165、205、36页。

难烈士作《招魂》，豪情壮采，实不弱于男子。小翠诗最负盛名者当属《双照楼集》：

> 双照楼头老去身，一生分作两回人。河山半壁犹存宋，松桧千年耻姓秦。翰苑才华怜俊主，英雄肝胆惜昆仑。引刀未遂平生志，惭愧头颅白发新。[1]

世人言汪之功过，持论中正、笔力深浑似无出此右者[2]。其实翠楼词士气绝不逊诗，《大江东去·题东游草》《洞仙歌·题谢月眉画稻雀》是兴亡满眼、幽忧满腹之作：

> 高楼一笛，被离情吹得，柳丝无力。夹道樱花容马过，踏碎满街红雪。广袖唐装，轻纱宫扇，人似扶桑蝶。赋才减尽，可怜恩怨难说。　君看故国河山，边关铁骑，几度金瓯缺。无复新亭能下泪，名士过江如鲫。燕市悲歌，黄龙痛饮，此意空今夕。长吟当哭，一杯还酹江月。[3]

> 平畴侵晓，望黄云如雪。禾黍离离旧宫阙，甚青苗古怨，玉食新忧，除非是、野雀啾啁能说。　凤凰饥欲死，贻笑侏儒，击缶休为妇人泣。破产到农村，恒舞酣歌，早废了、万家耕织。对四月南风易思乡，忆茅屋斜阳，荷锄提馌。[4]

小翠士气又不止体现于此。《解珮令》《金缕曲·题迦陵集，夜读其年词，慷慨激昂，为击碎唾壶，占题即仿其体》堪称壮心激越，高蹈尘表：

> 黄河立马，青山射虎，论平生、肯被残书误。旧日豪华，销磨

[1] 陈小翠著，刘梦芙编校：《翠楼吟草》，黄山书社2010年版，第209页。
[2] 此诗解读可参照叶嘉莹《汪精卫诗词中的"精卫"情结》。
[3] 陈小翠著，刘梦芙编校：《翠楼吟草》，黄山书社2010年版，第181页。
[4] 同上书，第183页。

到、十分之五。尽悲歌、穷途日暮。　　燕卿金弹，信陵珠履。有多少、酒人徒侣。斗大孤城、且暂把、斜阳悬住。破江山、待侬来补。[1]

谁是知音者。猛悲歌，穷途日暮，泪珠盈把。季布千金轻一诺，不识绮罗妖冶。惭愧煞、龙门声价。十载依人厮养耳，被尘缰、缚煞横空马。吹铁笛，古城下。　　秋声一派清商泻。向三更、危楼黄叶，潇潇盈瓦。太华莲花千丈雪，上有神人姑射。（此处脱一字）不似、姮娥思嫁。碧海银涛三万里，冷江山、尚有荆关画。掷橡笔，自悲诧。[2]

这是由书卷气质、才人心性、名士襟怀共同熔铸而成的词篇。她发吴藻、顾贞立这类闺阁人杰所未言，完秋瑾、吕碧城及南社诸贤所未竟，扫尽了庸弱卑隘，显示出作为"人"而不仅仅是"女人"的宝贵的精神力量——这就为女性词别辟了千年未有之境界。

1934年，甫逾而立的陈小翠写出了旷代杰作《羽仙歌》[3]组词。以艺术水准论，此应为翠楼卷中第一；求诸文学史，亦"不可无一，不能有二"：

甲戌之岁，家君自营生圹于西湖桃源岭。每春秋佳日，挈眷登临，辄徘徊不能去，曰，吾千秋万岁后，魂魄犹乐居于此。顾谓：翠儿，为我作歌。予呈词三叠，藏家君箧中，将七年矣。今春编遗稿，无意得之，为悲恸不自禁。嗟乎！慈父恩深，生我知我，一人而已。今距家君之殁，又半年矣，故乡风鹤频惊，不克归葬，予既心魂丧乱，不能措一辞。爰录旧词存之，以志不忘，工拙所不计也。

人生何似，似飞鸿印雪。雪印鸿飞去无迹。是刘樊眷属，粉署

[1] 陈小翠著，刘梦芙编校：《翠楼吟草》，黄山书社2010年版，第284页。
[2] 陈小翠著，陈克言、汤翠雏总编：《翠楼吟草全集》，三友图书有限公司2001年版，第60—61页。
[3] 即《洞仙歌》，名自宋潘纺始。"羽仙"者，陈栩也，蝶仙、小蝶、温倩华亦偶用此调名。

仙官，却自来、留个诗坟三尺。　　登临成一笑，谁识庄周，栩栩
蘧蘧二而一。不用咒桃花，窄径春风，早开了、满山蝴蝶。（满山蝴
蝶花，色如紫云。）看一片、湖光扑人来，证明月前身，逝川今日。

　　桃源岭下，愿一抔终假。借与行云作传舍。向山头舒啸，月
下长吟，有千首、世外新词未写。　　黄泉如有觉，咫尺松阴，亲
戚何妨共情话。（予三姨丈夫妇子女一家四口，皆葬此山。）旷达竟如斯，
知死知生，把千古、哑谜猜着。看蝴蝶、花开满山云，比坡老寒
梅，一般潇洒。

　　吾生多病，似未冬先冷。一寸心灰九分烬。只蛮鞋蹴雨，絮
帽披云，忘不了、天下崇山峻岭。　　三生如可信，愿傍吾亲，明
月清风共消领。（吾父拟于圹侧为予营冢，故云。）种树小梅花，分占青
山，浑不用、大书言行。遣翠羽、低低说平生，倘谥作诗人，死而
无恨。[1]

小翠中年尝拟编《古今闺秀诗选》，见"巾帼词人仅一易安，淑真犹病
其弱"[2]而殊有才难之叹，终未付梓。又诗有云"死后乾坤宁有我""春
秋责备请从严"[3]，旻天不淑，斯人陆沉，我今欲光其姓字、还其魂魄，
翠楼其许乎？

二、纯任天然、亦庄亦媚的周炼霞词

　　周炼霞（1906—2000）[4]，原名紫宜，又名茝，字螺，号螺川，笔
名炼霞、忏红、紫姑、秋棠等，江西吉安人，名士周鹤年女。生于湖南
湘潭，少随父移居沪渎。从郑德凝学画、蒋梅笙学诗、朱祖谋学词，不
数年即播声文艺界。1927年适徐晚苹，徐氏抗战后赴台，夫妇别三十余
载。新中国成立后与小翠同入中国画院，"文革"中失明。晚年赴美与
家人团聚，瞽目复明，享寿逾九轶。

---

［1］陈小翠著，刘梦芙编校：《翠楼吟草》，黄山书社2010年版，第183—185页。
［2］陈小翠：《画余随笔》，载《大陆》1941年第2卷第2期。
［3］陈小翠著，刘梦芙编校：《翠楼吟草》，黄山书社2010年版，第205、136页。
［4］炼霞生年多作1908年，据刘聪考证改。

炼霞惊才绝艳，世之诬者多矣！数十年中绝多无聊恶俗者[1]，据其涉情爱之诗词捕风捉影、深文周纳，又联想与吴湖帆、宋训伦、朱凤慰[2]等名流间扑朔迷离之"情事"，"炼师娘"[3]艳名遂坐实。今人刘聪《无灯无月两心知：周炼霞其人其诗》出，爬梳史事，清理谣诼，始还炼霞以芳誉，其治学功力既深，而态度尤可贵。本文亦于此书得益良多，使不致陷外围琐屑事，专意谈螺川词业造诣。

炼霞当世即有词名，然多"不让李漱玉""诚今日之李易安""清照珠玑，祖棻才调"[4]一类老调重弹，反而某不具名者"碧城姿首仗严妆，子苾犹熏漱玉香。若比灵心与仙骨，都教输与炼师娘"[5]之论最能直抉其词特质。"灵心""仙骨"云云，实正揭出"天然"两字。

（一）艳词中女作手

艳词之定义以内涵、边界模糊故，至今莫衷一是，大抵描写女性姿容体态及情词中"尺度"较大者都应划入此范围。两宋名宿鲜少不涉艳词者，多以浮薄笔墨见诋（如欧阳修）；有清以来，即使朱彝尊、纳兰性德、况周颐等名家打出性灵、寄托的理论旗帜为其洗刷污名、尊体张目，在主流批评话语体系中，艳词仍以格调尘下、内容空泛而遭到普遍性的贬抑挞伐。螺川词凡三百余，泰半即所谓艳词，亦一生成就最高者，所谓"一语之艳，令人魂绝；一字之工，令人色飞"[6]，足为绵衍千年的艳词史添上活色真香的一章。先看《醉花阴》：

---

[1] 炼霞之污名多本自陈巨来《记螺川事》一文，此即西方性别主义理论中"荡妇羞辱"也。书中事多不足为征。

[2] 吴湖帆为周炼霞"绯闻对象"中唯一可坐实者。周、吴事最权威考证为刘聪《〈佞宋词痕〉中的一段吴湖帆、周炼霞往事》，可参见。

[3] 据刘聪考证，"炼师娘"得名由来有两说：一说江南才子卢一方向周炼霞请教舞技，遂以"师娘"称之；又一说从与老画师丁慕琴谈笑中得来。按：吴语"师娘"即"巫婆"，明凌濛初《初刻拍案传奇》第三十九回："直到如今，真有术的巫觋已失其传，无过是些乡里村夫、游嘴老妪，男称太保，女称师娘，假说降神召鬼，哄骗愚人。"元陶宗仪《南村辍耕录》卷十四："世谓稳婆曰老娘，女巫曰师娘，都下及江南谓男觋亦曰师娘。"故"师娘"还可指对能言善辩女子的揶揄与嘲讽，可备一说。

[4] 刘聪：《无灯无月两心知：周炼霞其人其诗》，北京出版社2012年版，第105页。

[5] 陈思和、胡中行主编：《诗铎》（二），复旦大学出版社2012年版，第379页。

[6] 唐圭璋：《词话丛编》，中华书局1986年版，第385页。

粉面团圞如满月。越显唇儿血。秋水剪双瞳，纵使无言，也有情难说。　　玉纹圆领光于雪。扎个殷红结。着步总翩翩，如此丰神，软倒心肠铁。[1]

词写女性神貌，设色明丽，刻画至微，是标准"艳科"，惟不知所咏何人，不妨视作螺川自题小影之作。炼霞又最喜以艳词题赠朋辈，以为调笑：

盛鬓齐眉，轻鬟贴耳。生成光滑油油地。怜她纤薄似春云，嫌她波皱如春水。　　爱好天然，懒趋时事。淡妆不借兰膏腻。倘教侬作隔楼人，但闻香息不须寐。

（《踏莎行·小翠不喜烫发，与其薰砧隔室而居，写此调之》）[2]

满阶黄叶飘凉吹，红楼犹倩斜阳媚。静极不闻声，娇眠人未醒。　　梦魂酣且乐，甜笑留嘴角。未忍动经她，轻轻掩碧纱。

（《菩萨蛮·访紫英留作》）[3]

前首写小翠淡妆素服，实为烘托其高洁品性，是背面傅粉法；结句又谑其小姑独居事，非极知心好友不能、不敢作此。后首叙事如缀短镜头，语极新鲜俏丽，一眠一醒两佳人皆如画图。《采桑子·调蕙珍》则大胆刻露，略无遮掩：

斜袒酥胸闻笑语，宛转纤腰。罗袖轻撩。不是鸳鸯意也消。　　梳罢云鬟重对镜，淡抹兰膏。双颊红潮。说为郎归特地娇。[4]

"斜袒酥胸""双颊红潮"使置男性词人笔下，也足称得上淫艳儇佻、惊世骇俗的了！周炼霞的勇气来自何处？恐怕惟有胸无尘滓、一派率真，

［1］刘聪：《无灯无月两心知：周炼霞其人其诗》，北京出版社2012年版，第167页。
［2］同上书，第170—171页。
［3］同上书，第173页。
［4］同上书，第186页。

才能够无视世俗绳矩；惟有对自身才华、品貌有着高度自信和自豪，才敢于"纵笔所之，靡有纪极"。这样的艳词不是男性作者"花似伊，柳似伊"式的狎赏，也不是传统闺秀"人比黄花瘦"式的顾影自惜，是女性对自身美感与性魅力自觉的、极度的张扬。

炼霞又特擅写情。读《明月生南浦》《潇湘夜雨》《洞仙歌》：

> 云母天阶光似洗。仙乐铿锵，依旧临风起。道是当年酣舞地。逗他猜问谁同醉。　携手花阴娇语细。住住行行，行近芙蓉水。唤渡无人明月媚。小舟横在银云里。[1]

> 凉月一弯，纤云四卷，迢迢银汉无波。有人数问夜如何。听隔院竹声琐碎，看满地花影婆娑。罗衣薄，重帏早下，怕又风过。　销魂最是，胭脂醉颊，红晕双涡。遣酒兵十万，战退愁魔。休负了千金良夜，消受者一曲清歌。堪怜处，盈盈素手，含笑指银河。[2]

> 三生花草，惜深埋幽径。湖石涵波碧摇影。正抛残象管，瞒过鹦笼，携手处，曲曲回廊语静。　斜阳明又隐，小憩风庭，雪乳蒙蒙荐芳茗。何必费清才，难得偷闲，应莫负眼前佳景。倩替挽香囊暂更衣，指柳外红桥，那边相等。[3]

柔情宛转，绮思芊眠，恐不让小翠同题材作品专美于前，而较陈作清气拂拂、纤尘不染的品貌又多几分旖旎甘鲜，昔陈廷焯谓朱竹垞之"仙艳"语庶几近之。螺川集中更多的，是那些因注入了自身情感体验而格外纯挚动人的情词。最负盛名者即其自度曲《庆清平·寒夜》："几度声低语软，道是寒轻夜犹浅。早些归去早些眠，梦里和君相见。　丁宁后约毋忘，星眸潋潋生光。但使两心相照，无灯无月何妨。"[4]实则炼霞

---

[1] 刘聪：《无灯无月两心知：周炼霞其人其诗》，北京出版社2012年版，第164页。
[2] 同上书，第116页。
[3] 同上书，第364—365页。
[4] 同上书，第224页。

一生情语虽夥，而此词非关风月[1]。明确写情者可撷得"为惜眼波亲泪枕，解怜心事护梨诃"[2]"金粉扇题亲手字，银丝绒寄称身衣"[3]"溯相思春梦难留。独对千金怀一刻，纵一刻，也千秋"[4]"欲凭芳草问东风，何时吹绿心头叶"[5]"相思何苦太殷勤。有限温存，无限酸辛"[6]"分取一双红豆颗。心事应全拖。两地记相思，我不忘君，君也休忘我"等，无不令人心荡神驰、一见难忘。再看如下数首：

> 玉绳斜，银箭下。又是销魂，又是销魂也。百尺层楼容易画。千尺情难，千尺情难写。　　展新诗，怀旧话。字字珍珠，字字珍珠价。一寸函堆山枕亚。梦也温馨，梦也温馨煞。
>
> （《苏幕遮》）[7]

> 三尺缕金裳，六幅青绫纻。一斛明珠百斛愁，抵多少缠绵语。　　长被音书误。别恨何堪数。几度秋风几度春，空负了华年五。　　梦断落花深，酒醒斜阳暮。眉上春山眼上波，拦不住愁来路。　　此意难分付。空把心期数。蜜有蜂房蔗有浆，解不得相思苦。
>
> （《卜算子·又一体》）[8]

炼霞有妙语云"我尝譬其（徐晚苹）跳舞如诗之苦吟也，其实好随便一点，自有性灵，跳舞然，治一切艺术，莫不皆然"[9]、"（我）觉得诗是现实的，词是现实的……词是有着摇曳的曲线式的韵味，仿佛是美妙的

---

[1] 刘聪《无灯无月两心知：周炼霞其人其诗》此词下按语多至六页，考其末二句盖暗陈日伪统治下上海灯火管制时弊，以旷达语作微讽意，而无关风月。后人有以情色香艳视之者，有以"不要光明，只求黑暗"诋毁者，皆非正解。

[2] 刘聪：《无灯无月两心知：周炼霞其人其诗》，北京出版社2012年版，第289页。

[3] 同上。

[4] 同上书，第294页。

[5] 同上书，第300页。

[6] 同上书，第143—144页。

[7] 同上书，第232—233页。

[8] 同上书，第230—231页。

[9] 同上书，第103页。

音乐，在幽静的夜晚奏出，会给人们的灵魂由飘忽而陶醉"[1]，正可视作"解码"其艺术创作的锁钥。在创作而言，就是慧心与绮语、深情与性灵的有机合融。结合螺川率直豪爽、脱略形骸的处世风格[2]，人与词就具有了高度同一性。"一破陈规，务为欢娱，以难好者见好，而有时流于骀荡"[3]的评语未免难使人悦服——这表面上是"欢娱"和"愁苦"、"骀荡"和"矜庄"的题材、路数选择问题，实则是真与伪、性灵与矫饰的争衡：因"真"而不为"艳"所囿，因"俗"而"不俗"。

诗人包谦六尝为谓炼霞辩诬云："少时颇端丽富文采，所作词语颇大胆……其实跌宕有节，有以自守，只是语业不受羁勒而已。"[4]实蕴提点规劝意，但已是相当宽容的评价。问题是，为什么要"羁勒语业"？为什么要削足适履、矜束性情？在这样不可羁勒、逼面而来的性灵面前，这类官话实不值一哂。冒广生序《螺川韵语》云："（词）亦多姚冶不可名状，虽有法秀呵山谷绮语为当堕马腹，螺川亦笑置之，仍其本乡先辈欧阳六一之余习，而风流自赏。"[5]大哉螺川！其纯为艳而大书艳词，不以"空中语"一类话头为己琐琐申辩，亦不屑去寻析"艳"与"淫"之间若无若有、暧昧不清的界线[6]，更不为寄寓什么"重拙大"的情怀[7]，不伪饰，不作态，口说我心，光风霁月，岂不愧杀须眉也欤？

---

[1] 徐建融、刘毅强：《海派书画文献汇编》，上海辞书出版社2013年版，第310页。
[2] 如"水晶肚皮""宣告破产""比上不足，比下有余"等，俱见《无灯无月两心知：周炼霞其人其诗》。
[3] 刘聪：《无灯无月两心知：周炼霞其人其诗》，北京出版社2012年版，第423页。
[4] 同上书，第103—104页。
[5] 同上书，第424页。
[6] 姚昌铭《帆风词草序》："若夫巫山云雨，密约幽期，败俗伤风，本为恶道，大雅君子岂宜以腻粉残脂之缛缋作换声偷气之伎俩乎哉？"蒋重光《昭代词选序》："艳固不可以该词也，即艳矣，而绮丽芊绵，骚人本色，苟不亵狎而伤于雅，不可谓之淫也。如子之言，词皆艳，艳皆淫，则先大儒如宋之范文正、司马文正、元之徐文正，本朝之汤文正诸公，其所作词悉淫艳也？"
[7] 况周颐《蕙风词话·卷二》："半塘僧鹜曰：奚翅艳而已，直是大且重。"赵尊岳《蕙风词史》："先生斯时造诣益进，故于艳词亦能悟'重''拙''大'之旨，为他人所未易。"

（二）"峻嶙奇气不堪驯"[1]

周采泉《金缕曲·寄怀吾家紫宜用钱释云丈忆小翠韵》句云："倜傥风流游戏耳，孰知他、胸次波千迭。"[2] 炼霞之"倜傥风流"未必皆"游戏"，而确有满胸波涛块垒存焉。她的"绣窗情思"[3]与"女儿刚肠"[4]实是天然才性的一体两面，不应以"豪婉相兼"的寻常论调轻轻掩过。

螺川咏物、题画诸词，不惟见艺人本色，更能纵横跌宕、翻新生奇：

> 泥金镶裹。闪烁些儿个。引得神仙心可可。也爱人间烟火。　多情香草谁栽。骈将玉指拈来。宠受胭脂一吻，不惜化骨成灰。
>
> 香云不语。吐属清如许。灰到相思将尽处。终被黄金约住。　枝枝味遍心尖。几时辛苦回甘。解得看花笼雾，莫教错认三缄。
>
> （《清平乐·金头香烟》）[5]

> 十尺生绡，描摹出，龙眠家学。分明处，浓钩淡染，墨痕新渥。不是诗魂吟月冷，错疑仙梦教云托。背西风，磷火闪星星，秋坟脚。　枭鸟泣，山魈恶。豼虎啸，神鹰跃。看揶揄身手，狰狞眉目。摄尽人间魑魅影，布成腕底文章局。猎终南，一夜剑光寒，钟馗乐。
>
> （《满江红·题小翠终南夜猎手卷》）[6]

前首"挥洒随意，收发自如"[7]，深得不粘不离之旨。后首则夭矫腾跃，峥嵘兀奡，过片以下数句何减陈迦陵"男儿身手和谁赌，老来猛气还轩

[1] 刘聪：《无灯无月两心知：周炼霞其人其诗》，北京出版社2012年版，第289页。
[2] 同上书，第437页。
[3] 同上书，第117页。
[4] 同上书，第359页。
[5] 同上书，第279页。
[6] 同上书，第185页。
[7] 同上书，第95页。

举"之笔力！也难怪海内咸称"金闺国士"，炼霞亦自许"海角诗人原善饮，江南词客惯能文。一时低首尽称臣"[1]了。

炼霞非一味戏谑谈谐者，中年后所作词每有"第一趋时能媚俗，还要夫人学婢""好光阴一局樗蒲戏"[2]之类清醒避世语。《书落魄》则更是愤激牢骚、峰峻毕现：

> 憎命文章，喜人魑魅，古今同例。工商能富士长贫，侏儒饱煞臣饥死。笑无用书生，错怨天公忌。空领略，酸辛味。更休问起，破碎家山，乱离身世。 放眼嚣尘，商量出处，总成追悔。砚田何似稻田丰，笔耕未抵牛耕愚。叹百斛清才，不换升斗米。只赢得，穷愁累。故教子弟，但习生财，莫攻图史。[3]

炼霞"文革"时一目失明，遂请友人代刻"一目了然""眇眇分予怀"二印聊自解嘲，旷达如此。昔日俊侣中，翠楼阑干已朽，左玉命同落花[4]，炼霞仍勉力求生，萧然自足，从未揭发他人，只手擎心灯挨过漫漫长夜。在"万里干戈、虫沙浩劫"[5]卷地而来时，陈、庞那样宁为玉碎的理想主义诚然是可贵的，但周炼霞这种坚忍、迂回甚至妥协的精神难道不是同样值得敬佩？螺川尝自陈心志云："脱手新词万口传。缥缈何用贮残编。从来得失存心间。 莫指江山怀旧梦，且抛哀乐过中年。松鬟一笑仰青天。"[6]好一个"松鬟一笑仰青天"！好一位奇情逸发、奇气横胸的真才人！螺川其人其词，将与长夜中的熠熠心光一道，历劫不磨，朗照百年：

---

[1] 刘聪：《无灯无月两心知：周炼霞其人其诗》，北京出版社2012年版，第288页。

[2] 同上书，第235页。

[3] 同上书，第234—235页。

[4] 周采泉《金缕曲》有"闻道翠楼栏已朽，萦想同深哽咽"句。庞左玉1969年跳楼自尽，周炼霞《感时诗》云："呼声动地电流波，别样网常四壁罗。销尽繁华春似梦，坠楼人比落花多。"

[5] 刘聪：《无灯无月两心知：周炼霞其人其诗》，北京出版社2012年版，第380页。

[6] 同上书，第287页。

　　任使无灯无月。一点仙心亮于雪。十分明洁十分清，更有十分凄切。　　望中多少思量。盈盈秋风难忘。合是人间真美，千秋不死光芒。

(《庆清平》)^[1]

【作者简介】吉林大学文学院博士后。

---

[1] 刘聪：《无灯无月两心知：周炼霞其人其诗》，北京出版社2012年版，第249页。

晨风庐诗人群与民初沪上遗民社团的新变

李　昇

【摘　要】　晨风庐诗人群是指以周庆云避地上海时寓所名为称谓，以他创立的淞社为基础而形成的民初沪上遗民诗人群。这一诗人群因参与人数之众、集会唱和次数之多，一定程度上反映了民初旧诗发展的概貌。其创作既引领了遗民诗风，又借鉴其他遗民诗社的创作，是当时众多遗民诗人群体发展的代表。民初沪上遗民诗社是主体明确、外延与其他诗社相交互的个体，不同诗社之间交织并存的关系构成了稳定的遗民文学生态环境。这样一种生态提供了这个被外界斥为遗老、落后群体的生存空间，使得晨风庐诗人群有了自我话语权，可以表达共同的遗民、文化情怀，故能在现代文学环境之下延续二十余年，成为现象级的文学群体。

【关键词】　晨风庐　遗民　上海　民初　诗社

　　清民鼎革之际，出现了以"遗民""遗逸"自居的前清官员、文人，他们纷纷避地上海、青岛、天津等地租界内，以消寒集、消夏集、"五角会""一元会"等形式聚集在一起，吟诗作赋，相互唱和，后来逐渐形成了以诗词社为基础的遗民诗人群，其中尤以上海的数量最多，包括希社（高翀1912年8月创立）、超社（樊增祥1913年3月创立）、淞社（周庆云1913年4月创立）和逸社（瞿鸿禨1915年3月创立），这些诗社有的持续到20世纪二三十年代，与现代新文学社团并存，成为现代文学史的一个组成部分。

　　其中，淞社是当时沪上遗民诗社中影响力最大的一个，喻志韶在1916年写的《浔溪诗征序》中就说："国变后，荐绅南下，超社、希社诸名不一，不久旋灭，惟淞社至今岿然犹固。"[1]所以淞社逐渐成为当前

---

[1] 周延礽：《吴兴周梦坡先生年谱》，见沈云龙主编《近代中国史料丛刊》（第816册），文海出版社1972年版，第65页。（按原年谱著者姓名及书名已改正，下同）

学界关注的一个对象，目前已有相关研究，如罗惠缙《民初"文化遗民"研究》（武汉大学出版社2011年版）对淞社的晚明历史文学表达内容进行了归纳，但以淞社为基础而形成的晨风庐诗人群却不为当前学界普遍知晓，仅吴盛青《亡国人·采珠者·有情的共同体：民初上海遗民诗社研究》（《中国现代文学研究丛刊》2013年第4期）对晨风庐唱和集团的诗歌内容进行了分析，但对这个遗民群体的产生、成员以及影响未作探讨。可以说，晨风庐诗人群的产生、发展在当时遗民文学圈中极具典型性，对其进行探究，可明了整个民初沪上遗民诗社文学生态，对现代旧体文学发展也会有新的认知。

一、晨风庐诗人群的形成

晨风庐诗人群是指以周庆云避地上海时寓所名为称谓，以他创立的淞社为基础而形成的民初沪上遗民诗人群。周庆云，字景星，一字逢吉，号湘舲，别号梦坡，浙江吴兴县（古称乌程，今湖州）南浔镇人。清末民初著名儒商、文化名人。生于同治三年（1864）十一月二十九日，卒于1933年十二月七日。祖辈以卖丝为业。光绪七年（1881）秋应院试，取入县学，中秀才。之后考举人，屡试不第。光绪十七年（1891），因欧美缫制更新，土丝滞销，遂辍丝业，改盐业，晚年著有《盐法通志》一百卷。光绪二十二年（1896）十月十五夜，忽梦苏轼，醒而遂号"梦坡"。同年研求经世之学，以求变法图强，遂绝意进取，创湖州旅杭商学公会，在浙江兴办铁路、银行、学校，后被清政府聘为浙江清理财政局议绅、咨议局参议。宣统三年（1911）九月十五日杭州独立，二十九日携家避地上海公共租界爱文义路（今北京西路），晨风庐就是他避地上海时的寓所名[1]。之后，周庆云与同样避地海上的其他清遗民逐渐熟识并相互唱和，由于晚清重商思想的盛行，商人地位提高，所以周庆云作为浙江有名的富商，有经济能力和社会地位组织清末名流汇聚一堂，再加上周庆云自身的文化修养极高，不仅收藏古琴，而且善琴，1920年还在上海组织北京、江苏、浙江、湖南、湖北等地107

---

[1] 周延礽：《吴兴周梦坡先生年谱》，见沈云龙主编《近代中国史料丛刊》（第816册），文海出版社1972年版，第49页。

位琴人雅士参加"晨风庐琴会"(见周庆云《晨风庐琴会记录》),其诗坛地位也被时人推崇,丁立中《八巧全韵即次韵纪事呈湘舲》云:"太湖灵秀毓南浔,爱莲周子人中猇。骚坛牛耳执吴淞,运笔直似胡钉铰(按指唐代诗人胡令能)。"[1]他将周庆云称为吴淞地区也就是上海骚坛执牛耳者,尽管有过誉之嫌,但当时确有很多遗民诗人作诗后寄示周庆云并索和,这样一来二去,便形成了一个以周庆云为中心,相互关系比较固定的诗人群体。以下试对晨风庐诗人群的形成过程作一分期总结,以展现该遗民诗人群的基本情况。

(一)萌芽期(1912—1913)。民初避地上海的清遗民起初并不完全相识,所谓"名流几辈半相识"[2],他们是通过消寒会之类的遗民聚会才逐渐熟知的。周庆云与潘飞声的相识就是如此,潘飞声在《梦坡诗存序》中说:"辛亥冬,予识梦坡于双清别墅,时海上同人举消寒会,分韵赋诗,拥炉引戏,致足乐也。"[3]所以从辛亥冬也就是1912年初举行消寒会开始,到1913年成立淞滨吟社前,是晨风庐诗人群的萌芽期,这一时期的雅集唱和文献有《壬癸消寒集》部分内容和《晨风庐唱和诗存》十卷中的前二卷。

他们在此期间雅集的次数,据《壬癸消寒集》统计有10次,《晨风庐唱和诗存》前二卷统计约有19次,二者之间并不重复,可知在一年多(15个月)的时间里周庆云与其他遗民文人共雅集29次,他个人平均每月参加雅集约2次,可谓极为频繁了。尤为不易的是,这么多次的雅集有很多都是由周庆云组织的,比如1912年10月18日重阳节他召集部分遗民到晨风庐饮酒唱和,刘炳照有诗为纪《梦坡招饮晨风庐,同席潘兰史飞声、李葆丞德鉴、汪符生煦、秦特臣国璋、俞瘦石云、刘翰怡承干与予共八人,君诗先成,予亦继声》(《晨风庐唱和诗存》卷一)。此外,周庆云还组织了消寒会,他在《壬癸消寒集序》中说:"余于辛亥岁避地淞滨,一塵风雪,意境索寞,爱与刘子语石倡消寒雅集,始于

---

[1] 周庆云:《晨风庐唱和诗存》卷六,1917年铅印本,第66页。
[2] 管鸿词:《梦坡以所刊社集见赠,率成七律却寄》,见周庆云编《晨风庐唱和诗存》卷七,1917年铅印本,第12页。
[3] 周庆云:《梦坡诗存》十四卷,1933年刻本。

壬子立冬，至春而毕，明年癸丑亦如其例。"[1]知1912年11月开始的消寒集就是由周庆云所倡，由此在他的周围逐步萌生出一个唱和群体，据《壬癸消寒集姓氏录》《晨风庐唱和诗存姓氏录》统计此阶段唱和者约有30人，经常参与者有周庆云、刘炳照、缪荃孙、潘飞声、刘承干、沈煜、钱溯耆、吴俊卿、施赞唐等。

（二）形成期（1913—1917）。周庆云在辛亥鼎革后短短一年多的时间里由商界跨度到文界，并在民初沪上诗坛产生一定影响，其原因在于围绕他形成了一个诗人群体，而形成的标志便是淞滨吟社的成立。杨锺羲曾为《淞滨吟社集》写有一篇序言，杨序称"梦坡居士以吴兴词人为淞社祭酒"，知周庆云为该诗社社长。该社成立的具体时间不详，《淞滨吟社集》所收社集第一组诗创作于1913年4月9日，农历三月初三，参与的成员都是周庆云在过去一年多时间里逐渐熟识的"朋旧"，周庆云在《淞滨吟社集序》中就说："当辛壬之际，东南人士胥避地淞滨。余于暇日，仿月泉吟社之例，招邀朋旧，月必一集，集必以诗，选胜携尊，命俦啸侣。"[2]社名即取地名为目，社团性质是诗社，并有社刊《淞滨吟社集》二卷，该社集共收录18次集会所创之诗，参加人数据《淞滨吟社集》姓氏录有49人。

不过这并非是淞社集会的全部面貌，周庆云《淞滨吟社集序》写于1915年1月，也就是说从1913年4月诗社结社起，至1915年1月不到三年的时间，按其"月必一集"之说，其集会次数至少有22次，而实际只有18次社集诗作被整理，那些未被整理的集会诗作有些被收入到其他总集之中，如白曾然的《甲寅立春后一日，梦坡社长招饮晨风庐，分韵得甲字，即用十七洽全韵》，该诗就被收入到《晨风庐唱和诗存》卷四中，诗题中称周庆云为社长，自然是指淞社，这次集会本应算作淞社集会，但连同该诗在内的此次淞社集会诗却被收入《晨风庐唱和诗存》，这说明以淞社为基础，以周庆云为中心的诗人群已然形成了。

《晨风庐唱和诗存》录存了包括淞社集会在内的诸多集会唱和诗作，

---

[1] 周庆云：《梦坡文存》卷一，1933年刻本（第1册），第6页。
[2] 同上书，第5页。

如金武祥的《丙辰重九，梦坡招集淞社，即席口占》[1]，这首淞社重九集会诗作于1916年。类似的例子还有周庆云的《立秋前一日，偕沤尹（朱祖谋）、倦鹤（陈世宜）、檗子（庞树柏）、仲可（徐珂）、莼农（王蕴章）、也诗（白曾然）、子昭（李德潜）集双清别墅，饮后复至学圃，遇雨遂同归敝庐，晚酌尽欢而散，为赋一律，呈同社诸君》[2]，此诗作于1915年秋，只是这里的"同社"并非指淞社，而是指春音词社，因该诗之后有叶叶和诗《春音社集，卜昼及夜，晨风楼主首唱一律，赓原均报之》，但这类诗社作品均未被单独整理印行。从此类现象可推知，周庆云似乎是在有意打造一个包含淞社成员在内、以他的寓所名为称谓的诗人群，这从《晨风庐唱和诗存》的结集规模就能看出，该唱和诗集共十卷，据卷端的唱和姓氏名录统计有92人参与唱和，而卷三至卷十收录的1913年9月至1917年1月22日（除夕）间集会、唱和次数就有109次，这还不包括此时期同时举办的消寒集会，据《甲乙消寒集》统计1914—1915每年有9次、共18次集会，所以无论从参与人数，还是集会、唱和次数上来看，围绕周庆云形成的遗民诗人群已经有很大规模了。

1913年8月刘炳照在《晨风庐唱和诗存序》中对这一诗人群体的形成作了一个总结，其云：

> （周庆云）自与予交，即勾同志作消寒会。寓公过客，闻声相慕。每集，梦坡与予诗先成。嗣后，续结淞社，应求益广。此《晨风庐唱和诗存》一帙，皆梦坡与诸子赓歌各作，录而存之，以志一时喁于之乐。

由此可知，周庆云倡消寒会乃为结识"朋旧"，在此基础上成立了淞社，并借诗社这一形式与同社诸子赓歌唱和，逐步形成了比淞社成员更广泛的晨风庐诗人群。

（三）发展期（1917—1925）。围绕周庆云的唱和诗人群已经形成，

---

[1] 周庆云：《晨风庐唱和诗存》卷十，1917年铅印本，第4页。
[2] 周庆云：《晨风庐唱和诗存》卷六，1917年铅印本，第17页。

而维系这一群体存在的主要形式就是晨风庐集会唱和。虽然周延礽《吴兴周梦坡先生年谱》提到"民国十四年乙丑花朝，与刘君翰怡借学圃为淞社五十七集，到者二十人"[1]，但此时的淞社无论从集会次数，还是从参与人数上来说远不及晨风庐唱和集会，且不见有后续诗社集的刊印，而仅据《晨风庐唱和续集》十二卷统计，从1917年1月23日（正月初一）到1918年的两年时间里，晨风庐集会、唱和次数达200多次，参与人数据每卷卷端姓氏名录统计有166人，这一规模比晨风庐诗人群形成时期显然又有大的发展。

总之，民国初期的十多年间，在上海诗坛中存在着一个以周庆云为中心的晨风庐诗人群，这一诗人群以淞社为基础，其参与人数及集会、唱和次数均多于当时沪上有名的超社、逸社，一定程度上反映了民初遗民诗社发展的概貌，故有必要进一步探究这一群体的成员及其创作。

二、成员及创作内容

晨风庐诗人群存在时间长，参与人员众多，有商人、书画家、学者、前清官员等，还有日本人长尾甲，女士邵青，尽管成员的背景多样，但主要成员在辛亥鼎革前后大都从事与文艺相关的活动，如商人周庆云酷爱古琴，清末搜集古琴、琴谱，民初编成《琴书存目》《琴操存目》；刘承干、张钧衡亦是商人，但一个在清末民初建成嘉业堂，一个建成适园，都成为现代著名藏书家；书画家吴俊卿为西泠印社第一任社长，从事金石、印学方面的收藏、研究；金武祥清末官至广东盐运司运同，喜吟诗，有《陶庐杂忆》六集；王蕴章则是现代著名报刊《小说月报》主编；长尾甲是日本汉学家，也是个书画家，等等，这些成员所从事的文艺活动使得晨风庐诗人群具有了独特的文艺气息，进而反映到唱和诗作之中。

此外，与当时其他沪上诗社成员相比，晨风庐诗人群还有一个独特的地方，如与超社、逸社相比，这个诗人群的一大特点便是"平民化"。超社、逸社的发起人、成员大都是前清高官，如超社发起人樊增

---

[1] 周延礽：《吴兴周梦坡先生年谱》，见沈云龙主编《近代中国史料丛刊》（第816册），文海出版社1972年版，第96页。

祥曾任浙江、陕西按察使，成员周树模曾官至黑龙江巡抚；逸社发起人瞿鸿禨则是前清军机大臣，被人誉为相国（樊增祥《三月三日樊园修禊序》），成员陈夔龙曾任河南、江苏巡抚，湖广、直隶总督兼北洋大臣。而晨风庐主人周庆云则是无官无品，与周庆云同倡消寒会的刘炳照也是一平民，其他核心成员如刘承干为商人，至于缪荃孙虽官至前清国史官总纂，但官职不高，且清末时并无官职，仅聘为《江苏通志》总纂，潘飞声也是无官之人，晨风庐诗人群其他成员很多也是无官职，即使为官也只是前清知县、知州。所以"文艺化""平民化"是这一群体的标志，因为"平民化"，使得晨风庐诗人群的创作内容更具有普遍性；因为"文艺化"，使得该群体的创作水平不逊色于当时任何一个遗民诗社，故其创作内容具有典型代表性，反映了当时上海遗民群体创作的整体面貌。

晨风庐诗人群的创作有些是引领当时遗民诗风的，例如对晚明历史的评咏，便是以其创作为先。1920年5月7日（农历三月十九），逸社诗人冯煦、沈增植、邹嘉来、陈三立、余肇康、陈夔麟、王乃徵、章梫、杨锺羲、胡嗣瑗等在陈夔龙寓所花近楼聚会，因这一日正是崇祯帝朱由检的忌日，所以逸社诗人的这次聚会便以哀悼明史为主。朱兴和《现代中国的斯文骨肉：超社逸社诗人群体研究》第六章"遗民诗歌中的情感世界"第一节"亡国之恨"对此作了专门研究，他对邹嘉来《三月十九日逸社第二集以万岁山怀古命题，勉赋一首》评论道："全诗由明朝灭亡开始，以清朝灭亡作结，最后又归结到中光复辟的希望之上，明显是'借他人之酒杯，浇胸中之块垒'。与会诗人的诗作无一例外，都有同样的情感表达模式。可见，明朝的覆亡不过是引发他们历史悲感的一个诱因，最后的结穴都是痛悼故国之亡。"[1]

只是这一情感表达模式早在1913年就被晨风庐诗人群形成时期的淞社诗人运用了，如汪洵的《南北党》：

　　　　监纪多如羊，职方贱如狗。衣冠禽兽党派分，扫尽金钱漫填

---

[1] 朱兴和：《现代中国的斯文骨肉：超社逸社诗人群体研究》，生活·读书·新知三联书店2014年版，第213页。

口。北有牛，南有马，豕交兽畜满天下。磨牙吮血骨肉糜，猿鹤虫
沙劫同化。噫嘻！羊跪乳，马汗血，虎不再交，尚称节，畜类有心
愧不如，哀今之人为虺蜴。[1]

全诗开头借用《明史·奸臣传·马士英》"职方贱如狗，都督满街走"
之句意，揭露了明季的马士英及其同党均是衣冠禽兽，进而又讽刺北
方李自成的谋士牛金星和南明的马士英乃"兽畜"，正如缪荃孙《黔驴
相》所说："闯用牛，明用马，两畜生，乱天下。"这种对北牛、南马的
咒骂，其实质是对造成天下大乱之人的严厉痛斥。而淞社遗民诗人这一
情感的产生是受现实刺激的，当时孙中山讨袁斗争引起了二次革命，他
们就将民初社会不安定的原因归咎于孙、袁，所以称"哀今之人为虺
蜴"，借古讽今之旨显而易见，故1913年刘炳照《晨风庐唱和诗存序》
云："身世濩落之感，邦国疹瘵之忧，今之视昔，殆有甚焉。"这一今昔
对比、哀悼故国的情感特征是淞社乃至晨风庐诗人群普遍持有的，这应
该也影响到了当时其他诗社的遗民创作。

　　除了借明史讽今之外，晨风庐诗人群还在其他诗歌内容上引领了当
时遗民诗风，比如对"印心石屋"瓷盘的咏叹。"印心石屋"是道光名
臣陶澍（1779—1839）的书斋名，道光皇帝曾亲笔为其题写了这四个
字，因此陶澍将御赐之字刻印在一套四具瓷盘之上以示恩宠，并将这刻
有"印心石屋"的瓷盘作为女儿出嫁时的嫁妆赠予爱婿胡林翼（1812—
1861），后成为胡家三世珍藏之宝[2]，最后传到胡林翼之孙胡鼎臣手上，
他在上海开有"桃源隐酒楼"，当时避地海上的遗民多在此集饮，故而
胡鼎臣的传家宝便成为这些遗民酒后玩赏的宝物，不过以诗社的形式集

[1] 周庆云：《淞滨吟社集》，见南江涛选编《清末民国旧体诗词结社文献汇编》
　　（第10册），国家图书馆出版社2013年版，第405页。
[2] 陈夔龙《陶盘歌》小序云："陈伯严同年招饮桃源隐酒楼，席间见官窑磁盘四
　　具，分画岳麓、灵岩、钟山、蜀岗诸胜迹，中各有'印心书屋'一区。细审，
　　知为安化陶文毅公澎手制。询之，乃公嫁女随奁赠与爱婿益阳胡文忠公林翼之
　　物，珍藏三世，屡经劫火，幸而完存，安定子孙当永保之。酒后放歌，奉酬伯
　　严，并希同座诸君子正句。"见李立朴等编校《陈夔龙全集》（上册），贵州民
　　族出版社2013年版，第487—488页。（按：原标点符号有所改动）

体歌咏此宝，是从淞社开始的[1]。

《淞滨吟社集》乙集录有《癸丑仲冬，集桃源隐酒楼，胡定臣参议出示家藏陶文毅公"印心石室"旧制瓷器，此为文毅嫁女奁具，夫益阳胡文忠也，因限胡字》，之后1913年12月17日超社成员才在桃源隐酒楼举行社集，并歌咏此物，然而歌咏的内容竟与淞社无异。以超社成员吴士鉴之诗《止庵师相招集桃源饮酒楼，席间所用为陶文毅公"印心石屋"青器，限陶字韵七古，超社第十二集》为例，该诗的创作内容是先谈器物蕴含的君臣之义，如云："登栟列簠诧精绝，良工出自芝山窑。抚视款识考年月，陶公制器招名陶。道光中叶正清宴，江表十载持旌旄。更张琴瑟达时变，七政有二惟盐漕。"最后笔锋一转，以"酒阑令我三叹息，执澜泪墨怀先朝"[2]反映国破哀怨之情，朱兴和对此评价道："能得道光御赐'印心石屋'四字，在清季士大夫看来自然是莫大的荣宠。更重要的是，在他们看来，'印心石屋'还体现了'君圣臣贤'和君臣相得的理念。所以，'印心石屋'食器能够引起超社诗人对道光时代和同治中兴的回忆和向往，能让他们对着这套陶盘一咏而三叹。但是，畅怀盛世的结局必然是无尽的痛苦和悲哀，因为今昔的对比太过强烈。昔日大清王朝何等辉煌，今天却已土崩瓦解，叫他们情何以堪！"[3]

此评价挖掘出了吴诗的深层含义，但以此评价淞社的这类诗反倒更为贴切，因其诗歌表达今昔对比的寓意更为明显，有诗句云："当年石屋获鬼神，宣宗圣翰洋洋谟。君臣鱼水靖大难，文忠功烈高寰区。富郑不惭晏元献，遥遥旷代真同符。齐诗忽际亥年谶，妖氛北向天门驱。"前两句是说陶澍获宣宗道光御笔题字之事，陈銮《两江总督陶文毅公行状》云："乙未冬，入觐，请假修墓，上垂询里居山水，御书'印心石屋'四大字，俾归摩崖以宠其行。"所以"石屋获鬼神"是指陶澍请假修墓一事，而"圣翰洋洋谟"便是指道光赐字了，这很明显地表现了"君圣臣贤"之貌；后两句是指胡林翼镇压太平军的靖难之功，胡林翼

---

[1] 陈夔龙虽作有《陶盘歌》，但当时他并未加入超社，而且也仅他一人所作，非集体歌咏。

[2] 钱仲联：《沈曾植集校注》，中华书局2001年版，第724页。

[3] 朱兴和：《现代中国的斯文骨肉：超社逸社诗人群体研究》，生活·读书·新知三联书店2014年版，第215页。

为湘军重要将领，与曾国藩、左宗棠并称"中兴三名臣"，谥"文忠"，所谓"大难"就是指太平天国运动，而"君臣鱼水"表现的就是"君臣相得"之意。陶、胡二人的恩遇犹如北宋晏殊之遇，然而现实却是辛亥鼎革，"天门"已破，今昔对比的诗思已显露无疑了。由此看来，淞社成员诗作表达的情感在当时有广泛的代表性，其影响力应被充分认知。

此类追昔咏物诗之所以由晨风庐诗人群最先创作，与其成员背景有莫大之关联。上文已提到晨风庐成员大多从事文艺相关活动，其中藏书就是主要活动之一，故题咏古书成为该诗人群较早的唱和内容。《淞滨吟社集》乙集录有题咏刘承干藏翁方纲手纂《四库提要稿本》的诗作，周庆云诗云："有清三百年，文物轶前代。最盛乾隆朝，睿德坤舆载。儒术竞昌明，耆彦罗都会。"因故物而咏叹故国，加深了该群体对故国有关的一切物体的感怀，如对前清之人遗稿的题词，以至陶盘。

当然，并不是所有的诗作内容都是由晨风庐诗人群先创，他们也有借鉴其他诗社的创作，比如超社曾在1913年上巳日聚会上用杜甫《丽人行》韵，对于此事，周庆云很快便知晓了，他不久写的《次韵和语石》有云："落笔超群遗老社，当筵分饮丽人杯（周注：樊山、止盦诸耆旧结超然社于海上，上巳修禊，樊园限用杜工部《丽人行》韵）。"[1]后来在1916年，此方式被运用到晨风庐诗人群唱和之中，周庆云写有《上巳修禊愚园，借坐洪鹭汀（洪尔振）寓斋，并约许狷叟（湝祥）、缪艺风（荃孙）、钱听邠（溯耆）、刘语石（炳照）、李经畬（宝泉）、汪符生（煦）、张让三、潘兰史（飞声）、章一山（梫）、陶拙存、宗子戴（舜年）、恽季申（毓龄）、恽瑾叔、孙益庵、朱念陶、白也诗（曾然）、张石铭（钧衡）及鹭老令郎青立、令孙衡孙、鹏孙，凡二十二人，赋诗纪事，用杜工部〈丽人行〉韵》，当时徐子昇亦有诗纪曰《丙辰清明节，恰逢三月三日，晨风庐主人特假愚园谦客修禊事也，即席赋诗，用杜少陵〈丽人行〉韵，颇为人所传诵，越日，折柬示余，且索和焉，率尔构此，以应雅令》（见《晨风庐唱和诗存》卷八）。这说明，民初沪上遗民社团的创作彼此间是相互借鉴的，并不存在截然分立的态势，由此形成

---

[1] 周庆云：《晨风庐唱和诗存》卷二，1917年铅印本，第12页。

了一个大的遗民社团生态群，滋养了旧诗的持续发展。

三、遗民社团的新变

民初沪上遗民社团是以诗社为基础形成的诗人群体，尽管像淞社明言是仿元初宋遗民诗社"月泉吟社"（周庆云《淞滨吟社集序》），但当时的清遗民社团早已不同于一千多年前的宋遗民诗社了，不仅数量上明显增加，参与人员的背景也更为多样化，这就形成了清遗民社团中心明确而外延模糊的态势，不同群体之间交织并存，构成了稳定的遗民文学生态环境。所谓中心明确，是指社团的社长或称祭酒是固定明确的，绝不会一人身兼数社社长，而外延模糊、交织是指成员并不固定于某一个社团，而是穿梭于不同社团之间，还可同时参加不同社团的活动，成为根系独立、枝叶交错的社团生态。这样一种生态提供了这个被外界斥为遗老、落后群体的生存空间，他们也借这种环境表述心声，谋求话语权以自存。

首先，社团仅仅是召集文人雅集的外在形式，张力有限，稳定性不足，所以凝聚力要倚靠社团社长（祭酒）这类领袖，否则便无法形成固定的诗人群体。社长对于一个社团的存亡兴废有着至关重要的作用，超社就因创建人樊增祥的离去而旋灭，此社更因他北上为官而被人讥为"'超'字形义，本属闻召即走，此社遂散"[1]。故要研究民初遗民诗人群，还须以社长为中心，然而古代的诗社并无一个明确的社长，这是古今诗社不同的地方。

社长不会轻易参加其他社团活动，更不会就任另外一个社团的社长，如成立时间最早的希社，当第一任社长高翀去世后，有人推周庆云为继，被谢绝，他在《希社中兴续编序》中描述了希社由产生到兴盛，直至消亡的过程，最后他总结说："乃天不相人，微君（指高翀）作古，初拟推刘翰怡、陆云荪、邹酒匃、郁屏翰及余为社长，以互相推诿，社遂星散。"[2]这"相互推诿"的原因，多半是希社已打上了原社长高翀的

---

[1] 王存善戏言，语出章梫《答金雪孙前辈书》，见劳德祖整理《郑孝胥日记》，中华书局1993年版，第1572页。

[2] 邹弢辑：《希社丛编第八册》，见南江涛选编《清末民国旧体诗词结社文献汇编》（第3册），国家图书馆出版社2013年版，第4页。

印记，旁人自然不愿为继，而周庆云已为淞社社长，更无力引导他人创办的诗社继续发展。

不过，能否当社长还与个人的资历有关，逸社在1917—1920年间曾中断数年，原因就在于无人统领，虽然1920年重开逸社，但主持相关活动的陈夔龙又不是社长，且入社时间较晚，实难领导逸社的发展。周庆云在创立淞社后，又先后创立春音词社和沤社，然其不擅词，资历有限，故推"清末四大家"之一的朱祖谋为词社社长。

其次，社团成员并无门户之见，不同诗社可任由其选择加入与否。比如缪荃孙，他在《和张钧衡母七十寿》"清游未泛浔溪棹，晚岁频陪汐社筵"句下自注："周君梦坡创立淞社，石铭（按指张钧衡）及予与焉。"[1] 则缪荃孙已明白无误说明自己加入了周庆云创立的淞社，而他本人又是正牌的超社成员，樊增祥在《三月三日樊园修禊序》中说："超社之人，最多尊宿：相国（按指瞿鸿禨）英绝领袖，为今晋公；乙庵（按指沈增植）包举汉唐，义兼经子；艺风（按指缪荃孙）抗声于白傅；散原（按指陈三立）振采于西江……"[2] 可知缪荃孙是被视为超社成员的。

当超社和淞社同一天举办诗社活动时，缪荃孙两者均参加。如1913年10月8日重阳节，超社白天在愚园云起楼组织登高赋诗的活动，缪荃孙参加了，《艺风老人日记》载："到愚园，同人集于云起楼。"[3] 而淞社晚上在双清别墅举办分咏重阳典故及习俗的活动，缪荃孙也参加了，并在淞社的活动上赋诗四首，分咏"落帽""催租""题糕""送酒"，其诗还被收入《淞滨吟诗甲集》中。

这种参加不同诗社的情况并不只表现在缪荃孙一人身上，1914年杨锺羲参加了淞社饯行章梫移居青岛的活动，他在活动中创作的两首诗也被收入到《淞滨吟社乙集》中，但他本人也是超社成员，经常与樊增祥、陈三立等人唱和。又如郑孝胥也同样如此，他曾参加过淞社为周庆云建生母经塔题咏的活动，有诗一首亦被收入《淞滨吟诗乙集》，但他

[1] 南江涛：《清末民国旧体诗词结社文献汇编》（第10册），国家图书馆出版社2013年版，第613页。
[2] 樊增祥：《樊樊山诗集》，上海古籍出版社2004年版，第1979页。
[3] 缪荃孙：《艺风老人日记》，北京大学出版社1986年版，第2635页。

也是逸社的重要成员。至于经常和周庆云参加淞社活动的潘飞声，其本身就是南社成员。显然，当时的成员没有强烈的社团区分意识，他们只是将社团视为同类人的聚集，借此寄托情感。

最后，很多社团是有社集的，有的还在现代报刊上刊载社集活动及诗作，所以这是一个典型的谋求话语权的现代文学行为。古代诗社雅集作品"列叙时人，录其所述"，是为了"后之览者，亦将有感于斯文"（王羲之《兰亭集序》），而民初遗民社团的雅集作品是为了寄托遗民之思，并力求在现代话语体系中坚持古体诗的传统，故现代性是其主要的新变。

晨风庐诗人群是民初沪上遗民社团的典型代表，其形成、发展的过程是众多社团的缩影，其创作既引领遗民诗风，又借鉴其他社团的创作，这是当时各个社团创作的普遍现象，原因在于作为具有相同身份背景的遗民，他们的集会唱和并不具有竞争性，而是相互并存，以谋求共同的话语权，表达相同的遗民、文化情怀，故能在现代文学环境之下延续二十余年，成为现象级的文学团体。

【作者简介】贵州民族大学文学院副教授。

台湾诗余与大陆社团的交流与互动

——以南社、虞社为主

许俊雅

【摘　要】　本文主要讨论日本殖民统治时期的台湾报刊对大陆旧体词的刊载，所刊的词人词篇以江浙一带为多，尤其是由于上海、南京、苏州的地缘与文化底蕴因素，南社、虞社有不少词篇转刊台湾报刊。其次是有来自战时日本官方宣传杂志以及梁鸿志"维新政府"、汪伪政府统治地区的报刊。日本殖民统治时期恰是近代报刊兴起风潮，两岸文人之交谊唱和，遂多通过报刊交流及互动，其间尤以《迪化》《南社》《虞社》《新东亚》《国艺》《艺觳》《华国月刊》为多，台湾较常出现的文人则为洪弃生、李少庵、谢雪渔、蔡北仑。当时台湾报刊援引大陆词篇充实版面，有着鉴赏学习的用意，尤其是在选调多样上，提供了各家倚声尝试及对各体词调之探索，整体而言，民国词的传播引介为多，交流及互动受限于殖民统治政权的控管，虽有蔡北仑、李少庵诸氏，但仍有待更多文献之发掘，以深化此课题。

【关键词】　台湾词　南社　虞社　报刊　蔡北仑　李少庵

一、前言

　　在台湾文学发展史上，古典文学实占有极大的分量。从明郑迄清领（1661—1894），乃至日本殖民统治台湾的前二十五年（1895—1920），文学的发展以古典文学为主。20世纪20年代之后，新文学虽逐渐抬头，也居于优势，然而不容否认的是，古典文学依旧细水长流，且具有一定的时代意义与文学价值。而台湾古典文学以诗为主，文次之，词、赋又次之。词在台湾的发展，不及诗远甚。尤其日本殖民统治时期，台湾诗人辈出、诗社林立，词作则相对少。这从《全台诗》《全台词》之册数，亦可观觇。然则正因如此，台湾诗余的研究空间值得去拓展。

清领时期台湾词家多与闽地有关，而闽地自朱熹推振理学以来，至有清一代，"闽学渐昌"，而闽人无暇及词，自轻填词，致使"倚声视为小道，顾曲遂少专家"，闽词渐衰，词学遂不振，甚而有批评《闽词钞》乃丢落"遗珠"，《赌棋山庄词话》不免"碎锦"等语词。然则晚清闽中词学却也在叶申芗、谢章铤、林葆恒等人努力下，唤醒了闽人治词之热情与信心，叶申芗《天籁轩词谱》《天籁轩词选》别具特色，前者将词谱与词选结合在一起，后者针对当时词坛选词弊病，融合苏辛周柳为一炉。谢章铤组建聚红榭词社，将闽中词学推向繁荣与高潮；其《赌棋山庄词话》规模宏大，词学思想介于浙西与常州二派之间，时有新论。林葆恒《闽词征》为闽中词人词作最完整之整理汇编，其《词综补遗》对清词综系列予以完善补充。然则论及闽地诗词在日本殖民统治台湾时期的影响，则旧诗之流动胜于填词，词之交流与互动则以江浙社团、刊物为多，其中缘由或与现代报刊兴起有关。

闽词对台湾之关系自然未中断，晋江诗人吴钟善、陈耐充及台湾板桥林家、台南施士洁、许南英诸氏都可归于闽词源流。当时报刊所载，属闽地词人者有许钓龙（生卒年不详），福建诏安人，与谢管樵、沈瑶池、吴天章并称"诏安花鸟四大家"（据《台湾诗报》）；及梁次君（生卒年不详）、何振岱（1867—1952）、黄孝纾（1900—1964）、陈耐充。其余多为江浙词人，分属南社（有部分为湘人）、虞社居多。可见台湾早期与闽地词人关系密切，但日本殖民统治时期的台湾报刊所刊载之作却以江浙词人的作品为主。

对于词的接受与流动偏重江浙，上海、南京、苏州皆有之，尤其是当时日本的"掌控区"，因此有多数来自当时日本官方宣传杂志以及汪伪政府的文献。晚清民国时期报刊旧体诗词较不受重视，汪伪政府统治下的报刊诗词，因涉及战后民族主义的立场，诸多要人招致审判，其研究不受重视，自然可以理解。然则这些报刊旧体诗词作为汉文化圈共同文化遗产，对台湾诗余的传播情况，值得进一步审视，以清楚掌握台湾报刊转载引介了哪些社团的刊物，哪些词人，其内容又是如何，作为填词之学习指南或是国策的宣传。本文将重新凝视在国家、民族的主题底下，个别词人词作的表述方式。

二、交流与互动：台湾报刊对大陆旧体词的刊载

自清领初期至光绪中期，台湾诗社林立，诗坛一向活跃，相对于词坛则一片沉寂。日本殖民统治期间，词社兴起，词人相互倡导，词的创作开始活络，词人间唱和也逐渐增多。如《台湾省通志·学艺志》（第三章词）所谓："自本省开创以来，内外诗人虽众，而能词者，屈指可数。迨沦陷中，本省人士相率逃于诗酒，诗社大兴；于是亦有设立词社者，然随立随散，作品殊少。"词社的组织，如施士洁词《氐州第一》（帆影）二首，其序谓"林兵爪碧山词社题"，可见板桥林鹤寿曾组"碧山词社"。至日本殖民统治时期恰值近代报刊兴起风潮，当时台湾刊载旧体诗词小说之报刊，较常见者有《台湾文艺丛志》《台湾诗荟》《台湾诗报》《南雅》《三六九小报》《诗报》《风月》《风月报》《南方》《南方诗集》等。此中《台湾文艺丛志》系列所刊词作除栎社诗人、同好的词之外，也转刊《迪化》的作品，词有醉樵《江城梅花引·新秋》《秋宵吟·秋感，用白石韵》、春驹《浣溪纱·偶成》、灵峰《满江红·春闺》、沤庐《浪淘沙·采莲》等。转刊《小说新报》的词有王睫厂《声声慢·秋柳》、吴绛珠《醉花阴·春闺》五阕等。由于署名多用字号、笔名，与台湾本地之词夹杂，又未特别标明来源，以致身份辨识多不易[1]。

《台湾诗荟》所刊则较易辨识，自1924年2月起，至1925年10月止，连横主笔《台湾诗荟》杂志历时一年十个月，发行二十二期。虽名为"诗荟"，除收录各家"诗钞""诗录""诗稿"之外，还刊出"文钞""词钞"。尤其辟设"词钞"，刊载词学理论，对词坛之活络，有推

---

[1] 如俞锷，号剑华，其《满江红·读史杂感》词，署名"剑华"，光凭"剑华"，很难推知作者是南社的俞锷。《南雅》所署"劲秋""野王""子夷""醉樵""天放""瘦蝶""憩园""幼石""孟芙""葆桢""偶非""湘孙""铸泪词人""小山""萍倩""病鹤""定一""淞"者，如非见过《虞社》之词，仅凭"偶非""小山""天放""淞"实难辨识真实身份。

波助澜之功。有关词学抆扬，除第一、四、六、八、十六号以外，其余十七期均刊出"词钞"部分，收录作品以台湾为主，兼及部分大陆词人，以供观摩。尤其在第三号（1924年4月）"词话"部分，摘刊郑文焯《鹤道人论词书》，盖节录郑氏《大鹤山人词话》部分词学入门理论，连横跋文谓："今台湾诗学虽盛，词学未兴，为载于此，借作指南。愿与骚坛一研求之。"[1]用意在推广台湾词学甚明，而台湾词坛的创作得以渐成风气。《台湾诗荟》除内容多样，材料丰富之外，所刊文本的精确度，常为他本所未及；所收之词，也往往是他本所未见。

《台湾诗报》（1924—1925）收有大陆何振岱、金鹤翔、熊希龄、陈世宜、庞树柏、王闿运诸氏作品。个别词作多为一首至两三首。《诗报》（1930—1944）转刊不少大陆人士之诗文，词作方面有靳志、陈方恪、胡适、杨锡章、刘麟生、迁隐、项鸿祚、金蓉镜、潘飞声、杨杏佛、王豫胪、陈配德、朱祖谋、况周颐、沈宗畸、陈洵、王蕴章、徐珂、崔今婴、傅熊湘、黄钧、陈家英、陈家庆、曾传辂、陆更存、徐天啸、黄深明、李贤等人。

《南雅》（1933—1934），全名《南雅文艺杂志》，词人除赖金龙外（实自《诗报》转载），亦多为大陆文士之作，词人杨圻、沈世德、花景福、朱铠、高毓浵、俞可师、许瘦蝶、金心斋、陆孟芙、钱定一、钱小山、姚劲秋、程葆桢、邹萍倩、陆醉樵、陆天放、沈德英等人。多转刊《虞社》1931年至1933年之作，如高淞荃《花犯》，姚劲秋《疏影·花影，用玉田梅影原韵》，杨圻《醉落魄》《相见欢》《虞美人·故都雪下忆江南梅讯》，朱铠《虞美人》《浣溪纱》七阕，陆天放《霜天晓角·吊江湾战区》，许瘦蝶《满江红·感事》。

《三六九小报》，由台南南社与春莺吟社的成员创办，赵雅福担任编辑发行人，1930年创刊，词作不多，其中沈缠、孙云凤之作，出自1912年《妇女时报》。王蕴章之词作出自1913年《华侨杂志》，距离1932年、1934年已有二十年时间。《风月》《风月报》《南方》《南方诗集》（1935.5—1936.2、1937.7—1941.6、1941.7—1944.1、1944.2—3）

---

[1] 郑文焯《鹤道人论词书》，原刊《国粹学报》文篇第66期，1910年4月20日，第4—7页。连横跋文见《台湾诗荟》1924年第3号，第46页。

所刊之词52首，虽数量无法与《诗报》比拟，但《南方》仅转载《诗报》陈雪沧《千秋岁》一首，《诗报》却多首转刊自《风月报》，具有文献补强功能，同时有早期台湾期刊文化考察的价值。本地词人有林清月、黄福林、赖献瑞、陈雪沧、王养源、廖居仁、谭康英、赖柏舟诸氏。该刊出自《新东亚》《国艺》上的词人有陈耐充、王蕴章、陈方恪。

从以上台湾报刊转载出处之追踪，可知两岸间的文学流动以《迪化》《南社》《虞社》《新东亚》《国艺》《艺彀》《华国月刊》为多，台湾出现的文人则为洪弃生、李少庵、谢雪渔、蔡北仑。彼此间的交流与互动仍待更多文献的出现，方能厘清及补足其中的空隙，本文仅先就所知显露此现象。台湾报刊载有不少南社、虞社（二社复有重叠）、梁鸿志"维新政府"及汪伪政府下的词人之作，于此不能不有所叙述。

台湾各刊物选择转刊大陆期刊之缘由，有些可据以推测，有些却毫无线索，如与《迪化丛刊》之关联，则可能是洪弃生、倪轶池及其周遭文友的牵线。《迪化丛刊》，又名《迪化》，1922年1月创刊于汉口。江拙宜、盛了厂主编，迪社发行。撰稿人有朱春驹、吴东园、陆醉樵、张乙庐、王承烈、邬吉人、吴绛珠等。这些撰稿人也经常出现在倪轶池编辑的刊物，如《友声日报》《小说新报》。《迪化》栏目分为经翼、史参、子余、集汇、附录五门。内容刊载阐扬先贤潜德之文章，以及有关古代中国哲学、历史、自然科学等方面的考证史料，还有一些散文、诗词、小说等文学作品。曾刊台湾洪弃生之作：《募浚鹿港溪启》《跋少作鹿港溪启后》《禹贡水道解第三》《禹贡水道解第五》，可证彼此之交流与互动。该刊虽创刊汉口，其中编辑、作者倪轶池、陆醉樵、吴绛珠诸氏却活动于江浙、上海等地。

《南社》，1912年于上海创刊，由文学团体"南社"不定期发行，迄1923年止，共22期。编辑人员有陈去病、高旭、庞树柏、柳亚子等。报刊内容积极宣传爱国主义，鼓吹资产阶级革命，反对清廷专制，并提倡吸收西方文化，进行诗词改革，以发扬、保护国学。所录分为文、诗、词三大类，兼辑有南社社员个人的作品集及南社历届雅集摄影。连横与南社社友多有交情，《台湾诗荟》时见南社消息。

　　《虞社》，为江苏常熟"虞社"社刊。1920年6月创刊，至1937年11月停刊，总计发行228期。第一届主任俞鸥侣任职期间，为月刊，翌年改为旬刊。第二届主任任职时，改回月刊。到第三届主任任职时，又改为双月刊。直至最后两届主任任职期间，又改回月刊。《虞社》以"提倡国学，交换智识"为宗旨，收录虞社社员联谊唱酬的作品，并分为诗选、文选、杂俎三类，但实际系以前二者为主。诗选为该刊的重点，1930年前多为唱和酬答、述怀吟咏之作，1930年后着重对家国、时事的关注。文选则有诗文集序、人物传记、墓志铭和游记等。台湾《南雅》在1931年至1933年刊登不少《虞社》作品。相关台人之诗词刊《虞社》者，初步掌握者有王良有《癸酉小春作客台湾自题小照应神户庄樱痴君之索》《乙亥元旦：时客台湾》《阅台湾新闻感赋》《留别台湾二律》，陆孟芙《词录：浪淘沙·和台湾李少庵四十书怀》，李友泉《奉怀台湾施梅樵前辈》，这些诗人与虞社、南雅的交流情况，值得进一步追索。

　　《华国月刊》为华国月刊社所编辑发行的刊物，1923年9月15日创刊于上海，至1926年出版第3卷第14期后停刊。由章炳麟担任社长，其弟子汪东任主编兼撰述，另有不少国学造诣颇具功力者分任撰述和编辑工作，如黄侃、孙世扬、钟歆、但焘、李健、孙镜、田桓、方海客等，志在甄明学术，发扬国光。该刊取材严谨，体裁广泛，内容综合文史，包括古今名家书画、通论杂著、学术研究、文苑小说、记事通讯、国内外大事记等。胡朴安《民国十二年国学之趋势》一文云："《国故》与《华国》及东南大学之《国学丛刊》，皆《国粹学报》之一脉，而为太炎学说所左右者也。"对当时的国学发展具有重要影响。汪东、王闿运、俞庆曾之词多为《台湾诗报》所转载，汪东有《高阳台》之作，王闿运有《摸鱼儿·洞庭舟望，用稼轩韵》《宴清都·和卢蒲江》《梦芙蓉·为王梦湘题匡山戴笠图》。俞庆曾有《木兰花慢·和瑟庵韵》《南乡子·绣罢偶作》。大抵是《华国月刊》1924年刊，次年《台湾诗报》即转刊，可见传播速度之快。另徐珂之作多首刊《华国月刊》，为台湾报刊转载。

　　《艺觳》杂志由艺觳社发行，蔡哲夫、谈月色编辑，于1932年6月创刊，16开本，是综合性艺术期刊，中西绘画、金石、文物都有。并欲与北平（北京）之《艺林》、上海之《艺观》、汉口之《艺甄》，互通声气，尝谓天下艺人尽入彀中，则吾岂敢。蔡哲夫（1879—1941），名守，取意《诗经》"哲夫成城"，遂号成城子，别号甚夥：寒琼、寒翁、寒道人、茶上人、茶丘生、樗散画师等。其半生倜傥，最为艳称的是与夫人张倾城（取意《诗经》"哲妇倾城"）、如君谈月色（又名谈溶溶，取晏殊诗"梨花院落溶溶月"）一门并擅"三绝"，均籍隶南社，传为佳话。1936年，蔡哲夫偕谈月色到南京任职国民党党史馆党部，并在故宫博物院考订金石书画古物。蔡哲夫诸多作品见于台湾《诗报》《风月报》。转刊《艺彀》之作有陈洵《闲中好·奶阑花样题词》、李贤《湘月·奶阑花样题词》、崔师贯《减兰·奶阑花样题词》等。

《国艺》，1940年1月15日于南京创刊，为"中国文艺协会"[1]会刊，编委有张次溪、陈巨来、陈廖士等。《创刊献辞》说："《国艺》便是在中国的立场上，努力建设东亚新文艺，灿烂的在世界文艺坛站上放一异彩。"在创刊号上还刊登了征文启事："题材：以此次战争为作品时代背景，绘述战乱痛苦，提示未来之新生，作现实生活之描写。类别：分创作小说，散文。"录取之征文，分别发表于《国艺》月刊第2、3期。2月，派代表朱重绿等去日本东京参加东亚操觚者恳谈会。台湾文人与此刊关系密切，如谢雪渔著有《周易探玄》，曾任汪精卫伪政府行政院秘书处主任的陈廖士有诗《采风新录：谢雪渔属题周易探玄》，先后刊《国艺》1940年第2卷第4期及《雅言》1941年第4期。今川渊、神田喜一郎、林献堂均有诗《题谢君雪渔周易探玄》刊《昭和诗文》1942年第298期。而江亢虎之作《雪渔先生古稀大庆即题所著周易

---

[1] "中国文艺协会"于1940年1月6日，在南京"中国新闻记者俱乐部"宣告成立。会长是孔宪铿、顾澄、张秉祥。发起组织"中国文艺协会"的陈廖士（行政院简任秘书）担任大会主席。参加大会的有政界的张秉辉等，教育界的徐公美等，书画界的王西神、马午、马振麟等，体育界的徐英等。协会的行动计划：出版定期文艺刊物及丛书；介绍文艺作品给各种刊物；不定期举行文艺和其他有关文艺的座谈会；附设文艺作家俱乐部；举办各项文化事业。还设立编辑委员会，陈廖士任委员长。参见范泉主编：《中国现代文学社团流派辞典》，上海书店出版社1993年版，第95页。经盛鸿著：《武士刀下的南京：日伪统治下的南京殖民社会研究》，南京师范大学出版社2008年版，第389页。

探玄》却刊《诗报》第242号，1941年2月18日。江亢虎刊《国艺》之诗《荷花生日寿寒翁　寿寒翁用雪蕉女士元韵》《试闹唱和集（上）　试闹遣闷》《俞曲园先生百二十年生日感赋》《梦呓成吟语多费解岂所谓谶者耶》又为台湾《诗报》第242号、《风月报》第115、119、120、128期所转载。朱铁英有《谢雪渔赠菊启等》（四首）刊《东社》1916年第3期。谢雪渔随笔则见于《立言画刊》。

汪伪政府下尚有《新东亚》，尤其以陈能群（字耐充）为要角。任汪伪省政府咨议、前述《国艺》月刊编辑委员。与陈方恪、陈寥士相善，俱是汪伪政府下传统文人，1940年曾参与陈方恪"荼寿会"，其词学理论及创作刊载于《同声月刊》《国艺》《新东亚》，尤以1939年、1940年《新东亚》所刊最多。其《解连环·陈寥士属月色作十园秋思图》刊《新东亚》一卷六期（1939）及《国艺》创刊号（1940），《风月报》九十一号（1939.8.15）且早刊于《国艺》。此外，《新东亚》题作"题十园秋思图"，《国艺》题作"十园秋思图题词"，文本流动之际的变化出入，亦值得留意。

台湾士人在词坛活力的呈现，确乎肇始于日本殖民期间。这种活力的呈现，明显与士人间的酬答唱和，从过去全面以诗，转化为一部分以词；同时与为了观摩学习，充实版面，转刊中国内地词作有关。如晋江诗人吴钟善叙其在台词作背景云："戊午（1928）渡台，二三朋好，花间酒边，行谣坐啸，导扬幽晦，藻畅襟灵，时一为之。"说明词的创作仍仅及"时一为之"，但是从"二三朋好，花间酒边"，足以推知唱和切磋的情境，日本殖民统治时期台湾词人唱和之繁见诸《全台词》，事例亦多矣。

三、词作题材及作品举隅

王国维谓词至李后主，"眼界始大，感慨遂深"，所指乃南唐亡国之后作品，而此论移用在日本殖民统治时期多数词人作品亦然。大抵日本殖民统治时期台湾词人，莫不深受传统士大夫养成教育影响，当其身处清末国运、文运剧烈变迁，面对乙未割台，台湾沦落日本殖民统治，加上新文化冲击，传统文学急遽衰微的巨变，因政治的陵替与学术的落空，词中往往倾吐双重的遗民哀思，写下一代士人共同的命运。因此，词作虽仍不乏尊前花间，风月流连，而其特出之处，却在国族认同与殖民统治社会的反映。前此台湾士人所不曾、不必面对的严峻课题，一一呈现眼前，深沉的感慨，前此无词者，遂倾泻而出；前此已经有词者，一改儿女情态，眼界始大，开始以词作吐露遗民哀思、反映生民颠困。如许南英前期颇作艳词，如《秦楼月》"罗巾湿透相思泪，玉珰缄尽相思字"、《上行杯》"谁鼓五更天又朗，惘惘为欢爱，泪痕两"刻画儿女私情甚工。其他如《临江仙引·春宵》《南楼令·闺怨》《菩萨蛮·即景》等，善写闺阃心理，不免予人靡曼柔弱之感。乙未后，《明月棹孤舟》《如梦令·别台湾》《如梦令·自题小像》等词，一改红软翠艳，而须眉尽张、英气自发。其《如梦令·别台湾》：

> 望见故乡云树，鹿耳、鲲身如故。城郭已全非，彼族大难相与。归去、归去，哭别先人庐墓。

台湾沦陷，词人伤感沉痛之至。《如梦令·自题小像》：

> 已矣旧邦社屋，不死犹存面目。蒙耻作遗民，有泪何处恸哭。从俗。从俗。以是头颅濯濯。

对故乡台湾的悲慨，字字血泪。无独有偶，施士洁光绪三十年（1904）所填《如梦令·自题四十九岁小影……》亦充满沧桑之痛，施氏《百字令·和卢坦公司马》再度写下"沧桑回首，至今痛定思痛（谓割台事——词人自注）"，较诸前词更为沉痛。另林痴仙之作如《望海潮·春潮》：

> 春去春来，潮生潮落，年年岁岁相同。鹿耳雨晴，鲲身月上，几番变化鱼龙。海国霸图空，剩苹洲铺练，桃涨翻红；吞吐江山，军声十万势犹雄。　　群飞乱拍苍穹，愿杨枝入手，咒使朝东。弱水易沉，蓬山难近，骑鲸枉候天风。万感倚楼中，恨浪淘不到，块

  垒愁胸；判作随波鸥鹭，身世拖渔篷。

  此词殆于台南鹿门观春潮之作。鹿耳门为当年郑成功打败荷兰登陆处，词人登临此地，不免有咏怀之意。起始即有物是人非之叹，"几番变化鱼龙"，鱼龙，古代杂戏，表演鱼化为龙的舞蹈，用以指人事变迁。慨叹人事几番变化，郑成功海国霸业徒然已空，颇有"台湾山川之奇"和"民族盛衰之起伏变化万千"之意。"群飞乱拍苍穹"，说海水群飞，天地动荡不安。"弱水易沉，蓬山难近"，以弱水、蓬山说明不易达到的仙境、愿望，所以"骑鲸枉候天风"，最后倚楼远望以解忧仍不得化解，愁情盈胸，顿生江海寄余生之意。另篇《满庭芳》，情感亦近似：

    如此乾坤，无情风雨，年年摇落江蓠。鸿来燕去，楚客苦思归。邂逅黎涡一笑，心头铁，消向蛾眉；风流梦，扬州豆蔻，十载忆依稀。 垂垂吾老矣，犹能剑舞，醉倒金卮。倩宛转歌云，留住斜曦。百尺危楼极目，正天际海水群飞；雄心减，阴符一卷，尘蠹忍重披。

  "正天际海水群飞"，同前"群飞乱拍苍穹"，用扬雄《太玄》"四海不靖，海水群飞"之意，对国家危难而无从挽救的悲哀，十分感慨无奈。其《水调歌头·青城哀》二首亦是对台湾政局敌忾中有无限感伤，用李贺《金铜仙人辞汉歌》诗意，更是为沉痛地表现其忧虑。洪弃生之词，甚至多以诗言志及诗史风格营造其词。

  除此之外，台湾诗余固然亦有不少红软倚翠之作，但日本殖民统治时期是家国及传统文运两衰的时期，而台湾词坛除当时空前的创发，词风多样亦是一特色。当时台湾报刊所载南社、虞社及汪伪政府下的词人作品，大抵有哪些词人，哪些作品？经过搜罗整理，叙述如下：

  先说南社，台湾台南亦有南社，两个南社不存在隶属关系，但当时仍互相通气、同声相应，有些诗人互有往来。南社诗人的词，作者有连文澄、陶牧、高旭、柳亚子、吴庠、李叔同、郑泽、余天遂、傅熊湘、宋一鸿、黄钧、陈世宜、庞树柏、王蕴章、陆峣南、俞锷、汪东、陈方恪、杨铨、陈家英、范广宪、蔡寒琼、谈月色等[1]，虞社有朱铠、陆宝树、许瘦蝶、俞可师、何国瑾、金心斋、陆熊祥、程葆桢、沈世德、沈德英、邹柳侬、花景福、钱定一等[2]，汪伪政府下的词人有王蕴章、陈方恪、陈耐充诸人，其实这三个区块，彼此有重叠，同时为南社、虞社中人，有些又在汪伪政府下的刊物发表作品。

以目前所看到的作品为例，感时伤国之作有连文澄[3]《金缕曲·七夕感旧》：

> 万里乘槎客。又匆匆、满庭瓜果，度针佳节。欲共人间痴儿女，还与天孙诉说。数往事、过云明灭。六代纷争今未了，尚沉沙、剩有前朝铁。人乞巧，我宁拙。　　江南旧事真凄绝。记当时、出门投袂，轻言离别。江上青山人不见，弹罢湘灵锦瑟。正此

---

[1] 作品如陶牧（1874—1934）《凄凉犯·秋感》、高旭（1877—1925）《蝶恋花·一夜狂风，红梅落尽，闲愁偶触，不能无词》、吴庠（1878—1961）《齐天乐·蟋蟀》《潇湘夜雨·春感》《水调歌头·北仑先生将归台湾，歌以赠行，即希教正》、李叔同（1880—1942）《喝火令》、郑泽（1882—1920）《蝶恋花·步月》、余天遂（1883—1930）《诉衷情·听邻妇述终身事伤之》、傅熊湘（1882—1930）《虞美人·奶阑花样题词》《相见欢》、宋一鸿《金缕曲·新中秋》、黄钧《更漏子·奶阑花样题词》、陈世宜《满路花·感春》、庞树柏《浣溪纱·寒山寺题壁》《玲珑四犯·巢南席上，赠湘乡成君琢如》、王蕴章《鹧鸪天·题南汉芳华苑铁花盆铭字脱本》《烛影摇红·唐花》《绮罗香·胆瓶中插晚香玉数枝，凌波罗袜，顾影生怜词以宠之》《清平乐·奶阑花样题词》《阮郎归·陈寥士属月色作十园秋思图》、陆峤南《罗敷媚·奶阑花样题词》、汪东《高阳台》、陈方恪《临江仙》《虞美人·陈寥士属月色作十园秋思图》、杨铨《贺新凉·送苇煌返蜀》《贺新凉·兆丰公园同棣华文伯访落花》，等等。
[2] 朱铠（约1875—?）有《虞美人》；陆宝树（1876—1940），字枝珊，号醉樵、樵盦，江苏常熟人，与钱南铁、俞鸥侣、蒋瘦石等人创立虞社，有《金缕曲·题甲安先生泽畔行吟图》《江城梅花引·新秋》《菩萨蛮·夏日有怀》；俞可师（1884—1945）有《卖花声·秋夜》；金心斋（约1887—?）有《金缕曲》，感慨时势艰难；程葆桢（约1900—?）有《酷相思·阻风百渎港口》；沈世德（1901—1962），字本渊，号偶非，有《踏莎行·由扬州返里作》；沈德英（约1902—?）有《踏莎行·旅邸赠鸎歌二女》；邹柳侬（1907—?）有《菩萨蛮·公园口占》；花景福（1909—1979），字病鹤，有《高阳台·湖上有感》《浣溪沙》《南乡子·题王季和沤津春眺图》；钱定一（1915—2010）有《西江月》。
[3] 连文澄（?—1922），又名文征、文澄，字梦青、孟青、梦琴、梦惺、明星，号慕秦、小宋、老梦等，笔名忧患余生，浙江钱塘（今杭州）人。

夜、洞庭吹月。一片征帆东去也，但苍茫、两岸箫声咽。精卫恨，海填石。[1]

以杜牧《赤壁》"折戟沉沙铁未销"及唐代钱起《湘灵鼓瑟》"曲终人不见，江上数峰青"感怀家国旧事。又如陶牧（1874—1934）《凄凉犯·秋感》：

> 暮烟柳陌。凉风起、山村水郭萧索。一钩月淡，孤城夜静，远闻残角。吟怀正恶。看金井桐阴渐薄。画帘垂、阑干几曲，银漏更沉漠。　　灯影和人瘦，怕耐凄清，强思欢乐。旧游似梦，已芙蓉、隔江摇落。有客听秋，只心事鸥盟记着。问湖桥、短艇载酒，待后约。

词多感事抒怀，抒发国破家亡之痛和思念乡关之情。多历患难，忧愁怫郁之思，时时流露楮墨间。《台湾诗荟》22号（1925年10月15日）所载李叔同（1880—1942）《喝火令》，其主题即是哀民心之死也，以比兴手法，化用王维诗意及南宋末年文天祥、谢枋得等人殉难故事，托物言志，隐喻家国之痛，期望之切。伤怀感旧之作，复见吴庠（1878—1961）《潇湘夜雨·春感》、陈世宜《满路花·感春》、俞锷《满江红·读史杂感》、陆熊祥《金缕曲·岁暮感怀》、花景福《高阳台·湖上有感》。这些作品或用典借古喻今，或直写以描摹当下，将萧飒与激壮、哀痛与感愤、风云气与苍凉意紧密融合，令人油然而生沉郁悲壮之思。

感怀之作中，选择《满江红》词牌者不少，情思犹如岳飞之《满江红》，如前述俞锷《满江红·读史杂感》，词一开头即云："虎踞龙蟠，剩半壁、斜阳欲坠。"[2]感愤南京剩半壁江山，国家濒临灭亡之险势。亦

---

[1] 此词载《台湾诗荟》1924年第9号及《劫余集词钞》。《台湾诗荟》署"梦琴"。
[2] "坠"，《台湾文艺月刊》1924年第4号、《南社》1912年第7期、《南社词集》（开华书局1936年版）三本皆误作"堕"。盖此作在词韵为第三部仄声，"堕"属第九部，于韵未合，疑形近而误。

有以之书写情场剧变心情，许瘦蝶《满江红·感事》："西北高楼沉雾里，东南孔雀飞天上。者兰因、絮果费参详，空惆怅。"飘絮离散的结局，令人伤怀。有"虞社江郎"之称的陆熊祥《满江红·题台湾李少庵先生赠诗集》：

> 烟水澎湖，看几度、沧桑变局。正强仕、盈庭兰桂，奉亲盘谷。万卷图书容啸傲，一帘风月资游瞩。更仁心、绿艾济群生，三年蓄。　　思乡梦，吟魂逐。亡国恨，狂歌哭。仰骚坛拔帜，龙泉出椟。唱和苏梅才藻富，文章李杜光芒烛。纪瑶篇、声价重鸡林，千秋祝。

陆氏祝贺李少庵诗集价重鸡林，在肯定其作品价值极高，作品必然能流传广远外，亦赞赏其仁心仁术的医者大爱，同时也透露其诗充溢亡恨离愁、沧桑思乡之内容。另一题材是题画词，清领时期台湾诗余习以"满江红"词牌书写图画之词，民国时期亦见，柳亚子《满江红·题瘦石绘延平王海师大举归复留都图，用岳忠武韵》、徐珂《虞美人·兰史属题其副室姜月子虎邱探梅旧图》、陆宝树《金缕曲·题甲安先生泽畔行吟图》、花景福《南乡子·题王季和泲津春眺图》。题画词之受重视可见一斑。其中"奶阑花样题词"及"十园秋思图"尤为特殊。前者如《诗报》选录王蕴章《清平乐·奶阑花样题词》：

> 花当叶对。着意描兰佩。写罢阿侯无聊赖。记与上头珠戴。　　图成乳鉴端详。中央四角周张。解道凤双蝶只，如何不画鸳鸯。

朱彊村《解红·奶阑花样题词》：

> 兜月影，熨香时。绣床新样鸳鸯丝。一袜描成合欢字，同心应和晚春词。

"奶阑花样题词"由汉玉双乳压宦主录，《艺彀》1932年初集收录了朱祖谋、况周颐、沈太牟、陈家庆、陈家英诸氏作品。这系列词之作者，多为南社词人，如陆更存、俞锷、徐天啸、陈家英、陈家庆，另外词人多广东人氏，应该是《艺觳》创办人蔡哲夫地缘关系。同时，该词酬唱热烈，与当初宋奶阑花样为蔡哲夫所得，后又为文人话题，一时轰动有关[1]，章炳麟观看花样之后，加以考证，有《宋闺秀奶阑花样》一文，云："阑，襕省，抹胸也，花样，罗纹纸，淡茧色……梵天庐丛录，亦载此品。据留青日札云，抹胸，一名襕裙，自后而围向前，故又名合欢襕，丹铅总录云，抹女人胁衣也。"[2]可知奶阑即是女性乳胸之内衣。胸衣上绣有花样，从各家词的内容观之，应该是奶阑画纸所描为兰佩上蝴蝶双双，而不是鸳鸯图样，这从词题"花样"亦可知，而花样字面情思，自然是如花朵绽放般的花样少女，而奶阑（肚兜）又是女性身体最能代表性征的贴身物，在20世纪30年代坊间已经时见刊登西式内衣样式的介绍，大力推广解放束乳之风气，强调女人之美在于自然，无须绑捆乳房、压迫胸部，同时认为这才合乎健康卫生概念。在这种氛围下，以奶阑花样题词毋宁也是很自然的事，也可能时代风气关系，奶阑花样题词似乎未见民国前之词，或许是这些原因，题材难得，台湾《诗报》遂悉数转录。

后者"十园秋思图"相关词收入台湾《风月报》，唱和者多为梁鸿志"维新政府"时期及汪伪时期的文人，如刘雪蕉、王蕴章、蔡哲夫、陈方恪、龙沐勋、江亢虎、陈耐充诸氏。在20世纪40年代前后，南京汪伪政府多聘任善于诗词的文人，或任名义上的顾问，或任政经方面实际职务，时间点与台湾《诗报》《风月报》相同，又逢日本提倡"大

---

[1] 徐珂《系裙腰·奶阑花样题词》刊《诗报》1938年第182号，《纯飞馆词》题作"题宋媛奶阑花样"，有序云："奶阑，即裲裆，亦即襕裙，一曰抹胸。阑为襕之婧文。此花样以罗纹笺缋之样二，为菱瓣之圆形，一缋蝶一凤一；一缋凤一，盖未成之草本也。中有斜行三月十二日侯淑君借珠花一枝十三字。淑君，宋绍兴朝人，父名实，著有《懒窟词》。花样殆即淑君之闺友所缋者也。旧藏屈蕙纕处，张光蕙得之以贻蔡哲夫，哲夫名守，别字思琅，光蕙别字心琼。"

[2] 宋朝以后妇女之服饰有"抹胸""裹肚"，皆为贴身的衣服。《清稗类钞》记载："抹胸，胸间小衣也，一名抹腹，又名抹肚；以方尺之布为之，紧束胸前，以防风之内侵者，俗称肚兜。男女皆有之。"

东亚共荣圈"时期，因此这两种刊物与汪伪政权下的刊物作品多有流动、传播之情形。当时词坛应陈寥士（道量）之邀请，为其"十园秋思图"题词者不少，友朋间往来唱酬与人情事理需顾及，于邀请人寓所探梅、雅集唱和，或赴城南白鹭洲公园赏春，此种种文人雅事自然时有所闻[1]。"十园秋思图题词"或作"题十园秋思图"，十园即陈寥士，其秋思图为谈月色所作，诸人多有诗词记此图此事。王蕴章《阮郎归·陈寥士属月色作十园秋思图》：

> 飞龙药店麝尘烧。珠灯隔水飘。闲行种菜壮怀消。月明摇凤箫。 箫声咽，玉情娇。香浓醒酒潮。秋心一缕夜谁招。寥天鹤梦遥。

陈耐充《解连环·陈寥士属月色作十园秋思图》：

> 小（《新东亚》作"有"）园名十。正（《新东亚》作"看"）天违尺五，地量弓十。秋意好、都在林泉，但妆（《新东亚》作"装"）点些儿，百分之十。却展重阳，细屈指、今朝初十。有（《新东亚》作"便"）黄花紫蟹，拇（《国艺》作"梅"）战当筵，一可当十。参透禅关合十。更骰争（《新东亚》作"色猜"）全四，觞倾累十。道玉田、能倚新声，总抹煞秦黄，词人朱十。容易韶光，待轮（《国艺》作"论"）到、春风九十。怎生消、十香十索，李郎十十。[2]

词题之陈寥士（1898—1970），原名道量，字器伯，号寥士、十园。月

---

[1] 如龙榆生有《鹧鸪天·陈寥士生朝召饮秦淮酒家即席，拈得丝字》，刊载《风月报》1939年第79号。

[2] 此词刊《风月报》1939年第91号，原刊《新东亚》1939年第1卷第6期，后刊《国艺》创刊号（1940年）。《新东亚》题作"题十园秋思图"，《国艺》题作"十园秋思图题词"。又，《国艺》注："仿独木桥体。"独木桥体，首次出现于黄庭坚《阮郎归·效福唐独木桥体作茶词》，词共八韵，中有四韵皆用"山"字，其体不知出处，后人把那些使用同字韵或作为全篇或一半以上韵脚的词，叫做独木桥体，又叫独韵诗、一字韵诗、福唐体。

色，即谈月色（1891—1976）其人，因排行第十，人称"谈十娘"。由
于与"十"关系密切，此词选用"十"字为韵，重阳秋节，三五好友酒
宴欢聚，挽袖挥拳、吆五喝六，拇战畅饮。善用朱十（朱彝尊）掷骰争
胜负事。耐充此词形式上，句句皆十字为韵脚，凡十韵，称"独木桥
体"，为词中用韵险窄之例。足见陈氏在用韵、造语、立意极尽工夫，
才高学博，全词具有奇趣效果。当时转刊此词，应无国策考虑，纯是游
艺取悦，调笑逗乐，又不失为绝妙巧词。陈能群耐充虽是福建左海（福
州别称）人，但曾任汪伪省政府咨议、《国艺月刊》编辑委员，时与陈
方恪、陈寥士相善，俱是汪伪政府下的传统文人。

延续清领时期以"满江红"题画者有南社柳亚子题尹瘦石图。柳亚
子本身即喜用"满江红"词牌，1943年时有《满江红·题瘦石绘延平
王海师大举归复留都图，用岳忠武韵》（四月一日作）：

> 三百年来，溯遗恨、到今未歇。真国士、延平赐姓，鏖兵战
> 烈。组练晨翻南澳水，朦艟夜酹秦淮月。奈棋差一子局全输，攻心
> 切。　　甘辉耻，未湔雪。苍水计，成灰灭。愤丑夷狡狯，长围
> 溃缺。龙驭难归滇缅缯，鲸波还喋台澎血。看白虹贯日画图中，排
> 云阙。

柳亚子有感于台湾乃郑成功从荷兰侵略者手中夺回，惜清政府无能，甲
午之战又双手捧送给了日本，忆起往事，回顾现下，不禁满腔愤慨。

另在情谊交流方面，有两位人物经常出现，即蔡北仑（蔡伯毅）[1]、
李少庵（李友泉）。由于蔡李均为善诗文之儒医，又多旅居上海、南京
诸处，与当地文士多有交游。相关词作可见诸吴庠《水调歌头·北仑先
生将归台湾，歌以赠行，即希教正》二首、王秀明《醉太平·赠北仑先
生》、龙榆生《鹧鸪天·奉赠伯毅先生，即请哂正》、连横《长亭怨·送

---

[1] 蔡伯毅（1882—1964），籍隶福建泉州。字北仑，号顽铁道人，台中人，日本
早稻田大学毕业，曾在上海担任律师。中国同盟会会员，曾赴广东参加革命，
嗣以母老参病，返台省视，母逝后再至大陆。曾任劳动大学、法政大学及文化
学院教授，并曾在上海执律师、医师、相士之业。光复后始返台，在台中执律
师之业。详见蔡北仑《嘤鸣集自序》。

蔡伯毅之大陆》（下片脱漏末三句）、陈怀澄《离别难·送蔡北仑先生归国》、何国瑾《寿星明·寿同社李少庵先生四十，时寓台湾》、陆熊祥《浪淘沙·贺台湾李少庵四十书怀》《满江红·题台湾李少庵先生赠诗集》为代表。赠诗文给蔡北仑之大陆人士颇多。刘麟生《春灯词》中有《渔家傲·赠台湾蔡北仑》，前三句是"破碎山河愁永昼，天涯啸傲难回首，郑氏雄风今在否"，爱国忧时之思，充溢字里行间。蔡北仑，何许人？1927年章太炎与太虚和尚等在《申报》联名启事，奖揄相士蔡北仑"素研相书""吉凶祸福，所言皆能实验，无一空谈"[1]。蔡氏不仅是儒医、律师，也善堪舆相面卜算，因此在江南一带契友密友不少[2]。台湾蔡惠如有《貂裘换酒·送蔡伯毅老弟辞官西渡》，称扬其才华及爱国之节操：

> 闻汝辞官去。算台疆、才华绝俗，几人而已。君念高堂偿愿毕。从此挂冠去矣。痛中国、北征南据。黑白输赢争一着。正英雄、大展经纶志。儿女事，应休记。　　扬鞭暂向西湖驻。看当年、岳王坟庙，至今奚似。百战功虽沉狱底。总算忠臣义士。忆今后、故人分袂。咫尺天涯无别语。但清寒、莫恋繁华地。期努力，前途计。

在两岸诗词交流、传播中，有一事须留意，即台湾当时处于日本殖民

---

[1] 张秀丽：《大儒章太炎》，华文出版社2009年版，第87页。

[2] 纸帐铜瓶室主《台湾志士蔡北仑有左氏癖》："台湾志士蔡北仑，能文，知医，治律，善相天下士，吴江名士金鹤望先生，以奇男子呼之，北仑一署昆云使者，又号顽铁老人，事变遽起，敌伪欲官之，不受，家人引以为忧，曰如加威胁，则如之何，北仑曰，有死而已，志不可夺也，卒由友好之劝，潜行来沪，韬晦不问世事，惟偶与诸诗文友往还而已。北仑广交游，章太炎，蒋竹庄，高吹万，柳亚子，及方外印光，太虚，皆极推崇之，纷纷投赠诗文，北仑辑为《嘤鸣集》，行将付梓行世，曩年叶楚伧任报馆记者，北仑相之，谓当秉政为显宦。楚伧笑曰：予一穷书生酒胡涂耳，岂有腾达之望哉，不之信，既而果得官，楚伧诧为神奇不置……虽然而白，然好学深思，每晚必读《左氏春秋》，约一小时，否则便不能入睡，盖习惯成自然也。又备精装袖珍本《论语》一部，随身携带，有暇辄诵阅之，数十年如一日，人服其有恒云。"见《新上海》1946年第21期。

统治下，凡触及祖国人事仍有其敏感、忌讳在，因此词中"痛中国"，在《嘤鸣集》各本皆作"故"。他如陈怀澄《离别难·送蔡北仑先生归国》，《嘤鸣集》第十辑题作"送北仑先生归国"，《沁园诗存》题作"送蔡伯毅之大陆"，《台中诗乘》题作"送蔡伯毅先生之大陆"，《台湾诗荟》《台中诗乘》题作"送蔡伯毅之中华"。陈贯《长亭怨·送蔡北仑先生归国》，《嘤鸣集》第十辑题作"送北仑先生归国"，《台湾诗荟》题作"送蔡伯毅之大陆"，《台中诗乘》《台湾省通志》《重修台湾省通志》《台湾文献》题作"送友人之大陆"，《台湾日日新报》题作"赠别伯毅词兄之大陆"。可知提到祖国，多以"大陆""中华"取而代之，以"母国""故国""归国"视之则将招来顾忌。在上海期间，蔡氏交游不少，孙肇圻（1881—1953），钱基博之表兄，江苏人，有《百字令·赠蔡北仑先生》：

> 海天空阔，正西风、掀起怒潮如许。回首当年游钓地，省识河山非故。誓墓忧深，遗黎泪尽，忍说飘零苦。可怜萧瑟，江关惟剩词赋。　　眼底何限沧桑，湖滨海上，不是桃源路。难得芝兰同臭味，好把衷情徐诉。起舞中宵，登高九日，切莫伤迟暮。群空南国，万千心事谁语。

有"南社题名最少年"美誉的秦之济（1901—1970）写了《八声甘州·赠蔡北仑先生》，龙榆生有《鹧鸪天·奉赠伯毅先生，即请哂正》。1946年蔡北仑即将归返故乡台湾，《永安月刊》有友朋相赠诗作，刊该年第80、81、84、85、88、93期，先是其《嘤鸣集自序》《自题小影》，其后有张其淦《顽铁道人歌赠蔡君北仑》、柳亚子《北仑兄以近作见示奉题二截》、周苍霖《赠顽铁道人蔡北仑先生》、唐文浩《赠蔡君北仑序》、胡朴安《送蔡北仑归台湾》、黄炎培《送蔡子北仑归台湾》诸诗文，可见其所交友几乎都是文坛名人。蔡伯毅又曾撰文《台湾诗报成立题序》，与台湾诗文坛熟稔，两岸报刊作品的流动，通过其转手、介绍，诚有之。北仑先生曾自杭州复书连横，云：

> 东宁归来，匆匆一载。湖山养晦，报国未能，言之良愧！每月

拜读诗荟，获益不尠，欣慰曷已！顷捧手翰并惠佳作，意重情深，诵者再。盖先生之文章有神有眼，能洞见我肺腑也，感喜兼极！辱寄诗荟第十二号多册，已代分赠杭垣诸友；阅者惊异，咸以为婆娑洋文运，何反盛于中华内地！又闻先生独力提倡国粹，如此热心，倾倒莫名！想此后购者必不少焉。此间有老名宿张峻，字康侯；河间当国时，征为秘书，现因退隐，专事著作。顷读诗荟，尤为击节叹赏，甚愿订购；请寄交杭州林司后。而渠亦喜允以旧时诗文，检出附列。[1]

可知当时在杭州可见《台湾诗荟》，而《台湾诗荟》也刊载了不少大陆文人（尤其是南社）作品。另一位人士是李少庵，名友泉，原江苏人，随父渡台，定居稻江，开设李保生药行，瀛社社员。王少涛和李少庵《四十书怀》诗，写有《寿李少庵》："君年才四十，儒医两成就。喜写芝兰图，小祝诗人寿。"[2]特别推崇其成就在"儒""医"。由于李少庵原籍江苏，他与虞社关系密切，在1933年、1934年《虞社》刊物上可以看到李少庵《题金陵秋色图》《山行即事》《闻钟》《秋兴》《秋夜》《奉怀台湾施梅樵前辈》《寄怀神户庄樱痴君（时新介庄君入虞社）》诸诗，另刊其他刊物的，如《癸酉暮秋奉怀太虚大法师》（刊《海潮音》1934年）。虞社诗人陆孟芙《浪淘沙·和台湾李少庵四十书怀》《满江红·题台湾李少庵先生赠诗集》，何国瑾《寿星明·寿同社李少庵先生四十时寓台湾》、王良有《客游台湾次李少庵社兄书怀韵》（四首录二）书写李少庵之作，亦见于《虞社》，尤其介绍庄樱痴入社，可见台湾诗余的写作观摩与虞社互动密切。

四、结语

台湾在甲午（1894）清军败战，次年台海巨变，直至1945年台湾光复，半世纪间是国势、传统文运两衰的时期，台湾词坛在此期有空前

---

［1］此书信载连雅堂主编《台湾诗荟》1925年第18期。又见王云五主编，郑喜志编撰《民国连雅堂先生横年谱》，台湾商务印书馆1981年版，第172页。

［2］《台湾日日新报》1933年第11954号。

的创发：其一是词家、词作数量倍数于前代；再者，此期重要词家，除少数如一度短暂访台的梁启超，从大陆移居的任瑞尧、吴钟善外，几以台籍士人为主；其三是词的题材丰富，内容和风格变化多样，且部分词人作品面貌清晰，自成一家。这与除了台湾经过清朝长期文教政策的诱导、奖掖，加上宦台文官的先后提倡，宦游词人词篇的传播阅读外，日本殖民统治期间报刊媒体的兴起、传播尤有密切关系。文学风气的萌发蓄积既久，在诗歌体裁之外，另辟由诗入词之蹊径，乃是自然不过的事。

当时报刊除了刊登台湾本土词人外，同时引介了大陆不少报刊所刊的词人、词作，而这批词篇又以江浙一带为多，尤其是上海、南京、苏州因地缘与文化底蕴因素，南社、虞社有不少词篇转刊台湾报刊。此外，当时台湾与大陆报刊的关联，有多数来自日本官方宣传杂志以及梁鸿志"维新政府"、汪伪政府地区文献，比较特殊的是"伪满洲国"报刊的影响局限在诗歌。现今讨论汪伪政府的著作虽有增加趋势，不过，仍偏向左翼或民族主义立场，以抗日为论述主轴，至于汪伪政府控制区的中国文学呈现什么生态？所引起的关注仍相当不足，何况是刊登在台湾报刊的词人词篇探颐？本文遂以南社、虞社及汪伪政府下的文人为主述评台湾诗余与大陆社团的交流与互动，并对所选词篇略加分析，可以发现，无论是南社、虞社或汪伪政府下的文人，都有不少填词之作，台湾报刊的选择性刊登，自然有唾手可得的机缘性或友朋的援引介绍，但其中应仍不免有其政治与文化、审美态度之种种考虑，尤其是汪伪政府下的传统文人如何表述的问题。此外，可以确认的是，无论采取怎样的词学策略，台湾报刊共同的努力方向，正是援引大陆词篇充实版面，并有着鉴赏学习的初衷，尤其是在选调多样上，其中除《满江红》《念奴娇》《蝶恋花》《浪淘沙》《浣溪纱》《高阳台》《摸鱼儿》《菩萨蛮》为频见外，所转刊之词篇，有多阕为台人较不熟悉之词牌，如《菖蒲绿》《望湘人》《昼夜乐》《减兰》《闲中好》《系裙腰》《满路花》《玲珑四犯》《罗敷媚》《关河令》，等等。这提供了各家倚声尝试，对各体词调的探索用意，分明可见。

再者，研究者曾云"台湾文人填词之际，若遇同调多异名者，亦常选用罕见之词牌名称，如：许南英（1855—1917）：用《南楼令》，不用《唐多令》（唐亦作糖）；用《十拍子》，不用《破阵子》；用《卖花声》，不用《浪淘沙》;用《潇潇雨》，不用《八声甘州》"[1]，此一现象乃许南英个人词篇特例，在《全台词》里《浪淘沙》出现次数70次，远比《卖花声》11次、《过龙门》2次为多。郭琼玖词三首，《浪淘沙·乡思》《卖花声·闺怨》《浪淘沙·游鹭山即事》，同时使用两词牌，如综观清词，可知清人也时用《卖花声》，词牌并不罕见，转刊的词篇里就出现厉鹗（1692—1752）《卖花声》及俞可师（1884—1945）《卖花声·秋夜》及沈琇莹在厦门的填词《卖花声·甲子暮春，菱槎同年自台归厦，赋诗道故，酬以词，即送之香江》。同时，尚有一特殊现象，《全台词》未见使用《破阵子》，倒是确实只有许南英使用过罕见的《十拍子》2次。报刊词篇的存在，有其自身发展与演进的历程，而文学社团的唱和以及报章的刊载，是旧体词在台湾本土流播推广的途径之一，彼此之关联尚期待更精进的爬梳。

【作者简介】台湾师范大学中国文学系特聘教授兼系主任，博士生导师。

---

[1] 王伟勇：《析论清领、日据时期台湾文人填词之若干问题》，载《国文学报》2016年第59期。

结社每分韵，江湖重诗人

——台湾传统诗社的诗史价值

简锦松

【摘　要】　作诗，是台湾传统文化中最有趣的因子。虽然自"五四运动"以来，新文学已经无所不在，但是，"能作旧体诗，方为真才子"的心理，从未消歇。在这种心理背景下，台湾的诗社从前清以来，历经乙未（1895）割台到21世纪的现在，如波浪之不竭，伏而又起，大约每二三十年是一个周期。这些台湾传统诗社，介乎雅俗之间，由于诸诗社的成因与发展并不相同，毁誉各别，很难给予单一评价，但有一件事却是很明确的，就是诗社对旧体诗创作的传承，确有实际的帮助作用。时至今日，许多诗社因为优秀的老诗人的自然凋零而趋于式微，甚至消灭，但是，各地以诗社为名义的活动，仍时有所闻，近年更有复燃之势。因此，要了解台湾传统诗，必须了解台湾传统诗社，本文将作一个简明的导论。

【关键词】　台湾　诗社　传统诗社　诗人　古典诗

一、前言

作诗，是传统文化中最有趣的因子。

虽然自"五四运动"以来，新文学已经无所不在，但是，"能作旧体诗，方为真才子"的心理，从未消歇，即便是以新诗和散文著称于世的余光中，他临去世前，他任职的台湾中山大学文学院游淙祺院长请余老题诗，所写的不是新体诗，而是一对旧体的五言诗句，现在被裱刻在文院中庭。

台湾的作诗历史，清朝以前，先且不论，自从乙未（1895）割台之后约二十年，全岛忽然兴起作诗风潮，历久方始稍衰。20世纪50年代之后，再度兴起作诗风潮，到70年代，重又再起，如波浪之不竭，大约每二三十年是一个周期。支持这些浪潮起伏的，就是"诗社"。

台湾的传统诗社介乎雅俗之间，由于各个诗社的成因与发展并不相同，历来毁誉纷呈，很难给予固定的单一评价，但有一件事却是很明确的，就是诗社对旧体诗创作的传承，确有实际的帮助作用。放下文学作品本身的美恶比较不谈，从社会教育的角度来看，它给予普罗大众对于文学和文雅的期望，不可忽视；即使有的时候，有些诗社根本达不到这一点。

时至今日，诗社多数趋于式微，因为老诗人的自然凋零而走上逐渐消灭，但是，各地以诗社为名义的活动，仍时有所闻，近年北部的诗社更有复燃之势。因此，要了解台湾传统诗，必须了解台湾传统诗社，本文将作一个简明的导论。

二、台湾诗社在哪里

台土诗人数量之多，作诗活动之盛，在百年以前，已然如此。1924年2月发刊的《台湾诗荟》第一期曾说：

> 台湾诗学于今为盛，文运之延，赖此一线，而眷顾前途，且欣且戚，爰是发刊诗荟，藉资鼓吹，扶弊起衰，讵无小补……一唱百和，南北竞起，吟社之设，数且七十，台湾诗学之盛，为开创以来所未有。[1]

文中所说的，一点也不夸大。早期诗社之盛，不是我们今天能够想象的。这些以诗结社者，因人而兴，因人而止，人事有沧桑，诗社变化也很多[2]。

---

[1] 见《台湾诗荟发刊词》，见连雅棠主编《台湾诗荟》，台湾诗荟发行所1924年版，第1页。

[2] 据鹿港施少峰口述："先父施性渝（1905—1937）是泉州人，迁来鹿港。他是日据时代的诗人，创办淬砺吟社，是集合我父亲的学生组成的，在鹿港。本社到先父过世后消失了，那时我才出生十一个月，先父早亡，三十二岁就过身了。台湾光复后第一次鹿港举办中部五县市诗人联吟大会，才又引起我作的兴趣。然后我到处不论哪里，有老先生就去拜访，同时，鹿港施让甫、朱启南、许嘉恩、周定山这些前辈和先父有交情，对我很照顾，肯指导我。（转下页）

1997年笔者执行专题研究计划《台湾传统型诗社现代化能力之研究》时，诗坛已经是老辈凋零，进入一个世代交替的时期，纵使如此，笔者从本岛北部到南部，再迁回东部地区，亲身见到的诗社还有数十个之多。举例言之，台北地区以瀛社居首，还有天籁吟社、网溪吟社、松鹤吟社、汉诗学会、瑞芳诗学会、双溪貂山吟社（前身为双溪吟会）。桃竹苗地区有桃园以文吟社、桃园吟社、桃园龙吟诗社、新竹竹社、苗栗栗社。中部地区有台中芸香吟社、台中中社、中州诗社、楚骚研究会、丰原芦墩诗社、鹿港文开诗社、彰化县国学研究会、彰化兴贤诗社、南投县国学研究会（蓝田书院济化堂）、埔里樱社、埔里孔子庙育化堂。云嘉南地区有云林县诗学研究会、云林县诗人联谊会、嘉义丽泽吟社、嘉义市诗学研究会、嘉义县诗学研究会、东石江滨诗社、北门鲲瀛诗社、台南延平诗社、庆安诗社、盐水月津诗社、安南诗社、台南县国学会。高屏地区有寿峰诗社、屏东县诗社、高雄市诗人联谊会。东部地区有基隆市诗学研究会、宜兰仰山吟社、宜兰诗社、花莲莲社、台东宝桑吟社（台东传统诗会），离岛的澎湖也有历史悠久的西瀛吟社。以上这些诗社，很多仍然沿用具有历史的本名，有的则改组为新式社团组织，改以"某某县市诗学研究会""某某县市国学研究会"为名。各诗社的成员，不但经常互相跨社，也大量参加了具有联合诗社性质的"传统诗学研究会"。此外，像以台湾省文献委员会内部人员为主体的"心社"，或是因编辑《中华诗苑》而结社的"庸社"[1]，或是在北部的外省来台的诗人所结成的"春人吟社"和"六六吟社"，甚获好评[2]，这两社和台湾传统型诗社虽有小异，差别不大，春人诗社的成员也有不少人同时参加了台湾传统诗社的课题与击钵诗会活动。

以上，只是我亲自往来或经人辗转介绍而相识的诗社，台湾诗社的

（接上页）丁酉年，我才将淬砺吟社重振旗鼓，招募社员约二十多人，前辈选我做社长。"见简锦松《台湾传统型诗社现代化能力之研究采访册》，高雄：作者自印本，1996年版，以下简称《采访册》。

[1]庄幼岳：《庸社风义录序》，见《红梅山馆琐稿》，台北：作者自印本，1987年版，第151—152页。

[2]这两个诗社的成员基本上相同，后来曾合作出版《春六诗选》，见何扬烈主编《春六诗选》（第一集），春六诗社1954年版，第1—98页。何扬烈，字武公，湖南长沙人。

形态，大多没有严密的组织，它们有时颇有活力，有时停止运作，起伏不定。不过，据我所见，社员们都很珍视本社的历史，一有机会就想要重现辉煌。

三、江湖重诗人——诗社提升个人的社会地位

台湾对祖国文化的认同心理方面，和清末民初的大陆有很大的不同，关键就在清廷把台湾割让给日本。

日本人殖民统治台湾，有他们自己的教育制度，命令学龄儿童必须进入公学校，这项政令到了殖民统治后期，完成率达到97.9%，不论是何人，都接受了日文教育。

可是，在台湾人社群中，地方上有地位的士绅，是前清的进士、举人、府县学生员，甚至连未进学的秀才也普遍受人尊重。他们的社会地位与日本教育体制的冲突不大，没有受到新式学校的冲击排斥，所以，我们看到的景象是，这些士绅都能够以既有的名望，与地方上的富人平起平坐。诗社就是这种现象的直接反映。

我们读文学史的时候，经常看到一些知名的诗人结社，如袁中道《江进之传》所云："予伯兄、仲兄及予，皆居京师，与一时名人于崇国寺葡萄林内，结社论学，公与焉。"像这样的诗社，参加者的层次很高，都是名人。台湾早期的诗社虽然达不到这样的水平，但也有类似者，例如台湾的三大社里面的"栎社"就非常相似。栎社的成员以台中林家为主，若不是同姓血亲，就是亲戚门生，而且限定能作诗者方可参加。"南社"最初的成员都是台南的知名士绅，以后，一些年轻或背景不富厚的社员就分枝出来另组"春莺吟社"。"瀛社"因为设立在日本殖民统治时期的岛上省会台北，政商关系纵横交错，新旧绅士构成了菁英结构，没有关系的很难加入。

在瀛社之前，还有一个由台北绅士黄纯青倡设的"咏霓诗社"[1]，

---

[1] 许惠玟：《黄纯青与文艺团体的互动》，载《台湾文学馆通讯》2011年第33期。文中称："咏霓诗社创立最早，于明治三十八年（1905），由黄纯青、王百禄、王少俦及刘克明为保存中国文化而发起，社名为板桥赵一山所号，盖取'众仙同日咏霓裳'之意。因会员散处四方，聚会不易，故由值东出课题通知社员，诗作皆以通讯方式为之。"

发行过《众仙同日咏霓裳》一册，这部书现在台湾的公私图书馆都没有，只有已逝的埔里李梓圣先生保存一部。台湾前辈老先生互相喜欢以"仙"字相称，和这部书名巧合之外，也显示了这些诗社成员具有仙气的身份。1995年我访问彰化县诗学研究会会长吴锦顺的时候，他三次说：

> 我小时候的认识中，以为诗是贵族文学。
>
> 那些老先生都有社会地位，那时是贵族文学。
>
> 那时的印象，诗好像是贵族文学，因为早期在台湾会作诗的好像很了不起，那时名气比较大的私塾老师都声称他们会作诗。[1]

吴锦顺的印象，其实是社会上普遍的观感，举例来说，县长每几年就换一个，全台湾那么多县长，没有人记得他们，可是，如果谈起前高雄县长陈皆兴、前宜兰县长卢缵祥，就颇有名气，因为他们是传统诗人。鹿港的许志呈，做过四任县议员，现在没有什么人知道他是许议员，都称他文开诗社的诗人、老师。

也有很多实例，显示许多个人因为诗社而提高了自己的身份。例如埔里的黄冠云，我曾对他作了访谈：

> 问：您是埔里孔子庙育化堂的董事长，也是讲师，请谈一谈您的经历和学诗的过程？
>
> 答：我是黄冠云，一九四三年生，53岁。我本来追随江荣宗先生，他本业经商，主要教国学和寺庙的经书，如关圣帝君的《灵圣经》，属于道教的。后来随樱社王梓圣老师学古典汉学，王先生本来自己开私塾，在孔子庙旁，以后孔子庙请他主教，教了十二年。王先生的学问很好，除了汉文和诗学，也精通地理，他叫我先背六十甲子、十天干、十二地支，这是和地理有关的，我没兴趣，但也都背会了。我主要读《幼学琼林》及《四书》，《五经》也有读

---

[1] 见《采访册》，第107页。

一些，另外，《秋水轩尺牍》《雪鸿尺牍》《小仓山房尺牍》《随园诗话》《唐诗三百首》《韵对千家诗》《声律启蒙》等都读过。我本来是溪南小学毕业，在本庙做鸾生，一九七九年考上中医师。[1]

黄冠云只有小学毕业，工作是鸾堂的鸾生，因为学诗和汉学，在37岁考上中医师，又被提拔为育化堂的讲师。又如文开诗社的社长施文炳，本业在做生意，做过木材行、建筑业，也经营"鹿港民俗文物馆"[2]，学诗之后，不但做了诗社社长，也开班教授。他们的社会地位明显提高，便是因为诗社。

再看"基隆诗学研究会"的情形，基隆离台北很近，早期有一个海风诗社，私塾教学的风气很盛，王前就说："我的启蒙老师是吕传溪，字汉生，之后是周植夫教的。这一二十年都是跟他读的，现在还在读。"吕汉生和周植夫的弟子们合组"基隆诗学研究会"，活动力很强。我在访谈中，知道他们来自各种不同的职业领域：

　　王前：我现在是在码头工会，传统学会监事。
　　邱天来：我是渔业协会总干事。
　　颜宝环：曾任基隆港务局秘书室主任，现任基隆诗学会常务理事。
　　陈钦财：我是光隆商职的高职英文老师。
　　林正三：我公家机关，台北市内湖卫生所。
　　吴政安：我基隆台电。
　　蒋孟梁：龙门工艺店、卫浴设备、刻石店负责人
　　陈祖舜：我以前在基隆港务局，现在退休了。[3]

[1] 见《采访册》，第71页。
[2] 同上书，第83页。许志呈在访谈中说："目前文开诗社社长施文炳在做，但一切都会问我。我的为人就是这样，我若创办一个会，一二年就移交给别人，如有人要继承就快快给他。施文炳以前在做木材，也盖房子，做生意，有空闲时也教学生，现在在民俗村做顾问，整天全在民俗村，没空了。"
[3] 同上书，第33、45页。

据社长邱天来说：

> 对诗发生兴趣是光复后在国民学校，因家境不好，毕业前空了一段，那时去读"晚学"（按：晚间上课的私塾），老师是吕汉生。我那时差不多十七八岁，今年六十。当时都是读《三字经》《千字文》，都是文言文，所以兴趣是从那里启发出来的，之后都靠自己读，和先生读差不多只有四五年。也没有人叫你一定要读书什么的，都是自己读。《诗文之友》若出课题，我就去投。还有《中华诗苑》，第一期就有了征诗，因为它刚出来，周植夫老师叫我们去订，我就去订，依它的课题去投，多少经过先生的润饰，若有得奖，就很高兴了。那时差不多有三四百人投，我得了十多名，就很高兴了。[1]

邱天来社长，在1978年获得优秀青年诗人奖[2]，他的经验，也是很多传统诗人所共同的经历。

这八位参加访谈的诗友中，如颜宝环便谈到自己的家学渊源[3]，还有蒋孟梁也是受父亲影响开始学诗，参加诗社：

> 先父叫做蒋万益，他是日据时代复旦吟社的社员，他的老师是李硕卿。日据时代来基隆教私塾。我觉得以前私塾很重要，基础文化功劳很大。因为小时候爸爸常和诗友在一起，现在我还有一张相片，复旦吟社开会的相片，我若复印再寄一张给你。自小因为我父亲是福建惠安人，我十多岁，光复后，我和妈妈去大陆，回来后没有继续读书，到十五六岁时，我爸带我去李碧山先生的私塾，他一

---

[1] 见《采访册》，第35页。
[2] 参见邱天来《基隆诗学发展史》，基隆市文化局1990年版。
[3] 颜宝环（1924—1996），福建漳州人，1947年来台，见《续修台北市志·文化志·文学篇》，台北：台北市立文献馆，2014—2015年版，第161页。他接受访谈时说："我小时候差不多五六岁时，家父说我阿公是秀才，我阿祖是贡生，有这个家学渊源，所以他就教我唐诗啦、千家诗啦。那时只是跟着读，不知道怎么解释，但是很有兴趣。到了十三四岁，我很爱读《花月痕》《西游记》等一些小说，对诗是一窍不通，只有听大人在吟，我也跟着乱吟。"

辈子都在教私塾，中国文化重精读，就是把书读得很熟，将句子放在肚腹中，等要作诗时，它自然会跑出来。那时候我读的《四书》，现在都还会记得。过一段时间，我父亲带我去和罗鹤泉学，他也是一辈子在教私塾。以前在南洋、新加坡，光复后回到台湾，我这里还有他的诗，给你作参考。他的学问很广博，教很多项书，好处是思想较开阔，理解性较强。但是中间我有一段时间放掉，因为做生意，顾生活，所以才放掉。[1]

蒋万益（1906—1961）是福建惠安县知名的石雕师，号石禅，被请来台湾开刻石店。他是复旦吟社社员。蒋孟梁继承父业，开设龙门工艺店、兼作卫浴设备。因为诗社的缘故，使蒋父从一介石匠起身，成为地方上的知名之士，他的福泽还延及第二代，儿子除了继承石艺和财富之外，也以诗文之雅好，为朋友所推重。

古典诗，或称为旧体诗，是一种很迷人的诗体，不管时代怎么改变，都有爱诗人的强大族群。例如日本人殖民统治台湾的时候，读日文、留学日本，可以取得更高的社经地位，而台湾人却以作诗来表征自己的汉民族身份，因而敬重诗人。当白话文横扫一切的时候，现代人又以作诗来证明自己具备高级的文化水平。这种潜在的文化心理，我想，将来也不会改变。传统诗社在这个过程中，扮演了教育的角色，把许多人从平凡的职业中，提升为具有文化自信的诗人。

四、私塾、教学、诗社——不可避开之弱点

诗社的主要活动在两方面：一是开班教授，招收新人，寻求后继生存；一是作诗联谊，举办课题征作和击钵联吟，以诗会友。这两条道路都是必经之路，同时，在这两条必经的道路上，也隐藏着不可避开的弱点。

前面说过，台湾对诗人的尊敬，与前清科举学校制度，有密切关系。既然如此，那么，传统诗社的存在必然与私塾教育有十分密切的

---

[1] 见《采访册》，第39页。

关系。

最著名的台湾三大诗社，台中栎社是亲友合组的菁英诗社，台北瀛社与赵一山（1856—1927）的剑楼书塾有不解的渊源。赵氏本是廪生，曾参加福建乡试不中，以后科举废止，乃创办剑楼书塾，授徒维生，并于1921年组剑楼吟社；当时与之齐名的李种玉（1856—1942）设帐和尚洲，也有"鹭洲吟社"，后来李种玉受聘于日本总督府国语学校，主授汉文[1]，赵剑楼执教多年，成效斐然，他的学生大量成为台湾诗坛的主流人物[2]。南社由赵云石、谢籁轩、连雅棠等人创立，以蔡玉屏为社长，赵云石为副社长[3]。蔡玉屏名国琳，是前清举人，赵云石是台南府学廪生，谢籁轩是台南巨富。其他各地方的诗社的情形也差不多，诗社的社长若不是前清的秀才或其嫡传弟子中素有名望者，就是知名的士绅，他们熟悉于讲学的工作，他们的学生也纷纷成为诗社的成员[4]。不过，随着落叶凋零，老一代私塾也逐渐退场。

诗社私塾体制退场以后，其间最大的差别是，私塾中有旧式文人的师生情谊，而以后的诗社模式，则是由活动能力最强的一人出面整合，在本省的传统诗社固然如此，大陆来台诗人也是这样，例如何武公便

---

[1] 李种玉和赵一山都是台北县学廪生，台湾割日前夕，被选为优贡生。改帜以后，1900年进入台湾总督府国语学校为教师，担任"汉文""习字"科目，台湾著名诗人陈逢源在就读该校时，曾经上过他的课。见简锦松《1934—1938年台湾菁英陈逢源的中国旅行印象》，载《东华汉学》2013年第17期。

[2] 参见《台湾历史人物小传——明清暨日据时期》，第663—664页。"从游弟子有王云沧、欧剑窗、骆香林、吴梦周、卓梦庵、许剑亭、李腾岳等，女弟子有王香禅、洪薇仙、陈飞仙、李晚霞、容荷青等，可谓济济多士。"

[3] 许丙丁：《五十年来南社的社员与诗》，载《台南文化》第3卷第1期。"其次述南社创立，据连雅棠年表，是光绪三十二年（民前六年）赵云石、谢籁轩、连雅棠等创立，以蔡玉屏为社长，赵云石为副社长，干事杨鹏搏、谢籁轩；社员卢蕴山、谢霁若、余君屏、蔡南樵、谢星楼、谢溪秋、蔡兰亭、陈彼竹、连雅棠、林湘沅、黄茂笙、黄溪泉、韩浩川、谭瑞贞、许子文、罗秀惠、林珠浦、蔡维潜、吴萱草、释慎净、郑启东、王卧蕉、王则修、黄拱五、吴宴珍、林竹友、郑指陈、廖用其、连城璧、邱学海、陈世元、郭君盘、赵剑泉、高槐青、吴子宏、沈森其、沈毓祥、韩子明、颜兴、李炳煌、叶书田（香农）。"

[4] 当时各地知名诗人，都有很多学生，如鹿港生员施梅樵（1870—1949），《卷涛阁诗草》《玉井诗话》《白沙诗集》《卷涛阁尺牍》《见闻一斑》《读书札记》，他的父亲施家本也是前清贡生，前后组成鹿江吟社、大冶吟社，以后又衍生出聚鸥、淬砺、萍聚等社。社员都是私塾学生及亲属。

是，他本名何扬烈，长沙人，曾任春人诗社社长，又发起六六吟社和瀛州诗社，出版《瀛洲诗集》[1]，《瀛洲诗集》的篇幅不多，其中有浓厚的何武公个人色彩。只是，这样的情况，不是诗社的常态，虽然私塾的教学形态，到了20世纪60年代就迅速没落，但从80年代开始，以成人研习班形态出现的教学体制，又逐渐成为各诗社招收新人的传播手法，可以说，诗社的教学功能，从来没有真正消失。

熟悉中国文学史的人便会知道，传统诗社的渊源既然是在私塾，那么，它便不可能避开平庸化、低俗化，甚至被责备为低劣的弱点。

有明弘治、正德年间，李梦阳、何景明崛起而领袖诗坛，他们提倡古学，固然风靡一时，而骂他们为模拟剽窃之雄的人也很多。其实，李何七子为什么提出"古学"？他们的本意，是希望用"学古"的观念，提高对阅读的要求，来纠正时人的"不学"与"少学"。他们都是久在民间的人，想必是面对了大量平凡的劣诗，人人都在写，名家也在写，却没有什么好诗，才令他们起而提出强烈的主张，如此而已。到了万历年间，袁中郎嘲笑当时的诗，是"八寸三分帽子，人人可戴"[2]，江盈科《雪涛诗评》则批评当世之诗多"出于假"[3]，他们也批评李梦阳、何景明为始作俑者。其实，触发他们热烈批评的，乃是当时耳目所接的坏诗。

而主因就在于浅学。

今天的台湾学术界，研究水平已有定评，但清代的台湾，并不在汉文化的核心圈，人们能够得到的书籍，非常稀少。1967年，我还在中学的时候，住在台北县板桥镇的新埔里，离开住宅三十米外住着一位老儒生，当时约七十岁，以他的年纪，已经赶不上前清的时代，也许他是在

---

[1] 瀛洲诗社主编《瀛洲诗集》(台北：瀛洲诗社，1961年版)，该诗刊共十四期，跨越1960年至1961年，第十四期为1961年6月出刊。

[2] 袁宏道：《尺牍·张幼于》，见《袁宏道全集》卷二十二，伟文出版社1976年版，第16页。"今人虽讥讪得却是废他不得，不然粪里嚼查，顺口接屁，倚势欺良，如今苏州投靠家人一般，记得几个烂熟故事，便曰博识，用得几个见成字眼，亦曰骚人，计骗杜工部，囤扎李空同，一个八寸三分帽子，人人戴得。以是言诗，安在而不诗哉？不肖恶之深，所以立言亦自有矫枉之过。"

[3] 江盈科：《贵真》，见江盈科撰，黄仁生辑校《江盈科集》，岳麓书社1997年版，第807页。又本书第797—842页为《雪涛诗评》一卷，全卷主旨在此。

秀才书房里读过几年书。老先生很爱读书，每天坐在床上，身前只有一张小几，头顶悬着一盏小灯泡，端坐看书。他的藏书就堆放在身后数尺之间。那时候我才十二三岁，并没有真正了解他在读什么，也不知道他是否作诗，可是我每天围着他转，从他的床上找到线装的朱熹《监本诗经——诗集传》和《周易本义》，便爬到附近的一棵小树上，坐在枝桠间看，背了许多《国风》的诗，现在这两本书还在我的小箱子里。

活跃于台中彰化的鹿港施少峰，是知名诗人，被誉为能继家学，据他自述幼时所读书：

> 我八岁入小学，在光复前，白天在学校读日语，晚上在家学汉文。学校读到升二年就光复，那时没书可读，用汉文来教，那时有《汉文读本》，现在已经没有了，如"一手五指，两手十指，指有节，能屈伸"，我早已读了。那时老师没有读过汉文，他是晚上读，隔天来教，教错了我会出声，他就问我，为什么会？我就说家里有教。[1]
>
> 小时候和叔叔有读一部分《三字经》《千家诗》，以前就是那本《汉文读本》先读，才进入《三字经》，接着才进入《四书》，才进入《琼林》，才《千家诗》，才唐诗，到大人才读《诗经》。私塾一班没几个人，教的多是尺牍，比较浅。我十七八岁开始学诗，进入诗学时，需要读《诗法入门》，我有一部《诗法入门》，民国辛酉（1921）冬月出版，总发行所上海云记书庄，是先父的书，先父放很多书，有《五经备旨》、各种诗话、古诗人专集，等等，都是由上海买来。我父亲没去过大陆，那时日据时代，可以寄钱去上海买。[2]

施少峰的父亲施性湍有着《雪涛阁诗集》，可惜32岁就去世了，他虽然早逝，诗名却高，我曾在施少峰家里看到他用朱墨两色抄写梁启超呈教于赵尧生的《海桑吟》诗稿，书法十分精妙。施少峰出生未满周岁，父

---

[1] 见《采访册》，第61页。
[2] 同上书，第62页。

亲就已去世，他长大后，能作诗，又能召集弟子，重启父亲当年的"淬砺吟社"，并将《雪涛阁诗集》出版，父子继美，颇见称于人。可是，他所叙述的学诗经历，看起来好像都是幼学的书。

许志呈二十多岁就和朋友合组鹿港吟会，也是知名的才子，他所叙述的学诗经历如下：

> 问：您作诗的兴趣是不是来自家学？父亲也作诗吗？
>
> 答：和我父亲不相关，我父是生意人，不认识很多字。是有一个老师，名叫蔡德萱，他的实力很强，他引导我作诗。
>
> 又答：公学校我没毕业时，就向蔡先生学问，因为日本据台，汉学越来越无人读，一些有理解的，也被人叫去放弃，要学诗的人很少。那是我十多岁时，那时候，十二三岁才去读的也不少，蔡老师比较喜欢我。我晚上读私塾，白天也上公学校，公学校毕业后没有再升学，那时候连日间也研究汉学。[1]

笔者问到私塾里教读的内容，对他作诗有什么影响？他补充道：

> 作诗是天分，老师教的只是唐诗、《千家诗》，作诗方面是我自己钻研入去的。对我最有影响是清诗，我最有兴趣者为袁枚《随园诗集》及黄仲则《两当轩集》，这两人的诗真正深入我心，从他们两人再一变化，就成为我今天的诗，这是我自己研究出来的。当时买书的来源？这种书在鹿港的洪东源纸笔店可以买得的，洪东源本店现在已没有了。我少年时买了不少书，现在都收在箱子中，放在半楼上，有些书像《清诗评注读本》目前很难买到，所以我有影印来分给学生。[2]

他说私塾里面教的唐诗和《千家诗》对自己的影响小，他自己喜欢清诗，举出袁枚《随园诗集》、黄仲则《两当轩集》和《清诗评注读

---

[1] 见《采访册》，第79页。
[2] 同上书，第80页。

本》，显示他的博学。线装《清诗评注读本》是中国销售非常好的诗选集，1916年上海文明书局出版[1]，1936年上海中华书局又辑注出版了标点排印本。可以想见他在这三本书用功甚深之后，纵横诗坛的得意之情。

虽然得书不易，但是，台湾诗人喜欢收藏古书，也有所传承。我在嘉义蔡策勋家采访时，他搬出许多手抄或印刷的线装书，其中曾盈科手抄的《古文读本》，整本都是用清代试院体的楷法写成，十分精美；还有蔡东藩增订的《绘图重增幼学故事琼林》，是上海会文堂新记书局1924年的石印本[2]，这本书已经翻印多次。

前面施文樵和许志呈都没有提到《幼学故事琼林》，彰化吴锦顺才说到小时候私塾里教到这一本书，以我判断，应该每个私塾都会教它，但是应该是较高年级才会上到这一本，鉴于私塾学生的从学年资都不太久，能够教完这本书的，可能不多[3]。

《幼学故事琼林》的前身程允升（一作程元升）的《幼学故事》，此书在乾隆二十五年（1760）经邹圣脉（梧冈）增补，改名《幼学故事琼林》[4]，这个本子流传较广，光绪十一年（1885）还由草场金台传到日本，并加以训点，由东京的福井正宝堂出版了日文训点本。[5]程允升原本又有乾隆四十年（1775）周达用增补本，更名为《幼学故事琼芳》，蔡策勋拿出来的这一本，署名蔡东藩（1877—1945），已经是民国以后的增订本，是从邹圣脉的本子再作增补的。

《新增幼学故事琼林》是实用的类书，因为书名中有"幼学"，也一向在私塾教读，所以受人轻视，其实台湾诗中得益于此书者极多。为此

---

[1] 按：《清诗评注读本》一书的作者资料，据文明书局1928年第16版排印本第2册书目数据，知为王文濡评选，王懋、郭希汾注释。
[2] 《幼学琼林》的版本非常多，民国初年以前较知名的本子还有：程允升原著，邹圣脉增补：《精校新增绘图幼学故事琼林》（文瑞楼1911年石印本），《新增绘图幼学故事琼林》（锦章书局1912年石印本），又关于程允升一名，刘锦藻《清朝续文献通考·经籍考》（台湾商务印书馆1987年版，收入《十通》），卷275，第10205页，载："幼学故事四卷，程元升撰。"允字，此作元。
[3] 乾隆四十年周达用《亦陶书室新增幼学故事琼芳》，乾隆四十三年芸成藏版刻本，每卷下标注："小学第八年。"
[4] 联德堂藏板，邹梧冈增定：《新增幼学故事琼林》，现藏德国国家图书馆。
[5] 福井正宝堂藏本，邹梧冈增定：《新增幼学故事琼林》，现藏日本国会图书馆。

书作新增的邹圣脉（梧冈），在书序中解说得最好，他首先指出乾隆朝增试诗帖之后，本书对应考作诗的帮助很大：

> 欣逢至治，擢取鸿才，时艺之外，兼命赋诗，使非典籍先悉于胸中，未有挥毫不窘于腕下者……惟程允升先生幼学一书，诚多士馈贫之粮，而制科度津之筏也。[1]

联德堂藏板，邹梧冈增定《新增幼学故事琼林》则指出本书具备许多知识，对农工商贾都有实用性：

> 此书广传已久，不但为士林所需，即农工商贾亦无不展览……编类多而载事备，即谓酳世全书也可。[2]

另，正宝堂藏本所载草场金台序也说：

> 余尝宦游在清国燕京也，从满洲旗人静轩恭普受教焉，及归，静轩赠以《新增幼学故事琼林》一本，且曰：是我朝幼童课读之书也。大凡天文地理时事之典故事实，叙之以属对类辞，仔细训释，便于讽诵，易于记忆，诚艺林至宝，后学津梁也。幸使贵国童蒙由是而学焉，则岂亦莫不裨益乎哉？归朝之后，示之家翁，家翁曰：佳册也，遂命书肆以附剞劂，公于诸世云尔。岁明治乙酉荷月。[3]

草场金台的认知为实用的私塾用书，才会在拿回日本以后，还加上日文训点，付诸梓行，可见其重视之意。

从以上的访谈记录中，我们大概可以想见诗社的诗学水平，它们的

---

[1] 福井正宝堂藏本，邹梧冈增定：《新增幼学故事琼林》，现藏日本国会图书馆。见卷首，第1页。

[2] 联德堂藏板，邹梧冈增定：《新增幼学故事琼林》，现藏德国国家图书馆。见扉页之广告辞。

[3] 福井正宝堂藏本，邹梧冈增定：《新增幼学故事琼林》，现藏日本国会图书馆。见卷首，第1页。

传授活动既然以私塾教育为基础，它们的缺点就很容易受到攻击了。因为客观来说，社员们的学习深度不多的话，希望他们的整体走向，得到宽博的学问能力，实在是不可能。纵使个别的诗人，怀抱有十分高深的学养，也无救于全体的平庸化。

台湾传统诗社常受人批评的地方有两点，一是诗作的质量普遍不佳，一是发生在击钵吟的不正的风气，这两点都是事实。

诗的好坏，"雅、俗、优、劣"四字可以说尽，看诗如看美男与好女，虽然众人所嗜不同，但基本上还是有公评的。而且，诗作得不好的人，恒多于作得好的人，乃是不争的事实，更何况眼高手低，自古而然，因而我们看到不好的诗，忍不住想去批评，也是人之常情。

但是，天下很多事情，不能从单方面去思考，有坏就有好，有失就有得，本来是人间的常理。不管在哪个时代，能力好、识见高而诗作得好的人，都是少数；能力差、识见低而诗作得不好者，盈陆盈海皆是，何必去责备不如己者呢？李白、杜甫，千年才见二人，如果才不如李杜的人，都不许他作诗，诗就要绝种了。

对于学诗者来说，尽力追求更高的进步，把诗写好，固然是重要的，但是，对于提倡作诗的诗社来说，唤起社员的作诗兴趣，反而是一种扶植文化的社会行为，超越了文学的层次。我在各地诗社中看到许多人，以诗作为兴趣，不管自己写得好不好，也想亲手尝试一下，能挑动这种诗心，乃是诗社特有的能力。我在大学中文系任教35年，每年都担任一班"诗选及习作课程"，我的学生都受到完整的正规作诗教育，但是，若说学期结束或中文系毕业以后还能够持续读写诗的人，真正寥寥无几。实在说，不及传统诗社能鼓舞创作兴趣。

总之，从社会功能来看台湾传统诗社，不能局限在求好诗的想法里，如何能够引起写诗的兴趣，成功地产出爱诗的人，才是应该关心之处。至于诗写得好坏，就各由其是好了。不过，在地方诗社已经大量消失的今天，再说这些都太晚了。

五、击钵吟不能持正，终于失去信任

台湾传统诗社有两种活动，成为它的标志，一是课题，一是击钵吟。

课题，有诗社公开的对外征诗，也有社内不公开的征作，也有由诗刊定期征求，内容包含律诗、绝句、诗钟等，想参加的人都可以自由投稿，一般是邮寄收件，截稿之后，出题的诗社要聘请知名的词宗评选。早年有些地方举办的课题，参加者要交钱，作为得奖者的奖金，增加赌博的趣味，现在没有了。

击钵吟，又称联吟，又称诗人大会。大型的联吟活动，从日本殖民统治时期就有，第一次台湾全岛诗人大会，于1924年4月25日在台北江山楼举办，同年5月发刊的《台湾诗会》第四期有详细报道[1]。20世纪50年代以后，每年端午节在台北都有"诗人大会"，其他节日各地也有发起大型联吟，凡有能力的诗社都想广发诗帖，邀请诗友，数百人以上参加盛会，每年都有几回，至于规模较小而分区举行的诗会，更不计其数。

课题和击钵吟的取义，由来已久。

明朝士子中进士之后，可以考选庶吉士，通常每科选取二十七人，三年修业期了，成绩最好的前三名将会被选为翰林院官员，这就意味他未来可能成为礼部或吏部尚书，进入内阁执政。因此，庶吉士是最为人所羡慕的。庶吉士的教养中，每旬有馆课，属于日常性的作业，交卷后评分。每月朔望日有阁试，会排列名次。台湾传统型诗社的师长大多是科举学校出身，对此相当熟知，就把馆课和阁试带入诗社，变成课题。科举没有了，大家依法来考考作诗吧。

击钵吟的渊源，可以上溯到永和九年的兰亭雅集，最著名的还要数武则天时期的石淙雅集。为什么称为"击钵吟"，和清末唐景崧的斐亭诗钟有些关系，取义为击钵定时。古人没有现代钟表，就拿一个大铜钵，中间插上线香，把一枚铜钱绑在线香上，线香燃烧到了系着铜钱的位置，线断钱落，击钵而作响声，众人听到钵响，停笔收卷。这种办法，在古时可能是有的，现代都用钟表代替了，偶有主办的诗社，特别依法设置铜钵和线香，也只是增加趣味而已，并没有实际作用。

---

[1] 见《台湾诗荟》第4期，第65—66页。

评选人称为词宗，词宗要负责拟题、定韵，早期击钵吟要现场作七律和七绝各一首，所以要分别作出两组题和韵，写在大大的红纸上，然后就可以宣示开始了。词宗的选任，早期都是在现场互推的，常常可以看到某一位被推举者长叹一声，推案而起，这是因为担任词宗，自己就不能再参赛了。不过，可能因时地而异，有的场次确实是互推产生，有的场次也可能内定，早年老师宿儒很多，词宗不论是互推或内定，选出者都是大家心服的，后来才渐渐有争议。

"课题"比较简单，举办"诗人大会"就困难得多，第一要经费，第二要人脉。高雄寿峰诗社李玉水担任社长时，自己标会仔凑足十万元来办大会，豪气轰动全台。有时政府财政比较宽裕，也可以申请补助，来源没有一定，金额也没有一定，主要还是由民间自己筹集经费。有了钱，就要动员人脉，广发诗帖，主办人当然希望诗朋满座，北中南东各路诸侯云集，没有充足的人脉是无法号召的。

前面说过，台湾的传统诗社原本是从私塾的教学体系开始的，社长就是老师，老师开口了，把诗帜一挥，众弟子群从成军。1977年我在日月潭教书，有朋友是埔里樱社社员，邀我参加樱社大军。埔里就在日月潭外，有地缘关系，樱社社长王梓圣父子我也认识，就答应了，一起参加那次在彰化八卦山举办的诗人大会。一大早，樱社社员十多人挤在三辆小汽车里，浩浩荡荡朝彰化开去，返回时已经是凌晨一点了。那一次大会的主办单位人脉很广，从南北各地赶来参加的人很多，都和我们一样，由社长老师带领，主办人意气扬扬，颇有九合诸侯，一匡天下的气象。

不只台湾传统诗人喜爱参赛，也有许多外省籍的知名诗人，春人诗社的《春六诗选》就刊登了一则图文：

> 台湾每届诗人节，开诗人大会，举行击钵吟，由左右两词宗，评定甲乙，当场公布。1950年，谭雪影得左右两元；1951年，郁元英得元；1952年，阮毅成得元；1953年林逢时得元，皆我春人、六六两社社友也，兹刊四君玉照如上，藉作纪念。[1]

---

[1] 见何武公编：《春六诗选》，春人诗社1954年版，第4页。

谭雪影是安徽旌德人，郁元英是上海市人，阮毅成是浙江余姚人，林逢时是福建林森人，都是外省籍诗人，他们能够得元，可能词宗由外省籍诗人担任。

台湾老一辈诗人评诗极重声调，他们拿到一首诗，先摇头晃脑低吟一遍，再吟一遍，就决定了。他们使用的文读音，俗称河洛音，和一般闽南语的口语不同，与标准读书音也不相同。对于平仄和用典、对仗，他们也有一套师承的习惯法则，外人看起来很复杂。所以，不会用河洛音作诗的人，不容易入选高名。

黄纯青的公子黄得时，是台湾大学教授，能够使用精准的闽南语读书音，但是他作诗用国语，从来也不曾得到好名次。张梦机先生早年参加过多次击钵吟会，只有一次得元。罗尚、许君武等人经常出现在各地的诗人大会，有时候被选为词宗，但他们自己参赛的诗，我好像没听到被唱名到前面。但即使如此，还是有很多外省籍的诗人频繁参加击钵吟，主要是喜欢这种以文会友的热闹，不在乎得奖名次。

击钵吟对传统诗的发展，确实是有贡献的，然而，其潜在的重大缺陷，也导致它终于走上无法挽救的失败之路。

我参加过不少这种诗人大会，北中南都有，除了诗社主办的，也有由台北市、台中市图书馆主办的，诗会的场地有时在名山古刹，有时就在市区大楼，不论在哪里，都有共同的特征，就是参加者都十分专注，从午前十点左右拟题定韵之后，到下午四五点交卷之前，人人聚精会神，场内静肃无声，中午简餐时，常见很多人不吃，专心在写诗，这种情景着实让人感动。

由于参加者都是以"社"为单位围坐在一起，若是弟子们写不出诗来，社长老师会帮忙修改，而且，因为在发表唱名时，是先唱社名再念本人姓名，有的社长为了面子，也会自己写了许多首，让弟子们顶了名字去交，于是就出现了许多弊端。从前我对于这些弊端十分不谅解，现在年纪大了回想起来，倒觉得没有什么。那个时候，若有人拿诗去给老师改，也都轻声细语，不敢破坏雍穆和肃的气氛，真有以文会友、以诗为竞的效果，比起它的流弊，不失为激发写作趣味之一法。

以吴锦顺自述的经验为例：

我一九六六年回家办厂，资本也要向人借和标会，压力很重，都没作诗。到了一九七一年，我本以为和文学绝缘，恰好那年收到新竹的一次联吟，由《诗文之友》转来的。因为我当兵在新竹，念头兴起，旧地重游，工具书我也都有，就去了。结果进了会场见到了王友芬、高泰山等人，作到要交卷时，泰山叫我来给他改，结果四脚中有三脚都在二三十名，使我有成就感。这次回来，那些前辈也向我招手，一方面我工厂上面也有成绩，所以我也就有些往来。多多少少，我常在诗文之友走动，那些前辈把我当作青年才俊，一有钱，二年轻，那是我再出发的第二步，有人关照，才有兴趣。[1]

吴锦顺当时还年轻，有了前辈诗人高泰山的修改，他的诗得以入选，因为受此鼓励，他才收拾少年的作诗之梦，重新一步一步走进诗坛。《诗文之友》是有名的诗刊，又名《中国诗文之友》，1981年我曾经造访该社，当时由王友芬出钱出力支持，社址就是王友芬家，在彰化市主要的大街上，房子正面的格局不大，但延伸很长，庭院深深，花木扶疏，颇有诗趣。王友芬去世后，《诗文之友》停刊，吴锦顺办《台湾古典诗击钵双月刊》，虽然并不是同一回事，但先辈、后辈的关系也很明显。

由此可见，若没有高泰山为吴锦顺改诗，就没有后来吴锦顺投入数十年精力推广诗学。这是有利的一面。但是，在击钵吟中为人改诗，已经丧失了比赛的公正性，因为各诗社大家都在这么做，所以表面上没什么影响，其实已经形成了许多年轻人不愿参加的主因。

还有一个问题就是代人作。

早期击钵吟本来是要交会费的，比赛用纸称为"诗券"，一份会费取得一律一绝两张诗笺，凭以参加比赛。会费并不多，后来，连会费也不用了，人到了，签个名就有诗券，就有许多人收集大量诗券代作。施少峰就曾经批评这一点，他说：

---

[1] 见《采访册》，第92页。

以前联吟大会有收会费，因为交会费，大家勉强来参加，所以一人一份，以前的人也比较尊师重道，一首律，一首绝，大家都遵守。现在不用交会费，有人就用侥幸的投机心态，用人海战术。这首没中，下一首中，不愿意慢慢地推敲。如果每人只作一首，你也推敲，我也推敲，他拼不过我，因为大家都只作一首，好坏很分明。但有人作了几十首，这会害死选的词宗，有五百多首诗，限二个小时看完，可能还没有二个小时，看到后来就昏了，就不知要怎么选了。所以选的人也很难过。[1]

施少峰所说的情形确实存在，我做词宗的时候，曾经看到拿来评选的诗券，很多张都只相差几个字，这位作者的功力还很强，最后只好在相似的里面挑出一张，其余的就落了。如果不小心，可能把相似的选了许多张。而且，交券的量太大，也确实影响评选的质量。

除一人多首造成不公平之外，还有假诗人的问题，许志呈就曾笑话过：

你看到诗人大会中有很多女诗人，有的是真正会写，数量很少，都是去签名的。大会一开始，他母，他妻，他子都参加，去签个名、领个纸，他一个人做四个人份。随便抄一下书，碰碰运气，运气若好，别人领一份，他就领四份。[2]

许志呈是鹿港文开书院社长，相当有名望的人，他所说的情形都是事实。我也曾经亲自遇到，有一次我担任词宗，选出来的第一名只有16岁，我请他把这首诗背出来，他说不会背，请他看着诗券吟读一次，他说不会吟，只好承认是父亲作的。

这些弊端虽然都是小事，但不公平的环境持续存在，对于吸引年轻人来说，反作用力就很大。到了20世纪90年代，传统诗社里的年轻人越来越少，所幸外省籍的诗人参加的越来越多，所以会场还可以维持热

---

[1] 见《采访册》，第70页。
[2] 同上书，第81页。

闹的场面，现在老人萎谢，击钵吟的弊端迫使年轻人脱离的缺点就十分明显了。

很多传统诗社的朋友感叹年轻一代不爱学诗，其实不然，只要维持公平和干净，愿意参加联吟比赛的青年仍大有人在。"财团法人陈逢源先生文教基金会"曾经举办过二十届大专联吟比赛，从1983年开始，到2002年结束，整整贯穿了二十年，1983年的第一届约200人参加，到了第二十届，有20多个大学中文系参加，人数超过两千人，比赛分为两种，一种是诗词吟唱，一种是即席考作诗，有一部分人只参加吟唱组，多数人两组都参加了，成为这二十年间年轻爱诗人的共同记忆。

创作组的进行方式，必须限时、限题、限韵、限场地、禁交谈、禁带大会提供以外的任何资料，在绝对公平的条件下，每人交出七律及七绝各一首。大会的词宗，由众人所信服的张梦机教授主持，邀请数位知名诗学教授，在收卷之后，当天评出名次。

既然是考试一样的比赛，在教室里凭空作诗，诗趣也受到很大限制，不能十分展现个性，对于入选的作品当然也不能赋予很高的期望。但是，当年参赛的小朋友们，经过多年之后，很多人成为各大学的诗学教授，例如成功大学的陈家煌，台北师大的李欣锡、徐国能，台湾清华大学的李于学，淡江大学的普义南、马铭浩，东海大学林香伶，世新大学的陈志峰、张韶祁，体育大学张政伟，前彰化师大吴东晟等多位教授，不胜指屈。他们现在的成就，当然早就不是当年青涩的模样，然而当大家聚在一起谈起时，谁也不否认这二十届大专联吟所引领的风气，对他们起了很大作用。

总之，击钵吟常常受人诟病，有的责难来自根本反对作旧体诗，如张我军者；有的不满来自作诗有一定水平，如陈逢源、曾文新者。其实，把众人聚集在一起，拟定一个与现场景物毫不相干，或虽然相干却俗不可耐之题，确实有可以责备之处。不过，击钵吟会本来就是一种游戏，游戏中又有竞赛，竞赛又以文字而为之，所以趣味性和文雅度都很高，不必以诗的文学高度去要求它。

不过，以传统型诗社为主体的击钵吟，由于私塾形态的社团体质、对诗法的自我设定，再加上习惯使用河洛音，使得它们和年轻人之间划下了一道不易跨越的鸿沟，中文系毕业的学生，即使很喜欢作诗，也很少加入传统诗社。我在对传统诗社的访谈中，常常听到他们抱怨中文系毕业生不作诗，可是除了上述大专联吟之外，近二三十年来，由公私机构主办的各种文艺奖的古典诗类组，参赛者几乎都是中文系出身的诗人，可见语言、诗观和组织结构，才是诗社很难吸引中文系青年的原因。

六、结论

结社每分韵，江湖重诗人。

百余年来的台湾文化，就是一个重视诗人的文化；百余年来台湾诗的历史，就是台湾诗社的历史。清廷割台之后，大量由科举、学校出身的人才，开办私塾，招生讲学，把师生组合成诗社，布满全台，蔚为特色。这些诗社，一开始虽然都是士绅阶层的组合，但很快就脱离精英路线，成为年轻人利用诗学来提升自己社会人格的管道。

比起我们从古典文学史中得来的诗社印象，这样的诗社，水平是低下的，但不可否认，这些作诗能力不高的诗社，却负担了启发平民古典文学教育的责任，如果不是这些为数庞大的传统型诗社，一个年轻人想要成为诗人，几乎是不可能的。反之，在传统诗社的推导下，许多自负才气的青年，慢慢被培养成为有自信的诗人，进而改变了他们的生命色彩。

过去，学界对台湾传统诗社的价值，至多是当作采访遗事的史料而已，传世的诗篇不如人意，击钵吟会百弊丛生，这些缺点，很容易拿来被批评，但其实，如果从文化社会学的角度来看，使台湾的大地在百年间，历经日本殖民统治、现代化冲击，还能保持汉诗于不坠，正是传统诗社的历史贡献。未来若能扬其所长，去其缺点，应可重启诗学发展的新运。

以上，我对台湾传统型诗社作了一次简明的扫描和合理的评价，希望有助于了解台湾诗坛的核心精神。

【作者简介】台湾中山大学中文系特聘教授，博士生导师。

中国新诗格律化独特的尝试

——论赵朴初的"自度散曲"

石钟扬

【摘　要】　赵朴初先生于诗、词、曲皆精，其中尤以曲传神。他笔下之曲，非一般意义上的散曲，而是一种既规范又自由的"自度散曲"，既有传统散曲之韵味，又具新体诗之洒脱，可视为一种新的格律诗。其代表作有"文革"前后风行一时的《某公三哭》《反听曲》《故宫惊梦》等，既无传统格律诗之僵滞，又无自由新诗之涣散，从根本上克服了新诗难以琅琅上口、难以记诵的缺陷，基本实现了赵朴初自己的诗歌美学追求，确为中国新诗格律化的独特尝试与特殊贡献。

【关键词】　赵朴初　自度散曲　新诗格律化

在中国当代诗坛，赵朴初是位独具风采的诗家。他以入世的身份做出世的事业，以出世的精神做入世的文章。他的诗作，美刺并举，前者量大，后者质优；讽刺类作品中《某公三哭》等，堪称诗苑经典。

赵朴初于诗、词、曲皆精，其中尤以曲传神。他笔下之曲，非一般意义上的散曲，而是一种既规范、又自由的"自度散曲"；既有传统散曲之韵味，又具新体诗之洒脱。我则视之为一种新的格律诗。本文不打算全面论述赵朴初之诗艺，仅讨论其"自度散曲"在新诗格律化道路上的意义。

一

一部文学史，实则是一部艺术形式的发展史，也是一部艺术形式的新陈代谢史。中国学界则早有"一代有一代之文学"的命题。"一代有一代之文学"追求，到"五四"新文化运动则变为一种划时代的现实。

而"五四"新文化运动首要的则是白话诗的大胆尝试。

中国新诗早期尝试，大抵经历了"从旧式诗、词、曲里脱胎出来"到"欧化"的历史。因而早期之新诗多为"词化新诗"或"曲化新诗"，直到被胡适称为"新诗中的第一首杰作"——周作人《小河》出现才以"欧化"道路，彻底抛弃旧诗词格律的镣铐，而追求自然美的节奏。胡适自己的《尝试集》虽在美国意象派诗歌的影响下力求把"诗的散文化"与"诗的白话化"统一起来，以获得"诗体的大解放"，被文学史家称为"胡适之体"；但其中"真白话的新诗"为数并不多。陈子展早就说："其实《尝试集》的真价值，不在建立新诗的规范，不在与人以陶醉于其欣赏的快感，而在与人以放胆创造的勇气。"（《最近三十年中国文学史》）

1921年，当"胡适之体"新诗基本站稳脚，就立即面临着新的内部危机与新的内在要求。这年6月，周作人就提出："诗的改造，到现在实在只能说到了一半，语体诗的真正长处，还不曾有人将他完全的表示出来"，因此"革新的人非有十分坚持的力，不能到底胜利"。[1]而此时郭沫若以"诗的本质专在抒情"的诗歌观[2]，向早期白话诗"不重想象"的平实化倾向挑战。但郭沫若《女神》式的"绝端的自由，绝端的自主"的狂歌，又无确定形式供人效法。因而又有以闻一多、徐志摩为代表的新月派诗人，在"理性节制情感"的美学原则下进行着新诗"格律化"——"带着铁镣跳舞"的尝试。

从此，自由化与格律化的对立统一问题，一直伴随着中国新诗的发展。1958年"新民歌"诱发过一次"新诗歌的发展问题"的大讨论，"文革"末又因毛泽东《给陈毅同志谈诗的一封信》的发表再次掀起争议。

作为诗人赵朴初，他的创作虽以古体诗词为主，但他却一直关注着中国新诗的发展，并"由学古而渐想到创新，希望能在我国新诗歌的创建中起一点'探路人'、'摸索者'的作用"[3]。其志可嘉。

---

[1] 周作人：《谈诗》，见《谈虎集》，上海书店1987年版，第39—40页。
[2] 郭沫若：《论诗三札》，见《文艺论集》，人民文学出版社1979年版，第215页。
[3] 赵朴初：《片石集》，人民文学出版社1978年版，《前言》，第1页。本文所引赵文、赵诗皆据此书，不再一一出注。

赵朴初在创作实践中，较早遇到"诗歌中的内容与形式之间就出现了圆凿方枘，互不相入"的问题。这迫使他去思索，他看到"清朝末年已经有人注意及此，想作一点革新的尝试，可是矛盾实在太大，纵然削足，终难适履。'五四'以后，有人又提出了语体新诗主张，打算索性抛弃旧形式，从根本上彻底改革我国诗歌。不少人曾为此从各方面付出过可贵的劳动。"对于方兴未艾的新诗运动，赵朴初又看到："诗与文究竟不同，诗歌与口语差别更大。要做到既是全新的，又是大家熟习的；既是现代的，又是适合民族口味的；既是通俗易懂的，又是经过琢磨锻炼的；确实不是一件容易事。"——应该说这几个"既"与"又"，既是赵朴初对中国新诗困境的宏观评价，又表明了他的新诗审美理想与追求。由此出发，他说："因之在'五四'后的新文学中，诗歌的成就，较之其他领域，如散文、小说、戏剧等等，总觉得差着一筹。"继而结合自己的创作实践，说："我由于个人爱好，对于所谓新旧这两种诗体都曾作过若干尝试，而结果则都不大理想。新事物、新情感、新思想，是否可以入诗？如果可以，应当如何写？旧形式是否还可以用？如果可用，应当如何用？这些都是常在脑筋里盘旋的问题。"这些问题又深刻地影响着赵朴初对新诗可行形式的自觉探索。

二

"可惊、可喜、可歌、可泣的人和事，不断在内心中引起了强烈的激情，愈来愈觉得非倾吐出来不可。要倾吐出来，就必然要接触到诗歌语言的形式问题，而这一问题则是颇不简单的。"赵朴初对诗歌的艺术形式是何等重视。他创作、探索的结果，是倾向于从传统诗歌去寻找创造新诗格局的途径。20世纪70年代出版的《片石集》中，赵朴初有长篇谈诗的《前言》，堪称其诗歌美学宣言：

> 诗歌与散文有一个很大的差别，就是诗歌要求有节奏，有韵律（不是韵脚）。这是只有适当地运用每个民族的语言特征（即语音、语调等等）才能取得的。语言特征是一个民族在社会生活发展过程中自然形成的，可以随时代的迁流而变化，但绝不能硬性割断或者

任意强加。过去各种诗体，大致都起于民间，其音调之和谐总是先由人民大众于无意中取得，经过一定时间不自觉的沿用，著为定式，这就产生了所谓"格律"。格律可以突破，可以推翻，但推翻之后又必须有新的格律取而代之，而此新格律的形式，仍然要根据语言的特点，仍然要经过酝酿孕育的阶段，并且谁也没有把握何时可以诞生，更不用说长大成年了。而同时，人民又是随时都迫切需要诗歌的，"精神食粮"是一个颇为形象化的"隐比"。在全新的、比较成熟了的、能够得到广大群众真心喜爱欣赏的诗歌形式产生之前，应该怎么办呢？所以我又有这样一个设想：可否还是酌采人民原已熟习的传统的诗体，即诗、词、曲的形式，先解决群众的需要问题，并借此提高一般群众对诗歌语言的接受水平，同时，通过实践，检查在古典诗歌中究竟有哪些是还可以继承或者可以借鉴的东西，为创造将来新诗格局寻找途径。

正是从"为创造将来新诗格局寻找途径"这一宏伟目标出发，赵朴初具体细微分析了传统诗、词艺术形式之得失之后，表示对"曲"情有独钟。他指出，"曲"与"词"一样来自民歌，后来与音乐和舞蹈相结合，成为我国古典戏剧的主流，占据我国舞台最少达七八百年之久，从19世纪起，它才逐渐退出舞台，因而也就脱离音乐舞蹈，和"词"一样成为仅供案头欣赏（最多是朗诵）的一种文学品种了（所谓"昆曲"，起于晚明，已不能代表"曲"的全部面目）。

赵朴初进而说，作为诗歌品种，"曲"有四大优点。第一，它兴起较晚，脱离群众的时间也不太长，因而比较接近现代人的情感与语言，具有较大的吸引力，可以从更广泛的范围内吸取各种新的词汇乃至表达方法，而不至过于扞格。

其次，由于它是应用于舞台的，须要如实地刻画各个社会阶层的人情世态，逼真地模拟各种人物的神气、口吻，因之可以更自由地使用一切足以取得预期效果的各种表现手法与作风，而不受正统教条的束缚。例如，所谓尖新、刻露、俚俗、泼辣等，在"诗"与"词"里被视为瑕疵、引为禁忌的，在"曲"中却不仅容许，反而被认为"本色当行"。

这确是一不小的解放。

第三，"曲"不仅在句型上突破了"诗"的整齐单调（仅指典型的五、七言），并且突破了"词"的字数限制（自由使用衬字）；甚至在语调上也相当灵活，突破了"词调"的句数限制，许多曲调的句数可以顺着旋律的往复而自由伸缩增减。作者长说短说，多说少说，随意所向。

第四，"曲"除了供演出使用的剧本外，另有专供阅读的"散曲"。"散曲"有一种独立的"小令"和数调组合的"套数"。"小令"可以是单章，也可以是联章；"套数"可长可短，可多可少，可以异调组合，也可以同调叠用（以"前腔"或"幺篇"表示）。作者可以随自己的方便，或作速写式的即兴小品，或作畅所欲言的鸿篇巨制，伸缩篇幅很宽，可以适应各种题材、各种时地的需要。

当然，赵朴初也看到了问题的另一方面，即"曲"也有特殊的限制，即所谓"曲律"，有一些"律"甚至严过诗与词，如南曲与北曲的牌子不能混用，同为南曲或北曲中的不同"宫调"不能混用等。但这一切都由"配乐"而起，为了便于歌唱不能不如此。如果只是把"曲"作为一种诗体，不再演唱，不再配乐，"合律"问题也就自然消失了。只需照顾到一般平仄，使读来顺口、听来人耳，似乎就可以通得过了。经过如此透彻的分析，赵朴初认为，"曲"作为我国的一种传统诗歌形式，对于创立我国的新诗歌，还是颇有可为的。

在摸索中实践，在实践中摸索。赵朴初在创作中渐渐又萌发奇想：既然不再为"配乐"而写曲，既然撇开了种种为"合乐"而制定的传统曲律，那么又何必一定非沿用传统"曲牌"不可呢？于是他尝试着自定调式，自定调名，姑且名之曰"自度曲"。"自度"一词也来自古人，不过古人的"自度"，指的是自己制腔，自己作词，而赵朴初则仅作词，不制腔。他说："自己并非音乐家，只是一名为新诗歌探索道路的工作者而已。"至于这种无律之曲，非曲之曲，是否也可以就叫做一种新体诗呢？赵朴初说："自己没有任何把握，只好留待人民和时间来作鉴定。"我则认为这就是一种新的格律诗，或叫格律化的新诗。

为使自己创作的"自度散曲"——这种新体诗的艺术形式切实可行，赵朴初就其"平仄"与"韵脚"两个技术性问题，作了非常切合实际的设计与解说。他说，字音的"平仄"形成于大众的语言习惯，存在于每个人的口头，既非强加，更不神秘。"平仄"字音的一定排列能够产生一定的和谐这一道理，原是人民大众在社会生活与协作劳动中早已发现，并一直在无意识地应用着的东西。专家文人的贡献只是在于归纳总结，找出一些语音上的规律，使人们可以有意识地运用，从而比较有把握地取得抑扬顿挫、升降起伏的效果。这就是所谓"格律"的由来。他认为不论中国诗歌将来会采取什么形式，只要汉语语音的特点不变，"平仄"总还是不能无视不管的。

至于"韵脚"问题，他说似乎比较容易理解一些，因为我国人民群众对于"韵脚"已经如此熟习、如此喜爱，以致如不押韵，简直就很难使一般人承认是"诗"了。基于我国方言太多，韵部各异，赵朴初主张依照已经得到较广承认的相近音读，约略画出一个大体范围而容许小有出入，或同时定出"宽""严"韵部，听任作者取用。他自己则倾向于大体依据京剧的所谓"十三辙"。这一分法与《中原音韵》相同之处是取消了入声（此点不适合东南各省）。与《中原音韵》不同之处是：第一取消了闭口音（此点不适合闽广），第二为"庚青""真文"与"侵寻"不分（此点不适合北方各省），第三为"寒山""恒欢"与"先天"不分（此点大体全国可通）。这样可减少韵部数目，放宽选韵范围，并借京剧的广泛影响，使更多的人来接受这种新体诗。真可谓菩萨心肠与诗人情操相结合的产物，从而使诗航普渡。

三

赵朴初创作"自度散曲"，有一个从偶然到自觉探索的过程。1959年在一次出国途中，他偶尔带着一本元人散曲选集《太平乐府》，供飞机上浏览。在西伯利亚上空，随手写了几首小令，描写当时的景物与心情，这是他写曲的开始。回国不久，先后有"七一"节与十周年国庆，于是他又尝试用"曲"来参与庆祝。此后他又多次试用"曲"作为讽刺声讨帝国主义与社会帝国主义的工具。美、刺俱佳，证明"曲"这种诗体是可登"大雅之堂"的。从此他进而摆脱传统"曲牌"，尝试着自定调式，自定调名，自觉创造着这种无律之曲——自命名为"自度曲"的新诗体。

我手边仅有赵朴初之《片石集》，以年代为序，收其自1950年12月至1977年10月的作品189首，其中有曲20题33首。《片石集》中有《观演〈蔡文姬〉剧有作三首》，正好是诗、词、曲各一首，所咏皆为郭沫若新编历史剧《蔡文姬》：

1. 竹枝

黥头刖足语堪哀，不道成书有女回。了却伯喈千古恨，九原应感郭公才。

2. 鹧鸪天

玉珮明珰望俨然，骊歌肠断草原天。忍抛稚子三千里，换得胡笳十八篇。　　家再破，梦初圆，中郎志业几分传？和亲肯遣王姬嫁，毕竟唐文汉武贤。

3. 快活三带过朝天子四换头

左贤王拔剑砍地，镇日作女哭儿啼。进门来惨惨凄凄。出门去寻寻觅觅。千里，万里，处处是伤心地。胡笳做弄蔡文姬。

愁绪哀弦难理。遣使何为？赎身何意？我道曹公差矣！谓中郎有遗书，有女儿能诵记，只消得寄个纸笔。睦邻大计，更要将心比他意。

常通声气，频传消息，何如认个亲戚？和吐蕃的唐太宗，和乌孙的汉武帝，都比你，有主意。

众所周知，郭沫若的《蔡文姬》，是其循毛泽东《浪淘沙·北戴河》："东临碣石有遗篇，魏武挥鞭"之词意，将"替曹操翻案"的观念变为舞台形象的作品，是一部天才的媚俗之作。即使是温文尔雅的赵朴初，1959年7月当郭沫若正在《蔡文姬》刚搬上舞台的兴头上，也忍不住以形象语言表示一点"不同见解"。其诗含而不露，其词略带讽喻，其曲则痛快淋漓地将郭沫若氏幽默了一番。曹操令文姬归汉的最大理由是代父（蔡伯喈）续书，以点缀文治之业绩。而赵朴初在曲中则谓："我道曹公差矣！谓中郎有遗书，有女儿能诵记，只消得寄个纸笔。"让他写来即可，何必让文姬归汉，既造成新的妻离子散，又不利于睦邻大计；既有违人性，又有碍国策。这就将郭氏《蔡文姬》之核心情节抽空了。但赵氏所作，并非论文，而是艺文，幽默风趣，富有穿透力。与其同题诗、词相比较，可谓诗庄词媚曲更洒脱。曲于赵氏是随手拈来，点染成趣，其艺术魅力远非其诗其词所能比拟。由此及彼，通览《片石集》，其中曲所占比例虽仅六分之一，而其影响与传播，则远胜其他作品。

在各种诗体中，"'曲'是最能容纳那种嬉笑怒骂、痛快淋漓、泼辣尖锐的风格的"。赵氏深知此道。他的"自度散曲"虽美刺并举，但真正传神的还是讽刺类的作品。此类作品，最有名的"文革"前有《某公三哭》，"文革"中有《反听曲》（三首）。

《某公三哭》，拟用前苏共总书记尼·赫鲁晓夫之口吻哭灵，"一哭西尼"——饮弹身亡的美国总统肯尼迪，"二哭东尼"——不幸逝世的印度总理尼赫鲁，"三哭自己"——不幸下台的赫鲁晓夫。这是当年国际重大事件，赵氏以曲跟踪报道，三"曲"分别写于1963年1月、1964年5月、1964年11月。1965年2月1日发表于《人民日报》，轰传一时，简直可以与当年中共的"九评"——苏共中央的公开信——"反修"的最权威文字相媲美，曾得毛泽东之激赏。据说毛泽东《念奴娇·鸟儿问答》："不见前年秋月朗，订了三家条约。还有吃的，土豆烧熟了，再加牛肉"云云，竟是受赵氏影响所作。[1] 雄视千古的毛泽东如此青睐一个当代诗家，除朴初先生可能再难找到第二例。如今我辈仅记得"九评"之基本框架，具体文字早已记忆模糊（尽管当年是大中学生政治课必考内容），而赵朴初那惟妙惟肖、幽默风趣的《某公三哭》至今却仍记忆犹新，诵之上口。这就是文字的魅力，新格律诗的魅力。赵朴初所拟曲牌也别具一格，且与内容融为一体。如"一哭西尼"所拟曲牌为《秃厮儿带过哭相思》，"二哭西尼"所拟曲牌为《哭皇天带过乌夜啼》，"三哭自己"所拟曲牌为《哭穷途》。限于篇幅，仅引"三哭自己"于兹：

孤好比白帝城里的刘先帝，哭老二，哭老三，如今轮到哭自

---

[1] 唐先田等主编：《安徽文学史》（第三卷），安徽文艺出版社2019年版，第462页。

己。上帝啊！俺费了多少心机，才爬上这把交椅。忍叫我一筋斗翻进阴沟里。哎哟啊咦！辜负了成百吨黄金，一锦囊妙计。许多事儿还没有来得及：西柏林的交易，十二月的会议，太太的妇联主席，姑爷的农业书记。实指望，卖一批，捞一批，算盘儿错不了千分一。那料到，光头儿顶不住羊毫笔，土豆儿垫不满沙锅底，伙伴儿演出了逼宫戏。这真是从哪儿说起，从哪儿啊说起！说起也希奇，接二连三出问题。四顾知心余几个？谁知同命有三尼？一声霹雳惊天地，蘑菇云升起红戈壁。俺算是休矣啊休矣，泪眼儿望着取下像的宫墙，嘶声儿喊着新当家的老弟，咱们本是同根，何苦相煎太急？分明是招牌换记，硬说我寡人有疾。货色儿卖的还不是旧东西？俺这里尚存一息，心有灵犀，同志们啊！还望努力加餐，加餐努力，指挥棒儿全靠你，你，你，耍到底，没有我的我主义。

通篇全用中国人熟习的典故、词汇，来写邻家的故事，令人读来一点不隔，活灵活现宛如发生在自己身边的事，既幽默，又发人深思。不管今天你如何评价赫鲁晓夫（乃至三尼），但这《某公三哭》的审美价值仍在。

"文革"中的《反听曲》三首，写于1971年9月间，当时就以手抄本的形式流传天下。我这里引用的是当年流传的版本，与《片石集》中发表的稍有差异，细心的读者若作一对比，不难发现手抄本还能更加原汁原味。

反听曲之一
听话听反话，不会当傻瓜。可爱唤作可憎，亲人唤作冤家。夜里演戏叫做旦的，叫做净的，恰是满脸大黑花。高贵的王侯偏偏要称孤道寡，你说他是谦虚还是自夸。君不见"小小小小的老百姓"，却是大大大大的野心家，哈哈！

反听曲之二
听话听反话，一点也不差。"高举红旗"，却早是黑幡高挂。

"四个伟大"，到头来是四番谋杀。"公产主义"原来是子孙万世家天下。看他耍出了多少戏法。

"千年出一个"，烧香拜菩萨；"句句是真理"，念经又打卦，抬高自己是真，拥护领袖是假。管他是真是假，反正马克思主义，马赫主义都姓马。

反听曲之三

大喊共讨共诛的英雄，原来是最大最大的坏蛋、野心家。未料到照妖镜下，终于现出了青面獠牙。落得个仓皇逃命，落得个折戟沉沙，落得一堆焦狗肉，送给了蒙古喇嘛。正剩下悲惨惨的阴魂，紧跟着赫光头去也。

这真是"代价最小最小，胜利最大最大"，是吗？

从"文革"中走过来的人们，一眼就可以看出这三首《反听曲》是针对林彪事件的。作者以其人之道还治其人之身，作品中引号中的语言是"文革"中人人耳熟能详的林彪、陈伯达们的精彩话语；这些话语曾一度蒙住了天下多少人之耳目，甚至天才领袖也未能幸免。一旦真相大白，则令天下人为之一惊：令人感慨，谎言的魔力竟如此巨大。赵朴初冷眼旁观，以极为通俗的语言，给中国人民传播一个伟大智慧，识破谎言的智慧：听话听反话，不会当傻瓜；听话听反话，一点也不差！令人没齿难忘，受惠终生。

赵朴初循此逻辑，在新撰《反听曲之三》与《故宫惊梦——江青取经（观故宫博物院慈禧罪行展览后作）》等作中，对"红都女皇"江青也进行淋漓尽致的讽刺。这里仅引一节《朝天子》：

慈禧，慈禧，您实际是女皇帝。莫怪咱们一见便投机，是惺惺惯把惺惺惜。您请洋人画像驻红颜，我请洋人著书卖机密，先后遥遥去泰西。管他娘，笑兮，骂兮，咱们俩，反正万古千秋矣！

宛如一幅江青与慈禧"绝代双骄"之合影，绘声绘色，入木三分，令人叹为观止，远非一般新诗与传统散曲可比拟的。

四

中国新诗产生伊始，胡适以"曲化新诗""词化新诗"尝试着，尚未脱其母体的胎印。胡适曾自我反省云："我现在回头看我这五年来的诗，很像一个缠过脚后放大了的妇人回头看他一年一年的放脚鞋样，虽然一年放大一年，年年的鞋样上总还带着缠脚时代的血腥气。"[1]如今赵朴初的"自度散曲"，决非当初"曲化新诗"的历史回环，他对自度散曲用得出神入化，他的作品潇洒自如，已经成为一种非常成熟的格律化的新诗。这种格律化的新诗，既无传统格律诗的僵滞，又无自由新诗之涣散，既自由又有法度，从根本上克服了新诗难以朗朗上口、难以记诵的缺陷，基本实现了赵朴初自己的诗歌美学追求，确为中国新诗格律化的独特尝试与特殊贡献。这是他深厚的诗学根基[2]与"五四"新文化运动精神相结合的产物；是他从佛教经文与民间文学吸取营养的产物，也是他长期站在世俗社会的边缘，眼观时代风云，既以慈悲为怀又嫉恶如仇，所磨砺出来的特殊诗怀与诗体，是其仁心与佛心的精彩的诗化表达。

赵朴初的诗怀与诗体，非常人所能模拟步武，但他的诗歌美学原则与诗体探索精神，实为一份珍贵的文化资源，值得我们去借鉴，去研究，去发扬。

【作者简介】南京财经大学新闻学院教授。

---

[1] 胡适：《〈尝试集〉四版自序》，见《胡适学术文集·新文学运动》，中华书局1993年版，第419页。

[2] 案：其太高祖赵文楷虽为状元郎却写过传奇剧本《菊花新梦》（笔者校点，《黄梅戏艺术》1987年第2期），其母陈仲瑄也写过剧本《冰玉影传奇》（太湖拜石书屋2003年印行）。这份家学渊源让其"诗学根基"中较一般士子多了一份"曲"的元素。

论顾随的诗歌理论与创作

王　春

【摘　要】　顾随作为现当代的著名词人、学者，其诗歌创作也取得了相当可观的成就，而又因其谈诗论艺之作亦夥，为深入讨论其诗的风格特色提供了较多的理论资源。他倡导以白话代表新精神，"用新精神作旧体诗"，使用书面化的白话而不流于"打油"的诙谐俚俗。在创作方法上，他主张将"世法"融入"诗法"，追求有"力"的艺术表达；在理致与感情上，他能将说理、抒情融合无间，给人启迪的同时又达到感人的美学效果，此外，由于其高深的佛学修为，故而笔下常常流露禅机，耐人寻味。

【关键词】　顾随　白话　旧体诗　诗法　世法

顾随（1897—1960）作为现当代著名的词人、学者，其诗歌创作虽并未如其词作与诗文评论一样获致广泛的影响，但正如叶嘉莹先生所提示的："是则吾人固不可因其早年在《苦水诗存》之《自叙》中有'诗不如词'之一语，因而便对先生之诗作遽尔加以忽视也。"[1]叶氏立论所着眼的是苦水后期诗作确乎"表现出相当可观之成就"[2]。实际上，顾随一生处于新旧文学交锋融合的背景之下，其诗中所体现的一些特色在近代以降的文学转型期具有某种典范意义，而顾氏说诗之篇亦夥，二者互为表里地呈现了苦水"现实中的诗歌"与"理想中的诗歌"，共同构成深入研究和阐发其诗作的文本资源，并进而成为考察旧体诗在现代文坛挣扎、演化与发展的切入口。

---

[1] 叶嘉莹：《谈羡季先生对古典诗歌之教学与创作》，见赵林涛，顾之京编《顾随与叶嘉莹》，河北教育出版社2009年版，第80页。
[2] 同上书，第78页。

一、白话与"打油"

1918年1月，胡适《鸽子》、刘半农《相隔一层纸》、沈尹默《月夜》等第一批现代白话新诗发表于《新青年》第4卷第1号，标志着新诗在中国筚路蓝缕的开端；次年，周作人发表《小河》，在当时受到广泛的称赏，被胡适誉为"新诗中的第一首杰作"；10月，胡氏又作《谈新诗》，为新诗的出现与发展寻找理论依据；及至1920年，郭沫若发表《凤凰涅槃》、上海亚东图书馆出版胡适《尝试集》和郭沫若、宗白华、田寿昌的《三叶集》，无论当时文坛对这一新式体裁有多少争议，新诗都算站住了脚跟，至于日后的变化则不妨均视作其内部的结构性调整。毋庸置疑，在新诗的发生期，以胡适的贡献最为突出。在这一时间段，顾随受新文化运动影响，开启了新文体的写作，"他最早的一篇散文《月夜在青州西门上》写于1920年，最早一篇小说《爱——疯人的慰藉》写于1921年"[1]，显然，这位幼承庭训，后投考北京大学国文系时，校长因其中文水平卓异而建议改学西洋文学以广眼界的才子学人并不排斥新文学，他早期的小说《失踪》曾被鲁迅选入《中国新文学大系》，俨然可以称为新文学阵营中的一员。那么，他对"诗"与"新诗"的看法，则颇有在新文学领域内反戈一击的意味，顾随1921年在寄给卢继韶的信中云：

> 诗是有价值的文学。（野蛮人也有歌谣，可见诗是人类自然的"心之声"。）唐人的古风、长歌、行，我曾下过五七年功夫，读过廿家的专集。对于旧诗，也非常的喜欢作……我对于胡适之的新诗，固然欢喜，也不免怀疑。他那些长脚、曳脚的白话诗，是否可以说是诗的正体？至于近来自命不凡的小新诗人的作品，我更不耐看。诗是音节自然的文学作品。他们那些作品，信口开河，散乱无章，绝对不能叫作诗。我的主张是——

---

[1] 马大勇：《"我词非古亦非今"：论顾随词》，载《文学评论》2015年第3期。案：马大勇先生此文于顾随词作之分析颇能鞭辟入里，对于较为全面地了解顾随的诗词创作具有重要的参考价值。

用新精神作旧体诗。改说一句话，便是——

用白话表示新精神，却又把旧诗的体裁当利器。

我又主张长脚、曳脚的新体诗，不如不用韵。（像俄国屠格涅夫的作品［散文诗］。）然而散文诗究竟是诗的别裁，不是诗的正宗……[1]

后来新体诗也确实如他所预言的，发展为一种不必押韵而更具现代性的文体形式。这里需要注意的则是他理想中的诗歌，即"用新精神作旧体诗""用白话表示新精神"，此于其一生的创作均具指导意义，而这种将白话熔铸于旧体诗的努力，似乎也可看作是旧体诗进入现代以来的一种调整与演化。当然，提倡诗的语言用白话并非始自苦水，而有其源远流长的传统。胡适曾将白话文学的背景追溯至汉初，认为"汉朝恰当古文学的死耗初次发觉的时期，恰好做我们的起点"，并进而指出："从此以后，中国的文学便分出了两条路子：一条是那模仿的，沿袭的，没有生气的古文文学，一条是那自然的，活泼泼的，表现人生的白话文学。"[2]这可能代表了当时新文学作家们的普遍看法，而成为摒弃日渐僵化的文言传统的价值依据。在《白话文学史》中，胡适梳理了中唐以前白话文学的发展脉络，其中比重最大的自然是诗歌，他将白话诗的种种来源归结为四点：第一来源是民歌；第二来源是打油诗，就是文人用诙谐的口吻互相嘲戏的诗；第三是歌妓；第四是宗教与哲理[3]，可谓颇有见地。白话诗因为日常化与平民化，直接表达抒写主体的喜怒哀乐，而独具生气，成为某种"活的"、富有生机的文学系统，至于在胡适著作中并未涉及的宋元明清，白话诗更是取得了进一步的发展。尤其是明代以袁宏道为代表的"公安派"，强调"独抒性灵，不拘格套，非从自己胸臆流出，不肯下笔"（《叙小修诗》），反对以剿袭为复古，主张"信腕信口，皆成律度"，不避"近平近俚近俳"（《雪涛阁集序》）的艺术风格，

---

[1] 顾随：《顾随全集》（卷八书信一），河北教育出版社2013年版，第382—383页。

[2] 胡适著，骆玉明导读：《白话文学史》，上海古籍出版社1999年版，第11、14页。

[3] 同上书，第132—133页。

如《渐渐诗戏题壁上》:"明月渐渐高,青山渐渐卑;花枝渐渐红,春色渐渐亏;禄食渐渐多,牙齿渐渐稀;姬妾渐渐广,颜色渐渐衰……"[1]即具白话风味,此后性灵一脉遂绵延不绝。迨至晚清,在传统诗艺已然臻于极致甚而成为某种负担之时,又出现了梁启超等人所标举的"诗界革命",其所主张的"欲为诗界之哥伦布、玛赛郎,不可不备三长。第一要新意境,第二要新语句,而又须以古人之风格入之,然后成其为诗"(《夏威夷游记》)。这种旧瓶装新酒式的创作手法,在谭嗣同、夏曾佑等人的实践中不免有不伦不类之处,倒是"我手写吾口,古岂能拘牵"的黄遵宪在"新派诗"的写作上取得了一定的实绩。但无论如何,传统诗歌迫在眉睫的转型征兆已然出现,即使是古典诗歌内部,以写作诗钟精绝一时独步的易顺鼎也写出了"青山无一尘,青天无一云。天上唯一月,山中唯一人""此时人无语,此时月无语。此时山无语,此时佛无语"(《天童山中,月下独坐六首》)这样平白如话之作。这一白话诗歌史俨然对胡适辈沾溉良多,在他的许多诗作中,其"尝试的重点是'以白话入诗',仍然不能摆脱旧诗词语言模式与文法结构法则的支配与制约,结果就写出了半文半白、半新半旧的诗"[2],较为著名的如《蝴蝶》:"两个黄蝴蝶,双双飞上天。不知为什么,一个忽飞还。剩下那一个,孤单怪可怜;也无心上天,天上太孤单。"[3]即视作一首浅显的五言古风也无不可。至于其后来跳出古典诗的形式而将"诗的散文化"与"诗的白话化"相结合以实现"诗体大解放",则是开辟了新诗的另一方向。

而考之顾随的诗观,他所反对的"长脚、曳脚的白话诗"应当正是"诗体大解放"后的作品,在浸淫古典文学多年、具备极高的审美品位的苦水看来,这批新诗殊少诗味甚至不能称之为诗是不争的事实。表面上看他似乎意欲重新回到胡适早期的轨辙,即以白话的语言融入旧体诗的形式,但实际上仍有所不同。可能在顾氏眼中,诗歌仍当有一

---

[1] 袁宏道著,钱伯城笺校:《袁宏道集笺校》,上海古籍出版社1981年版,第187、710、115页。
[2] 钱理群等著:《中国现代文学三十年》(修订版),北京大学出版社1998年版,第122页。
[3] 欧阳哲生编:《胡适文集》(9),北京大学出版社1998年版,第97页。

定之形式，而自幼之训练，恐怕在五七言（乃至长短句）的使用上更加得心应手，所谓戴着镣铐跳舞或许更加精彩也未可知。而在古典文学中更有一深刻的问题，即如骆玉明先生所指出的："在中国古代散文中，存在白话与文言的对立，两者连语法都是不同的，但在诗歌中却并未形成如此截然分明的对立；诗歌语言在最典雅与最浅俗的两极之间，有极大的变化余地（杜甫诗就是典型范例）。"[1]一直未取得主流地位的白话古典诗在文学领域，实际上形成了巨大的潜流，何况老杜是顾随终身服膺和学习的对象，浅俗的白话所具有的生莽之气已经在历史上和现实中双重地显示了它的魅力，顾氏可以取法的资源实则甚为丰富。

值得注意的是，文人一旦使用白话的语言入于五七体的形式，往往阑入"打油"一流，远者如袁宏道《玉上人》："山下逢老僧，为我设斋供。生断活埋关，醒却高峰梦。空嫌毛孔多，瘦觉数珠重。回首鸭子飞，归来鼻头痛。"[2]近者如胡适《他》："你心里爱他，莫说不爱他。要看你爱他，且等人害他。倘有人害他，你如何对他？倘有人爱他，更如何待他？"[3]浅近之外，都有近乎诙谐俚俗之处。但是若对照苦水之作如《留愁》："我生多忧患，心情常不好。揽镜窥颜面，忽惊颜色槁。始知忧伤人，呼酒将愁扫。醉后心空洞，如风吹衰草。衰草何离离，北风何浩浩。吾愁虽暂消，吾心几不保。从兹不驱愁，愿共愁偕老。"[4]虽然也有调笑的意味，却与前人那些所谓的"打油诗"有质的差别，这恐怕应当归诸创作态度的严肃，毕竟在顾随这里，白话并非取其俚俗谐趣，而是自有新精神寓焉。当然，在现当代诗坛上，顾随并非孤独，这种用新精神灌注于旧格式的创作方法被许多作家所采用，并取得了令人瞩目的成绩。顾随曾有短札致周作人："比来写字之馀，时时为小诗自遣，兹

[1] 骆玉明：《关于胡适的〈白话文学史〉》，见胡适著，骆玉明导读《白话文学史》，上海古籍出版社1999年版，第9—10页。

[2] 袁宏道著，钱伯城笺校：《袁宏道集笺校》，上海古籍出版社1981年版，第381页。

[3] 欧阳哲生编：《胡诗文集》（9），北京大学出版社1998年版，第100页。

[4] 顾随：《顾随全集》（卷一词曲诗），河北教育出版社2013年版，第366页。案：本文所引顾随诗作，如无特殊说明，皆据此书，不再一一出注。

检录一章请正。吾师兴致何似？译书外，有新制否？"[1]亦曾有和知堂之作，可见其对作为师辈的周氏诗歌殊有兴趣，而此师弟二人于诗实大有相通之处。周作人早年虽偶涉新诗，但以白话而写成的五七言之作比重更大，他将这种作品由"打油诗"改称为"杂诗"，也是区别了二者的不同，《苦茶庵打油诗》："我自称打油诗，表示不敢以旧诗自居，自然更不敢称是诗人，同样地我看自己的白话诗也不算是新诗……因此，名称虽然是打油诗，内容却并不是游戏，文字似乎诙谐，意思原是正经，这正如寒山子诗……我所写的东西，无论怎么努力想专谈或多谈风月，可是结果是大部分还都有道德的意义，这里的打油诗也不能免，我引寒山禅师为比，非敢攀高，亦只取其多少相近……"《老虎桥杂诗题记》云："这回所收录的共有一百六十首以上，比较的多了，名称则曰杂诗，不再叫打油了……这种诗的特色是杂，文字杂，思想杂……犹幸制熏腊，咀嚼化正气，这可以算是打油诗中之最高境界，自己也仿佛是神来之笔，如用别的韵语形式去写，便决不能有此力量。"周氏《老虎桥杂诗》作于狱中，颇有"掐臂见血"之辛辣，《儿童杂事诗》1950年发表，正逢新中国成立，而丰子恺愿意为之插画，也是看重此诗价值，知堂曾于生前再次钞录，可见重视，后钟叔河先生为之作注付梓，曰："予之笺释得附骥以传，自以为搁笔不再为文，亦可以无憾云。"[2]真可谓推崇备至。

这倒不是说顾随走上此种文学道路是受到了知堂的影响，只是他的诗作显然有取法乃师之处，主张"用新精神作旧体诗"，便是说明了其严肃的创作态度。值得注意的是，顾随以白话表示新精神，他所使用的是"书面化"的白话，诗歌中江西功夫之锤炼锻造处处可见，故而其诗味远非那些使用"口语化"白话的作家（如胡适等）所可比拟，这也使他在历来以打油为主的文人白话诗外能自成面目[3]。而此种特色，在同

---

[1] 顾随：《顾随全集》（卷九书信二），河北教育出版社2013年版，第7页。
[2] 钟叔河著：《儿童杂事诗笺释》，海豚出版社2016年版，第2页。
[3] 按：马大勇先生《"我词非古亦非今"：论顾随词》一文曾分析了顾随对现代白话／口语的运用，并引《文赋十一讲》中之论述作为顾氏的理论选择依据，即"凡古典文学而能深入人心流传众口者，皆近于口语，绝无文字障"云云，马先生文章所举之词例如"几个追求幻灭，何时抓住虚空""试问倘无（转下页）

时代及稍后的聂绀弩、启功等诗人笔下也或多或少地有所显现，这一现象，不妨视为白话诗歌在近代以来新的演变。[1]

二、将"世法"融入"诗法"

顾随《苦水诗存·自序》尝言："少之时最喜剑南，自二十年之春学义山、樊川，学山谷、简斋。"[2]前引致卢继韶信中亦云："我曾下过五七年功夫，读过廿家的专集。"我们从他的诗作中确可看出其承续传统之处，除上述所举诗人外，他于曹操、陶潜、杜甫、韩愈诸人也下过苦功。但正如他所自知的："惟其学，故未必即能似；即其似，故又终非是也。"[3]诗歌一味于继承上讨生活难有大的成就，对于那些以模拟剿袭为职志的诗人，顾氏殊无好感："动是说我学陶渊明，我学杜少陵，漫说学得不像，即使像了，也只是大户人家的一个听差，饶他腆了个大肚子倚在朱红的大门旁，坐在光漆的板凳上，自觉威风，明眼人看来，适不又是《水浒传》上石勇所说的脚底下泥之流耶？像这样人的笔下的作品，岂但非诗，简直是一堆一堆的垃圾！"（《关于诗》）可贵的是能够在熔铸前贤的基础上拓出新路的诗人诗作。

顾随论诗好讲"诗法""世法"，其实也是指出了创新的法门。"诗法"偏重于诗艺，"世法"则偏重于诗的思想内容，二者相较，他又多强调"世法"，这也与其创作上所取的严肃态度有关。即在写作之时，总有些意思或思想要表达，而不纯然耽于语言文字之艺术美。如《驼庵诗话》云："一切'世法'皆是'诗法'，'诗法'离开'世法'站不住。人在社会上要不踩泥、不吃苦、不流汗，不成。此种诗人即使不讨厌也

（接上页）缺憾，难道只需温暖，岁月任消磨""小草都含微笑，远山自写春容"等，确实贴近口语，但细考苦水之诗，似这种如冲口而出者实则甚少，而较书面白话更为近似。这可能与诗学传统较之词学对文人影响更为强劲有关，也可能此现象正反映了诗词二体（所谓"诗庄词媚"）在现代语言选择上的分野，然因此点并非本文所论重点，兹不赘述。

[1]　按：关于现代诗词中的"打油"倾向，可参考陈未鹏《旧形式与新时代的冲突——论20世纪旧体诗词的"打油"倾向》，载《学习与探索》2018年第3期。李良子《试论打油诗的古今演变》，载《武陵学刊》2016年第5期。
[2]　顾随：《顾随全集》（卷一词曲诗），河北教育出版社2013年版，第164页。
[3]　同上书，第364页。

是豆芽菜诗人。粪土中生长的才能开花结子，否则是空虚而已。在水里长出来的漂漂亮亮的豆芽菜，没前程。""后人将'世法'排出，单去写诗，只写看花、饮酒、吟弄风月，人人如此，代代如此，屋上架屋。王渔洋所谓'神韵'是排除了'世法'，单剩'诗法'。我以为'神韵'不能排除'世法'，写'世法'亦能表现'神韵'，这种'神韵'才是脚踏实地的。而王渔洋是'空中楼阁'。"但值得注意的是，他也不偏废"诗法"，所谓"然在诗文中，文第一，意第二。诗是要人能欣赏其文，不是要人了解其意。语言文字到说明已落下乘，说明不如表现"（《驼庵诗话》），因此倡言"将'世法'融入'诗法'"，这也指导了他的创作实践，即格外重视诗歌内容与形式的高度统一，强调通过"诚"与"力"来摆脱诗之"弱"与"俗"，从而自成特色。

首先，因为顾随是"用新精神作旧体诗"的，笔下难免有文白交杂之态，前文已经论及，以白话作诗本就容易接近"打油"之体，而这个强大的诙谐传统自然不能不反作用于诗人，况且其本身亦时用调笑笔法，但细审苦水诗作，便会发现其并不流于俳谐。如《二月九日开春第一次出城到西郊，意中忽忽不乐，即事赋长句》有云："行脚既异打包僧，强飞政似冻痴蝇。吟诗辜负酒一斗，作书枉饮墨三升。十年苦水为名号，人或不喜己爱好。苦水是药病所须，我生多病非寄傲。药是苦水旧曾闻，药是苦口古所云。卿用卿法我作我，可怜不堪持赠君。"即颇具自嘲的意味，然读来却并不诙诡，而有峭直之感，这种调笑实质上是含泪的笑，有一种苦味寓于其中。顾随通过他的幽默笔法改造了打油诗的俳谐形式，在审美层面，幽默比诙谐更为高级，顾氏认为"最会说笑话的人是最不爱笑的人，如鲁迅先生最会说笑话，而说时脸上可刮下霜来……真正滑稽必须背后有一颗寂寞的心"（《王绩·寂寞心》），因此，当笔下的调笑是出于极为严肃的态度时，也就自然会区别于一般的戏谑，而从幽默之中流露出某种更为深刻的悲凉。再如前引的《留愁》，用近乎玩笑的笔法写出了诗人同"愁"这一虚无缥缈的客体之间的互动，从"呼酒将愁扫"到"愿共愁偕老"，诗句表面上富于生机趣味，但主要表达的还是个体永远无法摆脱愁苦的侵袭，只能接受这宿命。顾随的幽默是将生活中的种种苦难仔细品味，然后以客观冷静的笔调表现出一些滑稽的倾向，读者在莞尔的同时可以感受到文本所蕴藏的深沉苦涩。

其次，顾随强调诗心，其结穴在于"修辞立其诚"之"诚"字，所谓"作诗者只晓得怎样去讲平仄，讲声调，讲对仗与格律，结果只是诗匠而非诗人，因为他压根儿不曾有过诗心"（《关于诗》），故诗歌不能不立足于现实的基础之上。而既然"我生多忧患，心情常不好"，那么对愁苦的书写在苦水诗中自然占有很大的分量，于是无论沧桑之感抑或离别之悲、穷途困顿抑或疾病缠身、沦陷之苦抑或不遇之哀，均能一一倾注笔端。这些表面的题材区分某种程度上代表的是"世法"层面，此处不妨由此出发来观察苦水如何将其融入"诗法"。一方面，顾随擅长物化愁苦，举凡世上的困顿、艰难、丑陋甚至卑污，他都不避入诗，如《病中作》："虫声四壁起离忧，斗室绳床真羁囚。心似浮云常蔽日，身如黄叶不禁秋。早知多病难中寿，敢怨终穷到白头。我有同心三五友，何时酾酒细言愁。"首联所描写的是在虫声四壁中作者忧心忡忡，"斗室绳床"点出居住环境之狭小简陋，诗人生活其中，犹如囚徒。"浮云蔽日"按照作者的说法是"常有乱七八糟思想"，则"心似浮云常蔽日"指示诗人心之烦乱纷杂，"身如黄叶不禁秋"通过比喻手法说明诗人身之憔悴孱弱。颈联"中寿"典出《庄子·盗跖》："人上寿百岁，中寿八十，下寿六十。"表达的是以自己的体质恐怕很难享有高寿，而"敢怨终穷到白头"则是叹息很可能余生都处于困顿之中。尾联"我有同心三五友，何时酾酒细言愁"以"言愁"结尾，"愁"看似为虚，实际上前三联已将其物化，作者欲酾酒细言的愁也只能是前文所述的各种切身之苦。再如《游冯园。园亦名佳山堂，在青州城内，清冯溥所建。故老云，园中石取自旧衡府紫薇园》："君不见佳山堂中石，当年取自衡王府。紫薇园毁夸冯园，冯园而今亦无主。草际石笋徒峥嵘，女桑柔条初过雨。枯池无水赤残桥，破壁少砖青泥补。鸽翎蝠粪满阶前，谁信当年教歌舞。吁嗟乎盛衰辗转哀乐生，静言思之侧肺腑。今人纵不爱古人，后来亦应悲禾黍。仰视夕阳明灭穿树梢，怪石蠢蠢向人如欲语。"诗中有黍离之悲与今昔之感，但多借物象抒发，"草际石笋徒峥嵘"，"峥嵘"本指高峻，引申为才气、品格等的超越寻常，此处分明以冯园之荒废代指时代的动乱与衰微，"枯池无水""破壁少砖""鸽翎蝠粪"，形容越是精细，越见眼前景物的颓败，将沧桑之感以种种物象托出，而石笋之峥嵘又象征自己的卓越，只是着一"徒"字修饰又将这峥嵘尽化为虚妄，令人喟叹。又如《晓日照芙蕖》中"中宵天上月光流，照见莲华始欲愁。凉露浩浩无声雨，莲华含泪如欲语"之句，莲花并不会愁，这种愁苦心绪俨然只能是诗人的感受，而将莲花上的露水拟作莲花含泪，并有"如欲语"之态，象征的正是作者的满腔哀怨，而莲花作为静物终不能语，这种无声反映了诗人的有苦难言或无处诉说，只能将苦闷郁积胸中，此前又有"凉露浩浩无声雨"之形容露多如雨，结合露与泪的指代关系，便能感受到这种愁苦的既深且重，实际上也是一种物化的效果。另一方面，顾随对愁苦的描写也常作泛化与深化处理，而不局囿于自身情绪。他批评后世伟大作品少的原因即为"小我色彩过重，只知有己，不知有人。一个诗人，特别是一个伟大天才的诗人，应有圣佛不渡众生誓不成佛、我不入地狱谁入地狱之精神。出发点是小我、小己，而发展到最高便是替全民族全人类说话了"，因此他笔下愁苦也常能推己及人乃至推己及物，在担荷悲苦之时又有一种悲悯的色彩。如《薄暮散步什刹海附近，因访友人不遇而返》四首其三："浮生不信是浮云，扶病时时到水滨。南岸行人北岸柳，仙凡惆怅隔红尘。"顾随对于此诗亦颇为得意，前两句写自己以病躯时时散步至水滨，所寓目者，是"南岸行人北岸柳"，这里用的是互文手法，即到处都有行人，而结以"仙凡惆怅隔红尘"，因个人的惆怅将眼中之人均染上惆怅的色彩，不特如此，"红尘"一词涵盖了世间的芸芸众生，"仙凡"又从世间跳出指涉更大的层面。要说明的是万事万物乃至不在轮回中的神仙都不能摆脱惆怅悲苦的命运。又如《五更》："下得东窗白玉床，晓鸡催迫出兰房。微风自觉衣衫薄，幽径时闻草树香。剩有苦辛兼寂寞，好将惆怅换清狂。月明未落晨曦远，面上心头一味凉。"后二联感慨人生，"剩有苦辛兼寂寞，好将惆怅换清狂"，深入地辨析了自己悲苦的三种形态，暗示以后的人生会被"苦辛""寂寞""惆怅"所缠绕，"月明未落晨曦远"是现在的时间，也可引申为无数的"当下"，这种当下之所想是"面上心头一味凉"，"面上"为坟土之上，杜甫《不归》有云："面上三年土，春风草又生。"

这无时无刻的"当下"所能感受到只有心如死灰的悲凉，顾随对愁苦的状写可谓深入。

再次，顾随写诗追求一种"力"的表达，"诗之好，在于有力"，"雅不足以救俗，当以'力'救之。陶渊明'种豆南山下'（《归园田居》）一首，是何等力，虽俗亦不俗矣。惟力可以去俗。雅不足以救俗，去俗亦不足成雅，雅要有力"。沈尹默曾评苦水诗"稍乏生辣之致"，后来顾随在致周汝昌信中言："大抵巽父为人仁厚有馀，苦于狠不上来，老驼亦正如此，然吾于世路上栽过几次跟头，吃过几回苦子，虽未得大离氏所谓之无生法忍，亦颇略略理会得咬牙工夫，故有时候做事作文有类乎狠耳……"[1] 所谓"狠"，也是强调为文要有力度。如《岁暮长句三首》其三："漠漠浓云扫不开，阑干倚遍又徘徊。此身拼向尘寰老，当日悔从海上来。未必斩蛇皆健者，长怜屠狗是人才。有家常作无家客，十五年中事事哀。"近体诗每一联可以看作一个节奏单位，表达一层意义，而又要遵循"一三五不论，二四六分明"的格律要求，以此反观，这首诗使用韵脚的句子中的第五个字分别为"扫""又""海""是""事"，全为仄声，促迫劲健，为每个节奏单位注入力量，至于"未必斩蛇皆健者"，一句之中用五个仄声字，读起来真有咬牙切齿之感，这些不妨看作从语音层面的求力求狠。而语义层面看，"有家常作无家客"，在一句之中通过将矛盾的"有家""无家"并置以形成张力，"十五年中事事哀"，十五年指示了时间之长久，而在这漫长的岁月中却"事事哀"，可见愁苦之深重繁密，几无轻松愉悦可寻，全诗从形式到内容都充斥着强烈的压抑感。再如《闺恨》："秋雨潇潇添夜凉，为谁和泪试严妆。百年三万六千日，偏是深闺岁月长。"首句点名时间为如水寒冷的秋夜，承接以"为谁和泪试严妆"，在寒夜含泪梳妆打扮，自然是女为悦己者容，但"为谁"表明了这种想法的徒然。后两句的表达颇有力度，百年代表的是漫长时光，"三万六千日"与之同意，但却给人一种数着日子生活的感觉，二者并置，是通过重复来强调闺恨之久，而"偏是深闺岁月长"，则在前此基础上，继续加以深化，

---

[1] 顾随：《顾随全集》（卷九书信二），河北教育出版社2013年版，第93页。

因为相思离别等人间愁苦，将独守闺房的岁月似乎延展得更加漫长，在强调之外复加强调，闺恨的表达自然也更为浓烈沉挚。借由重复以实现层层推进而达到强调的手法，在苦水诗作中屡见不鲜。总之，顾随擅长使用书面化白话的文字，在求"力"之时并不流于叫嚣，而自有兴发感动的效果，颇能体现其于诗艺上的精心结撰和"咬牙工夫"。

三、理致与感情

古典诗歌发展演化至晚清，几乎成为一种完成的艺术，各种表现手法或修辞技巧均臻于登峰造极，比如当时"诗钟"的流行即可视为对偶发展的极致，而由先秦到清中叶所形成的传统对于清末民初的诗人来说难免是沉重的负担，于古典诗歌领域内再有所作为几不可能，即使经由模拟学习能逼肖前贤，最终也不过获得学古而赝、优孟衣冠之讥。顾随曾题其早年诗作云："稚弟六吉从余学韵文，读余诗稿竟，则曰：'兄之诗未能跳出前人窠臼，在古来废墟中讨生活，宜其成就仅此而止。'余矍然此言其切中余病乎。余作词时并无温、韦如何写，欧、晏、苏、辛又如何写之意，而作诗时则去此种境界尚远……即此，余亦自知之，然知之外终不能另有所作为……"（《苦水诗存·自序》）即证明了强大的诗学传统对他的桎梏作用。然穷则思变，新的转机仍在所谓的"二千年未有之大变局"，即在新的时代，通过新的语言形式，来表达新的感受与思考，由此方面来看，顾随诗作尤其是他的后期诗作，还是体现出了一定的特色并取得了不小的成就。

顾随不反对说理，他的诗作大部分都富有理味，只是其所写之理仍与前人有所不同。《驼庵诗话》云："诗中非不能表现理智，惟须经感情之渗透。文学中的理智是感情的节制，感情是诗，感情的节制是艺术，普通不是过便是不及。"又云："普通都以为韵文表现情感，余近以为韵文乃表现思想。中国后来诗人之所以贫弱，便因思想贫弱。曹、陶、杜三人各有其思想，即对人生取何态度，如何活下去。"在他看来，"诗中可以说理，然必须使哲理、诗情打成一片，不但是调和，而且是成为一，虽说理绝不妨害诗的美"。这种观点可能与其诗学于晚唐及宋人均有所采获相关，能将理致与风神进行结合，从而具有较高的艺术成就。

顾氏《苦水诗存·自序》尝云："余作诗时虽不必如老杜之'语不惊人死不休'，亦未尝率易而出，随手而写；去留殿最之际，亦未尝不审慎也。"正说明他对作品的严肃态度，即思想情感上有所表达，艺术上则力求达到一定境界。

首先，顾随之理味常围绕"苦"展开，其一生愁苦，笔下常书写对"苦"的看法与感受，但其思索又多指向"生"的精神。如《春夏之交得长句数章统名杂诗云尔》十首其七："白塔危阑爱独凭，登临又到最高层。汉家事业无关树，一任悲风起五陵。"登高望远，多令人心生惆怅，自古而然，哪怕是"登临又到最高层"，苦水所见所感仍是悲风。不过值得注意的是，该诗后两句化用杜牧《登乐游原》："看取汉家何事业，五陵无树起秋风。"顾随认为这两句消沉至极，指出："人的一生扎挣、折腾，总得为点什么，汉家四百年江山，到了唐朝，看长城外五座陵墓连树也无，还扎挣什么？折腾什么？"此处反其意而用，虽然五陵上树木殆尽，只剩阵阵悲风，但汉家曾经的事业毕竟辉煌，终无法泯灭，那么人生的挣扎与奋进，即使最后化作虚空，也是有意义的，这便使诗歌在萧条的氛围中着上了"生"的色彩。再如《春夏之交得长句数章统名杂诗云尔》其九云："榆荚自飘还自落，杨花飞去又飞回。三千里外音书断，细雨江南正熟梅。"此诗按照顾随全集的系年为1944年，彼时抗战尚未结束，北京仍为沦陷区，前两句写景，"榆荚落是直的，杨花飞是横的"，在这一落一飞间，写出了满城的生机；"三千里外音书断"，这背后所蕴含的是"烽火连三月，家书抵万金"的沉郁；而"细雨江南正熟梅"，令人想到贺铸的"一川烟草，满城风絮，梅子黄时雨"（《青玉案》）和杜甫的"正是江南好风景，落花时节又逢君"，即使战火燎原，也阻挡不了祖国河山春夏之交的美好风物，现实中的战争之苦无法摧毁勃勃的生机。又如《薄暮散步什刹海附近，因访友人不遇而返》其一："巢泥已带落花香，何事飞飞燕子忙。人不归来春又去，荒城一半是斜阳。"首句化自周邦彦"新笋已成堂下竹，落花都入燕巢泥"（《浣溪沙》），但似乎又指涉龚自珍的"落红不是无情物，化作春泥更护花"（《己亥杂诗》），所展现的是凋零后的价值，陨落并未代表死亡，"人不归来春又去，荒城一半是斜阳"，所呈现的景象颇为宏阔、苍凉，令人惆怅，但正如春并非一去不复返一样，荒城一半也总会重新花团锦簇，那么人便也有了归来的希望。

以上种种由"苦"到"生"的暗示显然是出于顾随的刻意结撰，通过对日常性事物如蕴含落花的巢泥、无树的五陵的思索体悟，酝酿出一种颇具哲理意味的艺术表达，由苦中透出生机。此外，这种"苦""生"的指涉还通过诗意的调和来完成。如《向晚短句》："计日探春讯，何时看海棠。吹衣风浩浩，搔首意茫茫。带病即长路，衔悲上讲堂。楼前山色好，向晚益清苍。"前三联描摹的是作者的病苦身态与心态，值得注意的是尾联，一般写黄昏总带有伤感情绪，即使如李商隐看到了"夕阳无限好"，也紧接着感慨"只是近黄昏"，但苦水却于愁病之中能欣赏楼前山色之"向晚益青苍"，这种在困苦中所察觉、感受到的生命力才是真的"生"的精神。顾氏曾言："平常人写凄凉多用暗淡颜色，不用鲜明颜色。能用鲜明的调子去写暗淡的情绪是以天地之心为心——只有天地能以鲜明的调子写暗淡情绪。如秋色是红、是黄。以天地之心为心，自然小我扩大，自然能以鲜明色彩写凄凉。"[1]在《向晚短句》里顾氏便是能在凄凉之中提炼出活性，这是由苦中奋斗而得的生与力，尤为可贵。顾随一生愁苦，诗作中却常有对"生"的指涉，恐怕也是出自他著文以自我砥砺的苦心，文艺之价值正由此彰显。

其次，顾随的说理总与抒情相互缠绕，情与理是二而一之的，这也使他区别于学宋末流的以议论为诗而晦涩难通，殊少诗味。苦水对情、理认识极为透彻："有人以为文学中不可说理，不然，天下岂有无理之事、无理之诗？不过说理真难。说理也绝不可是征服，以力服人非心服也，以理服人也非心服。说理不该是征服，该是感化、感动；是理而理中要有情。人受了感动有时没理也干，没理有情尚能感人，况情理兼备，必是心悦诚服。"强调说理与感动的关系。《和陶公饮酒诗二十首》其五云："田园未必寂，城市未必喧。以此分躁静，无乃所见偏。显亦不在朝，隐亦不在山。拄杖街头过，目送行人还。所思长不见，默默亦何言。"此诗由质疑田园寂静、城市喧哗开始，说明人的躁静显隐与所处

---

[1] 顾随：《顾随全集》（卷五传世录一），河北教育出版社2013年版，第261页。

之环境地位并无直接关系，颇具哲思。后四句说的是自己日日拄杖路过街头，看到无数的行人往还，而自己长久思念的人却一直没有出现，又令人夫复何言呢？由说理转入抒情，其实也是解答了为何"城市未必喧"，自己生活在都市中，但契合心意的友人却不能相见，由此产生的寂寞心态绝非外在的喧闹所能渗入和消弭，一诗之内，理与情结合得圆融无间。该组诗中，诸如"振衣千仞岗，出尘安足贵。谁与人间人，味兹人间味""含生必有取，君子恶苟得。量力敌饥寒，过此亦已惑。意坚齐险夷，理得破通塞。佳人在空谷，未须夸倾国。牵萝倚修竹，寒日共沉默""知足更励前，知止以不止。心死诚堪悲，外物讵足恃""醒时既作伪，醉中宁有真……一醉竟匝月，嗟嗟彼何人"云云，均能在说理不乏精警洞见外，兼具言志抒情之效果，令人感动。

最后，须注意的是，顾随于佛教禅学造诣颇深，是能够"在禅堂内说禅"的一流人物，曾为张中行所主编的佛学月刊撰稿，后结集为《揣籥录》，用谈家常的形式即可揭示难明之理，难见之境，[1]而他笔下诗作也常染佛禅色彩，时露禅理和机锋。前论顾氏于悲苦之情颇有担荷精神，其中也有佛学的影响，譬如他曾称赏赵州和尚："一个大思想家、宗教家之伟大，都有其苦痛，而与常人不同者便是他不借外力来打破。佛经有言：或问赵州和尚：'佛有烦恼吗？'曰：'有。'曰：'如何免得？'曰：'用免做吗？'这真厉害。"敬仰之情，在在可见，兹不赘论。除担荷精神外，顾随也多于诗中表现禅机，以增加理味。如《字课毕忽然有感成二绝句》其二云："此事何堪中世用（自注：尹默先生句），天然爱好是生成。自心没个悟入处，枉向如来行处行。"沈尹默曾评苦水诗"语意在可解不可解之间，唯览者自得之耳"[2]，恐怕也是由其诗中有禅着眼。顾随于诸种艺术形式均取郑重姿态，诗作多经过酝酿，决不随意而为，沈尹默的评语其实是说苦水诗作对读者是有要求的，只有有慧心的人才能于其可解不可解之间有所得，亦即顾随是向那些能成佛的人说法也，至于"自心没个悟入处"的凡俗，即使"向如来行处行"也

---

[1] 张中行：《顾羡季》，见《负暄琐话》，黑龙江人民出版社1986年版，第58—62页。
[2] 袁一丹：《沦陷下的顾随与周作人》，载《读书》2015年第8期。

是枉然。《有人自蜀中寄来沈尹默师近作六绝句，因和作，却寄家六吉弟》其三曰："托钵归来又上堂，此心难与世相忘。禅机说到无言处，空里游丝百尺长。"以空中游丝比拟禅机之介乎"可说""不可说"，可谓精妙。同样的例子又如《药堂翁以一绝见示，谓是游僧诗，戏和二首》："南来北去充行脚，东疃西村尽化缘。输与牵风青荇里，小鱼跳出浪痕圆。""坐卧不曾修胜业，奔波枉是皆尘缘。禅心欲问天边月，何似遮头箬笠圆。"其中显然是以僧自况，南来北去之"行脚"、东疃西村之"化缘"，凡此奔波指涉的也是身处沦陷区的苦水谋生之艰辛。而二诗的后两句均一片禅机，确乎"可解"而"不可解"，有无迹可求之致。袁一丹曾指出："'游僧诗'唱和中的'禅机'，隐伏于沦陷下知识人'不可说'又不得不说的那部分经验。"[1]实际上，正是借着禅机的由头，顾随这样身处沦陷区的知识分子说了一些不便明说或无法明说的话，遮遮掩掩，虚虚实实，玄而又玄之间折射的是真情实意，譬如《二十八年元日有感呈药堂翁》后二联："纵使飞空看圆月，可堪忍已到无生。世尊不作冤亲别，翘首人间一动情。"在表面的佛语背后，很有几分枨触平生的切身之痛，这些对考察其时北京知识分子的幽微心态无疑具有重要价值。当然，这种佛学的渗入也体现在日常生活中，如《题沈尹默先生手写诗稿卷子》五首其五："一片空灵纸上寻，刻舟枉是费摹临。拈花犹未成微笑，辜负灵山佛祖心。"虽是以佛喻书法，但其中并不囿于艺事而体现了普遍的人生哲理，增强了诗歌的禅味与理趣。

要之，顾随谈诗论艺颇多精妙之语，而其诗学观也反过来指导了他的创作，使他能够在名家众多的现当代诗坛别树一帜，独具特色。他倡导以白话代表新精神，而"用新精神作旧体诗"，以极其严肃的态度从事写作，在承续前人的基础上终拓出新路。顾随一生愁苦，诗歌也多具苦味，但并不流于悲哀矫情，尝云："'文章尤忌数悲哀。'（王安石《李璋下第》）文忌悲哀，是否因为悲哀不祥？我以为写这样文章倒霉，其实是倒了霉的人才写悲哀文章。而我之立意并不在此，一个有为的人是不发牢骚的，不是挣扎便是蓄锐养精，何暇牢骚？"故笔下常表现担

[1]袁一丹：《沦陷下的顾随与周作人》，载《读书》2015年第8期。

荷精神，并在形式与内容两个层面追求有"力"的表达。作为哲人的苦水，能将理致与感情熔铸一炉，达到耐人寻味和感人至深的艺术效果，而其高深的佛学修为亦常于诗中流露一片禅机。通过讨论阐发顾随的诗歌，对于我们更进一步研究他的人生、作品和考察同时代诗坛的发展演变，都是有所裨益的。

【作者简介】复旦大学中国古代文学研究中心博士研究生。

论臧克家旧体诗与古典诗歌之关联

李　沛

【摘　要】　自20世纪70年代起，臧克家大力创作旧体诗，且大多具有含蓄蕴藉的风格，在当时产生了较大的社会影响力。在特殊的个人经历与时代背景下，他重新认识到古典诗歌"短小精美"的优良传统，并主要选择绝句、律诗作为抒情叙事的载体。这些作品继承了古典诗歌情景交融、炼字炼意、营造意境等在艺术表现方面的技巧和方法，是作者努力探索旧体诗在当下发展道路，试图给诗坛注入活力的具体实践，其间也表现出诗体选择的自觉意识与创作倾向的回归。

【关键词】　臧克家　旧体诗　艺术表现力　古典诗歌

臧克家在"文革"后期恢复创作时，主要选择旧体诗的形式来抒情达意，创作了大量的绝句、律诗，旧体诗词的写作"成了晚年文学创作的一个重要方面"[1]，这些作品先后结集为《忆向阳》（1978）、《友声集》（1980），前者是对湖北干校生活的诗意追念，后者讲述了与朋友们的亲切交往。在此之后，他也创作了一些旧体诗，与前作一起编入《臧克家旧体诗稿》（1988），陆续又有增订。

这些旧体诗在当时颇受好评，不少读者纷纷致信，以示褒扬与请教，其中一些诗句也被用作标题见诸报端，如"老牛亦解韶光贵，不待扬鞭自奋蹄""年景虽云暮，霞光犹粲然""凌霄羽毛原无力，坠地金石自有声"，产生了较大影响。他的旧体诗，大多具有含蓄蕴藉的风格，

---

[1] 臧克家：《世纪老人的话——臧克家访谈录旧体诗词·散文》，见《臧克家全集》（第十二卷），时代文艺出版社2002年版，第624页。

语言简练而颇多风神情韵，具有诗的"意境韵味"[1]，引人再三讽诵。而正如他所言，"中国优秀古典诗作，四句、八句，字少味多，含炼隽永，令人爱不释手，吟不绝口。千秋百代，生命长青"[2]，"我所以以高度兴致，赞赏古典诗歌，由于它的艺术表现技巧使我倾心，它精炼、含蓄、字句短少而意味隽永，写作的时候，也有意向它学习、借鉴"[3]，这种艺术风格主要是他有意学习中国古典诗歌艺术表现方面的技巧，追求诗歌的意境与情味造成的。

一、含蓄蕴藉：从生活经历点化出的诗情

旧体诗的创作倾向与臧克家干校劳动的经历有很大关联，他在20世纪末接受访谈时回忆道："1972年，我从湖北干校回到北京，有较长的一段时间赋闲在家。这时，许多'文革'中没有联系的朋友都与我恢复了交往，大家互相拜访，来往十分密切。六七年的时间中断了来往，大家都有许多的心里话要说，平日见面的时间有限，常常是朋友走了仍觉意犹未尽。所以，我们就很自然地用书信互诉心声。后来，不知是谁先开头用旧体诗词寄赠朋友，于是一时之间大家就你唱我和，乐此不疲了。"[4]可以说，正是这段经历给他提供了旧体诗创作的丰富素材。

1969年11月至1972年10月，他在湖北咸宁干校劳动三年。与很多控诉干校生活的知识分子非常不同，他始终对这段经历充满留恋甚至感激之情，"回忆起来，味道甜蜜又深长"。他认为"当一脚踏在大江南岸向阳湖畔的土地上，一个完全不同的新天地展开在我的面前。眼界顿时宽大了，心境也开阔了……小的个人生活圈子，打破了，把小我统一在大的集体之中。在都会里，睡软床，夜夜失眠，而今，身子一沾硬板便鼾声大作。胃口也开了，淡饭也觉得特别香甜。心，像干枯的土地得

---

[1] 杨金亭：《别裁旧体创新诗》，转引自臧克家《臧克家旧体诗稿》，武汉出版社2000年版，第210页。

[2] 臧克家：《诗的"长"与"短"》，见《臧克家全集》（第十二卷），时代文艺出版社2002年版，第82页。

[3] 臧克家：《学诗纪程》，同上书，第98页。

[4] 臧克家：《世纪老人的话——臧克家访谈录旧体诗词·散文》，同上书，第624页。

到了及时的雨水一样滋润",将这段在干校的劳动生活视作宝贵的人生体验。因此，在回到北京之后，他"时常回忆咸宁，做梦也梦到在微雨中插秧"，"酝酿、蓄积了二年的情愫，终于在1974年12月25号写下了《忆向阳》组诗的第一首《夜闻雨声忆江南》"，在随后四个多月时间里，"连续写出了五十多首"[1]。这些诗主要写了插秧、割稻、打谷、看菜园、掏粪、月夜乘凉等农村生活。值得关注的是，诗人在这些作品中倾注了浪漫的感情，"他用诗意的笔触，对'五七干校'的劳动生活作了全面的描绘"[2]。他往往截取劳动生活中的某个场景，营造出优美清新的意境，表现出含蓄蕴藉的风格。如《微雨插秧（二首）》：

> 横行如线竖行匀，巧手争相试腰身。袅娜翠苗塘半满，斜风细雨助精神。
>
> 诗情错赏旧农夫，烟雨蓑衣稻满湖。泥腿而今塘水里，此身自喜入新图。[3]

第一首的起首一句"横行如线竖行匀"，似乎是轻轻巧巧地展开了一幅水乡田园风光图，场面宏阔又清新优美；"巧手争相试腰身"呼应诗题中"插秧二字"，写出了劳动者昂扬有力的精神风貌与热火朝天的劳动场景；后两句"袅娜翠苗塘半满，斜风细雨助精神"，细腻传神地抓住"微雨"中的景物特点，同时融情于景，虽未直言诗人的欣悦之情，字里行间却已经充满了这种感情，含蓄之中韵味无穷。第二首中的"烟雨蓑衣稻满湖"一句，借鉴了古典诗歌罗列意象的巧妙作法，简洁凝练但富有浪漫的诗意，后两句诗口语的痕迹很重，但是缺乏连缀词，语序也与正常白话文有异，是化用了古典诗歌的句法，且立意巧妙，说插秧的劳动者好像是被画家采风进了画作之中，因此而充满"自喜"。这与杨万里富有情趣的描写乡间生活之诗作可以作一番对读：

[1] 臧克家：《高歌忆向阳——〈忆向阳〉序》，见《臧克家全集》（第十二卷），时代文艺出版社2002年版，第642—652页。
[2] 李遇春：《臧克家旧体诗创作心理探源》，载《长江学术》2009年第3期。
[3] 臧克家：《臧克家全集》（第四卷），时代文艺出版社2002年版，第487—488页。本文所引臧克家旧体诗均出自该书，后文不再一一出注。

　　　梅子留酸软齿牙，芭蕉分绿与窗纱。日长睡起无情思，闲看儿童捉柳花。(《闲居初夏午睡起》)

　　两首诗都表现为蕴藉明快的风格特点，都富有情趣，但不同的是前诗中诗人是亲身参与了紧张的劳动，因而充满一种积极昂扬的力量与亲历的真实感；后者是一种闲趣，烘托出的诗人形象也偏向柔弱避世的一面。两者在艺术表现上具有相似性，但是立意迥异。这种富有积极乐观精神、来源于生活经历的含蓄蕴藉风格正是臧克家在创作旧体诗时的努力方向，他学习旧体诗，并不是一味摹拟，而是学习其艺术表现力，是在审美情趣与表现技巧方面的学习。

　　至于思想或立意方面，他则有意与古典诗歌保持距离，写作的目的是"为了表达对社会主义的深情，为祖国蒸蒸日上的动人情景而欢欣鼓舞，昂首高吟"[1]，是对实际生活经历的巧妙熔铸，而不是古典诗歌的吟咏性情论。他主张"旧体诗词应去掉陈腐之气，改革创新，使之适应新的社会，新的时代"[2]，因此在有朋友致信询问"摩肩不识面，但闻报数声"(《早出工》)两句是否化用了"空山不见人，但闻人语响"时，他"不禁哑然失笑"，不满对方将自己"从真实生活经验出发的写实"，"匆促紧张、赶赴战场一样的劳动场面和辋川隐士的孤寞寂静的情境对比"。这些描写劳动场面的作品，充满着紧张激烈的气氛，诗人也多次用"打仗"来比拟描述，这或与当时特殊的历史语境有关，但这种认同感本身已经表明作者对于这段劳动经历的真诚热爱。但这种感情在作品中往往借写景、借巧妙的构思、借某个瞬间的画面来表现，很少直截刻露，因此读来往往有情味。如"田间战罢收工回，河畔纷纷洗垢埃，碧翠绕弯远影动，小船送得午餐来"(《小船送得午餐来》)，叙写作者在田间辛苦半日之后，望见小船在远处浮沉影动，映着碧翠的河面和春日的原野，极富浪漫诗情，最后一句"小船送得午餐来"则又将思绪拉回现实，表

---

[1] 臧克家：《新旧体诗关系问题》，见《臧克家全集》(第十卷)，时代文艺出版社2002年版，第137页。
[2] 臧克家：《世纪老人的话——臧克家访谈录旧体诗词·散文》，见《臧克家全集》(第十二卷)，时代文艺出版社2002年版，第625页。

现了诗人疲惫饥饿的状况，诙谐幽默又有情味，真实动人。这也不禁使人联想到"一水护田将绿绕，两山排闼送青来"的曼妙情味。正如上举"摩肩不识面，但闻报数声"所产生的效果一样，虽然诗人表现了紧张热烈的劳动场面，但读者往往能从中体会到蕴藉悠长的诗意，联想到古典诗歌的风神情韵。又如"阳春带雨剪嫩韭，夏日黄瓜尺半长。傅粉冬瓜似石磙，菜花引蝶入厨房"（《菜班》），来自诗人对生活经历的提炼与锻造，"从菜地掐回来两大筐油菜花，蝴蝶一只又一只，逐着菜花香到了厨房"[1]。他敏锐地捕捉到了这一细节，仅仅用了七个字表达出来，没有时间、地点等背景的介绍，也没有直接抒发喜爱之情，只是运用白描手法，但是画面感极强。又表现出炼字功夫，一个"引"字写出了菜花的馨香，也写出了诗人的欢喜之情，而"菜花""黄瓜""石磙""厨房"等词语，则是日常口语，因此又使人联想到亲切真实的生活体验。

在寄赠友人的诗作中，臧诗往往善于刻画细节，从细微处刻画人物形象或者表达朋友间的深厚情谊，产生了有余不尽的含蓄之美，这也正是他所提倡的"我们向优秀古典诗歌学习，当然要学古代诗人那种体物入微，传情入神，善于把自己的生活经验造成美丽动人的意境，用以少胜多的极为高强的概括力，使笔下的诗句成为色香俱全、铿锵动听、永不凋谢的艺术花朵的能力"[2]。如"难忘江湖旧日情，经时相念不相逢。南天犹忆中霄里，对坐微吟共月明"（《赠张光年同志》），"脚步阶前落，笑声已入门。狂飙天外至，万里无纤云"（《赠李健吾同志》），二诗颇有含蓄蕴藉之风。前诗写与友人月下交谈的场景，后者写友人来访时还未进门、作者便已听到脚步声与豪爽笑声的瞬间感受，有"空山不见人，但闻人语响"的情味，二者均从现实生活中精心选取有意味的典型性细节；前者融情于景，后者以景语作结，抒情含蓄；符合音律，读来朗朗上口；绝句形式，短短四句，简洁凝练，给人留下回味与想象的空间，这些都使作品产生了含蓄蕴藉的艺术表现力。臧诗多用绝句，也与他的

---

[1] 臧克家：《高歌忆向阳——〈忆向阳〉序》，见《臧克家全集》（第十卷），时代文艺出版社2002年版，第651页。
[2] 臧克家：《新诗旧诗我都爱》，见《臧克家全集》（第九卷），时代文艺出版社2002年版，第520页。

认识有关，"绝句概括含炼，抒情性强"[1]，可见之所以选择旧体诗的形式，更多还是出于艺术表现力的考虑。

二、对古典诗歌艺术表现手法的继承

从生活经验中发现诗意，抒发昂扬奋发的时代精神，运用通俗口语，这些并不是臧诗具备含蓄蕴藉艺术特色的最主要原因。对于一个青壮年时期以白话新诗闻名全国的诗人来说，在描述晚年生活体验时，有意选择了旧体诗的形式，主要是因为他认识到了旧体诗在传承中国古典诗歌优秀传统方面的独特性与便利性。他坦诚地写道："这次表现干校战斗生活，我原也想用新诗的形式。但发生了一个问题，有不少题材用新诗写出来，会显得平淡、一般……改用旧体诗形式，写出来觉得还有点味道。新诗、旧体诗，内容所要求的完全一样，但各有各的特点，艺术功能与效果不同。"[2]他逐渐深刻认识到"旧体诗词，比较含蓄精美，意境幽深，有情味，耐读，易成诵"[3]。可以看出，他注意到了旧体诗在表现某些题材的独特优势，开始主动学习并继承古典诗歌在含蓄情味方面的艺术功能与表达效果。

这种学习与继承首先体现在含蓄的抒情手法方面，他留意的是古典诗歌中委婉抒怀而又韵味悠长的作品，他在阅读李商隐《夜雨寄北》与刘皂《渡桑干》二绝句之后，感到前者是"只用了七个字，把这些情景，甚至比这些更繁多、更细微的情景，全包含进去了"，"诗人布了景，景里有情，但他并不具体地道出此景此情。他在引逗人的想象，有点像猜一个有趣味的谜语。越说不破，它越动人，使人读它，永不败兴"；后者是"把说不尽的情思，道不完的怀念内容，压缩在两个短短的七言句子里"，主张新诗的创作者学习这两首绝句"构思的巧妙，表现手法以及遣词造句的含炼"，同时借此批评新诗创作中"往往好把话

---

[1] 臧克家：《臧克家旧体诗稿》，武汉出版社2000年版，第221页。

[2] 臧克家：《高歌忆向阳——〈忆向阳〉序》，见《臧克家全集》（第十卷），时代文艺出版社2002年版，第650—651页。

[3] 臧克家：《世纪老人的话——臧克家访谈录旧体诗词·散文》，见《臧克家全集》（第十二卷），时代文艺出版社2002年版，第624页。

说尽，说绝，怕人不懂，眼前不留余地，读后心上印象全无"[1]的弊端。后几句评论虽是为新诗而发，但他提到的对含蓄、构思、表现手法、炼字炼句等方面的学习，都在他的旧体诗创作中很好地践行了。

臧诗含蓄抒情的手法主要有两种表现形式，一种是融情于景，以景语作情语，不直接抒发自己的感情，而是选取能够体现自己的感情的景物，构成一幅生动的画面，让读者从中体验这种感情，并结合读者自己的生活经验展开联想，因此含有蕴藉的情味，也就是上面所言的"猜一个有趣味的谜语"，"越说不破，它越动人"。古典诗歌在抒情方面一个显著的特点便是如此，正如古代诗论家所言"不能作景语，又何能作情语邪？古人绝唱多景语"，"情景名为二，而实不可离。神于诗者，妙合无垠。巧者则有情中景，景中情"[2]，王国维也认为"一切景语，皆情语也"[3]，均道出了古典诗歌的这一特点。诗人自己也在《古典诗歌中的自然景物描写》中详细分析了古典诗歌情景交融的特点："古典诗歌里的景物，在陪衬情感，加强它的具体性和感染力方面，起着重大的作用。有的是触景生情，有的是情景相映而益彰"，"古典诗歌中的一切景物描写或纯粹描写景物的诗，不论它作为映衬或寄寓，都带有抒情的色彩"[4]。在这种认识影响下，臧诗中有一些便借鉴了这种表现手法，如《赠王亚平同志》：

> 友情恰似长流水，函简往返似织梭。飞车蒙兄时见访，蜗行愧我常蹉跎。几日不见苦思念，倾谈顿时决江河。桑榆谁云黄昏近？老树东风红花多。

这首诗采用了七律的形式，尾联写乐天知命的心情与不服老的精神，

---

[1] 臧克家：《唐人二绝句》，见《臧克家全集》（第八卷），时代文艺出版社2002年版，第370—371页。

[2] 王夫之著，戴鸿森笺注：《姜斋诗话笺注》，上海古籍出版社2012年版，第72页。

[3] 王国维：《〈人间词话〉删稿》，见《人间词话》，上海古籍出版社2008年版，第32页。

[4] 臧克家：《古典诗歌中的自然景物描写》，见《臧克家全集》（第八卷），时代文艺出版社2002年版，第340—345页。

"桑榆谁云黄昏近"用《滕王阁序》中"东隅已逝，桑榆非晚"之意，同时"桑榆"与"黄昏"又是自然实景，"老树东风红花多"可与梅尧臣诗"老树无花著丑枝"一语对比，前者清新有味，后者劲峭瘦硬。尾联两句可以说是讲道理、发议论，但亦是自然实景，因而在这首颇多口语表达、语意浅显流易的诗作中，值得关注的是它没有直截刻露地顺着写，而是运用了融情于景、间接抒情的方式，增加了诗的韵味。又如"窗外潇潇聆雨声，朦胧榻上睡难成。诗情不似潮有信，夜半灯花几度红"（《灯花》），前两句颇有古典诗歌的朦胧婉约，后两句传神地写出诗人创作旧体诗的热情与苦思，他回忆说，"写作的时间多半在夜间。诗思一来，怕它跑了，赶紧披起上衣，扭亮台灯，把身子半靠在床架上就写起来"，其中情形可以想见。这首诗前三句都是在说创作灵感，"窗外潇潇聆雨声"以景衬情，用窗外的潇潇雨声烘托诗人的怅惘幽情，"诗情不似潮有信"巧妙化用李益《江南曲》"早知潮有信，嫁与弄潮儿"，是说灵感的闪现无从捉摸，尾句宕开一笔，写"夜半灯花几度红"，描绘出深夜台灯下苦思创作的画面，从更深一层来说诗思之难，含蓄有余味。又如"西天残照红如火，犹对长空发浩歌"（《赠黄药眠老友》），"晚晴白发春风里，常记流年未敢闲"（《赠白寿彝同志》），"白眼翻过青眼回，东风浩荡桃李开"（《赠陶钝同志》），"街灯未闭眼，小巷透微红"（《迎曦》），"座上高朋抒壮志，窗前小朵缀青柯"（《答友人问》），"料得江南春到早，云山滴翠水溶溶"（《夜闻雨声，忆江南》），"初夏小庭院，落花迎客香"（《舒怀寄故人》），"十里依依向阳水，曾照战士队列雄"（《劳动大军早发》），都是用饱含感情的笔触描写景物或勾勒画面，间接含蓄地传达感情。而这种情景交融的表现手法，与他对古典诗歌的审美品味是一以贯之的，他称赞"短小精美"的古典诗歌是"情与景会，事与心谐，含蓄沉涵，百炼千锤"[1]，而这也被他借鉴到了旧体诗的创作中。

　　还有一种是选取生活中的一个有情趣的画面或瞬间的场景，细腻地描绘，间接地表明作者的感情，这种表现手法也是传统绝句创作时常用

---

[1]《臧克家：学诗断想（一）诗贵精》，见《臧克家全集》（第十二卷），时代文艺出版社2002年版，第63页。

的手法，如《病中》：

病里乾坤小，作书谢友生。惟恐家人觉，中宵半笼灯。

这首诗的题目之下还有作者的小注，"医师、亲人，加我清规戒律一条条，理服人，情动人，怎奈意马而心猿"，表明了作者深夜作书"惟恐家人觉"的原因。在这首诗里，诗人没有直接写对友人的思念深情，而是选取深夜给朋友写回信的真实又细微的场景，生动地描绘出这个画面，借这一画面抒发深沉的感情。"病里"写出诗人身体状况不佳，"乾坤小"表明居家养病，"小"字也透露出困于家中的烦闷，此时急切期盼友人的宽慰。"作书谢友生"，从写回信看出友人曾来信慰问，给病中的诗人带来友情的力量，因此诗人拖着病体，不顾家人与医师的"清规戒律"也要给友人写回信。"惟恐家人觉，中宵半笼灯"两句生动形象，写诗人怕被家人发现，担心自己的身体，便减弱灯光，在微弱的灯光下写信，与李白诗"不敢高声语，恐惊天上人"有相似的隽永之味，但这个场景更富含生活气息。此场景的发生是受诗人情感的驱动，因而饱含深情，读者也能够展开联想，从这一生动的画面中体会诗人的感情与形象。又如"开怀话前程，怜子脚未停。门掩人已去，空余怅惘情"（《寄徐迟同志》），写诗人午睡醒来发现友人已悄然离开的场景，虽末句有"怅惘情"三字，但"空余"在这层怅惘之情上添加了一种理性的克制，因了这种克制，反而更耐人寻味，颇有"昔人已乘黄鹤去，此地空余黄鹤楼"之情致。又如"高挂娟秀字，我作壁下观。忽忆江南圃，对坐聊闲天"（《冰心同志为我书条幅，草此致谢》），写他观览冰心赠他的条幅，表达亲切友情，但他没有写如何感激、如何感情深厚，而是回忆起在咸宁干校时与冰心一起看菜园时对坐聊天的画面，借这一回忆的画面来表达感情，同时"忽忆"一语很容易使人联想到"忽忆陌头杨柳色，悔教夫婿觅封侯"，表现出情感的流动，也显出构思的巧妙。还有"明月中天照，人影地下清"（《月夜营地乘凉》），将朋友之间的深情凝聚在这一细节中，使用白描的方法细腻地描摹出"两人坐在阡头上，暑气渐消，风有凉意，一个大月亮悬在中天，两个清亮的影子在地上"[1]的生活细节，表现出作者的体物入微与表现技巧。

　　无论是写自然景物还是写生活细节，选取的这些入诗的材料都是经过臧克家巧妙选择的，能够贴切传神地表现感情，正符合他在鉴赏李商隐《夜雨寄北》时提到"诗人布了景，景里有情，但他并不具体地道出此景此情……这是古典抒情诗歌值得我们好好学习的表现艺术手法"[2]的主张与倡议。通过对古典诗歌含蓄抒情方式的学习，他的旧体诗也点化出了这种委婉的情味，而选取哪些景，如何运用借景抒情的表现手法，如何结撰成篇，就要涉及创作时的具体构思了。

　　例如从对方写起这种构思模式在古典诗词中多见，臧克家也注意到了这点，他从苏轼《江城子·记梦》中觉出"结尾三句，又从梦境落到现实上来。'料得年年肠断处，明月夜，短松冈'，多么凄清幽独的一个典型环境啊。作者料想长眠地下的爱侣，在年年伤逝的这个日子，为了眷恋人世，难舍亲人，该是柔肠寸断了吧？这种表现手法，有点像杜工部的名作《月夜》。不说自己如何，反说对方如何，使得诗词意味，更蕴蓄有味了"[3]，即认为这三句除了借景抒情描绘典型环境以外，重要之处在于"不说自己如何，反说对方如何"，如此便增加了语言的情味，这在他的诗里也有表现。如《寄陶钝同志》"碧野桥东陶令身，长红小白作芳邻。秋来不用登高去，自有黄花俯就人"，该诗是作者"闻陶钝兄新从愿坚处移去菊花一丛，小院秋色，更加一分，吟成四句，聊博一粲"。"长红小白"引自李贺"花枝草蔓眼中开，小白长红越女腮"，用来写菊花的秀美可爱。后两句意在表现友人居家便可赏菊的乐趣以及对菊花的喜爱。"自有黄花俯就人"一句从菊花写起，写菊花俯就人，运用拟人手法，也表现了构思的巧妙，不正是"不说自己如何，反说对方如何"这一表现手法的妙用吗？有论者便将这首诗的优点归结为"擅于

---

[1]　臧克家：《高歌忆向阳——〈忆向阳〉序》，见《臧克家全集》（第十卷），时代文艺出版社2002年版，第651页。

[2]　臧克家：《唐人二绝句》，见《臧克家全集》（第八卷），时代文艺出版社2002年版，第370页。

[3]　臧克家：《爱读东坡"记梦"词》，同上书，第437—438页。

创意"[1]。又如《送方殷同志》写宴请友人表达席间宾主尽欢之意,席中有侯宝林这位相声大师在座,朋友间又感情融洽,自是欢声笑语不断,"窗外头攒动,争看'侯大王'",便是从窗外的人们争相向内探视这一角度来反写室内的欢洽,"三杯才落肚,'方老'变'老方'"两句抓住侯宝林对方殷称呼上的变化,巧妙写出侯豪爽的性格,新奇有趣。臧克家对这两句也极为自得,有人写文章时未引用这两句,令他感到"我与诗友最喜爱的两个句子,未引为憾"[2]。

《老黄牛》借耕田表现昂扬的劳动热情,不写人而写"老牛亦解韶光贵,不待扬鞭自奋蹄",用拟人手法反衬人的精神状态。《秋日赏菊》写菊花之清淡韵味,作者说"人寿花易好,相看两不羞",借用李白诗"相看两不厌,只有敬亭山"之意,写菊花与人心意相通,借菊花来写人的淡泊情志。也有用主客问答方式的,如"为问江南友,何日回北京"(《给王子野同志》),用问句写对朋友的思念。作者对于构思新奇之作往往有得,比如对于顾炎武"苍龙日暮还行雨,老树春深更着花"两句,"构思新奇,所以令我一见倾心!他抛却了第一人称旧模式,摆出了'苍龙'这个活生生的形象,突兀不凡"[3]。他本人也有一些诗想象新奇,构思巧妙,如《抒怀》写不服老,把一腔埋怨都落到老花镜上,"狂来欲碎玻璃镜,还我青春火样红",将作者年老时的不甘、些许的怅恨、仍想有所作为的积极观念混杂在一起,认为是老花镜偷走了自己的青春,其中有轻松幽默又有无限怅惘。这种新奇的想象在臧诗中有很多,比如写时间过得太快,他说"喝令羲和慢着鞭"(《为晏明同志书条幅》);写朋友赠送手杖,他说"健体自有撑天柱,不须更添腿一支"(《谢友人赠手杖》),幽默风趣地说自己腿脚还算健爽,有如"撑天柱",读来令人宛然,又觉出有韵味;写夜间赶工,他说"大野无边任奔突,喜把月亮当太阳"(《月夜拖拉机翻地》),为激烈的劳动场面笼上一层

---

[1] 陈祖美:《"坠地金石自有声"——读〈臧克家旧体诗稿〉》,转引自臧克家《臧克家旧体诗稿》,武汉出版社2000年版,第207页。
[2] 臧克家:《致李凤祥一》,见《臧克家全集》(第十一卷),时代文艺出版社2002年版,第226页。
[3] 臧克家:《一瓣心香读古诗》,见《臧克家全集》(第八卷),时代文艺出版社2002年版,第473页。

浪漫的诗情；写朋友创作旺盛，他说"铁笔写破千张纸，豪兴无涯诗万行"（《赠柳倩老友》），使用了夸张的手法，想象朋友写破千张纸，与李白诗"白发三千丈"有异曲同工之妙。臧克家欣赏李白《望庐山瀑布》中"飞流直下三千尺，疑是银河落九天"便是在于想象的新奇上，认为"它启发想象，引领读者的心灵向高华的境界驰骋"，而同代诗人徐凝的同题诗则"比较质实，便觉乏味"[1]，很显然，他的诗也正是这种审美观念的延伸。

除了拟人、想象、夸张之外，臧诗也综合运用比兴、白描等古典诗歌中常见的表现手法，如《书怀》起笔写"天高地迥势巍峨，斗室谁甘坐婆娑"，以想象斗室之外壮美山河起兴，然后通过对比写出自己内心的郁结，颇有中国传统诗人以行路艰难悲士不遇之感，蕴含着"出门即有碍，谁谓天地宽""大道如青天，我独不得出"的感情内蕴，起兴一句场面宏阔，为后文以"四海翻腾风雨骤，思投碧浪化微波"抒发豪情壮志作铺垫，有古典诗歌豪放一派的风味。又如"炎光炙大野，席棚起片云"（《秋收大忙，中午小休》）以写景起兴，非常真实地写出田间的炎热，把"席棚"比作"片云"，比喻新奇，也写出地点，随后诗中用白描手法写出了劳动时的干劲十足与休息时的欢欣，充满了积极向上的力量：

> 坦卧芳草地，战友身挨身。长锹是武器，横竖常傍人。奋力半日后，小休意欢欣。清风扫薄汗，万籁静不喧。赤膊百态露，同梦意相亲。

"横竖常傍人"一句用拟人手法，"清风扫薄汗，万籁静不喧"化用"万籁此都寂"之意，"扫"字凝练传神，写出劳动过后休憩片刻的欣悦，"清风""薄汗"增添浪漫诗情，如果不是整首诗都在写劳动场面，便不禁使人联想到宫体诗"簟文生玉腕，香汗浸红纱"了。这首诗大部分是直露的口语，运用白描手法，但是因了起兴、化用、优美的意象、凝练的动词，也还保留着含蓄情韵与爽朗的风味。白描手法加上口语的运

---

[1] 臧克家：《从〈望庐山瀑布〉看李白的诗风》，见《臧克家全集》（第八卷），时代文艺出版社2002年版，第463—464页。

用，使他的旧体诗通俗易懂，而融情于景、化用古典诗词、借鉴意象、起兴、炼字等古典诗歌艺术表现手法的运用，在很大程度上避免了过于直截刻露，从而保留了含蓄有味的情致。

臧克家的旧体诗极为重视格律与炼字，前者是要合规矩，后者是要营造意境，保留古典诗歌的含蓄蕴藉情味，二者都是为了提高诗歌的艺术表现力。他批评不讲格律的创作方法，"有的写新诗的同志，学写旧体诗，不讲格律，名之为'解放体'，我个人觉得，既然称为旧体诗，就应该遵守它所要求的条件"[1]，并主张锤炼字句，认为"古典诗歌中一个单音字下得准，一个美妙的意境便呈现了出来，如画龙点睛"[2]，"古人作诗很讲求锤炼字句，像'春风又绿江南岸''红杏枝头春意闹'之类，一个绿字，一个闹字，全诗为之生色，传神之至。所谓一字费'推''敲'，并不是诗人偏爱这个'敲'字，而是这个字的确比'推'字响，更好地表现出僧人月下叩门的情景"[3]，可以看出，他于旧体诗的创作是自觉认同古典诗歌的格律限制与炼字功夫的。因了这种观念与追求，他不断地认真修改并与诗友们热烈讨论，在信中谈到："'烽火'句，原设想甚多：'满眼烽火照关山''烽火焰焰照关山''硬骨几经烽火炼'，最后定为今样，但觉平凡，不精彩。你说的'置身'较死，'保'字太实而平。'飘风'是我特意用的。古诗名句：'飘风不终朝，长夜终有明'，'飘风'系'旋风'，恰可代表反动势力（一时癫狂，不久完蛋）。此二字可不改。"[4]除了其中的一点时势隐喻味道，诗人的反复修改都是为了诗歌表现力的提高，想达到"精彩""有味"的效果，不能"太实而平"。写完这些内容的当晚，作者又产生了修改之意，以致"烽火"一句接连修改四次，从最初的"满眼烽火照关山"到最后的"甘冒烽火捍江山"，差不多面目全非，并且这还不算定稿，"江山"与"河

---

[1] 臧克家：《新旧体诗关系问题》，见《臧克家全集》（第十卷），时代文艺出版社 2002年版，第137页。

[2] 臧克家：《新诗旧诗我都爱》，见《臧克家全集》（第九卷），时代文艺出版社 2002年版，第524页。

[3] 臧克家：《春天谈诗——在"文学创作工作座谈会"上的发言》，见《臧克家全集》（第十二卷），时代文艺出版社2002年版，第401页。

[4] 臧克家：《致王亚平二》，见《臧克家全集》（第十一卷），时代文艺出版社2002年版，第500—501页。

山"之间还未敲定，也不确定诗友的意见，需要询问"如何"。这种认真改诗的做法自他20世纪70年代创作旧体诗就开始了，"最近一直在改诗（《忆向阳》），至今尚未定稿，弄得终日头晕"[1]，改诗之勤以致"头晕"，与古人"吟安一个字，捻断数茎须""二句三年得，一吟双泪流"也很相似了。这种艰辛的修改过程，表明他深刻认识到"锤炼字句，是写诗的一个重要条件。'推敲'是为了选择最恰切的字眼，使意境得到最完美的表现"，"怎样情景，用怎样的字句来表现，这确乎需要诗人'吟安一个字，捻断数茎须'的创造精神和辛苦劳动。每一个字有它的意义、颜色和声音"，"写诗一定要注意推敲！古今的多少名篇警句，全是由于推敲得来"[2]，而这种推敲功夫与他主动借鉴古典诗歌的艺术表现力以及苦吟的创作精神是分不开的。

关于旧体诗的用韵，他说自己"有个缺点，对诗韵不熟悉，由于北方人，入声字全成平声"，"对平仄声，须查《诗韵新编》（常在手头），关于形式，凭借王力同志的《诗词格律十讲》"[3]，然而从他将此视作"缺点"，把《诗韵新编》常置手头来看，对于格律也是十分重视的。事实上，他也在努力修改诗作，使之合辙，如在致友人信中"附上三易其稿情况：第二句原为'重任在肩病在身'，平仄不合。'肩'字应仄"[4]，将一首绝句的后三句全部改过以求合乎平仄。有时他也不得不放弃对格律的追求，"为了抒情可以破格"，自诩为当下旧体诗坛的"改革派"[5]，"即情感需要时，对固有格律可以稍有突破"。然而这也只能算是无可奈何之举，他对诗友倾

---

[1] 臧克家：《致王亚平、方殷一》，见《臧克家全集》（第十一卷），时代文艺出版社2002年版，第505页。

[2] 臧克家：《学诗断想（一）推敲》，见《臧克家全集》（第十二卷），时代文艺出版社2002年版，第61—62页。

[3] 臧克家：《致屠岸六》，见《臧克家全集》（第十一卷），时代文艺出版社2002年版，第463页。

[4] 臧克家：《致冯牧六》，同上书，第124页。

[5] 按，臧克家认为"当代旧体诗有三派：（1）典雅派（此中也有好诗），（2）革新派，（3）'新古诗派'。我属于第二派，有时也顺手写几句近似'新古诗派'（的诗）。'新古诗派'主要有贺敬之同志，台湾的范光陵先生（来访过，通信）。他们的作品，不分平仄，不讲格式……我个人，尽力注意格律，但诗思潮来时，不拘绳墨而任情倾泻了"，可见他对于格律还是试图尽力遵守的。见臧克家：《关于诗的一封信》，见《臧克家全集》（第十卷），时代文艺出版社2002年版，第187页。

诉了这方面的困扰，"我主情，不愿在平仄方（面）多费功夫，每有所作，查平仄，对格式，使热情为之落潮，甚感苦恼"，"这一点，在你则相反，有诗情，又能对格律驾轻就熟，得心应手，令人羡，也令我佩服"[1]。

可见，他本意追求旧体诗的合韵律，羡慕诗友的"得心应手"，可是由于这方面知识的欠缺以及天生对韵律把握的不占优势，他无法"对格律驾轻就熟"，不能在创作时轻易合律，只能随后查对修改，而这不免损伤了创作热情或者影响了诗歌思想内容方面的表达，或者如上所述，也影响了他的健康。他便只能主张可以破格，但必须是出于情感的需要。他不满单纯出于合辙押韵的目的妄改诗作，在有报刊转载他的作品时，不经同意改变原句以求合乎平仄，弄得他"很不愉快"[2]，因为这样一改就把原诗的意境与情味破坏了。他的一首诗《为友人题句》"无心修正果，颇爱野狐禅。情动绳墨外，笔端生波澜"，被当作"代表了我的旧体诗观"[3]，即他无意过分关注形式方面的完美，有时作诗难免逾越绳墨，但无碍于他借旧体诗来表达丰富的感情，来创造有情味的作品。因此，对于韵律方面的重视与困扰之下的舍弃，其中都是诗歌是否能表达情味，即是否符合他追求的"含蓄蕴藉"在起作用，也仍然表示出他对旧体诗形式的坚守与对艺术表现力的追求。

三、由"新"到"旧"：对古典诗歌的自觉选择与回归

从青壮年到晚年，臧克家的审美偏嗜从白话新诗变至旧体诗，创作实践上从新诗的自由奔放变至旧诗的定式限韵与含蓄蕴藉，这一转变体现出他对新旧体诗之间对立与交融的独特认识，进一步说，他在晚年从事诗歌创作时舍弃已然驾轻就熟的新体诗而转向旧体诗，其中便也体现了某种自觉与刻意。事实上，20世纪40年代初期他就曾写过旧体诗（现存3首，作于1942年到1944年之间），但是比较欠缺艺术表现力，其间堆砌名物，不讲究构思，诗意畅尽而缺乏情韵，与他晚年时批评别

---

[1] 臧克家：《致屠岸六》，见《臧克家全集》（第十一卷），时代文艺出版社2002年版，第463—464页。

[2] 臧克家：《有感于改诗》，见《臧克家全集》（第十卷），时代文艺出版社2002年版，第184页。

[3] 同上书，第185页。

人时提到的"顺口溜"差不了多少。后来随着白话诗的盛行，他也追随着时代潮流耻言旧体诗。"40年代初，我们一些写新诗的老朋友，对郭沫若同志少写新诗多写旧诗，讥讽说：'郭老向旧诗投降了'"，这个小故事反映出当时旧体诗创作在新诗冲击下的式微。在这种观念的引导下，他放弃了旧体诗的创作，转而投身于新诗的洪流，接连发表了诸多优秀的作品，在当时的新诗诗坛上逐渐获得了较大的影响，从而奠定了他在新时期诗歌史上的地位。

然而，正如他所言"旧体诗则是潜流，若断若续"[1]，这种潜流发源于幼年时对古典诗歌的喜爱[2]，并在以后的诗歌创作中不断给予他深刻的影响。在他逐渐步入新体诗创作正轨的过程中，旧体诗是他能够迅速接受乃师闻一多以及徐志摩等新月派诗人的诗歌创作观念，并提高新诗创作技巧的重要缘由，他回忆说：

> 我所以一接触到《死水》和"新月派"的诗就改变一向对表现形式的看法，不是随风转舵，而是有历史渊源的。闻一多先生，对中国古典诗歌有深刻的研究，热烈的爱好，他教我们历代诗选，那时他正深入地钻研唐诗，这一点与我从童年开始便喜爱旧体诗，恰好吻合了。从闻先生的诗作里，显然可以看出来，他受到古典诗歌的影响很深，讲求精炼、含蓄，字斟句酌，意境幽深，蕴味无穷。[3]

---

[1] 臧克家：《新旧体诗关系问题》，见《臧克家全集》（第十卷），时代文艺出版社2002年版，第136页。
[2] 按，受家庭的影响，臧克家从小便对古典诗歌十分喜爱，这也一直延续到了晚年。他的祖父、父亲、族叔都能写旧体诗，关注他的教育，为他延请塾师。于是他"未入初小之前，就能背诵六十多篇古文、几十首古典诗歌"，他认为这些"对我喜欢诗，培养我的诗趣，大有关系"，参见臧克家：《学习写作六十年》，见《臧克家全集》（第十二卷），时代文艺出版社2002年版，第322页。晚年时，他深情回忆道："我从小就喜爱古典诗文。几十年间，我寝馈于古典诗歌之中，它的美，它的力，在引诱我，也在鼓动我。我虽过去从未动笔写过旧体诗词，但读的多了，对于它的形式，比如平仄、格式等，还是了然于心的，所以，一旦动笔写起来，就觉得十分得心应手，丝毫没有生涩之感。"参见臧克家：《世纪老人的话——臧克家访谈录》，见《臧克家全集》（第十二卷），时代文艺出版社2002年版，第624页。
[3] 臧克家：《初学新诗忆当年》，见《臧克家全集》（第十二卷），时代文艺出版社2002年版，第292页。

闻一多对古典诗歌的深刻研究与热烈爱好，与臧克家对旧体诗的欣赏喜爱"恰好吻合了"，这是他改变"一向对表现形式的看法"的主要"历史渊源"，其间表现出了古典诗歌对臧克家新诗创作的强烈影响。闻一多先生"受到古典诗歌的影响很深"，他的诸多诗作即显示出这一特点。以臧克家受到颇深影响的《死水》为例[1]，这是一首格律相当严整的新体诗，讲究锤炼字句，又构思新奇，如"爽性泼你的剩菜残羹"的"泼"字显出了死水的污秽与人们的厌恶态度，"也许铜的要绿成翡翠"中"绿"字作动词用，名词性词语活用为动词是古典诗词的常见用法，王安石"春风又绿江南岸"一句便是如此，"铁罐上绣出几瓣桃花"省略介词，"再让油腻织一层罗绮"将宾语提前变成主语，"霉菌给他蒸出些云霞"将宾语提前又使用了代词"他"，"让死水酵成一沟绿酒"使用"酵"这一单音节词而不是现代汉语词汇中的"发酵"，这些都不是白话语句的呈现方式，而从古典诗歌中则都能找到大量的类似用法。这种与古典诗歌的关联，在臧克家的白话新诗中也有大量的表现，特别是他的第一本诗集《烙印》，有着受到《死水》"影响的深深印痕"[2]，也注重锤炼字句，限制格律，借鉴古典诗歌的表现技法与意境，如《难民》"日头坠到鸟巢里/黄昏还没溶尽归鸦的翅膀/陌生的道路，无归宿的薄暮"[3]，"追""溶"使用单音节词，意境方面与"枯藤老树昏鸦""薄雾浓云愁永昼""月落乌啼霜满天"等古典诗句有颇多相似处，结尾两句"铁门的响声截断了最后一人的脚步/这时，黑夜爬过了古镇的围墙"，没有直接抒发感情，而是融情于景，将感情蕴含在幽寂晦暗的意境之中，有着无尽的韵味，引人展开丰富的联想。除了闻一多以外，上文臧克家自述中提及的新月派其他诗人，所给予他的影响也主要在于他们

---

[1] 按，臧克家《〈死水〉定我诗终生》一文中谈到《死水》对他的影响主要体现在两方面，一是思想内容与题材，二是艺术表现。他认为后者是"巨大的方面"，他"写诗，约计用过六七种形式，大体来说，是沿着半格律道路走的。这些形式，大半是从《死水》那里学来的"。从这些可以看出，《死水》对臧克家产生了深刻的影响。参见臧克家：《臧克家全集》（第十二卷），时代文艺出版社2002年版，第336—338页。

[2] 同上书，第338页。

[3] 引自臧克家：《臧克家全集》（第一卷），时代文艺出版社2002年版，第13页。

"大都对古典诗歌有兴致，有研究"[1]，以及在此基础上对古典诗歌在艺术表现方法上的继承与运用。因此可以说，即便是在20世纪70年代以前——这段旧体诗创作的近乎空白期，臧克家也持续接受着古典诗歌的浸润，这既体现在其审美情趣上，更体现在新诗创作中对古典诗歌艺术表现力的揣摩与借鉴上。

　　而50年代毛泽东多首旧体诗词的发表，成为促使他重新思考古典诗歌价值的又一契机。受此直接影响，在当时新旧体诗对立的背景之下，他强调旧体诗在艺术表现方面的优长，主张新诗应当向旧诗学习。1957年臧克家主编《诗刊》杂志，在创刊号上刊登了毛泽东旧体诗词十八首，在当时社会上引起了轰动，以至于加印了两次仍无法满足群众需求。在此前夕，他发表了关于毛泽东《沁园春·雪》的鉴赏文章，认为"这首词，不论在意境、意义和表现艺术各方面，都达到了很高的水平，它受到热爱那是应当的"[2]，表现出他对毛泽东旧体诗词艺术表现力的心折。此后，他陆续发表多篇类似的鉴赏文章，称赞毛泽东的文艺修养："他读过许多古典文艺作品，从中吸取了许多精美的东西，他的作品，不论造句下字，都是千锤百炼，苦心推敲。他学习古人，但能在成规中大胆创造。对于旧诗词的形式，他能运用自如，使形式听从驱使，把旧形式和新内容统一起来，自自然然。"[3]这种赞赏，一是表现出对毛泽东旧体诗词很好地学习了古典诗歌艺术表现方面技巧的敬佩；二是对内容方面改变古典诗歌的传统思路，但又能与旧形式相统一，从而自自然然的肯定。

　　与此同时，他开始重新思考新旧体诗关系的问题，随后在1962年发表了《新诗旧诗我都爱》的类似于宣扬诗歌理论的文章，从副标题"新诗，照着毛主席指示的方向前进"，可以看出其中的直接影响。文章开头有四句齐言押韵短诗"我是一个两面派，新诗旧诗我都爱；旧诗不厌百回读，新诗洪流声澎湃"，以极通俗的语言表达他主张同时注重新诗与旧诗的观念，文中说，"毛主席用远见的目光，公允的手，摆好

[1] 臧克家：《我与"新月派"》，见《臧克家全集》（第十二卷），时代文艺出版社2002年版，第308页。
[2] 臧克家：《雪天读毛主席的咏雪词》，见《臧克家全集》（第九卷），时代文艺出版社2002年版，第347—348页。
[3] 同上书，第367页。

了新旧诗的地位和关系。他说，'旧诗可以写一些'，但'应以新诗为主体'"，"教导我们向古典诗歌学习，要'精炼、大体整齐、押韵'，这的确是新诗应当努力追求的目标"，强调用"古典诗歌的手法"[1]表现社会主义的新生活，也就是说，他主张新体诗要学习古典诗歌在表现手法方面的含蓄、凝练与情味，避免直截畅尽，而旧体诗应该表现新的思想，表现"社会主义的新生活"。"应以新诗为主体"，较多出于旧诗束缚较多，青年人运用起来较为困难的考虑，"旧诗可以写一些"则是毛泽东就自己等一批较年长者熟悉旧体诗格律的创作者而言的。一批革命前辈们的旧体诗词作品带给臧克家的思考，依然与他青壮年时期便已深刻学习到的古典诗歌在艺术表现力方面的优秀特质有关，促使了他对古典诗歌认识的深化与后来创作实践上的回归。或许，换个角度来看，旧体诗创作表现新时期社会主义建设崭新面貌的主张其实也是儒家诗歌观念中温柔敦厚和兴观群怨的变体，而后者在古典诗歌发展过程中显然是一个永恒的话题。

从这篇文章发表时起直至晚年，臧克家不止一次提及新旧体诗相互学习的观点，但仔细审视这种所谓的"相互学习"，我们可以看到，其中主要还是新诗对旧诗的单方面学习，即他主张的新诗学习旧诗的艺术技巧，避免直截畅尽，应该注意锤炼字句，使语言含蓄有余味等观念。至于旧体诗改变古典诗歌传统的思想内容，展现时代特色，对于臧克家这位经历时代风云，在新诗创作中极为重视思想内容的创作者来说，他在诗歌创作的过程中早已顺利完成了这种转向，其间也受到了多种因素的鼓动，从而为晚年旧体诗创作的回归作好了实践与理论上的准备。

这些诗歌观念在他晚年的旧体诗创作中得到了很好的展现：一方面他继承古典诗歌的艺术表现与含蓄蕴藉，从古代一些优秀的诗歌中学习具体的技巧与方法，有时也直接化用古典诗词，力求构思新奇巧妙、合乎格律、锤炼字句、含蓄抒情，并主要运用绝句、律诗的形式，间或也有短篇歌行体与自度曲，都篇幅短小，以便通过含蓄凝练的艺术表现手法与简洁的篇幅，营造优美的意境，表达言有尽而意无穷的情味。另一方面，他受毛泽东文艺观念的直接影响，试图运用口语，少用生僻典

---

[1] 臧克家：《新诗旧诗我都爱》，见《臧克家全集》（第九卷），时代文艺出版社2002年版，第518—521页。

故，多用白描，使诗歌质朴通俗，在内容上表现昂扬向上的精神，表现乐观积极的生活态度，要与古典诗词中的闲愁与旧恨隔开，表现"新"的思想。这两方面的影响在于，前者造就的一批优秀作品确实含有韵味又清新明快，后者也使诗作朗朗上口，通俗易懂又积极乐观，便于大众阅读，在社会上获得了较大的影响力，而不利的影响是，过分强调劳动的战斗精神与追求口语化，使得情感略嫌生硬，诗句也跟白话、顺口溜差别不大，比如"批林抒义愤，厉声正气扬"（《离别干校》），"愿作老黄牛，拉车到尽头"（《八五自寿诗》），就让人难以领略诗味所在了。

　　综上所述，以新诗闻名诗坛的臧克家在晚年时，把创作重心放在了旧体诗的创作上，这与他追念干校劳动的经历以及重友情的个性有关，同时也受到了幼时的家庭教育、闻一多与新月派诗人们、毛泽东优秀的旧体诗词创作与诗歌观念，以及当时一批老革命家（朱德、叶剑英、陈毅等）旧体诗创作的影响与指导。但是，这种转变并不是突如其来的，也不应理解为诗歌发展的困境或是个人创作的倒退，而是自他诗歌创作之初便已潜流着的古典诗歌影响因素的表现，对古典诗歌的认识与新诗创作的实践是相伴随的，因而在晚年时，他回归早期旧体诗创作时能够"得心应手"，佳作迭出。对臧克家旧体诗创作的审视，梳理其中与古典诗歌的广泛联系，对于理解许多在"五四"精神影响下成长起来的新文学创作者们在晚年时重拾旧体诗的文学现象有所裨益，同时也对于思考20世纪60年代以后诗歌创作的生态环境提供诸多思路。就臧克家的具体创作来说，他采用简短的诗歌形式，广泛借鉴古典诗歌在艺术表现方法上的优长，创作了一批具有含蓄蕴藉风格的作品，在社会上产生了比较大的影响力。同时，我们也应该注意到，他发表了许多关于旧体诗创作的主张、讲话，以及鉴赏古典诗歌的文章[1]，由于他在诗坛具有比较大的影响力，这些主张也在当时产生了广泛的影响，对于旧体诗的传播与创作具有较大的促进作用。

【作者简介】复旦大学中国古代文学研究中心博士研究生。

---

[1] 按，这些有关旧体诗的文章，先后结集为《毛泽东诗词讲解》（1957）、《学诗断想》（1962）、《学诗断想》（1979）、《臧克家古典诗文欣赏集》（1990）。

当代田园竹枝词与新田园诗歌

姚泉名

【摘　要】　目前一般比较认同"新田园诗"应该是以"三农"为创作题材的诗歌（含诗词曲）。近些年，在创作方面，传统诗词的各类诗体都能发挥自己的特长，共同促成新田园诗的兴盛。竹枝词一直将贴近民生、与时俱进奉为圭臬，其内容具时新性、思想具批判性、语言具开放性，在复古潮中逆风而行，为传统诗词在当代的复兴吹响了鼓舞人心的号角，是新田园诗创作的生力军。

【关键词】　新田园诗　竹枝词　诗词创作

　　"新田园诗歌"作为一个概念[1]，最早是1993年出现的，"开始是从内容出发，以反映新时期农业、农民、农村改革之'新'的诗为'新田园诗歌'"[2]。尽管目前还没有一个权威的界定，但一般比较认同新田园诗应该是以"三农"为创作题材的诗歌（含诗词曲）。近些年，新田园诗的创作与研究方兴未艾，取得了丰硕的成果。尤其在创作方面，传统诗词的各类诗体都能发挥自己的特长，共同促成新田园诗的兴盛。其中，体裁别致的竹枝词表现活跃，尤为令人瞩目，已经引起研究者的关注。

一、竹枝词是与时俱进的诗体

　　中国传统诗歌常有"返祖现象"，即所谓的"复古传统"。这与我国

---

[1] 或称"新田园诗""新田园诗词"等，不一而足。另有"中国新田园诗"这一概念，由南京大学张子清教授提出，乃针对现当代自由体新诗而言（罗珠：《关于中国新田园诗的思考》，载《当代小说》2007年第6期），与传统诗词界所谓的"新田园诗"较少关涉。

[2] 侯孝琼：《旧瓶新酒，异彩纷呈——漫议当代新田园诗歌对传统体式的运用》，载《心潮诗词评论》2016年第4期。

古代政治思想的引导甚有关联。老子对远古时期"小国寡民"社会状态的眷念，庄子"古圣先王"之说，孔子"克己复礼"的主张，墨子称夏禹，孟子赞尧舜，圣贤影响所及，"复古"几乎成为中国人固有的思维态势，并直接影响到中国文学的发展。许结教授认为："中国文学的复古传统，诚与政治文化的'托古改制'传统相埒。"[1]这种情况在传统诗歌领域尤为明显，连天才横溢的李白也说："大雅久不作，吾衰竟谁陈……圣代复元古，垂衣贵清真。"（《古风》其一）他甚至还宣称："梁、陈以来，艳薄斯极，沈休文又尚以声律。将复古道，非我而谁与？"[2]复古之风在传统诗坛一刮就是两千年，时至今日，依旧强劲如初，例如在网络诗词界颇有影响力的"留社"群体，便以复古为标帜，提倡向传统诗词回归。"古"，如同一块磁性强大的磁铁，吸引着才子佳人接踵而来。

在复古意识的催化下，传统诗词的诸多诗体大多以典雅古奥为正宗。如明人吴纳《文章辨体序说》："七言古诗贵乎句语浑雄，格调苍古。"[3]清人方东树《昭昧詹言》："七律句法，先须学坚峻用力，进以雄奇杰特，典贵警拔。"[4]创作者一般也会将之视为基本法则。可凡事皆有例外，诗亦如此，譬如发展至清代而蔚为大观的竹枝词，就一直将贴近民生、与时俱进奉为圭臬，其内容具时新性、思想具批判性、语言具开放性，在复古潮中逆风而行，竭力挣脱往古的吸引力，成为传统诗歌中的另类。

首先，竹枝词在内容上注重对新事新物的咏唱，古事写得少，当下事写得多，贴近风土民俗，能反映广阔的社会风情，深具新闻特质，即时新性。如清人彭淦《长阳竹枝词》其七："亘古初经绛水流，浇田敝屋尽沉浮。瘠民罪薄邀天鉴，不共荆人一夜休。"自注曰："乾隆五十三年五月二十二日，水灾以日午至县城，县城居民避山阜以免，所漂沉者田庐耳，若入夜，则举县人殆矣，殆天怜贫民而薄谴之也。"[5]这一首竹枝

---

[1] 许结：《中国文化史论纲》，广西师范大学出版社2002年版，第334页。
[2] 詹瑛主编：《李白全集校注汇释集评》，百花文艺出版社1996年版，第19页。
[3] 吴纳：《文章辨体序说》，人民文学出版社1985年版，第32页。
[4] 方东树：《昭昧詹言》，人民文学出版社1961年版，第380页。
[5] 彭淦：《长阳竹枝词》，见陈金祥编著《长阳竹枝词》，湖北人民出版社2003年版，第104页。

词记录的是乾隆年间湖北长阳县城市民侥幸躲过一次水灾的幸事，若非这首竹枝词，此种历史的细节后人恐早已无从知晓。现在我们将此竹枝之所叙仅当做地方史料来看待，但在当时当地这何尝不是一件重大新闻事件的报道？再如清人复侬氏、杞庐氏《都门纪变百咏》[1]，是庚子年寓居北京的作者目睹义和团进京和八国联军侵略京城的情形而作。每首诗后皆有自注，也属今日之史料，当时之新闻。相类的还有无名氏《三年都门竹枝词》《十年都门竹枝词》、杨棨《镇城竹枝词》等，这样的实例不胜枚举。

其次，竹枝词在思想上针砭现实，关心民瘼，颇具批判性。如清人秦荣光《上海县竹枝词》"风俗九"中列举了当时上海县的各种"阴暗面"，具有一定的警世价值。有直指娼妓败坏社会风气者："倚门卖笑不知羞，款客当垆杂女流。廉耻四维浑忘却，直教村妇羡娼楼。"作者按曰："邑最五方杂处，土娼向多，女教之坏实由于此。"[2]有控诉吸食鸦片危及家国者："杀人无血一烟枪，煎海干灯豆吐光。烁尽资财吸精髓，弱民贫国促华亡。"作者按曰："鸦片烟筒名枪者，明其为杀人利器也。洋灯虽小如豆，而可煎海使干。英人以此促华之亡，华人不悟而争吸之，可谓大愚。"[3]清杨静亭在《都门杂咏》序中说："思竹枝取义，必于嬉笑之语，隐寓箴规；游戏之谈，默存讽谏。"[4]有些人不了解竹枝词的发展变化，仅以《全唐诗》所载29首竹枝词有近一半以上涉及儿女之情，便认为它无非是阿哥阿妹、卿卿我我的民间情歌，"以吟唱恋情为主"，实在是唐突佳人。

最后，竹枝词讲究趣味风味，在语言上追求口语化、通俗化、趣味化，故常常紧随语言之流变，将民间常用的、浅白的、风趣的俚语，甚至外来语汇纳入语库，具有鲜明的开放性。如罗汉《汉口竹枝词》咏香

[1] 参阅路工编选：《清代北京竹枝词》（十三种），北京古籍出版社1982年版，第105—119页。

[2] 秦荣光：《上海县竹枝词》，见顾炳权编《上海历代竹枝词》，上海书店出版社2001年版，第221页。

[3] 同上书，第223页。

[4] 杨静亭：《都门杂咏·序》，见路工编选《清代北京竹枝词》（十三种），北京古籍出版社1982年版，第71页。

烟："强盗商标三炮台，纸烟牌号亦奇哉。攻心伐髓君知否，寸寸巴沽是劫灰。"[1]此诗除保留传统诗词的文言特性外，对时语也毫不拒绝，既有民国时期流行的香烟品牌"三炮台"，还有当时出现的"商标""纸烟"等新词汇，更有外文的音译词汇"巴沽"[2]，如此"开放"之举在其他诗体中是较少出现的，但在竹枝词中却是家常便饭。

兼具时新性、批判性、开放性的竹枝词不可能像其他诗体那样过于依赖过去的传统与经验，它们往往成为在诗词革新路上的前锋。鲁迅曾指出："歌、诗、词、曲，我以为原是民间物，文人取为己有，越做越难懂，弄得变成僵石，他们就又去取一样，又慢慢的绞死它。"[3]庆幸的是，竹枝词在"文人"一次次的"绞"杀下，还能顽强地生存下来并越来越为人重视，这与上述的三个特性不无相关。当然，我也并不否认复古在保持传统诗歌面貌以及对当代诗词创作推陈出新方面具有一定的意义。

二、竹枝词与田园生活的不解之缘

中国长期处于农业社会，中国的历代诗人也大多生活在诗情画意的农业社会，诗人的骨子里一般都具有田园情结，作为题材的田园诗与作为体裁的竹枝词缘分天成。

第一，竹枝词的起源与农业紧密相关。学界已有定论，竹枝词起源于古代巴人的祭祀之歌。《旧唐书·刘禹锡传》载："蛮俗好巫，每淫祠鼓舞，必歌俚辞。禹锡或从事于其间，乃依骚人之作，为新辞以教巫祝。"《新唐书·列传第九十三》亦载："州接夜郎诸夷，风俗陋甚，家喜巫鬼，每祠，歌《竹枝》，鼓吹裴回，其声伧伫。"那么，古代巴人所

---

[1] 罗汉：《汉口竹枝词》，见徐明庭等辑校《湖北竹枝词》，湖北人民出版社2007年版，第152页。

[2] 上海师范大学刘耘华教授认为，"'淡巴菰''淡把姑''淡白果''丹白桂''打姆巴古'显然都是西班牙语tabaco的不同音译"（刘耘华：《烟草与文学：清人笔下的"淡巴菰"》，载《上海师范大学学报》（哲学社会科学版）2012年第3期），皆为烟草的音译，罗汉此诗中的"巴沽"一词，亦当是之，应是为了协律而省略了"淡"字。

[3] 鲁迅：《致姚克》，见《鲁迅全集》（第12卷），人民文学出版社1981年版，第339页。

"祠"的是什么神鬼呢？清道光《夔州府志》卷十六"风俗"载："开州，风俗皆重田神，春则刻木虔祈，冬则用牲报赛，邪巫击鼓以为谣祀，男女皆唱竹枝词。"[1]还有学者认为，巴人的竹枝词起源于竹王崇拜，原是祭祀竹王的仪式歌[2]。但无论是"田神"还是"竹王"，竹枝词所要敬祀的神鬼都是跟农业活动密不可分的。

第二，在竹枝词的发展演变过程中，田园题材历久不衰。中唐时期，竹枝词为顾况、刘禹锡、白居易等人引入文人的创作视野，在相当长的时期保留民歌风味，多以地方风土人情为主，兼及农事。如刘禹锡《竹枝词九首》中，就有"山上层层桃李花，云间烟火是人家。银钏金钗来负水，长刀短笠去烧畬"这样描写山民劳动分工的篇章。可是相对于爱情主题和风俗主题，田园主题所占比例并不大。以农事为主题的竹枝词大量出现在明代。万历年间，邝璠所编《便民图纂》是一部反映苏南太湖地区农业生产的著作，其卷一"农务之图""女工之图"便题有31首涉及稼穑民生的竹枝词，目的是将耕作之事"系以吴歌，其事既易知，其言亦易入，用劝于民"，在这里，竹枝词（吴歌）起到了农业教科书的作用。如《耕田》："翻耕须是力勤劳，才听鸡啼便出郊。耙得了时还要耖，工程限定在明朝。"[3]明清以降，城市元素的加入使竹枝词逐渐剥离了一些"土气"，但农业劳动依然是其基本的创作素材之一，是地地道道的"乡土文学"。

第三，竹枝词对田园生活的描画全面深入。历代竹枝词对田园生活的关注面非常广泛，几乎是全景式描述。有涉及民俗的，如黄逢昶《竹枝词》第十八："槟榔何与美人妆？黑齿犹增皓齿光。一望色如春草碧，隔窗遥指是吴娘。"自注曰："台中妇女，终日嚼槟榔，嚼成黑齿，乃称佳人。"第五十："岩疆犹见古衣冠，独苦荒山白骨寒。有孽难逃归去后，请公入瓮便抛棺。"自注曰："闽中风俗：人死埋葬后，必检骨于瓮坛。富者用石灰窑砖封于土面，贫者即以瓦瓮置诸山中。若不如是，其

[1] 恩成修、刘德铨纂：《夔州府志》卷十六，清道光七年刻本。
[2] 参见向柏松：《巴人竹枝词的起源与文化生态》，载《湖北民族学院学报》（哲学社会科学版）2004年第1期。
[3] 邝璠：《便民图纂》，《续修四库全书》本，上海古籍出版社2013年版，第222页。

心不安，无颜对亲友。然仕宦秉礼之家，则不闻有此。若乡间愚民，虽迭经地方官出示严禁，习俗移人，今犹如故。"[1] 有涉及民情的，如章乃谷《民国新年越中竹枝词》第五："分岁家家兴转豪，十肴粽子又年糕。富人欢笑穷人苦，避债多添此一逃。"[2] 穷人度年关之难，可见一斑。林树梅《台阳竹枝词》其三："阿侬生小住台湾，不羡蓬壶飘渺间。愿借一帆好风力，随郎西渡到唐山。"自注曰："南洋诸番称中国为唐，称内地亦曰唐山。"[3] 此首既鉴民情，也反映了台湾与大陆的亲密关系。有涉及民事的，如康尧衢《沽上竹枝六首》其四："隔河遥指尹儿湾，残梦楼倾一水间。黄卷有儿酬素志，青灯不惜老红颜。"自注曰："佟蔗村弟妇孀居此楼，教子成进士。"[4] 彭淑《长阳竹枝词五十首》第三十："劝郎切莫上川西，劝侬切莫下竹溪。川西虽好风波险，竹溪虽好有别离。"自注曰："长阳俗，重去其乡，戊戌己亥之间，有挟家赴竹溪、房县者，至，卖其妻，在长阳为异事也。"[5]

竹枝词的时新性、批判性、开放性的特点，以及与田园生活的天然关系，使得它非常适合田园诗的写作。在民族复兴的当下，创作者思维的放开也使竹枝词在新田园诗词领域的舞台空间更大。

三、竹枝词与新田园诗相契合的现状

实践证明，在新田园诗的创作中，并非所有的诗体都能胜任，七言四句的绝句体倒似乎较能适应新题材。如侯孝琼教授就认为，"从20世纪90年代以来，旧瓶新酒，运用传统形式创作的新田园诗歌有了很大提高。其中七绝、词、曲都有了可喜的成绩。不可否认，这里还有很广

[1] 黄逢昶：《竹枝词》（八十三首录六十四），见刘经法编注《台湾竹枝词》，黄山书社1993年版，第69—87页。
[2] 章乃谷：《民国新年越中竹枝词》，见裘士雄、吕山编注《越中竹枝词》，西泠印社出版社2008年版，第177—189页。
[3] 林树梅：《台阳竹枝词》，见刘经法编注《台湾竹枝词》，黄山书社1993年版，第54页。
[4] 康尧衢：《沽上竹枝六首》，见赵娜、高洪钧编注《天津竹枝词合集》，天津人民出版社2014年版，第58—59页。
[5] 彭淑：《长阳竹枝词五十首》，见陈金祥编著《长阳竹枝词》，湖北人民出版社2003年版，第71页。

阔的提升空间。如律诗还不够成熟，词牌、曲谱的运用相对集中，用语过于直白，等等。"[1]颇能洞中肯綮。在列举的七绝、词、曲、律诗这几种诗体中，侯教授唯独没有对七绝指出问题，似乎对于七绝在新田园诗歌的创作成绩还是比较肯定的。而她所说的七绝，就包含了"杨柳枝、竹枝词等民歌"[2]。

竹枝词与七绝的界分历来就比较模糊，但还是有迹可循的。如有主张以"风趣"别七绝者，"竹枝泛咏风土，琐细诙谐皆可入，大抵以风趣为主，与绝句迥别"[3]。还有主张以"风味"别七绝者，"风味是竹枝词区别于七绝的主要标志。这种风味包括不同地方的、不同行业的、不同时代的，等等……形成竹枝词的风味，需要作者使用通俗鲜活的语言，铺排风土世情的具象。在格律方面可依托近体，也可从古体，不拘一格，上口为佳"[4]。以"风趣"或"风味"来区分竹枝词与七绝，虽不能包治百病，却也八九不离十。如下文将列举的一些作品，作者虽没有标明是竹枝词，但其风趣、风味却与之相符，通常也可以纳入竹枝词的范畴。

竹枝词介入当代田园生活已呈现出朝气蓬勃的态势，为传统诗词在当代的复兴吹响了鼓舞人心的号角，是新田园诗创作的生力军，现姑且将之称为"当代田园竹枝词"[5]。

（一）从内容来看，是否反映新时代农业、农民、农村这"三农"题材，是判别"当代田园竹枝词"的试金石。

就"农业"而言，当代田园竹枝词将新时代的农业生产方式作为表述对象，呈现出与往古截然不同的面貌。如写农业生产工具的变化，王先佐《割谷》："自古农夫背向天，弯腰割谷苦经年。而今稳握农机杆，横扫千畦不用镰。"徐耀寰《机耕》："黄牛退役铁牛忙，耕了南厢又北厢。一串隆隆声响后，泥翻黑浪吐芳香。"写农业科技改革，吴向

---

[1] 侯孝琼：《旧瓶新酒，异彩纷呈——漫议当代新田园诗歌对传统体式的运用》，载《心潮诗词评论》2016年第4期。
[2] 同上。
[3] 王士禛：《带经堂诗话》，人民文学出版社1963年版，第849页。
[4] 田昌令：《浅谈竹枝词的特点》，载《心潮诗词评论》2014年第4期。
[5] 紧随时代的巨变，竹枝词也处在"城市化"进程之中，这一类则不妨称作"当代城市竹枝词"，与"当代田园竹枝词"共同构建了当代竹枝词这座双子大厦。

东《育秧》："泽惠三农科技奇，育秧工厂竟无泥。订单供应优良种，万户千家习俗移。"写农产品的新型销售形式，路桂英《销售》："溪水清清映彩霞，老农楼阁话桑麻。鼠标一点连天下，销货订单签到家。"写新农业生产技术的传授，谢清泉《山村电教》："远程电教进山村，科技兴农四季春。听罢专家培植课，禾苗一夜长三分。"

就"农民"而言，当代田园竹枝词将广大的农村居民作为描述对象，不吝啬赞美，也不遮掩问题，如实表现他们的喜怒哀乐，以反映新农村建设的真实面貌。如写新农村的时尚村姑，伍锡学的《插秧女》："花香岚气扑桃腮，一串银铃碾软苔。村女插秧明镜里，红单车下绿拖鞋。"写农村的幸福爱情，刘贵连的《春插》："碧水红霞经纬长，莺歌织进绿春光。姑娘羞说后生帅，直赞农机会插秧。"写农民工的贡献，李如燚的《农民工》："张村建好建王村，林立琼楼耸入云。低矮板房栖息处，农工撑起九州春。"写农民工的辛酸，吴华山的《打工心语》（其二）："夜隔山山天一方，手机怕问稻收忙。弯弯新月镰刀似，不割秋禾在割肠。"写农村留守儿童问题，李明的《农村留守儿童》："放假校园停了炊，一双姐妹泪纷飞。抬头望月思亲切，何处是家何处归？"写农村空巢现象，张庆辉的《过阿子营》："闲卧墙隈小犬乖，春风兀自绿榆槐。一村寂寂无青壮，老叟当门正劈柴。"

就"农村"而言，当代田园竹枝词将视野投向新农村建设的方方面面，展示新农村建设的成就，也指出建设中出现的新情况、新问题。如写渔业村的产品交易活动，刘贵连的《渔业村》："夜来春涨半篙深，渔火相招万点明。车辆纷驰赶早市，长街挤乱买鲜人。"写山村与城市接轨的新生活，溪翁的《山村洗衣机》："棒槌搓板已辞家，井畔塘边少絮哗。主妇无须弄酥手，西施不再浣溪沙。"写新能源在农村的普及，杨德峰的《乡居小咏》："炊烟昔日比邻升，沼气推行现正兴。再看农家房顶上，新添一景太阳能。"刘修珍的《山村剪影》："煮饭何须稻草烧，点燃煤气炒青椒。兴来隔日翻花样，最爱香菇下粉条。"写农村的住房改善，安茂华的《打工返乡》："打工出国赴欧洲，十载回归为啥愁？欲觅老家原住地，靠山一片是新楼！"写移民新村建设，孙宇璋的《移民新村》："让出高山重建村，红楼栋栋戏流云。机耕机播机收割，搂住春风赞脱贫。"写乡村的农闲生活，苏少道的《晚会》："坪上霓灯伴月明，山歌响处掌声鸣。争看大嫂新潮舞，瘪嘴阿婆笑不停。"

（二）从创作来看，当代田园竹枝词在保持传统本色之余，比传统竹枝词构思更巧妙、手法更丰富。

一方面，在构思上，传统竹枝词多平铺直叙，偶有含蓄委婉之趣，而当代田园竹枝词于起承转合之际运思更加巧妙。竹枝词例属七绝之体，构思亦与七绝之婉转变化相若，尤其重视三四两句的辗转腾挪。（1）有着力于第三句，转折而生波澜者。郭军民的《果翁》："老圃锄花破雾还，莺声片片两肩担。一头扎入春光里，收片秋阳才下山。"第三句出人意外，打破了前两句刻画人物时所构建的画面平衡。王涛的《田园随笔》："绿水青山迎曙光，夏风过处稻飘香。黄莺怎解农家乐？伊妹儿销万担粮。"第三句陡然发问，吊起读者的胃口，激发阅读的兴趣。蔡柏青的《晒太阳》："李伯刘哥挨土墙，日头晒得且编筐。话题聚在惊蛰后，整地犁田好下秧。"前两句俗语俗字，平平淡淡，至第三句则用语不凡，画风陡转，让读者打起精神。（2）有诗尾着力者，在第四句抖开包袱，亮出谜底，让人恍然大悟之际，获得阅读愉悦。苏少道的《卖花》："冬日棚栽二月花，杏枝梅蕊灿如霞。村姑踏雪卖花去，早把春天送万家。"将"花"暗喻为春天，给人以无限遐想。毕太勋的《渔家》："一港清流出翠微，轻波荡漾桨声飞。村头犬吠暮烟起，鱼满船舱带月归。"尾句如画龙点睛，为渔家生活平添温暖安详的诗意。何运强的《山里人家》："青瓦三间傍小桥，炊烟袅袅近云霄。篱前菜地青葱里，学步儿童追小猫。"诗中有画，前三句都是背景，第四句才是亮点。虞宗凡的《庐山农家乐》："南山脚下菊篱傍，陶令贤昆懒种桑。今日桃源新气象，卖茶卖酒卖风光。"新农村的农家之乐何在？最后三字足可让人开怀大笑，此句可谓注解乡村旅游经济的传神之笔。（3）有三四句一起着力、共同构建诗意者，使诗作具言外之意，味外之味。郑运官的《采棉婆婆》："村桥流水叫归鸦，陇上银棉衬彩霞。巧手婆婆摘暮色，背回月亮哄孙娃。"这个"巧手婆婆"简直就是天上的神仙婆婆，引起读者对田园生活的诸多美好向往。廖灿英的《犁田》："春天来到犁耙上，汗播西畴耕事忙。昨夜一镰秋稔梦，手头还有稻花香。"农作本是辛劳之事，可是在诗人的笔下，田园生活充满诗情画意，这也许就是田园诗人存在的价值吧。张本应的《卞庄竹枝词》(其三)："入股农田上合同，粮居左右菜居中。漫言又作打工族，我是自家钟点工。"尾句是对一些地方采取土地股份合作制新形式的诗化诠释。

另一方面，在写作手法上，当代田园竹枝词充分借鉴现代诗歌的修辞技法，呈现出既卓越不群，又深接地气的品质，愈发成为民众喜闻乐见的诗歌体裁。文学是语言的艺术，诗歌是语言艺术的高度体现，修辞格的运用是语言艺术化的基本手法。现代诗歌在修辞格的运用上，最大的特色便是各种修辞格的融合用法。例如"最是那一低头的温柔/像一朵水莲花不胜凉风的娇羞"(徐志摩《沙扬娜拉》)，便是明喻与拟人的融合。在当代田园竹枝词中，这种融合用法也越来越常见。如李恒生的《渔村黄昏》："曲岸闲言鸟不惊，池塘碧水映山青。夕阳抽走柳丝后，听取蛙鸣一两声。"第三句是拟人和摹绘手法的融合。明明是夕阳西下，柳树被夜色遮掩，作者却将夕阳拟人来写，尤其是"抽走"的动作，使常见之景变得诡奇巧妙，是谓"用常得奇"[1]。再如朱本喜《秋江渔影》："半山红透半山青，瑟瑟秋江入洞庭。风动渔歌归棹晚，一船收尽满天星。"第四句融合夸张与比喻之法，显得潇洒至极。再如谢燕的《拍油菜籽》："留住三春荚里藏，拍开粒粒小晴阳。但期日晒修成果，炼得人间第一香。"首句将"三春"拟人，颔句将油菜籽暗喻"小晴阳"，颈句再拟人，尾句既以"香"借代菜油，又以"第一"夸张之。小诗一首，修辞如此繁复，读来却轻松欢快，趣味盎然，传统诗中少见，现代诗中多有。再如李作显的《牧羊曲》："谁把珍珠岭下抛？牧羊姐妹气雄豪。一鞭赶去白云落，旷野茫茫滚雪涛。"第一、二句融合比喻、设问与摹绘三法，第三句用借代与夸张，第四句用摹绘与比喻。想象之美，于中可品而味之。与之相类的有樊泽民的《甘南草原》"曲水潺潺芳草茵，蓝天净土碧无垠。姑娘艳若山花灿，马上挥鞭牧白云"，只是修辞技巧相对保守一些。当代诗歌的修辞技法相当复杂，相比之下，当代田园竹枝词尚未能全盘接受，但已经比传统诗词有了较大突破。个人以为，诗

---

[1] 刘熙载：《艺概》，上海古籍出版社1978年版，第65页。

词与时代接轨，恐怕还是得从修辞上着手。

当代田园竹枝词是新田园诗中的一颗耀眼的明星，它承续传统并与时俱进，将继续担任田园的记录者、历史的佐证者，只要田园不消失，田园竹枝词也必然风光常驻。

【作者简介】《心潮诗词》双月评论版执行副主编。

论近代澳门报刊与诗词演变

赵海霞

【摘　要】《镜海丛报》在1893年创刊号刊载两首诗歌，是澳门近代报刊刊载诗词作品的开始。《知新报》发表诗词一百余篇，可看作是维新派的诗词创作实践。20世纪20年代前后冯秋雪组建"雪堂诗社"，建"雪社"，其出版物《诗声》及《雪社诗集》发表了大量诗词创作和理论文章。澳门近代诗词在近代报刊的推动下，开始由传统封闭型思维体系向现代开放型思维体系演变，呈现出来的特点有：语言形式的突破，新内容和新题材的出现，西方新观念和思想的介入，第一首新诗出现以及诗歌葡文翻译作品的对外传播等。澳门近代报刊是澳门诗词古今演变进程的见证者和重要载体，也是培植澳门新文学的重要基地。

【关键词】澳门　近代报刊　近代诗词　演变　新文学

自16世纪中叶开始，葡国文化和中华文化在澳门这个小空间中，互相分隔地沿着各自的轨道生长，虽然难免会有交汇和碰撞，却称不上交融和吸纳，实际上是处于各自平行发展的文化生态，在文学上更是如此。自晚明到民国初年，二百多年来澳门文学不外乎这四种作者：其一是循迹避难的前朝遗民，如晚明遗民和自称前朝遗老的晚清民初遗民，如汪兆镛等。其二是宦旅澳门的官员，如印光任、张汝霖，以及妈阁刻诗的唱和者们。其三是四方来澳设席的文士，如郑观应、丘逢甲等。其四是皈依基督来澳门学道的汉族教徒，如吴历等。特定的政治、经济和历史背景，使澳门的古代文学也以古体诗词为代表，旧文学影响力相当持久，新文学则较晚发生。到20世纪30年代以后，伴随抗战时期开始，澳门文学才有新风拂动，所以笔者曾在文章中把澳门的近代文学的下界定到1938年。

同时，晚清郑观应在澳门完成其《盛世危言》的写作，康有为、丘逢甲等先后寓居澳门，留下一些诗词等作品，文学开始呈现从古代到现代的过渡形态。澳门最早的中文报纸是1893年7月18日创刊的《镜海丛报》。该报为周报，分葡文版和中文版，内容相差很大。葡文版名为 Echo Macanese（《澳门回声》），中文版名为《镜海丛报》，创办人为土生葡人飞南第。中文版在出版第二年由王真庆担任主笔，直到1895年12月25日停刊。该报以十六开张印刷，每号六页，设置有论说、译报、新闻、电讯、告白等栏目，刊载大量新闻，如"本澳新闻"栏每号刊载澳门社会消息达10条以上。《镜海丛报》曾在创刊号刊出诗文，创刊号第六页的末尾刊载有诗歌《阅史有感》和《书怀》两首。《阅史有感》："煊赫黄金争竞献，单寒青眼望谁加。千秋一洗炎凉态，端合焚香拜叔牙。"《书怀》："如虹壮气已全空，深羡闲云古洞中。落拓江湖十八载，几人巨眼识英雄。"[1]另中文版第1年第20号也刊载诗歌，虽然数量极少，可以视为澳门中文报刊刊登诗词文学作品的开始。1897年2月22日，康有为、何廷光、梁启超等人，在澳门创办了一份政论报纸《知新报》，属于维新派报纸之一。《知新报》自第112册起，设置文艺性文字的专栏，发表诗词作品一百余篇，诗词呈现一种现代意识。20世纪初，来自葡萄牙的教师和诗人庇山耶把他翻译的中国诗歌寄往葡萄牙杂志刊登，向西方读者介绍中国文学。20年代，雪社的社刊《诗声》发表了一系列白话诗，这些报刊中的诗词作品，印证着澳门近代诗词由传统向现代的演变进程。

一、《知新报》诗词——维新派的创作实践

澳门第一份华人创办的报纸为《知新报》。康有为和康门弟子两年内创办多份报纸，掀起内地华人办报的高潮，但这些报纸多因被封禁等原因而短命。澳门在广东的南部，位置处于康有为的故乡南海附近，澳

---

[1] 皆载《镜海丛报》1893年7月18日。

门历代居住的多是广东和福建沿海的遗民，且被葡萄牙管治，拥有地利和人和。1896年秋，康有为来到澳门，在澳门著名富商何廷光的支持下，开始创办报纸。《知新报》在澳门运营四年，恰好遇到葡萄牙本土的自由主义运动，以及葡国出版法赋予的言论自由保护，所以被当局接受，可以安稳地出版。

"《知新报》上的诗词有两类，一是由第46册起的'民中新乐府'，另一类是在最后一年出现在'报屁股'的诗词。这类文艺性文字每册约占一页（两版），通常放在报纸内文最后部分，在技术页之前。"[1] "闽中新乐府"出现在第46、47、48、50和55册中，一共32首。这组诗歌，内容涉及缠足、抽鸦片、溺死女婴等黑暗的社会现实，这和《知新报》的办报宗旨是契合的。余杰用"清明上河图"来描述《闽中新乐府》的性质，邓耀荣则用"晚清浮世绘"来形容。如其中《国仇激士气也》，本是林纾在闽中发表的诗词，诗歌大胆地突破传统诗词格律的束缚，借用白居易讽喻诗的写法，用自由活泼的歌谣形式抨击时弊，表现出锐意改革的勇气。《知新报》全文转载，表现了维新派对诗歌内容和主旨的肯定。

《知新报》自第112册起设立文艺专栏，专栏以诗词为主，到停刊时共发表诗词作品一百余篇。诗歌多署以各种笔名发表，如"更生"，是康有为常用笔名之一，而且这些诗歌都充溢着浓重的近代气息。邓耀荣将这种近代气息归为三点，其一是"诗歌新闻性"。如《知新报》出版的最后一年，1900年至1901年春，中国政局极为动荡，发生了庚子事变、联军入京等。报中的诗歌紧跟时事，用诗歌的形式发表对政局或者政治事件的观点和感想，让读者加深对新闻事件的感性认识。其二是"引进现代观念"。维新派诗人将西方思想中的自由、民主、人权等词汇带进诗文中，如第125册发表的《观世有感》中，诗人说"英豪欲干乾坤事，急语同群学自由"，及同册《感怀之三》"大仁华盛顿，千载想遗风"，使得旧体诗词拥有了现代意识和思想境界。其三为"引用外国人名"。如把美国开国元勋华盛顿的名字运用到诗文

---

[1] 邓耀荣：《澳门维新派政论报〈知新报〉》，澳门出版协会2016年版，第125页。

中。余杰总结说，《知新报》诗词中体现出了写实性、实时性和新闻性，以及诗人跨出国门后因视野的开阔而给诗歌带来的内容和形式的变化，不仅为以后白话诗的产生积累了资料，也使得诗歌拥有了新的意境，表现了一种现代意识。总之，《知新报》中刊载的诗词，是维新派的文学实践，其中充满了以天下为己任的爱国精神，充分体现了维新派批判旧制，锐意维新的主张，反映了批旧、求新、尚变的近代意识。

二、《诗声》——澳门20世纪20年代前后的诗词创作和新诗尝试

在澳门文坛上，组织诗社、诗词唱和是显著的文学活动之一。如民国初年汪兆镛等清遗民创办的"莲峰陶社"，以陶渊明隐居之意，诗词唱和。"雪社"则是澳门文学史上第一个以本土居民为骨干的文艺团体的作家群落。早于1913年，冯秋雪等人就发起"雪堂"诗社，定期聚会，以月课的形式创作诗词，而且连续出版《诗声》46期。《雪堂月刊》1915年第一卷第一号《雪堂诗社广告》云："雪堂发起，于今二周年矣。幸我同志诸君，不我遐弃……兹为策我雪堂计，特倡办《雪堂月刊》。每月刊布一册，凡属社友，皆得享有。"这则广告，就说明了"雪堂"的发起时间及创办《雪堂月刊》(《诗声》)的概况。

雪堂的发起人为冯秋雪，名平，字秋雪，广东南海人。祖父冯成是清末澳门的富商，清光绪三十年（1904）前后，冯秋雪与弟弟冯印雪、赵连城就读于澳门培基两等小学堂。他们在学业之余，积极参加学堂的演说会，与学校中的立宪派辩论。1910年，同盟会在澳门建立"濠镜阅书报社"，冯秋雪、冯印雪、赵连城都被吸收入会，积极参与各项革命活动。1912年后，冯秋雪在广州西村广雅书院、广东高等师范学校读书，并与赵连城在澳门结婚。民国成立之后，各地的同盟会组织日趋解体，澳门方面也不例外，原来的同盟会领导人先后离去，"濠镜阅书报社"不久也结束了。于是留在澳门的同盟会几位会员，便在澳门组织了一个"雪堂诗社"，吟咏诗词为主。"可知雪堂成立时，冯秋雪等人在政治上亦颇感失望无奈，故以苏轼贬居黄州时的雪堂名其社，以承坡公遗

意。"[1]1921年后，雪堂的活动渐渐消散，冯秋雪在1925年重新组织诗社，称为"雪社"，并出版《雪社诗集》。雪堂诗社的一个重要活动是编辑出版《诗声》，《诗声》自1915年7月创刊，至1920年6月，共出版四卷46期。

值得注意的是，《诗声》自第一卷第一号起，就刊载诗话、词话等古代文学理论作品，同时，冯秋雪多次主动邀请世界语会会员狭隐（钟宝琦）为宋词制作西式乐谱。《诗声》第一卷刊载有《山藏楼诗话》（乙庵），第二卷刊载有《霏学楼诗话》（伍晦厂），第三卷刊载有《心陶阁诗话》（沛功），第四卷刊载有《饮剑楼诗话》（观空）、《远庐诗话》（远公）等。就诗话而言，内容包括诗歌的境界、主旨、格律、诗人风格等方面讨论。如《霏雪楼诗话》（一），作者云："诗有两界，曰：主我的，曰：主他的。主我的即抒情，主他的即缋景，叙事是也。抒情之诗，其根本资料，如喜怒、哀乐、爱憎、敬慕、忌惧、嘲骂、怨恨、希望、不平等，为吾人内界之现象。但作者于其资料之中，当以描出自身之情想为主，即作者于一身一家社交之上，或天地间自然之风物，触目感动，活画为诗。或优艳，或高尚，或温雅、沉痛、悲壮，流露行间，宣导读者。然必须开一种纯美之热情，感动社会，若以卑鄙之思想，融会成词，贻误天下。"[2]就词话而言，第一卷连续刊载了南宋张炎的《词源》（共12号），第二卷连续刊载了清人周济（止庵）的《词选序论》（共5号）。同时，冯秋雪在《诗声》上撰写"冰簃词话"，小序云："病中所记，词多芜杂。去腊岁除，出而删汰。'冰簃'，余与连城读书之室也，爰取以名篇。中所论者，皆愈后余辩正也。民国第一己未年（1919）初夏，秋雪记。"[3]《诗声》共载"冰簃词话"四回，是澳门民国时期非常重要的词话著作。

冯秋雪喜欢音乐，邀请狭隐为词创作西式乐谱，并把乐谱刊载于《诗声》之中。"秋雪不能乐而嗜乐，然杜门数稔，久矣不闻丝竹之音。前接陈若金君来教，挟示嫠妇怨曲一纸。予见猎心喜，盖以中国旧曲而

---

[1] 邓骏捷：《澳门雪堂诗社考述》，载《学术研究》2016年第11期。
[2] 伍晦厂：《霏雪楼诗话》（一），载《诗声》1916年第2卷第1号。
[3] 秋雪：《冰簃词话》（一），载《诗声》1919年第4卷第2号。

谱西调，难事也。然予偏见，颇嫌其俗。适钟君宝琦过我，予告以己意，并示陈君原曲，嘱代制一谱，歌白石之《齐天乐》词。钟君，音乐师也，徇予请。越日，以谱示予，高歌一曲，气荡肠回，佳制也"，"遂将钟宝琦所制姜白石《齐天乐·蟋蟀》的西式乐谱刊于《诗声》中"。[1]自此一发不可收拾，《诗声》先后刊发了钟宝琦所制宋人黄雪舟《湘春夜月》、苏轼《念奴娇》《水调歌头》、李清照《声声慢》等词的乐谱。冯秋雪的思想和行动"时时站在时代的前面"，"很相信社会蜕进的结果"[2]；他洋溢着以新形式发扬中国传统文学的热情，而用西式乐谱宣传宋词这种古典文学样式，不仅在澳门可谓开风气之先，也使得词这种中国传统的文学形式开阔了新的艺术境界。

　　雪社成员冯秋雪诗词涵养深厚，同时又勇于接受新思想、新观念，也勇于在新文化运动的浪潮中作出新的尝试，所以澳门诗坛上第一批白话诗在《诗声》中出现了，这翻开了澳门文学史新的一页。[3]有的新诗反映了冯秋雪的心绪，也有的表现出其与赵连城的伉俪深情。比如《我愿》："我愿她做堤边的水，/她愿我做水边的堤；朝朝暮暮地吻着——/天哪！/她怎的不能变做水？/我怎的不能变做堤呢？"又如《看书》："黄澄澄底灯光，/悄悄地偷进罗帷里。手执书本的她，一页一页的展读；/她底妩媚也随着一行一行的下去，——/也随着一页一页的翻去。/呵！究竟是她底眼随着一行一页转动呢？/还是一行一页随着她转动呢？"这类新诗通俗浅白，读者可以感受到冯秋雪细腻的感受力及其与连城夫妇鹣鲽情深。细细回味，还可以感受到句里行间清晰的节奏感。这是冯秋雪在内地新文学影响下，在诗歌创作形式上的勇敢尝试，也是澳门近代诗歌史上的重大尝试。

三、葡文报刊葡诗与汉诗葡译——澳门近代诗歌的中外交流

　　1822年澳门创办了中国境内的第一份现代新闻报刊《中国之蜂》，

---

[1]《诗声》1915年第1卷第5号。
[2] 古崎：《绿叶的序》，见冯秋雪、冯印雪、赵连城《绿叶》，澳门雪社1928年版，第3、4页。
[3] 邓骏捷、陈业东：《"雪社"初探》，见《雪社作品汇编》，澳门特别行政区政府文化局出版，第35页。

在此之后的20年间，又陆续创办了《澳门周报》《澳门钞报》《恒定报》《澳门土生公众报》《澳门政府宪报》《澳门土生邮报》《真正爱国者》《商报》《澳门周刊》《葡萄牙人在中国》《澳门土生灯塔报》《澳门土生曙光报》《中国孤独者》《澳门土生代言者报》等10余份葡文报刊。[1]这些葡文报刊的出现，也为澳门的葡萄牙人文学爱好者提供了创作的园地。随着这些报刊大多是以刊载政治和商业内容为主，偶尔也会刊登文学作品和诗歌。

1882年创刊的《澳门土生报》，是一份政治新闻文学周刊，其中刊载有不少当时葡萄牙人的文学作品，如卢贝克（L. A. Lubeck）的诗歌《信仰者和非信仰者》：

> 一生都在激烈的战斗/展开更激烈的战斗/更加刺激、更加痛苦/呻吟，伤害，诅咒/无数亵渎神明的言词、仇视憎恨的喧嚣/无数怀有深仇大恨的心灵离开了/两个大人物之间展开激烈的角逐/直至平息的一刻/暂时缓解战斗的疲惫。

> 两位举止雍容的长者/饱经风霜的脸上虽然布满皱纹/却宁静威严/再坚硬的岩石也无法移动巨浪/再高大的栎树也无法摧毁狂风/他们中的一人眼神暗淡无光/像快要燃尽的烛光/也曾经有鲜活的火苗跳动/直至光亮慢慢变弱/灿烂的光芒，神奇的光芒/另一个眼神沉静/像清晨的曙光，纯净、愉悦/是天空中早出现的启明星。

> 天堂里的安琪儿/真诚地祷告/在这个悲伤的时刻/非信仰者的声音/像一根坚硬的刺/扎入秘密的天国/感谢天主/这些灵魂已经改邪归正。[2]

又如另外一首《玛利亚之月》（*O Mez de Maria*）：

> 百花盛开的五月来了/风中摇曳的花儿/散发出醉人的芬芳/大

---

[1] 李长森：《近代澳门外报史稿》，广东人民出版社2010年版，第79页。

[2] 据《近代澳门外报史稿》翻译。原载于 *O Macaense*, 15 de Maro de 1883, No.48, p.12.

自然在微笑／甜蜜幸福地微笑着／如此绚丽夺目。

春天为绿油油的大地／带来了美丽的花朵／清新的百合花、优雅的紫罗兰／围绕着娇嫩的玫瑰花。

悦耳的歌声／优美的思乡曲／在山谷回荡／久久不散的／感谢这至高无上的颂歌／欢快愉悦的赞歌。

草原、高山、山谷、山脉／苍穹、大海和陆地／都在唱着爱的赞歌／因为百花绽放的五月来了／枝繁叶茂，鲜花遍野。

钟楼上的大钟／发出悦耳的声音／在晨光中向人们致敬／圣女玛利亚之月／从今天开始。

贫穷的诗人／也弹着七弦琴向玛利亚致意／他展开羞涩的歌喉／谦卑、高雅而神圣／为玛利亚唱着颂歌。

向您致敬，高贵的圣女／美丽的花朵／亮起甜美的歌声／紫红的玫瑰／在绿色的草地上婉转地歌唱。

哦，玛利亚／我们请求您／无论富裕还是贫穷／无论老迈还是年轻／我们都向您祈求／祈求得到您的垂怜。[1]

19世纪后期，来澳门的葡国人普遍受教育的程度较高，其中不少文学素养很高的文学家，庇山耶是其中具有代表性的一位。

庇山耶1867年出生在葡萄牙的科英布拉，17岁时进入科英布拉大学，在大学期间，就写下处女作《林中的女郎》，诗中洋溢着热烈的生命力。1893年12月18日通过考试成为澳门利宵中学教师，于翌年4月10日抵达澳门。抵达澳门后，庇山耶开始学习中国语言和文化。[2]庇山耶后来曾做过物业登记官、律师和法官等，并在友人的帮助下翻译了一册中国诗集。据庇山耶在《中国文学》的演讲中提到，一册刊有中国明朝十六首小诗的集子，被他从澳门沙栏仔附近的旧杂货店中用两元钱购得。这个集子是翁方纲作为礼物送给一位远赴广东某县任副官的学生

---

[1] 据《近代澳门外报史稿》翻译。原载于 *O Macaense*, 15 de Maro de 1883, No.59, p.60.

[2] 汤开建：《天朝异化之角16—19世纪西洋文明在澳门》（下卷），暨南大学出版社2016年版，第1197页。

的。庇山耶用葡语翻译了其中的八首，交由葡萄牙《进步》周刊发表。

庇山耶翻译的这八首诗歌包括王守仁的《登阅江楼》《龙潭夜坐》、王廷相的《登台》、徐祯卿的《在武昌作》《古意》《春思》、边贡的《幽寂》以及李梦阳的《湘妃怨》。翻译诗歌时，庇山耶先由华人指导他找出诗歌的作者，用拉丁字母拼出地名，再按原文逐字逐句翻译成葡文。庇山耶认为，中国诗歌的优胜之处在于语言的模糊和多义，"对想象力的强烈刺激"是中国诗歌的魅力之一。他将每一行诗翻译成一个单句，在译文中尽量保留原诗句的寓意和象征。比如《龙潭夜坐》[1]：

> 龙潭夜坐（葡文：晚上，坐在龙潭）
>
> 何处花香入夜清，（充满这极度纯洁的夜晚的花香是从哪里来的？）
>
> 石林茅屋隔溪声。（在荆棘丛生和陡峭的岩石之间，在发出轻微声响的小溪附近，有一间茅草屋。）
>
> 幽人月出每孤往，（就像习惯一样，隐士离去，月亮升起。）
>
> 栖鸟山空时一鸣。（空洞的山上，有一只小鸟栖息，早上不停地啾啭。）
>
> 草露不辞芒履湿，（不必管那露水沾湿了草鞋，）
>
> 春风偏与葛衣轻。（春风将麻布衣服轻轻地斜斜地托起。）
>
> 临流欲写猗兰意，（在急流的岸边，我想为茂盛的兰花作诗，）
>
> 江北江南无限情。（对"Kang-Pei"和"Kiang-Nan"的思念却阻碍我，使我无限激动。）

中国诗歌的翻译本就不易，从上述诗歌可看出，庇山耶的翻译水平值得称许。他努力保持中国诗歌原有的思想内容、艺术风格和修辞，甚至保留了大部分的意境。当然，中国文字独具表意特色，中国诗歌特有的对仗和平仄押韵在翻译为外文时肯定会丢失，但庇山耶作了努力保存中国文化风格的尝试。至于这几首翻译作品在葡萄牙社会中有多少影响，因

---

[1] 陈业东：《澳门近代文学探微》，澳门理工学院2014年版，第38页。

缺乏相关调查材料我们不得而知，但庇山耶所作的翻译可以看作近代文学史上"中国文学"以葡文形式的一次对外输出，庇山耶也理所当然成为中葡诗歌沟通、中葡文化交流的佼佼者。

结语

中国诗歌的古今演变，自然需要洞悉诗歌从古代到现代演进的形态和规律，考察中国诗歌从古代延续到现代的不同时段的特点和意义，系统考察中国诗歌古今演变中的动力、方向、过程、模式和影响等，方法论上可以站在近代文学的立场上进行"古""今"连通。

澳门地处边缘以及长时间葡萄牙政府管治，使得文学的土壤相当贫瘠，文学历史积累不够，文学创作气氛不浓，也缺乏创作力旺盛、多产的作家。20世纪之前澳门作家群体主要由遗民群体构成，澳门本地作家缺乏；20世纪后，澳门本土产生一批作家，但整体实力不强，受内地的影响也有限。所以澳门本土产生的诗词集少。但澳门具有特殊的地利环境和政治环境，这个只有几十平方公里面积的小岛，曾是东西方交通和贸易的港口，也成为东西文化交流的桥梁，所以报刊这种文学载体较早地在澳门出现，报刊在澳门诗词演变及文学演变的进程中起着重要作用。

首先，澳门近代报刊是澳门诗词古今演变进程的见证者和重要载体。澳门的新闻史在中国近代史上占有重要的一页，中国第一份外文报纸即中国第一份近代报纸就创刊于澳门。无论是研究中国近代史还是新闻史，都会提到澳门近代报刊业的发展情况。澳门由于受西风浸染较早，也比较早地拥有比较发达的出版观念，加之澳门本地文学创作者缺乏，文学爱好者容易倾向于选择报刊这种快速、方便，对文学涵养要求不高的媒介发表作品。早期《镜海丛报》《知新报》《诗声》《大众报》《华侨报》刊载的文学作品，展现了澳门文学从古代旧文学到现代新文学的探索。《知新报》发表的诗词是维新派诗歌创作的实践，维新派在国内局势紧张的情况下，选择澳门进一步推进思想的宣传，也以其诗歌创作实践者梁启超提出的"诗界革命"的主张为创作思路。《诗声》上不仅发表了冯秋雪为中国旧体词制作的西方曲谱，更是发表了澳门近代至今可见最早的一批白话诗。庇山耶的诗歌翻译，也交由报刊进行发表。近代报刊以媒介的身份，参与了澳门新旧诗歌的转变过程，推动了澳门新文学的产生。

其次，澳门近代报刊在澳门诗歌古今演变的尝试基础上，成为培植澳门新文学的重要基地。澳门近代报刊与澳门诗歌的互动，不仅是报刊本身的特点所决定的，更是近代文学发展的必然。报刊的时效性和简便性使它成为新文学载体的重要载体，成为文学革新的动力因素。随着报刊事业的兴起，报刊盛行和亡国危机的相伴，报刊强烈的现实作用已使它超越了载体本身，成为新文学、新思想的重要阵地。民族危机的加深，促使有识之士审视本民族文化，要求文学变革的呼声越来越高，"诗界革命""小说界革命"等通过报刊占领舆论制高点的同时，也进行新文学的实践。新旧的碰撞、古今的演变等使得报刊诗歌文学充分发展。澳门由于地处边缘，虽然没有受到内地轰轰烈烈的新文学运动的即时影响，在经过较长一段时间的摸索和尝试之后，新文学也终于正式起步，踏上文坛。20世纪50年代澳门文学社团和刊物的出现，更是培养了一批文学新秀。50年代的《新园地》，60年代的《红豆》，成为培植澳门新文学的重要基地。

毋庸讳言，澳门诗歌在近代文学史上，没有产生特别伟大的作家和对整个文学史有重大影响的作品。但它有独特的发展历程和多元的文化意蕴，具有其作为地域文学不可替代的地位和价值，关于澳门近代报刊与澳门近代文学古今演变的研究，有待进一步的发掘和深入探讨。

【作者简介】澳门科技大学国际学院助理教授。

论民国报刊词话的特点和价值

付 优

【摘 要】 民国时期报纸、期刊登载本词话兼继词学的叙事传统和批评传统，以笔记体、随笔型、漫谈式为书写特质，具有较为突出的理论价值、文献价值、文学价值和文化价值。整理和研究民国报刊词话，有利于一方面从历时性的角度追溯20世纪前半叶传统的词话批评与新兴的专题式词学论述在媒体公共空间角力的过程，另一方面从共时性的角度还原词话批评在民国时期的应激、自省、分裂和转化，反思传统词学现代化的路径和影响。

【关键词】 民国 词话 古典批评 现代转型

纵览一千多年来的词话史，不难发现，词话之体乃借鉴诗话而来，萌芽于晚唐五代，滥觞于北宋，成熟于南宋，衰弱于辽金元明，至清而中兴，振起于浙西、常州，历两百年之酝酿，聚河出伏流、一泻汪洋之势，光大于晚清民初，至20世纪上半叶，著作规模宏大，理论精深，堪称琼葩争艳、琳琅满目，继而曲折蜿蜒，重振于20世纪末，斯文如缕不绝。值得注意的是，民国时期，类型丰富的报刊媒介不仅改变了词籍的发行、流通、消费和接受过程，而且形塑了现代词学的内容、结构、语言和作者群体，在语体改革和文体改革的激荡中，为古老的词学孕育出新生的力量。

民国词话兼具记事、评点、论述、考辨等功能，其中有的臧否各朝词家优劣，有的折中古今论词异同，有的考证词韵分并，有的校订词律讹缺。从写作方式看，可分为原创类词话和辑录类词话。从传播形态看，可分为刻本词话、稿本词话、铅印（石印）本词话、油印本词话和报载本词话。相较于发展脉络较为清晰的刊本词话，为数众多的民国报

刊词话较少进入研究者视域，其内涵和价值显得格外模糊不清。有鉴于
此，本文将以民国时期的报纸、杂志刊载本词话为研究对象，尝试厘清
长期以来被学界混淆的"词话"概念，说明"词话"的不同定义所导向
的研究路径及其学术影响，并借此重估民国报刊词话的理论价值、文学
价值与文献价值，回应古典文学批评工具的现代价值问题。

一、作为批评文体的词话

顾名思义，"词话"是关于词这种文学体裁的话语，是中国传统词
学批评的主要样式。[1]两宋时期，受诗话体例影响，词话一般仅指称以
记述词本事为主的话词专著，内容多泛列所闻、杂举隽语，如杨湜《古
今词话》与晁补之《晁无咎词话》（《骩骳说》）等。当时如张炎《词源》、
沈义父《乐府指迷》等阐述词学理论的著作并不以"词话"命名，而杨
绘《时贤本事曲子集》等采录词坛掌故的作品，也未采用"词话"颜额。

到了南宋中后期，"词话"一词产生了新的内涵。日藏宽永十六年
（1639）刊本《诗人玉屑》卷二一附录注"并系玉林黄昇叔旸《中兴词
话补遗》"[2]。该文列词论十六则，主要评述张仲宗、范石湖、卢申之、
朱希真等人佳篇逸事。唐圭璋《词话丛编》据此版本收录，题名《中兴
词话》，附录于《魏庆之词话》篇后。然而南宋并没有《中兴词话》这
部专著，其内容实则来源于黄昇编《花庵词选》后十卷《中兴以来绝妙
词选》中的评语。由此可知，宋时已出现将辑录而成的论词话语泛称为
"词话"的现象。

元明时期，"词话"的概念变得更加宽泛。如嘉靖十七年（1538）

---

[1]"词话"一词也可指称发源于唐五代"词文"、宋代"陶真""涯词"等说唱伎
艺，流行于元明时期的诗赞系讲唱文艺，如《包龙图公案词话八种》《新刊全
相说唱足本花关索出身传》等。自20世纪30年代初起，孙楷第、叶德均诸先
生已详细考证过此类伎艺。此外，在明后期及清前期，"词话"还被用作白话
通俗小说和宋元小说家话本的泛称。例如，《申报·自由谈》1935年7月1日
刊稜磨《词话风与平话风》，《申报》1947年2月26日刊叶德均《春秋水浒传词
话》，《东方杂志》1947年第43卷第4期刊叶德均《说词话》，所研究的均是说
唱伎艺。另，在民国报刊语境中，"词话"有时系讲话、演讲之意，如《乐风》
杂志1943年第3卷第1期刊陈果夫《音乐与习俗之关系（三十一年九月二十六
日对国立音乐院学生词话）》。
[2] 黄昇：《中兴词话》，见唐圭璋编《词话丛编》，中华书局1986年版，第211页。

刊本《精选名贤词话草堂诗余》，该书并不是话词专书，而是明人陈钟秀根据宋何士信《草堂诗余》四卷改编而成的一部词选。此选本共录词三百六十七首，按时令、节序、怀古、人物、人事、杂咏六大类编排，题目中的"词话"二字指词选中散录有"名贤"论词之话。而此时大部分以"词话"命名的专著，如俞彦《爰园词话》、郭麐《灵芬馆词话》等，又并不仅仅系记录本事而已。

　　清代以后，"词话"逐渐成为话词专著和辑录论词话语的总称，兼有"备陈法律""旁采故实"和"体兼说部"[1]的文体特征。如王奕清编《历代词话》就来源于《御选历代诗余》所附从宋代以后各类杂著中摘录的论词零语。又如《四库全书总目提要》"词曲类·词话之属"收录王灼《碧鸡漫志》、沈义父《乐府指迷》、陈霆《渚山堂词话》、毛奇龄《词话》、徐釚《词苑丛谈》，"词曲类存目"收录张炎《词源》、陆辅之《词旨》、沈雄《古今词话》、王又华《古今词论》、毛先舒《填词名解》诸书，或记词林逸事，或评词人词作，或辨词作真伪，或考词人生平，内容包括广泛，体现出"词话"研究范围的延伸。

　　近代以来，学者们纷纷试图为"词话"勾勒出清晰的研究视界。早在20世纪30年代，谢之勃就在《论词话》一文中提出："词话者，纪词林之故实，辨词体之流变，道词家之短长也。"[2]同一时期，唐圭璋编《词话丛编》，将收录范围确定为"大抵以言本事、评艺文为主"，所收词话"有采自丛书者，有采自全集者，有附见词选者"，"有精校本，有增补本，有注释本"，不收录"词律、词谱、词韵诸书以及研讨词乐之书"，亦不录前人非专论词的诗词话著作[3]。80年代，宛敏灏发表《谈词话》，将"词话"定义为"一种以谈词为内容的笔记，涉及范围广泛，是综合性的"[4]，其论大抵从唐圭璋而来，但范围划定更为模糊。90年

---

[1] 永瑢等：《四库全书总目》卷一九五，中华书局1983年版，第1779页。原文论述系诗话之特征，实际词话亦具有同样的属性。
[2] 谢之勃：《论词话》，载《国专季刊》1933年第1期。
[3] 唐圭璋：《词话丛编例言》，见唐圭璋编《词话丛编》，中华书局1986年版，第6—7页。
[4] 宛敏灏：《谈词话》，载《安徽师大学报》（哲学社会科学版）1985年第1期。该文后收入宛敏灏著《词学概论》第十一章，上海古籍出版社1987年版。

代，王熙元归纳出词话的十三种内涵，"或探讨词学的源流正变，或研究词中的音韵格律，或品评词家的优劣得失，或记载词林的轶闻琐事，或分析词中的句法作法，或辨正前人的传钞、传闻的讹误，或考溯词调调名的缘起，或摘录词人的佳篇隽句，或搜辑散佚的断章佚句，或折中前人论词的异同，或为词人辨明诬妄，或泛论词中旨趣，或评述词集、词选的优长与缺失"[1]，概括相对完备，但论述微觉琐碎。

　　进入21世纪，唐圭璋弟子朱崇才对词话批评进行了较深入的研究。他提出，可以按照词学发展的历史实际将词话理解为"语及词之话"[2]，即凡是涉及词的话语都是词话，既包括已成卷的词话专著和各种词集的序跋题记，也包括散见于诗话、文集、笔记、书信、小说、类书的论词话语[3]。在续编《词话丛编》时，朱崇才将收录标准阐释为"成卷者以条目为结构方式，条目以一段连续话语为语言形式；辑录条目，以是否话及词学（如词作、词学活动、词学术语）为收录标准"[4]，排除话及词人而未及词学之著作，亦摒弃词集笺注、章节式词学专著、论词绝句、学词日记等词学文献。为《词话丛编》补遗的还有葛渭君与屈兴国两人，前者界定的"词话"，"乃考订词人生平仕履、评述词作本事艺文、记载词籍版本题识等方面的专门著述"[5]，后者所摘选的词话，"重在阐明词学理论、体制、风格、流派、品评、鉴赏等，而词律、词谱、词韵及词乐等，较少涉及，凡序跋、题咏、札记、书函类单篇零句，虽藻绘

---

［1］王熙元：《历代词话的论词特色》，见曾纯纯编《第一届词学国际研讨会论文集》，中国台湾"中央研究院"中国文哲研究所筹备处1994年版，第83页。

［2］朱崇才：《词话学》，文津出版社1995年版，第5页。朱氏另著有《词话史》（中华书局2006年版）与《词话理论研究》（中华书局2010年版），三书对词话的定义基本相同。

［3］将散见于杂著中的论词之语视为词话的观念在研究者中受到了一些质疑。例如，刘军政认为："如此宽泛的资料来源，对于清代以前的词学文献整理，因资料有限尚可以基本完成……但是到了清代以后，词学研究蔚为大观，完全辑录'及词之语'几乎是不可能的，因此广义的词话概念在清代实际上就失去了意义。"参见刘军政《中国古代词学批评方法论》第一章《词话的词学批评方法意义》，南开大学2010年博士学位论文，第15页。

［4］朱崇才：《词话丛编续编凡例》，见朱崇才《词话丛编续编》，人民文学出版社2010年版，第1页。

［5］刘尚荣：《词话丛编补编前言》，见葛渭君《词话丛编补编》，中华书局2013年版，第1页。

之嘉言，亦在割爱之列"[1]。整体上看，三种补辑本都大致延续了唐圭璋辑《词话丛编》的去取标准，细微不同之处仅在从别集杂著中新辑词话的选择尺度。

约与朱著同时，孙克强将"词话"界定为"词学理论最典型与最集中的载体"，"以语录体片段文字为特点"[2]，此论简短有力，但未免对词话文献"纪本事""资闲谈"的一面有所轻忽。近年来，曹辛华多次论述民国时期旧体文学文献的研究意义。他认为，"所谓'民国词话'首先当指民国时期那些采用非现代论文式、基本以片段式表达出现的'话'词的论著或'话'民国词的论著"[3]。在论述中国传统词话的承衍时，胡建次提出，词话是"以'条'或'则'为基本结构单位，通过'话'的散体化形式，自由灵活地对词人词作包括词本事及词学理论等进行录载或阐说的文学批评形式"[4]。此外，香港学者曾智聪在研究民国传统文学批评时也提出，"民国时期的词话，包括于1912—1949出版，用作词学批评的文体，主要以文言文写成，并以条目式表达，非现代学术论文形式"，其中包括"各种以'词话''词论''谈词'等类似名称著作"，也包括"不以上述名称为名，但内容以论词为主"的著作，还包括"词籍序跋或论词书信"[5]。

学者们对词话研究范围的想象和建构，无不基于深厚的词学修养，均有其合理之处。然而，其中也明显存在忽视和混淆词话界限的问题。

其一，应当如何认识后人从前人别集、词选、诗话、笔记、史著、类书、小说中新辑录的论词枝语？例如，《复堂词话》并非谭献所著词话专书，而是徐珂在光绪二十五年（1899）从谭献文集、日记及《箧中

---

[1] 屈兴国：《词话丛编二编凡例》，见屈兴国《词话丛编二编》，浙江古籍出版社2013年版，第1页。

[2] 孙克强：《词话考论》，载《中山大学学报》（社会科学版）2009年第6期。此文后收入孙著《清代词学》第四章第一节，见孙克强《清代词学》，中国社会科学出版社2004年版，第59—62页。

[3] 曹辛华：《论〈全民国词话〉的考索、编纂及其意义》，载《泰山学院学报》2012年第1期。

[4] 胡建次：《中国传统词学重要命题与批评体式承衍研究》，中国社会科学出版社2016年版，第493页。

[5] 曾智聪：《词学批评的现代转型——论民国时期词话传统的嬗变》，载《静宜中文学报》2018年第13期。

词》等著作中摘录词论汇辑所成。《词话丛编》所录词话，先著、程洪《词洁辑评》、许昂霄《词综偶评》、张惠言《张惠言论词》、黄苏《蓼园词评》、周济《宋四家词选目录叙论》等都是唐圭璋从各种词选中辑录而成的。《词话丛编续编》所录黄濬《花随人圣庵词话》、梁启勋《曼殊室词话》与唐圭璋《梦桐词话》等；《词话丛编补编》所录王士禛《倚声初集辑评》、徐珂《历代词选集评》《清词选集评》等；《词话丛编二编》所录朱彝尊《曝书亭词话》、胡适《胡适说词》、汪东《唐宋词选评语》等；《历代词话补编》所录杨钟羲《雪桥词话》、叶恭绰《遐庵词话》、胡士莹《霜红词话》等，均属后人摘录汇辑而成。这些摘编而成的词话对全面观照某位词人或者某个时代的词学思想，毋庸置疑是重要的，但今人汇辑词话，应当严守围绕"词"与"话"展开的编选原则，尊重前人"不越谈丛而转移韵府，未脱说苑而潜进吟谈"[1]的传统。同时，研究者使用这些文献材料时，万不能不加辨别地混同使用。考察作者词学观念时，最好返回词论产生的原始"文本现场"，否则极容易"以今衡古"，混淆作者不同时期的词学观念，甚至将汇辑本词话流传以后出现的评论，误当作对作者原文的评论，导致扰乱词学范畴生成、发展、传播的历史脉络。举例而言，在讨论词学界对《人间词话》的七次增补时，彭玉平曾提出，这些以"人间词话"为名的辑本"对于全面了解王国维的词学思想——特别是词学思想的丰富性与复杂性，无疑具有一定的意义"，但"若将王国维的词学思想浑然不分阶段，则不仅难以面对王国维持续近二十年的删减调整理念，也难以厘清王国维词学中的前后期差异，将这种错杂甚至掺有矛盾的理论形态陈列于学人面前，其所造成的困惑和迷茫，自然是可以想见的"[2]。据《词学季刊》登载，唐圭璋编辑《词学季刊》时，原计划分成两编，"甲编据刊本，乙编据辑本，网罗放佚"[3]。笔者认为，研究者编辑、引用汇辑本词话时，不妨按照唐老原本

---

[1] 李本纬：《古今诗话纂序》，见陈广宏、侯荣川《稀见明人诗话十六种下册》，上海古籍出版社2014年版，第523页。

[2] 彭玉平：《一个文本的战争：〈人间词话〉百年学术史研究之四》，载《河南大学学报》（社会科学版）2009年第2期。

[3]《词坛消息：〈词话丛编〉之校印》，载《词学季刊》1934年第2卷第1号，第200页。

的思想，将之命名为"某某评（论）词"，以示与原刊本词话的区别。

其二，是否能够将词籍序跋、论词书札、论词绝句（论词词）、词集提要、词人小传、课堂讲义与演讲稿视为词话？朱崇才《词话史》对"词话"内涵从宽看待，论述中常将序跋题记和论词书札作为词话专节讨论，如第三章论苏轼《与王定国》《与刘贡父》《与鲜于子骏》等书简，第七章论李俊民《无名老人天游集序》、吴师道《题谢君植吴立夫诗词后》[1]。《历代词话》收录有厉鹗、谭莹、郑方坤、朱衣真论词绝句。《词话丛编二编》收录王欣夫《四库提要补正词话》《四库未收书目提要续编词话》，原文均系词集提要。《词话丛编续编》收录南京图书馆藏删订本《历代词人考略》，内容以词人源流、生平小传和词风评价为主[2]，又收录顾随《驼庵词话》，该文实为课堂讲义辑录本。他如刘毓盘《词史》附录本《花庵绝妙词选笔记》，实为其在北京大学主持讲席时，应课堂教学需要，在讲授黄昇《花庵词选》时所作的笔记；而李保阳整理《霜红词话》[3]，则系1920年胡士莹在东南大学上学时所录吴梅讲义，此讲义油印本今藏平湖图书馆。此外，王蕴章以"王西神"之名刊发于1941年《民意》第二卷第八、九、十期的《词学一隅》，尽管谈的是词源、词韵、词律、词派、词史五个问题，但其实是为南方大学校友会撰写的演讲稿。又，陈果夫刊于《乐风》1943年第三卷第一期的《词话》实则系当年9月26日面对国立音乐院学生谈论音乐与习俗之关系的演讲稿。广泛汇辑、考证、研究历代词学文献固然是嘉惠词林之举，但不加选择地滥用"词话"之名，却可能遮蔽词话原有的历史作用，伤害词话自身的文体功能。

其三，就晚清民国时段而言，以白话写成的词话是否能算作词话？谭新红著《清词话考述》，编选范围仅限文言词话，不收录"以'词话'

---

[1] 朱崇才：《词话史》，中华书局2006年版，第39—45页、第170—171页。

[2] 《历代词人考略》系民国初年广受援引之词学文献，主要为况周颐撰写，后经多人校改。参见孙克强：《小议历代词人考略的作者及其学术价值》，载《文学遗产》1997年第2期。彭玉平：《历代词人考略及相关问题考论》，载《文学遗产》2016年第4期。

[3] 该词话笔者未能寓目，来源据谭新红：《清词话考述》，武汉大学出版社2009年版，第326—328页。

名书而以白话撰成者"[1]，如干因《杂碎词话》、谭正璧《女性词话》等皆在摒除之列。但张璋等辑录《历代词话续编》，却又将干因《诗词丛谈》、丁易《词中叠字》、刘缉熙《词的演变和派别》、宋咸萃《词学流变》和方欣庵《词的起源和发展》等大量以白话写成的篇目囊括其中。词话原本是以文言撰著的传统文学批评形式，但近代以来，由于文学文体的革新和批评话语的新变，在报纸杂志中出现了一大批以"词话"命名或从属于"词话"专栏之下的白话论词篇目，例如1927年《世界日报》副刊登载的关仲濠《屯田词话》和1937年《北平晨报》刊载的林丁《蕉窗词话》。出于尊重批评语言革新史实的需要，研究者既应尊"词话"之体，亦应重"词话"之变，不能将数量众多的近代白话词话弃置在研究视域之外。

事实上，不仅词话研究存在对词话文体特质认识不清的问题，诗话研究也陷入了类似的困境。2018年，黄霖在谈到我国话体文学批评的源流时，曾比较深刻地指出过话体概念内涵混淆的问题。文中云："至明清两代，诗话、诗法、诗论不同文体的概念日益相混，有的著作本身也各体并存，以至学界渐将所有成编的、随笔式的诗话、诗法、诗论及考证类的诗学著作统称为'诗话'，如影响深远的清乾隆年间何文焕编《历代诗话》，就把南朝梁钟嵘的《诗品》、唐皎然的《诗式》、司空图的《二十四诗品》与记事闲谈类的欧阳修《诗话》《温公续诗话》《中山诗话》等正宗的'诗话'混辑在一起。后来丁福保编《历代诗话续编》《清诗话》时，尽管有重诗论而轻故事的倾向，但大致仍然沿用《历代诗话》之体例。到后来，郭绍虞更着重在用'研究中国古典文学理论'的眼光来看待诗话，他编的《清诗话续编》明确排除记事之体，'所选者以评论为主'（《清诗话续编序》），甚至说'诗话之体，顾名思义，应当是一种有关诗的理论的著作'（《清诗话前言》），走向了一个极端。这样就在不知不觉之中，在'诗话'的框架下用论评类'诗论'取代了记事类的'诗话'，使'诗话'有其名而变其实了。对'诗话'的这种'鸠占鹊巢'式的理解显然失之于偏。但是，假如我们反过来，现

---

[1] 谭新红：《清词话考述凡例》，武汉大学出版社2009年版，第1页。

在只认定'体兼说部'的才是'诗话',又与历史上长期被认同的较为宽泛的包含着诗论、诗评、诗法、诗式的'诗话'不相一致。"[1]这段评论令笔者联想到章学诚在《文史通义》中批评"不复知著作之初意"的诗话作者,沿流忘源,不明学术,担忧其导致"人心风俗或因之而受其弊"[2]。影响人心风俗自然是诗词话难以承受之重任,但辨明批评之体,明确批评范畴,实属研究群体的基本责任。正如本文开篇所论述的,传统话体文学批评研究正在成为文学史和批评史研究新的生长点,因此厘清其范围界限,认清其内涵特点,寻求学术群体共识,应当是研究的必经之路和立论基石。

笔者认为,词话是传统词学批评的主要形式,兼继词学的叙事传统和批评传统,前者表现为讲述、考证词人词作的故事典实,后者表现为对词人词作的艺术探讨。在文本形态上,词话以笔记体、随笔型、漫谈式为特质[3],既不同于旧体文学批评文献中的词籍序跋、论词书信、词集评点、论词绝句(论词词)、词谱和词韵等著述,也不同于近代以来成体系、有主题的词学概论、词学史和单篇词学论文。在文本内容上,词话可囊括录事、论理、志传、品人、说法、考索、评书、摘句等诸多方面。在命名方式上,除直接指称"词话"外,也可题名为"词论""词谈""词评""词学札记""读词随笔"等。

二、民国报刊词话的特点

在前辈学人的著述中,无论如何界定词话的内涵,大体上都认同晚清民国是词话的集大成和新变时期。在国际国内时局动荡、社会文化急剧转型的时代背景下,传统词话或标举思想内容的沉郁厚重,或倡导形式结构的工整严密,沿着不同的路径,共同走向传统词学的总结和现代

---

[1] 黄霖:《关于中国小说话》,载《中国文学研究》2018年第2期。

[2] 章学诚著,仓修良编注:《文史通义新编新注》,浙江古籍出版社2005年版,第290页。

[3] 王熙元在《历代词话的论词特色》中指出:"历代词话在话词、论词的体式上,一种久远不替的传统,是自始即采取以精简的片段文字,随笔式即兴的抒发,而且全凭作者主观的体悟作印象式的品评,历经九百年的演进,这种体式始终如一,不曾改变。"参见曾纯纯编《第一届词学国际研讨会论文集》,中国台湾"中央研究院"中国文哲研究所筹备处1994年版,第83页。

词学的开端。

众所周知，近现代词学转型的过程与词学传播媒介的更新是相辅相成、互为背景的。自1815年英国传教士米怜在马六甲创办《察世俗每月统记传》和1833年普鲁士传教士郭实猎在广州创办《东西洋每月统计考》以来，报纸杂志的兴起带来的不仅仅是新工具和新技术，还有被"新尺度"[1]所形塑的新内容。随着雕版印刷媒介为机械印刷媒介所取代，知识在时间和空间中的传输逐渐产生偏斜，推动新文化和新思想的产生。20世纪初，梁启超观察发现，"自报章兴，吾国之文体为之一变，汪洋恣肆，畅所欲言，所谓宗法家法，无复问者"[2]，实则不仅报刊时论文章如此，词学评论亦"为之一变"。近代报刊传媒深刻影响了词话作者和读者群体的文学观念、语言风格和审美情趣，将传统词话引入现代文学批评场域之中。正如朱惠国在分析《词学季刊》与《同声月刊》的栏目设置和作者群体后所总结的，词学杂志的出现，"改变了传统的将书籍作为词学为以传播媒介的做法"，"有效地促进了词学家的研究和写作"，"在一定程度上改变了词学研究的基本格局"[3]。遗憾的是，民国报刊词话由于其形式上的零散、内容上的错讹、重复等原因，曾长期为词学研究者所忽视[4]，被几部晚清词话名著的光芒所遮蔽，成为尘封于旧报纸、老胶片中的零金碎玉。如何从民国报刊词话文本自身的脉络出发，还原近代报刊在推动词学转型中的具体路径和实际功能，是笔者思考民国词学批评史若干问题的起点。

---

[1] 媒介"新尺度"论来源于加拿大学者麦克卢汉。他主张"媒介即讯息"，意即为"任何媒介（即人的任何延伸）对个人和社会产生的影响，都是由新尺度引起的，这种新尺度是被我们的每一次延伸或每一种新技术引导进我们的事务中的"。参见麦克卢汉著，何道宽译：《理解媒介：论人的延伸》，商务印书馆2000年版。

[2] 梁启超：《中国各报存佚表》，载《清议报》（第100册）1901年12月21日。

[3] 朱惠国：《论传播媒介对词学研究的影响》，载《华东师范大学学报》（哲学社会科学版）2005年第2期。

[4] 例如朱崇才在《词话史》一书中提到："不言而喻，词学的研究对象应以唐宋词为主，而宋金元词话与元明清词话相比较，在时间上更接近唐宋词，在内容上对唐宋词的记述及研究有更深切的体会，处于更基本、更值得重视的位置。因此，本书在论述中，即稍详于宋金元词话，而稍略于明清词话。"明清词话还有一份"稍略"的席位，民国词话却难以在研究中登堂入室。参见朱崇才：《词话史绪论》，中华书局2006年版，第5页。

就时间界限而言，民国时期报纸、杂志刊载本词话仅限于1912年至1949年间撰写并发表的词话作品。其内容不包括1912年前撰写并发表在报纸杂志上的词话，如《大陆报》"文苑"栏目1904年连载的况夔笙著《香海棠馆词话》，或如1908年《夏声》第4期刊神州旧主（于右任）著《剥果词话》；不包括撰写于1912年前，刊载于民国期间的词话，如1941年第2卷第6期《同愿月刊》登载述庵编《方外词话》一则，内容实系抄撮宋释正平词；或如1918年《小说月报》刊恂叔（即清代文人查礼）著《铜鼓书堂词话》；再如《词学季刊》1935年第2卷第4号与《东南》杂志1943年第1卷第3期载清代女词人钱斐仲著《雨华盦词话》；也不包括起笔或撰写完成于民国期间，由作者自己或者经他人整理刊载于1949年之后的词话，如1981年《词学》第1辑刊张伯驹《丛碧词话》，或如《词学》1985年第3辑至1986年第5辑刊赵尊岳《填词丛话》，该文原系1973年新加坡排印本；更不包括由生于民国期间的作者所著，完全撰写和刊载于1949年之后的词话，如朱庸斋《分春馆词话》（广东人民出版社1989年版）、陈兼与《读词枝语》《闽词谈屑》（摘自《填词要略及词评四篇》，广东人民出版社1986年版）。

就刊载形态而言，民国时期报纸、杂志刊载本词话仅限于中文报纸、杂志刊载本词话作品。其内容不包括民国期间的未在报刊登载的稿本、刻印本、石印本与油印本词话。稿本如民国词人沈泽棠所著《忏盦词话》八十六则，内容以评论历代词人词作为主，如"学白石者易生硬，学玉田者易浮滑，学梦窗者易堆垛，能消息于张、吴二家，是为合作"[1]等论述，颇有见地。然而该词话并未刊行，原稿存中山大学图书馆，1995年经刘庆云整理发表。或如民国词学家刘尧民生前所著《晚晴楼词话》，稿本保存在其女儿手中，2001年经刘荣平整理刊行[2]。或如卓揆（卓幼庭）《水西轩词话》甲乙两稿，甲稿记其父卓鸿中与其伯父卓云祥词作，乙稿多记晚近福建词人，该词话稿抄本原藏福建图书馆，

---

[1]沈泽棠：《忏盦词话》，载《中国韵文学刊》1995年第1期。
[2]刘尧民：《晚晴楼词话》，载《词学》2001年，第238—291页。

2008年经陈昌强整理刊行[1]。又如民国文人陈应群《耐充室词话》[2]，系1927年作者手誊、订正之稿本，1930年再次修订，因故未能出版，稿本现存中山大学图书馆，2018年经赵宏祥整理发表。印本如谭正璧著《女性词话》，系统介绍宋代至清代五十九位女词人，1934年由上海中央书店出版。或如夏仁虎著《谈词》，作为《枝巢四述》之一，该书1943年由北京大学排印刊行。又如王蕴章《秋云平室词话》附于《云外朱楼集》，1937年由上海中孚书局出版。又如高毓浵著《词话》两卷，附于《潜公手稿》卷七，完稿于1936年后，由高氏后人影印。再如陈匪石《声执》两卷四十八则，该文前有自叙，云"己丑三月，陈匪石自识"，可知本文实际创作于1949年3月，但该词话附于1960年油印本《陈匪石先生遗稿》。以上诸种词话均不属于民国时期的报载本词话范围。

就撰著方式而言，民国时期报纸、杂志刊载本词话包括原创词话和辑录词话，但后者仅限于民国期间汇辑而成的词话。举例而言，《三六九画报》1942年第13卷第9期至第15卷第15期以"词客"或"词人"著《词话》为名辑录前人词话，《同声月刊》1944年第2卷第3期至第3卷第12期载映庵（夏敬观）编《汇辑宋人词话》，便不属于民国词话。1933年《词学季刊》第1卷第1期刊载《彊村老人评词》、第3期刊载《大鹤山人词话》均为龙榆生辑录，可划归民国报刊范围之内，但梁启超《饮冰室评词》、王闿运《湘绮楼评词》为后人辑录所得，未经报刊登载，便不属于本文的研究内容。另有一些词话文本的情况比较复杂，如1986年《词学》第4辑刊载黄濬《花随人圣庵词话》，系施蛰存辑录自《花随人圣庵摭忆》，但《摭忆》原载于1935年至1936年的《中央时事周报》，为全面观照民国报载词话的文本面貌和思想内容，可折中将此文纳入民国报刊范围内。

三、民国报刊词话的价值

总体上看，民国报刊词话具有广阔的研究空间，正如宛敏灏在《谈

---

[1] 陈昌强：《抄本〈水西轩词话〉》，见张伯伟、蒋寅主编《中国诗学》（第十三辑），人民文学出版社2008年版，第284—288页。
[2] 赵宏祥：《陈应群与〈耐充室词话〉》，载《词学》2018年第1期。

词话》一文中所提到的，"不但词史可资取材，其他关于词学史、词乐史、词谱、词韵以至诗歌创作、文学批评、辑佚、校勘等等，无不汇集保存部分资料，但看我们是否善于利用而已"[1]。具体地说，民国报刊词话的研究价值主要体现在以下四个方面：

其一，理论尺度上，民国报刊词话能深化历代词学的研究论题。如果以1934年龙榆生《研究词学之商榷》一文所界定的现代词学研究范围为尺度，自宋杨湜《古今词话》以迄清季民初《蕙风词话》《人间词话》，历代词话撰述皆属于"批评之学"。从该文举以示范的"东坡《水调歌头》主旨非爱君""张皋文穿凿附会解读温庭筠词"与"胡适'词匠之词'说多率意褒贬"三例来看，龙氏理想中的"批评之学"宗旨只在"抉出诸作者之真面目，以重新估定其在词学史上之地位"[2]。客观地看，民国报刊词话的研究内容实则远超出作者研究的界域[3]，横跨"外部研究"与"内部研究"两端，举凡词体之起源、词调之选用、词律之讲究、词集之校勘、词作之考订、词人之行实、词史之兴替、词派之盛衰、词风之转变、词笔之运用、学词之门径，林林总总，无不兼收并蓄。

以词的起源问题为例，历代文人提出过很多异说，聚讼纷纭，有些主张李太白《菩萨蛮》《忆秦娥》二词"为百代词曲之祖"[4]，有些认为"填词原本乐府，《菩萨蛮》以前，追而溯之，梁武帝《江南弄》、沈约《六忆诗》皆词之祖"[5]，有些则以为"自有诗而长短句即寓焉，《南风》之操，《五子》之歌是已。周之《颂》三十一篇，长短句居十八。汉《郊祀歌》十九篇，长短句居其五。至《短箫铙歌》十八篇，篇皆长

---

[1] 宛敏灏：《谈词话》，载《安徽师大学报》（哲学社会科学版）1985年第1期。
[2] 龙榆生：《研究词学之商榷》，载《词学季刊》1934年第1卷第4号。
[3] 民国报刊词话的研究内容不完全是理论的，其中既包括对朱崇才所指出的"起源论""功能论""流派论"与"境界论""格律论"的阐发，也包括词作辑佚、文字校勘、版本对比、逸事辑录的部分。参见朱崇才：《词话理论研究》，中华书局2010年版。
[4] 黄昇：《唐宋诸贤绝妙词选》卷一"李太白"条评语，见黄昇《花庵词选》，中华书局1958年版，第11页。
[5] 徐釚：《词苑丛谈》，上海古籍出版社1981年版，第7页。

短句,谓非词之源乎"[1]。大体上是将词的起源从唐人近体诗上溯至古乐府,再上溯至三百篇,越推越古,以实现"尊体"的现实需要。民国词学家则在此基础上将南宋以来各种议论条分缕析,从音乐衍变和文体更新的角度探寻词体生发的根本源头。如1929年《华北画刊》所载《怡簃词话》云:"词者诗之余,曲者词之余。诗词曲,名互异而质则同也。予考夫词之所由来,常有不出诗之范围之迹。以词调命名言,则今日盛传之词调,皆昔日之诗题也……如《黄莺儿》咏莺,《袅娜东风》咏柳……凡此,皆有所指据,不然,词调之名,何以各有别乎?"[2]这是注意到词调对诗题的继承性。而1932年《励进》杂志所刊《觉园词话》则提出:"词者诗之余,曲者词之余。'诗言志,歌咏言',则三百篇实为滥觞。一变而为乐府,再变而为诗余,寖假而为词余矣。"又云:"唐之歌词,皆为整齐之五言、六言、七言;而必杂以'和声''散声''泛声',然后方可被之管弦,使音之清浊,高低等得合曲拍,于是而词兴矣。"[3]这是既注意到词的历史流变过程,也注意到词的音乐文学属性。

　　其二,文献尺度上,民国报刊词话能辨析传世词学文献的讹误。如1935年《词学季刊》载杨易霖《读词杂记》十则,辨朱祖谋《彊村丛书》中所录米芾词有误,据毛氏汲古阁本、黄荛圃旧抄本可知该词作者实为秦观。又断四印斋本《花间集》和彊村丛书本《尊前集》所录温庭筠《菩萨蛮》(南园满地堆轻絮)作者有误,据伍氏粤雅堂本及四印斋本《草堂诗余》可知,该词作者实为何籀。1944年《中国文学》刊唐圭璋《梦桐室词话》有大量的词籍考证、辨误的内容,曾指出陶凫香《词综》之误、张惠言《词选》之误、毛子晋补名词之误,还考出《后庭花破子》不始于金元、《破阵子》不始于晏殊以及古今词语相袭等诸多问题。1947年《现代邮政》载王仲闻《读词杂记》[4],内容共五条六段,内容一则为辨《捣练子》(云鬟乱)词非李后主所作,兼辨贺裳《皱水轩词筌》误将《捣练子》词作《鹧鸪天》;二则辨《水调歌头》(吴王去

---

[1] 汪森:《词综序》,上海古籍出版社1978年版,第1页。
[2] 翁麟声:《怡簃词话》,载《华北画刊》1929年第17期。
[3] 谭觉园:《觉园词话》,载《励进》1932年第1期。
[4] 该词话曾由王亮整理标点,见王仲闻著,王亮整理《读词杂记六则》,载《词学》2013年第1期。

后）为尹师鲁词而非欧阳修词；三则辨刘仲方《水调歌头》作者之疑；四则辨《蕙风词话》将蒋兴祖女《减字木兰花》词误记为其父所作；五则辨吴曾《能改斋漫录》误将无名氏"别易会难无可奈"作李后主词，考辨颇为详尽。

其三，文化尺度上，民国报刊词话能反映文学活动的社会背景。民国报刊词话不仅是收录词学评论与词作考辨资料的宝库，而且汇辑了大量有关词人交际、词社活动与词坛风气的珍贵资料。某种程度上来说，民国报刊词话可谓是特定历史时空和社会背景中政治变革、思想流变与文学发展等诸多宏大问题的"晴雨表"。以词社活动为例，如1920年《诗声》刊黄沛功《心陶阁词话》中提到："冯秋雪与其夫人赵连城，读书一室，颜曰冰簃，倩家漱庵绘《冰簃读书图》，嘱余题词。"[1] 经考，冯秋雪夫妇正是雪社的主要创建者，曾主持以月课形式创作诗词，连续出版46期《诗声月刊》。而雪社正是国内第一个以澳门本土居民为骨干的文艺团体，相关诗词创作和评论对反映这一时期澳门文人的文学思想有十分重要的意义。或如王蕴章（署"莼农""鹊脑"）《梅魂菊影室词话》记载有春音词社的社名由来、词社成员和社集活动情况。文中云："近与虞山庞檗子、秣陵陈倦鹤有词社之举，请归安朱古微先生为社长。古微先生欣然承诺，且取燃灯之语，以'春音'二字名社。第一集集于古渝轩，入社者有杭县徐仲可、通州白中垒、吴县吴瞿安、南浔吴梦坡、吴江叶楚伧诸人。"[2] 文后抄录第一次社集中朱彊村、况周颐和自己所作三首《花犯·咏樱花》词。词话还记载了第二次社集社课为《眉妩·咏檗子所得河东君妆镜拓本》，第三次社集由周梦坡值社，地点在其双清别墅，社课为《风入松·咏梦坡旧藏宋徽宗琴》。另以词人创作心态为例，1935年《中华邮工》登载唐弢《读词闲话》末尾附注道："这是我五年前的一篇《读词闲话》，自从我弄新文学以来，已经宣告和旧文学脱离关系，立誓不再做诗填词了，自然也不会再弄词话这一类东西。去年的复兴文言运动，声势是非常浩大的，但我自己却也更明白而且更坚定地走着我自己的路。把这篇东西寄给《中华邮工》，算是

---

[1] 沛公：《心陶阁词话》，载《诗声》1920年第10期。
[2] 王蕴章：《梅魂菊影室词话》，载《文星杂志》1915年第1期。

给我自己一点纪念。从此以后，在文言文至文言诗词里，再不会找到我了。"[1]从中不难窥见新文学与旧文学形式在作者思想场域的激烈争竞。

　　其四，文学尺度上，民国报刊词话能表述中国特有的审美体验。傅璇琮曾在评论明诗话时指出："中国古代诗话，其本身即有一种极大的艺术感染力，人们读诗话，不一定即想从中得到某种知识的传递，而是在不经意的翻阅中不知不觉地获得一种美的启悟，一种诗情与理性交融的快感。这种中国特有的对审美经验的表述，是十分丰富的，是有世界独特地位的。"[2]不仅诗话如此，词话也包孕着我国特有的审美体验。如冯秋雪《冰簃词话》的小序言到："今岁双星渡河之夕，予约连城填七夕词，题为问仙与傲仙，各赋一题，以阄定。余得问仙，连城得傲仙也。复翻词牌以定谱，得《踏莎美人》。时已夜午，推窗仰视，双星闪闪，正渡河时也。拙作下半阕云：'白露横空，鹊桥延伫。人间天上喁喁语。一年一度欢娱。细问天孙，巧字怎生书。'连城作有云：'夜夜比肩，朝朝检韵。此情此景而无分。女牛若解悄含矉，应羡阿侬，朝夕画眉人。'予之问仙词，问字已嫌问得太过，而连城之傲仙词，傲字尤突过予前，牛女有知，泪当簌簌落也。诗成，黑云顿翳，微有雨点，意者其仙姬之泪乎。"[3]此段完全是明清小品文的写法，星河垂挂之景、夫妇缱绻之情毕肖于字里行间。1941年《宇宙风》刊留夷《怀旧词话》中也有一段摇曳生姿的描述。文中说："成了每天日课的，是晚饭后的散步，到学校西边远远的一个河堤上去。虽然教我们的何其芳先生说过这是一条'臭河'，然而我们却深爱它。它的前面是一片河荡，密密地挤满了田田的莲叶，几乎没有下船的地方了。远远一望无际全是水田和那红楼黄瓦的'南大'。夕阳下去以后，莲荡里罩上一层暗绿色，这时我们就能深深地领略王静安所激赏的李璟词'菡萏香销翠叶残，西风愁起绿波间'了——也是《浣溪沙》。"[4]初看这段"词话"，只觉行文却颇近于现代散文，语言晓畅若水、平白如话，但文中的情思风致完全是传统诗词

［1］唐弢：《读词闲话》，载《中华邮工》1935年6月第1卷第4期。
［2］傅璇琮：《明诗话全编序》，见吴文治主编《明诗话全编》（第1册），江苏古籍出版社1997年版，第8页。
［3］冯秋雪：《冰簃词话》，载《诗声》1919年第4期。
［4］留夷：《怀旧词话》，载《宇宙风·乙刊》1941年第56期。

的底子，黄瓦红楼、残阳绿叶，与沈祖棻的名作《浣溪沙》"有斜阳处有春愁"句异曲同工。

综上所述，民国时期报纸、期刊登载本词话兼继词学的叙事传统和批评传统，以笔记体、随笔型、漫谈式为书写特质，具有较为突出的理论价值、文献价值、文学价值和文化价值。整理和研究民国报刊词话，有利于一方面从历时性的角度追溯20世纪前半叶传统的词话批评与新兴的专题式词学论述在媒体公共空间角力的过程，另一方面从共时性的角度还原词话批评在民国时期的应激、自省、分裂和转化，反思传统词学现代化的路径和影响。

【作者简介】苏州大学博物馆馆员。

唐宋律诗尾联处理的功夫

查洪德

【摘　要】　近些年，写律诗的人多起来，作诗讲究章法。谈律诗章法，则必谈起承转合，似乎律诗天然就是起承转合。但细考唐宋律诗，发现极少符合起承转合者，而中间两联的承接，尾联的处理，各自另有妙处。特别是尾联的处理，更见功夫。执着于起承转合之合与不合，不利于认识唐宋律诗的多彩与精妙，也不利于对古人诗歌艺术的借鉴。从破除起承转合思维定式入手，认识古人律诗章法的多彩与精妙，特别是尾联处理的功夫，对古代诗歌的解读与评鉴，以及当前旧体诗词创作，都是有意义的。

【关键词】　律诗　起承转合　尾联

近几年写旧体诗词的人越来越多，其中多数人写律诗，作诗讲究章法，有时被所谓"起承转合"困扰。事实上，律诗，特别是被作为范本的唐宋律诗，符合起承转合规则的并不多。起承转合，古今都有讨论，这似乎是诗学中的一个细节问题，又是一个影响面很广的问题。执着于律诗是不是符合起承转合规则，难以真正认识古代律诗章法之多彩与精妙。破除这样一种定势思维，对于古典诗歌的解读与品鉴，以及旧体诗词创作，都是有利的。

一、从"起承转合"说起

什么是"起承转合"？这好像已经是常识，无须多言。其实并非如此。流行在写作教材和一些工具书中的解释，未必精确，需要在深入考察的基础上厘正。现代语词工具书的解释，可以权威的《辞海》《汉语大词典》《汉语成语词典》为代表，三者解释是相同的：

> 诗文写作结构章法方面的术语。"起"是开端；"承"承接上文加以申述；"转"是转折，从另一方面立论；"合"是结束全文。[1]

特别引起我们注意的是关于"合"的解释。如果"合"是结束全文，何必称"合"？这样解释，显然非古人之意。古人讲"起承转合"，重在"起"与"合"，起下合上，是为首尾，"承"与"转"，是"起""合"之间的承转。清人刘熙载说得很清楚：

> 起、承、转、合四字，起者，起下也，连合亦起在内；合者，合上也，连起亦合在内；中间用承用转，皆兼顾起、合也。[2]

刘熙载是讲八股文。凡对古代诗文理论有所了解的人都知道，律诗的所谓"起承转合"观念与经义文的起承转合之间有着密切且复杂的关系。清人冒春荣讲律诗起承转合，大意也是如此，他说：

> 诗之五言八句，如制艺之起承转合为篇法也。起联道破题意，次联承其意，第三联用开笔，结句收转，与起联相应，以成章法。[3]

"与起联相应"，这很明确，大致同于刘熙载"合上"之意。

今人一般的理解也与刘熙载、冒春荣之说大体一致。如启功先生讲"开合"与"起承转合"：

---

[1] 辞海编辑委员会编：《辞海》（下），上海辞书出版社1979年版，第4458页。罗竹风主编：《汉语大词典》（缩印本），汉语大词典出版社1997年版，第5766页。
[2] 刘熙载撰，袁津琥校注：《艺概注稿》，中华书局2009年版，第840—841页。
[3] 冒春荣：《葚原诗说》卷一，见郭绍虞编，富寿荪校《清诗话续编》（下），上海古籍出版社1983年版，第1571页。

有时前两截一组为一开，后两截一组为一合。总看这四截，很有趣，常常第一截是"起"；第二截接住上句，或发挥，或补充，即具"承"的作用；第三截转下，或反问，或另提问题，即具"转"的作用；第四截收束，或作出答案，或给上边作出结论，即具"合"的作用。这种四截的，姑且称之为"起承转合"。[1]

他之所谓"合"，可以看作刘熙载"合上"之说的一种解释。启先生用"开合"之"合"理解"起承转合"之"合"，更加明晰准确。今人黄强用"圆相"解释"起承转合"，形象说明"合"必合上，也即回应开头的意义："起承转合作为高度抽象的结构形式，其本质特征是圆相。取圆上任意一点作为起点，其运行的轨道无不历经承、转而返合于原位。且所谓承、转，乃是承中有转，转中有承；返合并不是简单的两点重合，返合于原位的一点在历经圆周运动后已成为新的质点。"[2]这样理解，是对"起承转合"既符合规范而又融通的、非刻板的解释。以上这些解释，还是疏忽了一点："合"不仅得回应开头，更需要的是照应题意。这一点今人吴正岚有强调：

以"起承转合"论诗，事实上可以分解为三个要素：其一，将诗歌分为四部分；其二，强调各段之间的逻辑联系；其三，重视各部分与诗题（诗意）的关系。[3]

这一点，于诗于文，都很重要。

起承转合，表现为诗文的章法，但它其实是一种思维习惯。这种思维习惯，表现于诗为一种诗法，表现为文则为文法。必须承认，不仅仅诗文，中国人在很多方面都讲究起承转合。明清人以起承转合论律诗，

---

[1] 启功：《有关文言文中的一些现象、困难和设想》，载《北京师范大学学报》1985年第2期。

[2] 黄强：《论起承转合》，载《晋阳学刊》2010年第3期。

[3] 吴正岚：《宋代诗歌章法理论与"起承转合"的形成》，载《南京大学学报》2003年第2期。

其观念就与当时盛行的八股文有关。[1]但清人也已注意到律诗与八股文的不同，如张潜辑《诗法醒言》卷二就说："诗家有结篇不言合也。合止就题收束，不敢侵犯下意。诗家则不然，要去路悠然，含蓄不尽，又要是此题余意，不可作局外闲谈。"[2]

不管是诗还是文，凡言起承转合，必须是起下与合上，承、转是起与合之间的承和转，否则即非起承转合。

古人也有有意曲解起承转合之义者，如金圣叹的朋友和同道徐增，他认为律诗必起承转合。为了使其说成立，又无法用前人律诗作品验证，只好给"起承转合"作新解，他说：

> 夫唐人最重此法，起，陡然落笔，如打桩，动换不得一字为佳。或未能明透，又恐单薄，故须用承；承者，承起句义也。转者，推开也，不推开则局隘，不推开则气促。人问曰："既云推开，则当云开，不当云转。"夫古人不云开而云转者，用力在开将去，而意则欲转回，故云转也。转盖为合而设也。合者，合于我之意思上来。人作一诗，其意必在结处见，作者于此处为归宿；又须通首精神，焕然照面，言外更有余蕴，方是合也。今人不知此法，专讲照应，可笑也。夫合又不但此也。一首诗，作如是起，当如是承，当如是转，当如是合。一字不出入，斯为合作，宁独结处为合，而云合也。[3]

他否定"合"为"照应"，正说明合须照应是一般人的理解。"合"当然须"照应"，没有照应，怎么叫合？按他的解释，不管如何结都可称为"合"，"合者，合于我之意思上来"，那么起承转都不是"我之意思"？"宁独结处为合，而云合也"，通体是"合"，则无所谓"起承转合"。这显然是曲解。

---

[1] 蒋寅：《起承转合：机械结构论的消长——兼论八股文法与诗学的关系》（《文学遗产》1998年第3期）一文有详论，此处不重复。
[2] 张潜：《诗法醒言》卷二，清乾隆刊本。
[3] 徐增著，樊维纲校注：《说唐诗》，中州古籍出版社1990年版，第230—231页。

需要补充说明的是，与"起承转合"大致同义的，还有"起承转收"[1]"起承转结"[2]等表述。如果细作考察，这些表述与"起承转合"，含义还是有些差别。

正确或者说准确把握"起承转合"之义非常重要，对于诗文解读的重要性自不待说，就我们将要讨论的问题来说，这是我们讨论问题的基础与前提。《辞海》等的解释不准确，我们对"起承转合"的理解，应该建立在古今普遍的认识之上。

律诗就须"起承转合"，与其说这是一个常识，不如说是一种心理定式。小说《红楼梦》第四十八回，有黛玉的话，讲律诗就是起承转合："这律诗不拘七言五言，总只八句，先两句为起，后两句为结为合，这个或对或不对都可，当中承、转是两副对子……"[3]平仄对仗可放宽，起承转合则是自然的。可见律诗起承转合思维在中国深入人心。在很多人的观念中，律诗自然符合起承转合规则。但事实并非如此。最显著的例子，三首曾分别被推为唐诗七律第一的崔颢《黄鹤楼》、沈佺期《独不见》与杜甫《登高》[4]，都非起承转合。从现象层面，前人早有指出："起承转收，一法也。试取盛唐律验之，谁必株守此法者？"[5]我们将要展开的讨论要从现象层面说起，但不会止于现象层面。

律诗起承转合之说起自元代，元代署名傅若金述范梈之意的《诗法正论》一书说："作诗成法有起、承、转、合四字。以绝句言之，第一句是起，第二句是承，第三句是转，第四句是合。律诗第一联是起，第二联是承，第三联是转，第四联是合。或一题而作两诗，则两诗通为起、

---

[1] 王夫之：《姜斋诗话》卷二："起承转收以论诗，用教幕客作应酬或可。其或可者，八句自为一首尾也。"见丁福保辑《清诗话》，上海古籍出版社2015年版，第11页。

[2] 杨载《诗法家数》："诗不可凿空强作，待境而生自工。或感古怀今，或伤今思古，或因事说景，或因物寄意。一篇之中，先立大意，起承转结，三致意焉，则工致矣。"

[3] 曹雪芹：《甲辰本红楼梦》，书目文献出版社1989年版，第1522页。

[4] 沈佺期《独不见》，清人吴乔《围炉诗话》卷二评："八句如钩锁连环，不用起承转合一定之法者也。"杜甫《登高》，清人方东树《昭昧詹言》卷十七评："收不觉为对句，换笔换意，一定章法也。"

[5] 王夫之：《姜斋诗话》，见丁福保辑《清诗话》，上海古籍出版社2015年版，第11页。

承、转、合。"[1]律诗四联分别为起、承、转、合，这样的作品实例在唐代律诗中不能说没有，但肯定很少。元代另一诗法著作《吟法玄微》又载范梈不赞成律诗讲起承转合，说："起承转合四字，施之绝句则可，施之于律则未尽然。"如果以起承转合论律诗，则"首句是起，二句是承，中二联则衬贴题目，如经义之大讲。七句则转，八句则合耳"。举两首杜诗《江村》《蜀相》为例，说《江村》："清江一曲抱村流，是起；长夏江村事事幽，是承；自去自来梁上燕，相亲相近水中鸥。此物意之幽也，老妻画纸为棋局，稚子敲针作钓钩。此人事之幽也。至多病所须唯药物，微躯此外复何求，则一句转，一句合。"《蜀相》也是如此。如此讲"起承转合"，太勉强，况且"微躯此外复何求"也难说是"合"。看来，作者也明白，律诗起承转合之说，在作品中难以验证。

清代诗论家对此争论很多，但多与作品实际脱节。

先看两种极端之论。一种以金圣叹等人为代表，以为所有诗（不仅律诗），都不出起承转合，说："诗与文虽是两样体，却是一样法。一样法者，起承转合也。除起承转合，更无文法；除起承转合，亦更无诗法也。"[2]他的朋友徐增持论相同，其《而庵诗话》："字有字法，句有句法，章有章法。诸不出顿挫与起承转合诸法耳。"[3]这种极端之论无须辩驳，绝对不能成立，前文已说，被推为唐人七律第一的三首诗都非起承转合，其他典型作品，如李商隐《泪》："永巷长年怨绮罗，离情终日思风波。湘江竹上痕无限，岘首碑前洒几多。人去紫台秋入塞，兵残楚帐夜闻歌。朝来灞水桥边问，未抵青袍送玉珂。"句句是泪，古人称之为一字血脉，如何讲起承转合？另一种绝对之论是彻底否定起承转合，论者发挥严羽《沧浪诗话·诗辨》"盛唐诸人，惟在兴趣。羚羊挂角，无迹可求"之说，以为本无诗法，当然也就说不上起承转合，清人鲍鋬《稗勺》载："或问沧浪论诗'羚羊挂角，无迹可求'之义。答曰：不践

---

[1]旧署傅若金：《诗法正论》，见张健编著《元代诗法校考》，北京大学出版社2001年版，第241页。
[2]金圣叹著，陆林辑校整理：《金圣叹全集》，凤凰出版社2016年版，第109页。
[3]徐增：《而庵诗话》，见丁福保辑《清诗话》，上海古籍出版社2015年版，第441页。

起承转合之迹,则近是矣。"[1]这不符合律诗发展史的实际。唐近体诗就是人工"研练"而成。元稹《唐故工部员外郎杜君墓志铭》:"唐兴,学官大振,历世之文,能者互出,而又沈、宋之流,研练精切,稳顺声势,谓之为律诗。"[2]《唐才子传·沈佺期》:"自魏建安迄江左,诗律屡变。至沈约、鲍照、庾信、徐陵,以音韵相婉附,属对精致。及佺期、之问,又加靡丽,回忌声病,约句准篇,著定格律,遂成近体。"[3]落实在起承转合上,《诗法正论》律诗四联分别为起承转合之说,虽然能够验证的诗不多,但并非没有,杜甫名作《登岳阳楼》便是,首先"昔闻洞庭水,今上岳阳楼"起,无须说;颔联"吴楚东南坼,乾坤日夜浮"承上楼写,也由洞庭来;颈联"亲朋无一字,老病有孤舟"转,古人在此评论很多,由登楼所见转出,但未离水。此无须细说。关键在尾联之"合","戎马关山北,凭轩涕泗流"。清人童能灵说:"结语'戎马关山北,凭轩涕泗流',正是承五六二句作结。而'戎马关山'字,又回照上面'吴楚''乾坤','北'字又回照上面'东南'。其句法雄杰,亦结得上面许多住也。然尤妙在轻逗'凭轩'二字,便将全首俱挽入登楼中,与起处正相应。此可见杜诗格律精熟也。"[4]"凭轩"回应首联,也回应诗题,"涕泗"回应颈联。如此才如刘熙载所言"合者,合上也,连起亦合在内"。有此诗例,怎么能说律诗没有起承转合?

在两种极端之论之间,也有通达之论,是否符合唐宋律诗的实际呢?也不是。所谓通达之论,如明人李东阳说:"律诗起承转合,不为无法,但不可泥。"[5]清人吴乔《答万季野诗问》:"起承转合,唐诗之大凡耳,不可固也。"[6]还有清人沈德潜之说,更为圆融:

诗贵性情,亦须有法,乱杂而无章,非诗也。然所谓法者,行

---

[1] 鲍鉁:《秪勺》,清雍正刊本。
[2] 元稹著,周相录校注:《元稹集校注》,上海古籍出版社2011年版,第1361页。
[3] 辛文房撰,周绍良笺证:《唐才子传笺证》,中华书局2010年版,第67页。
[4] 萧涤非主编:《杜甫全集校注》,人民文学出版社2015年版,第5679页。
[5] 李东阳:《麓堂诗话》,见丁福保辑《历代诗话续编》,中华书局1983年版,第1377页。
[6] 吴乔:《答万季野诗问》,见丁福保辑《清诗话》,上海古籍出版社2015年版,第32页。

所不得不行，止所不得不止，而起伏照应，承接转换，自神明变化
于其中。若泥定此处应如何，彼处应如何，不以意运法，转以意从
法，则死法矣。试看天地间水流云在、月到风来，何处着得死法？[1]

今人一般认同这类说法，以为不可无法，也不可固守其法，作品中则时
有突破或不合。艺术的创造，有法有律，诗人以灵心运之，神明变化，
奇妙莫测。就一般意义上说，我们认同其说。但拿它来说明律诗起承转
合的问题，这种理论高超却又无当，也不符合唐宋律诗的实际。这在下
一节的考察中，会逐渐说明。

二、尾联"撇开"的处理及其艺术效果

　　首先要明确，律诗都是"作"出来的，不管是唐诗还是宋诗。长
于律诗的陆游曾声称："文章本天成，妙手偶得之。粹然无疵瑕，岂复
须人为。"[2]（《文章》）大约也是英雄欺人之论。才气远高于陆游的苏轼
还说，"此技虽高才，非甚习不能工也"[3]。陆游当然也是"甚习"而后
"工"的。像陆游的《秋夜纪怀》："北斗垂苍莽，明河浮太清。风林一
叶下，露草百虫鸣。病入新凉减，诗从半睡成。还思散关路，炬火驿前
迎。"难道真的纯然妙手偶得而无人为吗？[4]诗之为诗，必有妙心，否
则无诗可言；但律诗有"律"，最后的成就，必靠功夫，不可能全任自
然。诗人所求，乃"裁缝灭尽针线迹"，针线是必有的。鉴赏家，诗论
家，就是要在似乎无针线处识得其针线，看出其手段。对于律诗，更是
如此。如杜甫《阁夜》："岁暮阴阳催短景，天涯霜雪霁寒宵。五更鼓角
声悲壮，三峡星河影动摇。野哭千家闻战伐，夷歌几处起渔樵。卧龙跃
马终黄土，人事音书漫寂寥。"冯舒评："无首无尾，自成首尾；无转无

---

[1] 沈德潜著，霍松林校注：《说诗晬语》（与《原诗》《一瓢诗话》合订本），人民
　　文学出版社1979年版，第188页。
[2] 陆游：《陆游集》，中华书局1976年版，第1933页。
[3] 苏轼：《与陈传道五首》其五，见苏轼著，孔凡礼点校《苏轼文集》卷五十三，
　　中华书局1986年版，第1575页。
[4] 诗题《秋夜纪怀》，诗前四句"秋夜"，后四句"纪怀"。首句写出秋夜，次句
　　明其不眠，中四句都因不眠而生，尾联推开。且敢用"一叶落"三字，犯三仄
　　尾，对以"百虫鸣"而成名句。

接，自成转接。"[1]其实，这首诗首尾、转接，脉络都是很清晰的。首联点题，中二联都从"霁寒宵"出，尾联撇开言意。[2]回到"起承转合"问题上来，唐宋诗或合或不合起承转合规则，都不应理解为自然合或自然不合，或偶然合、偶然不合，而是诗人的处理。合与不合，都是诗人有意为之。

我们从元初诗论家方回对唐人律诗章法的概括说起。早在《诗法正论》提出"起承转合"之前，方回已经有了不同于起承转合的概括，他说："盛唐人诗多以起句十字为题目，中二联写景咏物，结句十字撇开，却说别意。此一大机括也。"[3]所谓"起句十字"，是以五律论，指首联。他还说："起两句言题，中四句言景，末两句摆开言意。盛唐诗多如此。全篇浑雄，齐整有古味。"[4]尾联"撇开""摆开"，都是说不照应首联和诗题，另说别意，这就不会符合"起承转合"之"合"。如杜甫五律《送韦郎司直归成都》："窜身来蜀地，同病得韦郎。天下兵戈满，江边岁月长。别筵花欲暮，春日鬓俱苍。为问南溪竹，抽梢合过墙。"方回有评："一直说将去，自然工密……尾句必换意，乃诗法也。"[5]"尾句"当然是尾联。方回认为，像杜甫这首诗，前六句都说诗人与韦同窜身蜀地的遭际，最后一联却言别事。他进一步说，不是这一首诗偶然如此，而是律诗的章法。清人纪昀以为方回说得太绝对，批评说："换意与否，视乎文势。古人名篇一意到底者多矣，'必'字有病。"[6]从我们讨论的问题的角度看，不管换意还是"一意到底"（如上引李商隐《泪》），都说不上起承转合。

---

[1] 方回选评，李庆甲集评校点：《瀛奎律髓汇评》，上海古籍出版社2005年版，第30页。
[2] 元张性《杜律演义》评："此诗公因夜宿阁中高寒不寐将晓而作也。首句惊岁之晏，第二句见将晓之情，霜天则鼓角之声独响，故曰'悲壮'。将晓则星河之影将明，故曰'动摇'……第三联亦因将晓而歌哭俱动也……末联感忠逆贤否之同归于尽，人生亦徒然耳。"见萧涤非主编《杜甫全集校注》，人民文学出版社2015年版，第4260页。
[3] 方回选评，李庆甲集评校点：《瀛奎律髓汇评》，上海古籍出版社2005年版，第1620页。
[4] 同上书，第1256页。
[5] 同上书，第1025页。
[6] 同上书，第1026页。

方回之论是他的发现吗？还真不是。在方回之前，人们对这一点早有认识。如黄庭坚说："作诗正如作杂剧，初时布置，临了须打诨，方是出场。"[1]今人吴正岚解释说："这是说诗歌发端应凸显全诗主旨，而结句却必须出之以与主题无关的、出人意料的描写。"[2]更为明确的，有南北宋之交的陈长方《步里客谈》的概括：

> 古人作诗，断句辄旁入他意，最为警策。如老杜云"鸡虫得失无了时，注目寒江倚山阁"是也，鲁直水仙诗亦用此体："坐对真成被花恼，出门一笑大江横。"[3]

所举作品，是杜甫《缚鸡行》、黄庭坚《王充道送水仙花五十枝欣然会心为之作咏》两首七古，但体现的诗法意识，与律诗相通。诗如下：

> 小奴缚鸡向市卖，鸡被缚急相喧争。家中厌鸡食虫蚁，不知鸡卖还遭烹。虫鸡于人何厚薄，吾叱奴人解其缚。鸡虫得失无了时，注目寒江倚山阁。（杜甫《缚鸡行》）

> 凌波仙子生尘袜，水上轻盈步微月。是谁招此断肠魂，种作寒花寄愁绝。含香体素欲倾城，山矾是弟梅是兄。坐对真成被花恼，出门一笑大江横。（黄庭坚七律《王充道送水仙花五十枝欣然会心为之作咏》）

尾句旁入他意，在宋代诗论家看来，不是某些诗人、诗作的处理方式，而是带有普遍性的现象，也成为宋人论诗的一种思维。魏庆之《诗人玉屑》引《金针诗格》（吴正岚《宋代诗歌章法理论与"起承转合"的形成》认为应该是《续金针诗格》。如此则出自北宋）之论如此说：

---

[1] 王直方：《王直方诗话》，见郭绍虞《宋诗话辑佚》，中华书局1980年版，第14页。
[2] 吴正岚：《宋代诗歌章法理论与"起承转合"的形成》，载《南京大学学报》（哲学·人文科学·社会科学版）2003年第2期。
[3] 程毅中主编：《宋人诗话外编》（下册），国际文化出版公司1996年版，第1112页。

　　第一联谓之"破题"，欲如狂风卷浪，势欲滔天，又如海鸥风急，鸾凤倾巢，浪拍禹门，蛟龙失穴。第二联谓之"颔联"，欲似骊龙之珠，善抱而不脱也。亦谓之"撼联"者，言其雄赡道劲，能掉阖天地，动摇星辰也。第三联谓之"警联"，欲似疾雷破山，观者骇愕，搜索幽隐，哭泣鬼神。第四联谓之"落句"，欲如高山放石，一去不回。[1]

称第四联为"落句"，"高山放石，一去不回"，不同于起承转合回环照应的思路。

　　应该说，这种诗法观念的形成，和律诗创作中尾联这种处理，与唐宋时期科举的影响有一定关系。在唐以诗试士，则与试帖诗有关；在宋以律赋试士，则受律赋的影响。

　　唐试帖诗五言六联（也有八联），其基本体式特点，清人沈德潜有概括，他所选《唐诗别裁集》卷十八五言长律录试帖诗，在韩浚名下注："此体凡六韵：起联点题；次联写题意，不用说尽；三四联正写，发挥明透；五联题后推开；六联收束。"[2]有意思的是，如果没有第二联和第六联，则沈德潜所言试帖诗章法与方回概括的律诗章法大致相同。现在需要考察第二联与第六联在整首诗意脉中的位置。从沈德潜《唐诗别裁》评点较细的作品看，第二联其实是第一联的补充，仍属点题。那么第六联的"收束"，是回到题目或者遥应首联呢？还是顺着第五联"推开"后继续说下去呢？这需要从作品实际看。我们在《唐诗别裁》中选沈德潜评语较多的两首来看，先看韩浚《清明日赐百僚新火》，这首诗题下注明是试帖诗，诗如下（括号中文字为沈德潜评语）：

　　朱骑传红烛，天厨赐近臣。火随黄道见，烟绕白榆新（切"新火"不脱"清明"）。荣耀分他室，恩光共此辰。更调金鼎味，还暖玉堂人（不脱"百僚"）。灼灼千门晓，辉辉万井春。应怜萤聚者

[1] 魏庆之著，王仲闻点校：《诗人玉屑》卷十二《金针诗格》，中华书局2007年版，第379页。
[2] 沈德潜：《唐诗别裁集》，中华书局1979年版，第584页。

（以车胤自况），瞻望及东邻。[1]

大致说，这首诗可分前两联（清明赐新火）、中两联（得新火百僚之荣）、后两联，结构是比较清晰的。与沈德潜上述概括稍有不同，不是第五联推开，而是第六联推开，第五联似乎是一个过渡（第五联言新火辉映都城，第六联推开说自己如囊萤夜读之车胤）。再看李商隐的《赋得月照冰池》，题下注明是省试诗，诗题中关键词是月与冰，诗以"月""冰"二字贯穿，沈德潜的评语正紧扣"月"与"冰"：

> 皓月方离海，坚冰正满池（分写）。金波双激射，璧彩两参差（二句双承）。影占徘徊处，光含的烁时。高低连素色，上下接清规（四句合写）。顾兔飞难定，潜鱼跃未期。鹊惊俱欲绕，狐听始无疑（四句又分写）。似镜将盈手，如霜恐透肌（复合写收）。独怜游玩意，达晓不知疲。[2]

所谓"分写"即第一句写月、第二句写冰，"双承"即总承第一二句之"月"与"冰"之光彩。这首诗八联，前两联、后两联与上诗同，不同的是中间多出两联。但相同的也是最后一联推开（推开写人），第七联类似上一首诗的第五联，似乎是一个过渡（由月与冰转向人）。两诗虽有六联、八联的不同，但最后推开却同。

宋代的律赋也可能影响人们的诗法观念。律赋的体制要求非常严格，宋郑起潜《声律关键》总结律赋的结构：通体为八韵：第一韵"破题"，第二韵"原韵，推原一题之意"，第三韵"虽是贴上截须引下意"，第四韵"虽贴下截须承上截意"，第五韵"敷演详讲本题之意"，第六韵第七韵铺陈，第八韵结尾（这是我们感兴趣的）"题外立意，下一转语，高题目一着"。这正与唐试帖诗最后一联推开为近似思路。该书举例如《养士如琢玉赋》以"良玉不琢"结："虽玉贵乎琢，而良玉有不琢者存。士当明于自养。"在"养士如琢玉赋"题外立意，高出题目一着。

---

[1] 沈德潜：《唐诗别裁集》，中华书局1979年版，第584页。
[2] 同上书，第597页。

《规矩方圆之至赋》以"从容中道"作结："规矩之至，特为不方不圆者设焉，非为从容而中者。"[3] 随心所欲不逾矩才是至高境界。这些都与唐宋律诗尾联旁入他意的超越观念相同。

客观地说，律诗章法之于"起承转合"，是有合有不合。就倾向性说，在上述诗法观念影响下，唐宋律诗合者少、不合者多，特别是尾联非"合"，而是"撇开""推开"或称"旁入他意"。笔者用第一部唐宋律诗选本《瀛奎律髓》所选唐宋四位代表性律诗作者杜甫、李商隐、黄庭坚、陆游诗作，只就尾联是回应首联或题目，还是旁入他意作统计区分，回应首联或题目者称作"合"，旁入他意者为"不合"，其中杜甫诗216首，除去排律4首和重出4首，有208首，合者53首，不合155首。分五七言看，五言145首，合者36首，不合109首；七言63首，合者17首，不合46首。李商隐诗22首，除去排律1首、无题3首，剩18首，合者5首，不合13首。分五七言看，五言7首，合者2首，不合5首。黄庭坚诗38首，除去排律1首，得37首，合者4首，不合33首。分五七言看，五言12首，合者1首，不合11首；七言25首，合者3首，不合22首。陆游诗179首，除去排律2首、重出1首，为176首，合者25首，不合151首。分五七言看，五言48首，合者5首，不合43首；七言128首，合者20首，不合108首。四人诗总计439首，合者87首，不合352首。其中五言212首，合者44首，不合168首；七言227首，合者43首，不合184首。列表如下：

诗人	选诗	合	不合	其中五言	合	不合	其中七言	合	不合
杜甫	208	53	155	145	36	109	63	17	46
李商隐	18	5	13	7	2	5	11	3	8
黄庭坚	37	4	33	12	1	11	25	3	22
陆游	176	25	151	48	5	43	128	20	108
总计	439	87	352	212	44	168	227	43	184

这仅是就尾联合与不合论。即使尾联合，也未必符合起承转合规则，比

---

[3] 郑起潜：《声律关键》第八韵，见《续修四库全书》第1717册，上海古籍出版社2002年版，第634页。

如苏轼《寿星院寒碧轩》（见下引），尾联回应题目，但中间两联有承无转，也构不成起承转合（详后文）。

尾联撇开的效果，宋人说是"最为警策"，在我看来，起码可以从以下方面来认识：

第一，拓展境界，升华诗意。人们熟悉的作品，如杜甫《又呈吴郎》："堂前扑枣任西邻，无食无儿一妇人。不为困穷宁有此，只缘恐惧转须亲。即防远客虽多事，便插疏篱却甚真。已诉征求贫到骨，正思戎马泪盈巾。"杜甫《野老》："野老篱前江岸回，柴门不正逐江开。渔人网集澄潭下，贾客船随返照来。长路关心悲剑阁，片云何意傍琴台。王师未报收东郡，城阙秋生画角哀。"

第二，进入更高层次对所写问题作超越性思考，如杜甫《曲江二首》其一："一片花飞减却春，风飘万点正愁人。且看欲尽花经眼，莫厌伤多酒入唇。江上小堂巢翡翠，苑边高冢卧麒麟。细推物理须行乐，何用浮荣绊此身。"[1] 杜甫《阁夜》："岁暮阴阳催短景，天涯霜雪霁寒宵。五更鼓角声悲壮，三峡星河影动摇。野哭千家闻战伐，夷歌数处起渔樵。卧龙跃马终黄土，人事音书漫寂寥。"

第三，寄寓更深感慨，或赋予所咏之事普遍性意义，如杜甫《登高》（上文已引），杜甫《九日》："去年登高郪县北，今日重在涪江滨。苦遭白发不相放，羞见黄花无数新。世乱郁郁久为客，路难悠悠常傍人。酒阑却忆十年事，肠断骊山清路尘。"后人之作，如李商隐《安定城楼》："迢递高城百尺楼，绿杨枝外尽汀洲。贾生年少虚垂泪，王粲春来更远游。永忆江湖归白发，欲回天地入扁舟。不知腐鼠成滋味，猜意鹓雏竟未休。"苏轼《六月二十日夜渡海》："参横斗转欲三更，苦雨终风也解晴。云散月明谁点缀，天容海色本澄清。空余鲁叟乘桴意，粗识轩辕奏乐声。九死南荒吾不恨，兹游奇绝冠平生。"

尾联撇开，只是字面的撇开，从内在血脉上，不能断裂。如杜甫

---

[1] 这首诗被《诗法正论》引为起承转合之例，其实这首诗并不合起承转合之法。第一联两句分写"花飞"与"愁人"，为一诗血脉，是起；第二联两句分承，第三句承第一句言"花飞"，第四句承第二句写"愁人"，与第一联两句为分承顺接。第三联转，由花之零落转由眼前荒芜言世事凋零，也是"愁人"的延展——由时光流逝转向兴亡盛衰。最后一联推开言意而非"合"。

《江村》："清江一曲抱村流，长夏江村事事幽。自去自来梁上燕，相亲相近水中鸥。老妻画纸为棋局，稚子敲针作钓钩。多病所须唯药物，微躯此外更何求。"诗写"江"写"村"，关键则是"事事幽"。结联撇开，却说自身，似乎与"江""村""幽"都已无关。但这一结，结到"幽"的关键：为何能够"事事幽"？关键不在居住之"村""江"水环绕，与世隔绝，而在心之幽；心如何能"幽"？无所"求"才"幽"，这是一诗结穴，一诗真精神所在。这很能体现杜甫诗律之细。

三、唐宋律诗章法之多彩与精妙

王夫之不仅反对以起承转合论诗，进而反对讲章法。他说过一段相当有影响的话：

> 起承转收，一法也。试取初盛唐律验之，谁必株守此法者？法莫要于成章。立此四法，则不成章矣。且道"卢家少妇"一诗作何解？是何章法？又如"火树银花合"，浑然一气；"亦知戍不返"，曲折无端……起不必起，收不必收，乃使生气灵通，成章而达。[1]

如何看待这一说法呢？就王夫之这段话所举的作品看，说这几首诗非起承转合，我们赞同；但说这些诗没有章法，就很难同意了。他所举分别为唐沈佺期《独不见》、苏味道《正月十五夜》和杜甫《捣衣》。沈佺期《独不见》："卢家少妇郁金堂，海燕双栖玳瑁梁。九月寒砧催木叶，十年征戍忆辽阳。白狼河北音书断，丹凤城南秋夜长。谁为含愁独不见，更教明月照流黄。"清吴乔《围炉诗话》有评："八句如钩锁连环，不用起承转合一定之法者也。"[2]就是说，它不用起承转合之法，但有"钩锁连环"之法，钩锁连环也是一种章法。所谓钩锁连环，指中四句为分承逆接关系。借鉴前人之说，我们可以清楚地梳理出其章法。首联点题，尽管《独不见》是乐府旧题，但诗的首联还是紧扣了"独不见"三字：

[1] 王夫之著，戴鸿森笺注：《姜斋诗话笺注》，上海古籍出版社2012年版，第78页。
[2] 吴乔：《围炉诗话》卷二，见郭绍虞编选《清诗话续编》，上海古籍出版社1983年版，第544页。

以比兴起，"海燕双栖"反衬人之独宿，是"独"，见双栖之鸟不见相伴之人，暗寓"不见"。这位独栖少妇是一位征夫之妻，于是中间两联分写少妇所在与征夫之处：第三句"寒砧木叶"写少妇所在，第四句"辽阳"是征夫之处（或说思妇所思之处，所以可以简单概括为"所在"与"所思"）。第三联与第二联是分承逆接，就是说下一联的上句接上一联的上句，下一联的下句接上一联的上句——第五句"白狼河北"承第四句"十年征戍"，写征夫所在，写征夫；第六句"丹凤城南"承第三句"九月寒砧"写少妇（三四五六：所在→所思→所思→所在）。"辽阳"预先点明"音书断"之地，"丹凤城南"倒点补出"寒砧木叶"之处。最后一联回应首联，说破"独不见"，而"明月照流黄"又显其长夜不眠，以应"秋夜长"。全诗针线细密，又无雕琢之痕。杜甫的《捣衣》："亦知戍不返，秋至拭清砧。已近苦寒月，况经长别心。宁辞捣衣倦，一寄塞垣深。用尽闺中力，君听空外音。"与《独不见》有些近似但实不同，大的章法近似于古人说的"双抛"：首联分别出"不返"与"秋至"。中间四句分承首二句：三五承次句"秋至"，四六承首句"不返"（已近苦寒月——秋至，况经长别心——不返。宁辞捣衣倦——秋至，一寄塞垣深——不返）。尾联回应题目，并分写我与"君"。说近似，是都可归入思妇类，要分写思妇与征夫，但具体章法不同。至于苏味道《正月十五日夜》，章法可以从大的意脉把握：诗写正月十五夜（与平时"禁夜"不同）的放任与狂欢，"火树银花合，星桥铁锁开。暗尘随马去，明月逐人来。游妓皆秾李，行歌尽落梅。金吾不禁夜，玉漏莫相催"。首联的"铁锁开"与尾联的"不禁夜"，凸显这是一个放任之夜。中间两联，一联全景，一联特写，展示这特殊之夜的纵意狂欢。意脉清晰，章法严整。可见，我们完全可以回答王夫之"是何章法"之问，并且绝无牵强。古人律诗确实非"起承转合一定之法"，它原本是多彩的。但不管如何多彩，凡言章法，必是严整的。揭示出诗法之精妙细密，更可感受严整中的妙思。

要认识这多彩、严整与妙思，需要借鉴古人的章法论。古人具体的章法论或许刻板、机械，其总结又往往繁琐，我们要用圆融通达的思维，吸收其中可借鉴之处。相比那些具体章法，古人总结诗歌章法的思路，可能更有价值。如《木天禁语》讲章法有四句话："有以字论者，有以意论者，有以故事论者，有以血脉论者。"[1]这就很可借鉴，颇具启发意义。该书《七言律诗篇法》列七律十三格："一字血脉、二字贯穿、三字栋梁、数字连序、中断、钩锁连环、顺流直下、双抛、单抛、内剥、外剥、前散、后散。"[2]这十三格，大部分属章法。是不是真能"隐括无遗"，我们不必深究[3]，但有一点是肯定的：这些绝非"起承转合"所可囊括。其中一些可借来分析律诗章法。如"一字血脉"举唐人崔珏《和友人鸳鸯之什》："翠鬐红毛舞夕晖，水禽情似此禽稀。暂分烟岛犹回首，只渡寒塘亦并飞。映雾尽迷珠殿瓦，逐梭齐上玉人机。采莲无限兰桡女，笑指中流羡尔归。"第二句"情"字是一首关键，"情"实为一诗血脉。"二字贯穿"举杜甫《江村》，以为诗由"江""村"二字贯[4]。在我看来，这首诗同时也是"幽"的一字血脉：写"江"写"村"都要写出"幽"，"幽"是一诗结穴。如此这首诗的章法就很清晰地呈现出来。题目《江村》，首联点题，两句中都有"江"字和"村"字，但是两句实分别点"江"（第一句）"村"字（第二句），因为第一句意落在"江"上，第二句意落在"村"上。第二句领起中间四句：所写是长夏"江""村"，其精神全在"事事幽"，反反复复，写足"幽"，当然，"事"也包含物。中间两联，都是一句"江"一句"村"，分别写"事"与"物"。"自去自来堂上燕"，村中之物"幽"；"相亲相近水中鸥"，江中之物"幽"；"老妻画纸为棋局"，村中之事"幽"；"稚子敲针作钓钩"，江上之事"幽"。结联撇开，这在前文已述及，不重复。我们还可以借用这一思路分析其他作品，比如毛泽东的《长征》，我们完全可以把这首诗看作"山"与"水"的二字贯穿，与杜甫《江村》以"江""村"写"幽"一样，这首诗以"山""水"写"等闲"，"等闲"是一诗结穴。首联点题，很简单，"远征"就是"长征"，第二句非常好地提领中间两联（四句），这七个字，可以分成前四和后三看："万水千山"和"只等

---

[1] 张健编：《元代诗法校考》，北京大学出版社2001年版，第142页。

[2] 同上书，第142—143页。

[3] 这类"诗法"，到明代梁桥的《冰川诗式》、清人吴京旭的《历代诗话》中辑录很多，太过繁琐。但我们不妨淘沙见金，去伪存真，去粗取精，借鉴其可借鉴者。

[4] 张健编：《元代诗法校考》，北京大学出版社2001年版，第144、145页。

闲"。中间四句，也被如此分开了：前四字说"万水千山"，后三字说"只等闲"。全诗的着力点就在于用"万水千山"写"只等闲"。两联一联"山"一联"水"：颔联"五岭逶迤""乌蒙磅礴"，是"千山"之两山，以两山概千山，"腾细浪""走泥丸"，不过尔尔，是走过千山"只等闲"。颈联"金沙水拍""大渡桥横"，以二水见万水。"云崖暖""铁索寒"，写渡过"万水"之"只等闲"。中间四句，说水说山，反反复复写足了"等闲"，意犹不足，再增以"更喜"，以"三军过后尽开颜"作结。与《江村》结联不同，这首诗结联不是推开，而是进一层：岂止"等闲"，走过"千里雪"后更进一层是"喜"而"开颜"。这样看这首诗，脉络清晰，又能揭示出其妙处。

借鉴古人思路，可以帮助我们理清律诗的脉络，发现诗人诗思之妙。如苏轼《寿星院寒碧轩》："清风肃肃摇窗扉，窗前修竹一尺围。纷纷苍雪落夏簟，冉冉绿雾沾人衣。日高山蝉抱叶响，人静翠羽穿林飞。道人绝粒对寒碧，为问鹤骨何缘肥。"初看此诗，似乎四联各一意，甚至句各一意，但其实他是以题目中"寒""碧"二字贯穿全诗，前三联，都是一句寒一句碧："清风肃肃摇窗扉（寒），窗前修竹一尺围（碧）。纷纷苍雪落夏簟（寒），冉冉绿雾沾人衣（碧）。日高山蝉抱叶响（寒），人静翠羽穿林飞（碧）。"最后一联呢？"道人绝粒对寒碧，为问鹤骨何缘肥。"上句说破"寒碧"，下句补足诗题中的"寿星院"。我们能不佩服其律法之细、诗思精妙吗？诗是什么？在不同的情景下会有不同的答案，从一定意义上说，它就是文字的艺术，妙用文字显示诗人妙思。至于律诗，要在规矩中显才性，律法越谨严，越能在严整中见精妙，整一中显妙思。

不管是旧体诗词创作，还是古典诗歌解读、品鉴，借鉴古人诗学理论，都是必要的。当然也包括古人的律诗章法论。古代诗歌的章法神妙无端，但并非无迹可寻。揭示古人律诗章法之妙，要拒绝思维刻板与僵化。就"起承转合"说，当然也是如此。

【作者简介】南开大学文学院教授，博士生导师，教育部长江学者特聘教授。

全国统编本中小学语文教材
古诗词的解读与教学

【摘　要】　对于全国统编本中小学语文教材中古诗词的解读，是教师教学环节的重点与热点。本文从教材古诗词的文体分布与研究重点出发，结合当下诗词热的背景及意义，讨论其诵读要求与韵律节奏、用韵规律与格律解读，并分析对格律评判的关键所在。

【关键词】　教材　古诗词　格律　教学

　　按照国家规定，自2016年9月1日开始，全国中小学一律使用人民教育出版社出版的中小学语文教材，简称人教版或统编本。而对于教材中的古诗词解读与教学，成为全国中小学语文教师教学环节中的一个重点与热点。

一、邻村绿树昏疑合，蝴蝶庄生远梦回——教材古诗词的文体分布与研究重点

　　在义务教育阶段，原来习惯上分为两段：小学/初中。统编本采用的是九年一贯制概念，课程标准与教材采用一上（一年级上册）到九下（九年级下册），适合两种学制（小学初中分段或九年一贯制）的学校使用。

　　2011版课标规定背诵古诗文，1—6年级75篇，7—9年级61篇；总主编温儒敏教授曾在新闻发布会上介绍，《小学语文》古诗文124篇，《初中语文》古诗文124篇。根据本人逐册统计，古诗词（包括曲）数量（包括课文、日积月累、古诗词诵读等）：1—6年级，108首；7—9

年级，88首。文体分布情况如下：

表一：小学语文古诗词分类总表

年级＼古诗词	五　古	乐府（民歌）	五　绝	五　律	七　绝	词
一　上	3	1	2			
一　下	2		1		3	
二　上		1	3		2	
二　下			3		4	
三　上	1				8	
三　下			1		6	1
四　上			2		7	
四　下			2		5	1
五　上				1	8	2
五　下	1		2		8	
六　上			1	1	6	1
六　下	1	1	2	1	8	3
合　计	8	3	19	3	65	8

　　包括五古8首、乐府（民歌）3首、五绝19首、七绝65首、五律3首、词8首。另加《诗经》1首、七律1首（毛泽东）。

表二：初中语文古诗词分类总表

年级＼古诗词	诗经	古诗	乐府（民歌、歌行）	五绝	五律	七绝	七律	词	散曲
七　上			1	1	1	8			1
七　下			2	1	1	9	1		
八　上		4	1		4	1	3	5	
八　下	4		2		4			2	
九　上			1		2		5	4	
九　下		1	1		2	3	1	9	3
合　计	4	5	8	2	14	21	10	20	4

关于选词情况，小学选词8首，涉及7个词牌：

忆江南1（三下），清平乐2（四下、六下），长相思1（五上），渔歌子1（五上），西江月1（六上），卜算子1（六下），浣溪沙1（六下）。

初中选词20首，涉及17个词牌：

采桑子1，渔家傲2，浣溪沙2，相见欢1，如梦令1，卜算子2，沁园春1，行香子1，丑奴儿1，满江红1，江城子1，破阵子1，定风波1，临江仙1，太常引1，南乡子1，水调歌头1。

至于散曲，初中选散曲3首，均为小令。涉及2个曲牌，山坡羊2，朝天子1。

我听过很多中小学语文教师的公开课，包括一些特级教师的示范课，小学段往往选择《清平乐·村居》《江南》，初中段往往选择七绝、《十五从军征》。喜欢上《清平乐·村居》的尤多，往往标错平仄，为此我专门做了一个平仄、节奏格式：

辛弃疾《清平乐·村居》（四下）

茅檐/低小，溪上/青青/草。

＋－＋｜，＋｜－－｜

醉里/吴音/相/媚好，白发/谁家/翁媪？

＋｜＋－－｜｜，＋｜＋－＋｜

大儿/锄豆/溪东，中儿/正织/鸡笼。

＋－＋｜－－，＋－＋｜－－

最喜/小儿/亡赖，溪头/卧剥/莲蓬。

＋｜＋－＋｜，＋－＋｜－－

按：双调，46字，上片四仄韵，下片三平韵。为了体会、指导教学，我又填了一首《清平乐·写给"文以养气　廉以守正"诗文大会》：

百花璀璨，迥夜星辰贯。柳拂莺啼任羽翰，诗雨依依绿展。

燕飞月转五山，莲溪一棹云还。代代相承寄远，弦歌响彻人间。

而初中语文教师执教《十五从军征》，一上来就讲到汉代兵役制的黑暗：十五从军征，八十始得归，从军长达65年。对此，我专门作过辅导：

第一，关于秦汉时代的兵役期限。

1. 西周、春秋

古人戍边，其周期一般为二年，即第一年的暮春出发，至来年的冬至月（十一月）以后回归。

诗经·小雅·采薇

> 昔我往矣，杨柳依依。今我来思，雨雪霏霏。
>
> 行道迟迟，载渴载饥。我心伤悲，莫知我哀！

郑玄《采薇》笺云：西伯将遣戍役，先与之期以采薇之时。今薇生矣，先辈可以行也。

关于古代的戍守周期，朱熹《诗集传》还引程子（颐）曰：

> 古者戍役，两期而还。今年春暮行，明年夏，代者至，复留备秋，至过十一月而归。又明年仲春至春暮遣次戍者。每秋与冬初，两番戍者皆在疆圉，如今之防秋也。

第一年，往：杨柳，薇柔；暮春。

第二年，来：雨雪，薇作；岁暮。

2. 汉代

（1）全民兵役制度；（2）23岁开始，56岁以后免除；（3）期限：正卒（丁男、正丁）戍边一年；材官骑士，现役两年：一年郡国兵/一年京师卫士。

第二，乐府题材的批判倾向。

民间流行歌曲的内容特征：讽刺现实/抒发忧愁。十五从军、八十始归的原因：民间流行歌曲对兵役制度的讽刺；某一个具体案例的夸大（23岁降到15岁，56岁扩到80岁）；文人在采集、加工、润色过程添加的批判倾向。

第三，战争题材的抒情内涵。

1. 直击灵魂深处的情感矛盾。诗歌中表达了思家与卫国的情感矛盾，因为战争，保家卫国的故事在每个朝代，每个民族都重复上演，这样的主题与情感矛盾能穿越时空，历久弥新。

2. 家，是中国社会结构中最原始的基层单位，是中国人内心深处最重要的精神支柱与灵魂归依。在前方的生死拼搏、出生入死、苦苦坚守，关键在于内心深处"家"的存在，来自"家"的心理归依，来自"家"的期待与支撑。

如果"家"失去了，一切卫国行为瞬间变得毫无价值，正面歌颂的慷慨激昂，立即变为控诉与批判。大家与小家的矛盾，被诗人描写得格外动人。

3. 莫知我哀之"哀"。《采薇》我心伤悲，莫知我哀！

第四，抑扬顿挫、婉转动人的艺术特征。每句之内平仄互转，抑扬顿挫，富于变化；两句一组，大致连贯或对偶；首句入韵，押平声韵。

而根据以上文体分布统计，小学语文老师应该重点研究什么？七绝（65首）、五绝（19首）；初中语文老师应该重点研究什么？五律（14首）、七律（10首）、词（20首）。

二、日暮云飞霜染色，星稀月落露凝香——当下诗词热的背景及其意义

中华传统诗词的回归、复兴、繁荣，主要源于四个原因：领导重视、社会参与、教育先行、媒体引领。

第一，领导重视。

习近平总书记2014年9月9日考察北京师范大学时强调：我很不赞成把古代经典诗词和散文从课本中去掉，"去中国化"是很悲哀的。应该把这些经典嵌在学生脑子里，成为中华民族文化的基因。

《福州晚报》1990年7月16日，曾经刊载习近平总书记《念奴娇·追思焦裕禄》。

在十九届中共中央政治局常委中外记者见面会上，习近平总书记讲话结束时说，正所谓"不要人夸颜色好，只留清气满乾坤"。这两句诗

来自统编本《小学语文》四年级下册：

王冕《墨梅》

我家洗砚池头树，	仄平仄仄平平仄
朵朵花开淡墨痕。	仄仄平平仄仄平
不要人夸颜色好，	仄仄平平平仄仄
只留清气满乾坤。	仄平平仄仄平平

我曾经次韵一首：

晚秋感怀 · 七绝

枝斜叶落高低树，菊露惊寒带雨痕。

一雁横空秋更好，只留清气满乾坤。

习近平总书记在十三届全国人大一次会议闭幕会讲话中，引用古诗"等闲识得东风面，万紫千红总是春"，这两句诗来自统编本《小学语文》六年级下册：

朱熹《春日》

胜日寻芳泗水滨，	仄仄平平仄仄平
无边光景一时新。	平平平仄仄平平
等闲识得东风面，	仄平仄仄平平仄
万紫千红总是春。	仄仄平平仄仄平

当时我也次韵一首：

春日 · 七绝

万柳千丝碧水滨，海棠吐萼巧思新。

欣逢盛会开生面，草长莺飞步步春。

2015年7月26日，时任中央政治局委员、国务院副总理的马凯，发表《七律 · 写在中华诗词学会第四次代表大会召开之际》：

> 大地春回盼未迟，唐松宋柏又新枝。
>
> 随心日月弦中起，信手风云笔下驰。
>
> 骚客曾忧无续曲，吟坛应幸有雄诗。
>
> 山花烂漫人开眼，更待惊天泣雨时。

第二，社会参与。

2016年2月22日，杜子建发微博表示：自己非常喜欢"我有一壶酒，足以慰风尘"这两句诗，总想再续两句，但恨才华不够，于是求助网友帮忙补两句，并承诺续得好就送酒，最好的送拉菲。

结果没想到，这两句诗和这条微博迅速火了起来，短短三天时间转发量已经接近10万，评论超过2.3万，阅读量更是超过300万，并且还在不断增长。而且这些转发并不都是单纯的转发，很多网友都续写了下去，而且不少都相当有意境，令人拍案叫绝，有网友就感慨"国人诗性未死"。

歌星许巍演唱了高晓松的诗：

> 生活不止眼前的苟且，还有诗和远方的田野。
>
> 你赤手空拳来到人世间，为找到那片海不顾一切。

一时风行，"诗与远方"成为历久不衰的流行语。

第三，教育先行。

2017年3月3日，教育部部长陈宝生于全国政协开幕式前"部长通道"，就以古诗词为代表的优秀传统文化教育，回答记者提问：

第一句话：覆盖教育的各个学段，从小学到大学，各个学段都覆盖，因为我们把这项工作看作固本的工程。优秀传统文化是我们民族绵延5 000年历史不绝的重大支撑，在当今世界多元文化融汇交流过程中，如果我们不采取果断措施，中国人的重心就会发生漂移。

第二句话：融汇到我们的教材体系中去。因为我们把这件事看成是一个"筑魂"的工程。在优秀传统文化中，中国人怎么看待世界、怎么看待生命，中国人的价值观、人生观、世界观有着非常丰富的资源，阐述得很系统。如果我们不能把这些东西继承下来，在教育过程中让我们的学生了解和继承，他的人生就会发生方向的偏离。

第三句话：贯穿在人才培养的全过程。因为我们把这件事看作中国人打底色的过程，怎么待人接物，优秀传统文化都有丰富阐述。在这个上面发生问题，就会有底色亏损。

宝生部长的讲话可以概括为六个字：固本、筑魂、打底。

第四，媒体推动。

电视台推出古诗词栏目，比如：河北卫视：中华好诗词；中央电视台：中国诗词大会；东方卫视：诗书中华；陕西卫视：唐诗风云会；浙江卫视：向上吧！诗词；湖南卫视：诗词天下星。

个人觉得，古诗词是不适合竞技比赛的，但各种吟诵、朗诵、背诵古诗词的活动，不仅有利于古诗词的普及、回归，而且有利于选手之间、嘉宾与选手之间的沟通、交流，共同提高。我写过一首七绝《诗词群英会咏怀》：

> 一路奔流一路风，从容舒缓到江东。
> 群英荟萃弦歌日，沉醉诗书情谊融。

面对诗词热，国家层面给了高端定位：中国传统文化的瑰宝，中华民族五千年文明的结晶，中华儿女与生俱来的文化基因，中国文学艺术领域的精神高地，体现国家文化实力的重要窗口。

诗词研究者也作了探讨，有人认为：中华传统诗词反映了中国人的文化传统；反映了中国人的思维方法；体现了中国人的审美方式；反映了中国人的情感方式；契合了中国人的精神需求[1]。也有人认为，中华传统诗词，彰显了中国文化的生命意识，承载了中国文化的风骨气韵，昭示了中国文化的家国情怀（《中国社会科学报》）。

作为统编本语文教材审读者、教育实践者与中华传统诗词的研究者、创作者，我觉得诗词诵读、鉴赏、教学、写作的作用是，有利于帮

---

[1] 孙宵兵：《中华古典诗词的当代作用与功能》，《中国教育报》2017年5月18日第8版。

助自己回到本我，不忘初心，精神追求保持灵动，真挚诚实领悟人生，不懈探索不断修为。

而对于一般国民而言，诵读、品鉴中华传统诗词，则有利于理解民族思维、审美的传统，增加厚重、儒雅的文化素养，提高解读、鉴赏古诗词的能力。至于写作，则如沈从文针对小说写作所说的那样，通过传承、训练，增加了一种技艺。

三、江左风云入我家，诗书砥砺总无涯——教材古诗词的诵读要求与韵律节奏

首先我们看一下教材关于诗词格律的要求：

六上《七律·长征》"预习"：感受诗歌的韵律与节奏，读出感情与气势。

按：讲节奏与韵律，就无法回避押韵、平仄、平水韵等基本问题。必须指出：暖，仄声，不是韵脚。

六上《古诗三首》"预习"：诵读这三首诗，读准字音，读出节奏。

按：节奏，启功先生称为音步，涉及平仄结构。

六下《古诗三首》"预习"：为这三首诗划分节奏、找出韵脚，反复诵读，感受诗歌的韵律之美。

按：《迢迢牵牛星》押仄声韵；韩翃《寒食》押韵：下平六麻，花、斜、家。不讲平水韵，无法解决古今异读问题、押韵问题。

七上《古代诗歌四首》预习：学习古诗要反复诵读，注意读准字音，读出节奏，读出韵律，感受诗歌的声韵美。

九下《诗歌》专题：诗歌，语言凝练，形式精致，讲究韵律和节奏，其内容包罗万象，丰富多彩。无论是博大、深沉的情感，还是幽远、隽永的哲理，无论是对自然、社会的赞颂，还是对理想的追求，对信念的坚守，都可以用诗歌的形式来表达。

阅读诗歌单元：要求学生感受诗歌韵律，把握诗歌意象，体会诗人情感，理解蕴含哲理。

九上《怎样写诗》：诗歌是情感的抒发。写诗可以直抒胸臆，也可以借助具体可感的意象来抒写情志，更多的时候二者是有机地结合

在一起的。写诗，还要注意语言的简洁、凝练。写诗还要注意韵律与节奏。

这就涉及一个无法回避的话题：要不要给小学生、初中生讲授诗词格律，要不要培训中小学语文教师写作旧体诗词，要不要在高考命题中增添旧体诗词写作的内容。

显然，这又是一个没有讨论价值的话题：大部分人学了诗词格律，仍然不会写诗填词，这是一个不争的事实；而大部分不懂诗词格律的人，照样可以感悟理解古诗词的不朽魅力；生活在当下，旧体诗词写作，不应该进入高考的行列。

因为诗词写作，离科学还很遥远。构思、设计、描图、施工、验收等工科程序，不适用于诗歌。诗歌的诞生，有时是说不清道不明的，诗歌的确有点"神秘"色彩。

创作灵感，就像《金刚经》所云，一切有为法，如梦、如幻、如泡、如影，如露亦如电。灵光乍现难以捕捉，往往如兔起鹘落，天外行云，感得抓不得；抓得道不得。

所以，我提出，诗人的三种形态：第一种，有灵感灵性、诗人气质，可能没有写过诗；第二种，有独特的视角、独特的表现力，可能写过诗；第三种，经常写诗但不能称为诗人的诗歌写手。

第一种，优秀的中小学语文教师，可以达到这种境界；第二种，真正意义上的诗人；第三种，成千上万写诗的人。我常常在这三种角色中游走、徘徊：解读、创作、自娱。

所以有必要了解统编本语文教材的解读系统：

1. 学习要求。诵读、朗读、背诵（不是吟唱），进而揣摩、品味、品读、领悟、体会、品评、欣赏诗词内涵及其风格。

2. 格律用语。诗：韵律、节奏、对偶、句法；词：声韵、句式、节奏。

3. 理解鉴赏。往往通过意象、比兴、象征、白描等，描摹景物、渲染气氛、抒发（抒写、再现、表现）情感（情思、境界、心志、意境）。

4. 思想寄托。或对社会、人生的思考、感悟、感慨，或对理想、事业的追求、寄托。

我提出，不能为读诗而读诗，不能为表演而读诗，不能为形式而读诗。如今，读诗还要排除世俗干扰、商业误导。应该在诵读中把握韵律节奏、体会感知写作，在写作中领略感悟韵律节奏之美。一定不是吟唱，不是吟诵，是诵读、默读、背诵。

目前诗词诵读与学习有八大误区：

歌坛新唱；

散文描述（以文解诗、以文解词，翻译之后往往散文化描述）；

矫揉造作（极度夸张，渲染神秘）；

信口喊叫（不顾韵律节奏，有口无心）；

视频化（配以纪录片、鉴赏片）；

图片化（内容连环画）；

功利化（竞赛、诗词大会）；

艺术化（成为节庆表演的固化节目）。

提倡规范诵读，根据诗歌的要素，灵感、音乐性；节奏、旋律（用韵、对偶）；语义（单音节）；句式、字数等，读出节奏，略带感情，基本默读，边读边写（抄写、默写），直至真正背诵（不多字、不漏字、不颠倒顺序）。

四、兼修内外无人敌，已占东风第一枝——教材古诗词的用韵规律与格律解读

吴宓说过，中国旧诗形式上之规律及宗传，厥惟平仄之排置与协韵。

只要是诗，就要讲究韵律，有一种误解：近体诗（旧体诗、格律诗）有格律要求；而古体诗（古风、乐府）是古代的自由诗，不要韵律节奏。

只要是诗，就要讲究韵律。《诗经》《楚辞》，固然用韵；《易经》《老子》（哲理诗），同样押韵，讲究韵律。有专家研究，《老子》《周易》《离骚》，同韵，属于一个文化系统的产品。

解读古诗，也要首先考虑韵律节奏，如：

李白《古朗月行（节选）》（一上）、《静夜思》（一下）；

袁枚《所见》（三上）；

孟郊《游子吟》（五下）；

《迢迢牵牛星》（古诗十九首）（六下）；

杜甫《望岳》（七下）；

《庭中有奇树》（古诗十九首）（八上）；

刘桢《赠从弟（其二）》（八上）；

曹植《梁甫行》（八上）；

陶渊明《饮酒（其五）》（八上）；

杜甫《茅屋为秋风所破歌》（八下）；

岑参《白雪歌送武判官归京》（九下）。

即使乐府、民歌，也是必须考虑的。如《江南》（一上）、《长歌行》（六下）、《十五从军征》（九下）、《敕勒歌》（二上）、曹操《步出夏门行·观沧海》（七上）、曹操《步出夏门行·龟虽寿》（八上）、《木兰诗》（七下）、白居易《卖炭翁》（八下）、李贺《雁门太守行》（八上）、李白《行路难（其一）》（九上）。

下面以三首诗为例，分析押韵情况：

第一首，北朝民歌《木兰诗》（七下）：

唧唧复唧唧，木兰当户织。不闻机杼声，惟闻女叹息。问女何所思，问女何所忆。女亦无所思，女亦无所忆。

昨夜见军帖，可汗大点兵，军书十二卷，卷卷有爷名。阿爷无大儿，木兰无长兄，愿为市鞍马，从此替爷征。

东市买骏马，西市买鞍鞯，南市买辔头，北市买长鞭。旦辞爷娘去，暮宿黄河边，不闻爷娘唤女声，但闻黄河流水鸣溅溅。

旦辞黄河去，暮至黑山头，不闻爷娘唤女声，但闻燕山胡骑鸣啾啾。

万里赴戎机，关山度若飞。朔气传金柝，寒光照铁衣。将军百战死，壮士十年归。

归来见天子，天子坐明堂。策勋十二转，赏赐百千强。可汗问所欲，木兰不用尚书郎，愿驰千里足，送儿还故乡。

按：唧、织、息、忆，入声十三职；名、征，下平八庚；辔、鞭、边，下平一先，渐，下平十四盐；头、啾，下平十一尤；机、飞、衣、归：上平五微；堂、强、郎、乡：下平七阳。显然，该诗保留了北方民歌的旋律与传统，但也有文人润色加工美化优化的痕迹。

第二首，杜甫《茅屋为秋风所破歌》（八下）（古诗）：

> 八月秋高风怒号，卷我屋上三重茅。茅飞渡江洒江郊，高者挂罥长林梢，下者飘转沉塘坳。（下平三肴）

> 南村群童欺我老无力，忍能对面为盗贼。公然抱茅入竹去，唇焦口燥呼不得，归来倚杖自叹息。俄顷风定云墨色，秋天漠漠向昏黑。（入声十三职）

> 布衾多年冷似铁，娇儿恶卧踏里裂。床头屋漏无干处，雨脚如麻未断绝。自经丧乱少睡眠，长夜沾湿何由彻！（入声九屑）

> 安得广厦千万间，大庇天下寒士俱欢颜！风雨不动安如山。（上平十五删）呜呼！何时眼前突兀见此屋，吾庐独破受冻死亦足！（入声一屋、二沃，《词林正韵》通用）

按：押韵：平起、仄转、平收。通过押韵规则，可以审视传统分段，"俄顷风定云墨色，秋天漠漠向昏黑"，属于承上启下，可以独立设为一节。

第三首，白居易《卖炭翁》（八下）（古诗）：

> 卖炭翁，伐薪烧炭南山中。（上平一东）
> 满面尘灰烟火色，两鬓苍苍十指黑。
> 卖炭得钱何所营？身上衣裳口中食。（入声十三职）
> 可怜身上衣正单，心忧炭贱愿天寒。（上平十四寒）
> 夜来城外一尺雪，晓驾炭车辗冰辙。（入声九屑）
> 牛困人饥日已高，市南门外泥中歇。（入声六月）
> 翩翩两骑来是谁？黄衣使者白衫儿。
> 手把文书口称敕，回车叱牛牵向北。

一车炭，千余斤，宫使驱将惜不得。

半匹红绡一丈绫，系向牛头充炭直。（入声十三职）

按：此首押韵，也是抑扬顿挫，波澜起伏，平起、仄转，平缓、仄结。又，《唐诗三百首》不选杜甫《茅屋为秋风所破歌》、白居易《卖炭翁》，一定有它的选择标准与理由，而教学中的过度解读、刻意拔高的倾向，也值得我们注意。

五、修到诗情随日月，雪飘梦远笔生花——教材古诗词的格律解读与评判关键

我一直认为，诗歌无论新旧，不分骈散，不论形式，只要获得内心愉悦，他人认可，娱己娱人，自成情调，就是佳作。

格律诗（或称旧体诗、近体诗）、古风、乐府，以及自由诗、新诗，都是诗歌言志缘情的不同形式，没有优劣之别。只要构思精工，意境天成，朗朗上口，抑扬顿挫，就是精品。

有一种现象值得注意：有些古诗词，并不符合诗词的格律，但仍然入选中小学语文教材。

第一种情况，五言、押仄声韵、平仄不合律：

《金木水火土》（一上）；

《悯农（其二）》（一上）；

柳宗元《江雪》（二上）；

孟浩然《春晓》（一下）；

贾岛《寻隐者不遇》（一下）；

范仲淹《江上渔者》（六下）。

第二种情况，部分诗句出律：

胡令能《小儿垂钓》（二上），第三句；

李清照《夏日绝句》（四上），第三、四句；

王维《送元二使安西》（五下），第三、四句；

常建《题破山寺后禅院》（八下），颔联不对偶；

王湾《次北固山下》（七上），第三句三仄尾；

王绩《野望》（八上），第一句；

王维《使至塞上》（八上），第二、三句该粘而对；出汉塞，三
仄尾；

崔颢《黄鹤楼》（八上），前四不合格律，有意失粘失对；

欧阳修《采桑子》（八上）。

下面具体举例说明：

第一首：胡令能《小儿垂钓》（二上）：

　　　　蓬头稚子学垂纶，　　平平仄仄仄平平

　　　　侧坐莓苔草映身。　　仄仄平平仄仄平

　　　　路人借问遥招手，　　仄平仄仄平平仄

　　　　怕得鱼惊不应人。　　仄仄平平仄仄平

按：七绝，上平十一真，平起平收，第三句出律：应为仄仄平平平
仄仄。

第二首：李清照《夏日绝句》（四上）：

　　　　生当作人杰，　　平平仄平仄

　　　　死亦为鬼雄。　　仄仄平仄平

　　　　至今思项羽，　　仄平平仄仄（仄仄平平仄）

　　　　不肯过江东。　　仄仄平平平（平平仄仄平）

按：五绝，上平一东，第三、四句出律。

第三首：王维《送元二使安西》（五下）：

　　　　渭城朝雨浥轻尘，　　仄平平仄仄平平

　　　　客舍青青柳色新。　　仄仄平平仄仄平

　　　　劝君更尽一杯酒，　　仄平仄仄仄平仄

　　　　西出阳关无故人。　　平仄平平平仄平

按：七绝，上平十一真，第三、四句出律，应为：仄仄平平平仄仄，平平仄仄仄平平。

第四首：崔颢《黄鹤楼》（八上）：

昔人已乘黄鹤去，此地空余黄鹤楼。

仄平仄仄平仄仄，仄仄平平平仄平

黄鹤一去不复返，白云千载空悠悠。

平仄仄仄仄仄仄，仄平平仄平平平

晴川历历汉阳树，芳草萋萋鹦鹉洲。

平平仄仄仄平仄，平仄平平平仄平

日暮乡关何处是？烟波江上使人愁。

仄仄平平平仄仄，平平平仄仄平平

按：七律，下平十一尤，平起平收。前四句不合格律，有意失粘失对，多有违拗，称为"拗体"。后四句完全符合格律，丝毫不差，极尽错综复杂之美。严羽《沧浪诗话》认为，唐人七律诗，当以此为第一。

第五首：欧阳修《采桑子》（八上）：

轻舟短棹西湖好，绿水逶迤。芳草长堤，隐隐笙歌处处随。

无风水面琉璃滑，不觉船移。微动涟漪，惊起沙禽掠岸飞。

＋—＋｜ —— ｜，＋｜ ——。＋｜ ——，＋｜ ——＋｜—。

按：双调，44字，上下片各三平韵。平仄结构上下片相同。此首押韵：《词林正韵》：四支五微八齐十灰［半］通用；上声四纸五尾八荠十贿［半］、去声四（置）五末八霁九泰［半］十一队［半］通用。而堤（上平八齐）、随、移、漪（上平四支）、飞（上平五微）、迤（上声四纸），过宽，一般都用平声字。

为此我填了《采桑子·蒲公英》：

紫红叶柄飘零处，暮雨听鸦。晨曦笼沙，一箭逍遥落我家。

星移斗转随风洒，黄色烟霞。白色云茶，寂寞篱边天一涯。

押韵：《词林正韵》第十部，平声：九佳（半）六麻通用；［九佳（半）］佳涯［支麻韵同］娲蜗蛙娃哇。

于是，在教材解读过程中，就出现一种误读：名句，往往出律，超越常规；但事实是，因为是名句，无论合律，还是出律，都得以流传。

所以，解读古诗词，不能局限于诗词格律，因为内容、诗情，永远大于形式。

【作者简介】南通大学文学院教授，博士生导师。

晚清江南文人在神户的诗文交流

——以水越耕南《翰墨因缘》为中心

蒋海波

【摘　要】　本文以日本汉诗人水越耕南的《翰墨因缘》为线索，对19世纪80年代前期江南文人赴日进行诗文交流的史事作了一些钩沉，对以神户为舞台的中日汉诗文交流的特点和意义进行了初步的分析。这一时期中日文人的交流在对等和平的气氛中进行，水越耕南以丰厚的汉诗文根底，以诗会友，与寓居、往来神户的中国文人广泛交流。江南文人在走向日本，体验明治维新时期新气象的同时，也以自身的精神状态折射出了晚清社会颓废的现状。同时，包括旅居神户的华商等多方面参与的诗文交流活动，使神户这座新兴的开港城市具备了丰厚的文化内涵和多彩的魅力，成为中日文化交流的重要舞台。

【关键词】　水越耕南　胡小苹　胡铁梅　王韬　《翰墨因缘》

水越耕南（1849—1933），名成章，字裁之，号耕南，耕又作畊，又用笔名耕南吏隐（寒士、处士、小农、堕农）等，别名味豆居士、花竹居士等，其中成章、耕南较常用。播磨国姬路（位于兵库县西南部）藩士。维新后曾游学东京，19世纪70年代末，开始担任神户裁判所判事补一职，受理各种民事案件的预审业务。1889年以后，以公证人为业，是明治、大正时期活跃在神户的名士，又以汉诗、书法、古董鉴赏闻名。水越耕南编辑的《翰墨因缘》，上下卷，分二册，线装，由神户船井弘文堂（刊行者：喜多觉藏、船井政太郎，名山馆藏版）于1884年12月15日刊行，题字2叶，序文5叶，凡例2叶，目录3叶，跋1叶，上卷51叶，下卷49叶，约3.5万字。收录了自1879年至1884年的6年间，与耕南有交流的25名中国文人的汉诗文作品。按其身份大致可分为两大类，一类是清朝驻神户大阪理事府的理事（即领事）及其他外交官员，另一类是来自江南的民间文人。

关于水越耕南与清朝外交官员的诗文交流，笔者曾撰文，论述其详[1]。本稿将探讨耕南与13名民间文人交流的具体内容、特征和意义。总体来说，这些江南文人，有的才华横溢、作品丰富，有的只有一二篇留存。有的不一定擅长诗文词藻[2]，但是他们与耕南的唱和，反映了民间文人在日本的实际生活和感受，折射出当时中日文化交流的特征，值得留存和吟味。

一、旅居神户的江南文人

（一）华商领袖胡小苹

1868年，神户开港，原来居住在长崎和来自上海、广州等地的华商陆续赴神户。1888年前后，来自宁波、上海、镇江等地的商人被称为"三江帮"，他们结成了同乡团体"三江公所"，与广东、福建商人集团一样，成为神户的一个重要华商集团[3]。而与水越耕南有交流的民间文人，大部分来自江南。他们参与文化交流的事迹也丰富了神户华侨史的内容。

胡小苹（？—1884？），名震，字小苹，小又作笑、少等，苹又作萍，号探花仙史，以字行，浙江省宁波府鄞县人。《翰墨因缘》共收录其诗8首，文2篇，牍1函。胡小苹既是文人，也是商社晋记号的号主。1872年，他以"浙宁商号总管"的身份，向兵库县提交了《宁帮各号人数籍贯姓名单》，这是一份研究神户宁波商人团体早期历史的珍贵资

---

[1] 蒋海波：《晚清外交官在开港城市神户的诗文交流——以水越耕南〈翰墨因缘〉为中心》，见中华诗词研究院、复旦大学中文系编《中华诗词研究》第四辑，东方出版中心2018年版，第298—332页。
[2] 陈捷：《明治前期における日中民间往来について——岸田吟香を通して》，见陶德民、藤田高夫编《近代日中关系人物史研究の新しい地平》，东京：雄松堂2008年版，第57—86页。
[3] 蒋海波：《旅日华商团体的早期历史及其法律地位——以神户三江商业会为例的考察》，载《华侨华人历史研究》2007年第4期。

料[1]。1873年10月21日（明治癸酉九月朔日），胡小苹以"宁波众商总管"的身份，代表全体华侨向兵库县外务局长官提出举办盂兰盆会的申请[2]，全文如次：

> 谨启者。窃惟律中夷则目连极母罪之辰节，届中元如来赈饿鬼之期。兹中国商人来游贵国贸易，将近十年。因水土不同，病亡客邸，或海途之非迕，魂滞神户。凡属桑梓，咸深悯恻。今两国各荷皇仁，互通商旅，而十方皆使佛力，同获超升。为此，众商集赀，诚备冥镪施食，敬延高僧诵经礼忏，仰莲座之妙法，为盂兰盆之胜会。惟求陆居宁静，海道平安。谨卜中元之次日，在新筑大马路内启建道场。想贵国长官一视同仁，生人既得居留，死者亦同怜恻。乞于是日恩饰巡捕数名到坛巡检，并谕居民铺户一体诚敬，毋任喧哗。实幽明均，存殁咸喜。谨此禀闻。即颂。
>
> 兵库县外务局长官大人
>
> 　　　　　明治癸酉九月朔　宁波众商总管胡小苹具

超度亡灵、追忆祖先的盂兰盆会与日本的佛教习俗相同，也是维系神户华侨自我认同的一个重要祭祀活动。该活动演变为"普渡胜会"，延续至今，是神户大阪华侨社会的一项重要文化传承活动，并于1997年10月被神户市指定为"地域无形民俗文化财"。

胡小苹有如下一首（下卷9叶），咏叹自己寓居神户的浪迹生涯：诗题中的壬午年当1882年，如果首句"东瀛十二度中秋"是实数的话，那么他应该在1871年中秋之前赴日定居。

壬午中秋望月有感乃用前韵

> 东瀛十二度中秋，底事年年作浪游。客感莼鲈惊雁阵，旅情鸿爪印蛉州。摩挲宝剑嗟时局，捡读奇书消旧愁。醉看海天今夜月，

---

[1] 财团法人三江会馆编：《神户三江会馆简史》，神户：三江会馆2007年版，第25—26页。

[2] 载《兵库史谈》第45号，1929年9月，第5—6页。

月明风紧水横流。

1883年，胡小苹任姬路栽培堂教员，授业之余，为藤井竹外《竹外二十八字诗》点评，辑成《竹外二十八字诗评本》，由姬路的贰书房刊行（1883）。藤井竹外（1807—1866），名启，字士开，号竹外，摄津高槻（大阪北部）人，擅七绝，有"绝句竹外"之誉。胡小苹在序言（下卷7—8叶）中叙述了其评点该书的经纬：

> 癸未春，漫游鹭城，主书林栽培堂，为居停廚斋。暇日读竹外翁诗集，前后二编，均系七绝。盖翁精于斯，而不喜为律，与浣花翁正相反。古人谓律乃精神最到之作，绝由才气融化。律宽而绝促，似绝较难于律矣。然无论为律为绝，必发乎性情，不拾前人唾余，自然成为佳作。杜少陵多忧世慨时之志，故多作律，以尽其意，岂真拙于绝句耶。今读竹外翁之诗，意寓感慨，而揆其平日所好，大抵深有得宋人近体。故珪璋之质，不免微玷。然奇句俊语颇多，此乃性情所发，故不以微瑕而害全璧也。栽培堂主，屡请加评。余何人斯，而公然握管訾评，宁不虑当世大雅君子诽笑乎。但余自束发以来，拙于自吟，而好人诗，得一奇句，击节不已，今老至而性不改。更且详论其得奇句之由，必畅言而已。明知月旦之任，非吾之分，奈心之直，性之好，本有不能已者益之，居停频请。随泚笔，妄赘谰辞焉。知我罪我，在所不计也。
>
> 光绪九年初伏日　三神山探花仙史胡小苹序

鹭城为姬路城之美称。该《评本》中有汉学者龟山节宇（1822—1899，名云平，节宇其号，姬路人）、松平棣山（1825—1888）的序，以及水越耕南的题字和胡小苹本人题写的序文。关于藤井竹外的绝句和胡小苹的点评之间的关系，今人学者北村学指出：

> （日本）国人之汉诗，既为中国学者所轻视，亦被国文学者视为异端。拯其命运者，惟藤井竹外诗而已。正如"绝句竹外"之称

呼所示，其七绝早有定评。清人胡震（小苹）读其诗集，几乎对全诗予以点评，总体上予以较高的评价。[1]

胡小苹与水越耕南有一组唱和诗，最初均发表在汉诗人片山冲堂（1816—1888，名达，又名直造，室名六石亭，冲堂其号，高松人）任主评的诗文杂志《屋山旭影》上[2]。胡小苹的唱和诗收录在《翰墨因缘》时有诗题（下卷8—9叶），一并收录：

和衣洲词兄见寄偶作原韵　　神户　水越耕南

笑吾宿习未全除，漂泊江湖十载余。醉里雄心三尺剑，闲中清兴一床书。夕阳寒水枫将落，冷雨凄烟柳易疏。赢得青山劳久待，此生何苦负当初。

和耕南先生词长和友原韵　　清国　胡小苹

耕南先生席间和友佳作，情深才敏，洵称作家。命弟踵韵，归寓后尘氛满座，胸次作恶，搋笔狂讴，即武清韵，聊作感怀。所谓借他人杯酒，浇自己魂磊，乞为斧政。

衫尘衣垢不勤除，洗涤胸矜乐有余。骨傲难谐今世俗，腹空少读古人书。酒因量窄箴常守，交到情深礼自疏。揽镜休悲头已白，儒生气节未殊初。

耕南诗题中提到的"衣洲词兄"似指籾山衣洲（1858—1919，名逸、字逸也，号衣洲），有《明治诗话》等著作存世，1898年至1904年，赴台湾任职《台湾日日新报》汉文部主任，与当地文人多有诗酒唱酬[3]。另外，胡小苹还寄函水越耕南，自荐出任神户的"神港兴亚会"汉学教师（下卷5—6叶），函中反映了一些华侨与当地社会交流的信息。

---

[1] 北村学：《竹外二十八字诗评释》，大阪：全国书房1967年版，序。
[2] 载《屋山旭影》第22号，高松：1882年11月30日，第6叶。
[3] 许时嘉：《〈籾山衣洲日记〉初探：日治初期在台日本人社会与日台交流》，载《台湾史研究》2013年第4期。

耕南词兄先生惠睐：

日前趋谒，本拟遥管城公详谈一切，奈金乌已坠，归思萦怀，不逞尽吾所欲言，怅然告别。惟有休沐之日，想阁下例得给假，拟是日再行造府，畅叙以快胸襟，谅君亦有是意也。兹昨据散友说及，有神港兴亚会，欲聘延西席，教授汉学。学徒四五人，教习定于夜间，以书翰尺牍兼杂艺语言为学课。惟修脯月仅廿五金。散友以贱名书写该会之友，而嫌其月俸太廉，为之请益，一面至弟处劝驾。窃谓，弟子自行束修以上，朱子注释，束修轻薄也。则月俸廿余金，焉可谓不腆。且尊为师傅，而较量聘金，殊觉不雅。但弟以客作家，侨寓于斯际，此米玉薪桂之秋，凡百所需，莫不腾贵。而贵国楮币渐就短缩，刻下核诸洋银实惟六成。故散友力为请益，盖深知弟客居景况也。弟非子华使齐轻裘肥马之时，而散友先效冉子之请矣。侧闻兴亚会经事者为鹿屿岛君，并会中诸君子必系文学之士，或与阁下亦有交谊。弟固才疏学浅，于此席能勉胜其任否，定在洞烛之中。如可有说项之处，尚乞不吝珠玉为幸。弟自省吾身，愧无所长，惟生平不敢负人，可以自安。弟忝居师位，子弟终身学业所系，不容有名无实。窃闻会中以前亦曾延过华人，其学问之优劣，弟不敢誉毁，而行止则昭昭共见。大君子耻之，弟亦耻之。专泐芜函，仰惟荃照，统希青垂。并请元安，不既。

愚弟小苹胡震顿首　八月廿一日

"神港兴亚会"是指1880年2月在东京成立的日本最早的亚洲主义团体"兴亚会"的神户分会[1]。该会主张联合亚洲诸邦人士，协和共谋，振兴正道，拯救衰颓。其主要事业是设想在东京、上海、神户、釜山等地设立学校[2]。神户分会成立时有会员33名，包括兵库县令森冈昌纯（1834—1898）等当地名士。清朝理事府理事廖锡恩以及袁子壮（恒生

---

[1] 村田诚治编：《神户开港三十年（坤）》，神户：开港三十年记念会1898年版，第316页。

[2] 狭间直树：《初期アジア主义についての史的考察（3）第3章：兴亚会について——创立と活动》，载《东亚》412，东京：2001年10月，第70—79页。

号)、童星南、张德澄(成记号)等4名中国商人也名列其中[1]。

函中提到的"鹿屿岛君"是指鹿岛秀麿(1852—1932,号鸣峡),擅和歌,本籍淡路岛洲本,幕末时成为德岛藩侍医鹿岛家养子,学于庆应义塾。1879年末,移住神户,1890年7月当选为第一届众议院议员后,共当选过八届国会议员。1880年2月,创办《神户新报》并任主干,参与了创设神户商业学校、神户英语学校、神户支那语学校等多项社会文化事业[2]。《神户新报》虽然存世短暂[3],但曾任其主笔的大江敬香热心报道神户汉诗文坛的活动,为后人留下了一些有益的史料。大江敬香(1857—1916,名孝之,字子琴,号敬香、枫山、爱琴等),德岛人,擅长汉诗文,在神户期间(1881—1882年),与中国文人也有不少诗文唱和。有论著《明治诗坛评论》《明治诗家评论》《明治名士丛谈》。其后人辑有《敬香诗钞》(大江孝之,1922年)、《敬香遗稿》(大江武男,东京,1928年)等行世。

另外,在龟山节宇的诗文集《节宇遗稿》中,收录了两篇关于胡小苹的诗作。一篇是单篇诗,另一篇是五首联诗。单篇诗的诗及诗题如下:

贺清国四明大族李君新婚并序

我摄津兔原郡御影村民增谷正三郎女名雪,为清国四明大族李君所聘,亲迎归乡。其同乡少苹胡君,先是已在我神户港,至是贺其事,赋七律四首,见徵和章于我诸文士。云钦君高风久矣,且喜二国和好,固不自揣,攀其高韵,以乞大正。节一。

华堂和卺礼成时,恰迫春冰未泮期。偕老良缘垂福绪,同心好梦结情丝。月移余影避银烛,柳展新芽竟绿眉。才子从来娶才女,

---

[1] 黑木彬文:《兴亚会·亚细亚协会の活动と思想》,见黑木彬文、鳟泽彰夫编《兴亚会报告·亚细亚协会报告》,东京:不二出版社1993年复刻版,第280页。
[2] 赤松启介:《神户财界开拓者传》,神户:太阳出版社1980年版,第547—557页。
[3] 《神户新报》,1880年2月17日创刊,1885年停刊。现仅存1881年9月份、1882年4—5月份的一部分。奥村弘:《开港场·神户からみた"アジア"——〈神户又新日报〉を中心に》,见古屋哲夫编《近代日本のアジア认识》,东京:绿荫书房1996年版,第173—210页。

如兄如弟宴怡怡。[1]

这首诗说明了两件事，一是在开港后不久的神户，不仅出现了中日之间的国际通婚事例，而且是作为"二国和好"的喜事受到祝贺。二是胡小苹作为久居神户的华商领袖，以"高风"闻名于文士之间，以赋诗、徵求唱和这一风雅的形式，为"李君"和"增谷雪"的百年好合祝福。御影村现属神户市东部的东滩区。

联诗的诗题是"次韵陈雨农哭胡少苹七律五首并序"，叙述了龟山节宇在接到陈雨农悼念胡小苹的诗后，也赋诗五首，怀念与胡小苹交流的情形。这些诗编入《节宇遗稿》（下）甲申年（1884，光绪九年，明治十七年）的最后部分。从该诗文集按年份排列的惯例推测，这些诗应在该年年底作成，可见胡小苹卒于是年下半年。是年初伏，胡小苹为藤井竹外《竹外二十八字诗》作完点评，这就是诗中"多年客迹留新稿"一句的由来。诗题及该组诗之其二如下：

雨农陈君有哭胡少苹七律五首，见邮寄，诵读数过，乃悼胡翁之一逝难再起，又感陈君吊哭之恳至也，因不自揣，各次其韵，更述哭翁之怀

云惨风悲西海头，斯人一去笔应休。多年客迹留新稿，一片乡心首故邱。挂壁墨痕香可掬，藏筐诗句泪难收。梦魂仿佛神山夕，醉与先生话旧游。（其二）[2]

（二）文人画家胡铁梅

胡铁梅（1848—1899），名璋，字铁梅，号尧城子，以字行，安徽省桐城人。《翰墨因缘》共收录其诗3首，牍4函。胡铁梅是著名画家胡寅（号觉之）之子，擅山水、花鸟画，兼能诗。胡铁梅于1878年从上海赴日，以后往来于中日之间，多方游历，其作品除了神户以外，在大

---

[1]龟山茂理编：《节宇遗稿》卷下，姬路，龟山茂理1917年版，第37叶。
[2]同上书，第40叶。

阪、名古屋、金泽、新潟、高知等地公私收藏者中，均有所藏[1]。画风合南北之法，为典型的文人画[2]。当时，外国人还不能在日本国内自由旅行，《翰墨因缘》中的一函就是胡铁梅向水越耕南询问如何办理赴德岛游历手续的（下卷22—23叶）[3]。函中的"德屿"即德岛，阿波其旧名，黄吟翁即黄吟梅。

　　耕南尊兄先生执事：

　　　　昨日得瞻风采，顿慰夙怀。临行蒙赠大著，归途展读，口齿生芬。毋怪乎黄吟翁称赞大才不去口，实弟之相见恨晚矣。昨暮间，敝门人大津氏从德屿来，视予起居并有意招弟阿波一游。欲访胡小苹兄之例，于兵库县厅申请外务省免状。应如何办理，敝门人不能明晰之处，敬求指示迷途，不胜感戴之至。秋间播州之游，有吾兄大人为之经营，必胜于寻常周旋者十倍矣。引领以俟，先陈谢盛情。拙作山水，聊以补壁，不足言笔墨也。祈笑纳之为幸。此致并请吟安。

　　　　　　　　　　　　　　　　　　弟胡璋顿首　甲申四月一日

以下一函（下卷23—24叶）是胡铁梅在从冈山回神户之前，路过姬路之前发出的，希望与水越耕南故里姬路的文人墨客见面。函中提到的"琴石森君"即森琴石（1843—1921），有马（现属神户市北区）人，号响泉堂，著名铜版画家，兼擅水墨画，作品丰富，与胡铁梅等旅日中国文人也有广泛的交流[4]。函中所提及的胡小翁即胡小苹，播州即兵库县西南部播磨地区旧名，姬路是其中心城市，备前为冈山县旧国名之一，与播磨地区邻接。西尾小竹堂，不详。"方"为日语词汇，意即"转交"。

―――――――――

[1] 鹤田武良：《罗雪谷胡铁梅——来舶画人研究》，载《美术研究》1983年第324号，东京，1983年6月，第23—29页。
[2] 梅泽精一：《日本南画史》，东京：1919年初版，大空社2013年复刻版，第954页。
[3] 中村忠行：《胡铁梅札记——清末の一画家と土佐の诗人达》，载《甲南国文》第35号，神户，1988年3月，第195—225页。
[4] 见森琴石画，熊田司、桥爪节也编《森琴石作品集》，大阪：东方出版2010年版。

耕南先生良友阁下：

前自京都奉书之后，久疏笺候，殊深歉仄。前大津氏传言雅谊，德岛之事，缘伊识见迂阔，不能就绪，然亦无可如何。承赐文集三册，不胜拜谢。弟自博物会过期，旋返浪华，未几琴石森君招游冈山，行李匆匆，是以未及前来畅领教言。然每托胡小翁代致拳拳，想必奉闻矣。兹有恳者，弟冈山游毕，假道播州姬路来神户。素悉播州乃阁下梓里，前次小翁游播，亦仰赖鼎力吹嘘。敬乞惠书数通，达该地好事之家，不致于临渴掘井也。幸甚幸甚。公暇草就，祈寄至冈山县备前冈山区字新西大寺町，西尾小竹堂方铁梅查收为感。草草专函，乞恕不恭。

小弟胡璋顿首　七月十五日

1885年夏，胡铁梅得以顺利游历高知，与当地诗人三浦一竿（1834—1900）等唱酬甚欢，《高城唱玉集》《高城唱玉二编集》《江鱼唱晚集》等诗文集中均有胡铁梅唱和的诗作或评语留存[1]。1896年，胡铁梅在上海公共租界创办了小报《苏报》，为避清朝官府干涉，以日本人妻子生驹悦（1868—1899）的名义向日本驻上海领事馆登记出版，生驹悦任馆主，聘邹弢任主笔。当时的《苏报》主要刊登市井小道消息，并无多大社会影响力。因报馆内部纠纷，经营不振，1898年，《苏报》转让给别人。[2]胡铁梅夫妇移居神户后不久，生驹悦于1899年4月15日病殁。水越耕南赋七律一首，悼念生驹氏，诗与胡铁梅的评语如下：

前苏报馆主生驹女史病殁，神户胡君铁梅，为选其行状，又索予诗。追悼之余，赋此一律　水越耕南成章

吾来凭吊扫松楸，风雨青山惨带愁。呕血文章推巨擘，惊人警语出娇喉。奇才不免撄时忌，遗业犹能与国谋。泉下有知应一笑，

---

[1] 柴田清继、蒋海波：《明治期高知における日中文人の交流——画家胡铁梅を中心として》，载《武库川国文》（75），西宫，2011年11月，第9—23页。

[2] 蒋慎吾：《苏报案始末》，见上海通志社编《上海研究资料续编》，上海书店出版社1984年版，第73页。

夫君椽笔足千秋。

　　胡铁梅云：格律苍老，犹长于叙事，贴切先室之为人，所谓他人有心忖度之。非杜少陵不能辨此，而元陆辈尚不能有严警也。钦佩钦佩，诚有光泉壤矣。[1]

生驹悦辞世后不到四个月，胡铁梅亦于8月1日殁于神户。水越耕南作诗悼念这位20年来的老友[2]。

哭胡铁梅先生　　水越耕南成章

　　诗酒同游二十年，曾从海外订良缘。君何厌世早归土，我且搔头将问天。泉下难沾新雨露，人间空散古云烟。算来一事唯堪慰，埋骨蓬莱最上巅。

尾联"埋骨蓬莱最上巅"一句，说的是胡铁梅夫妇之墓，安置在位于山坡之巅的神户市立追谷墓园内，可眺望神户街景和濑户内海。胡铁梅夫妇之墓，相邻而立，至今保存完好[3]。生驹悦墓表由胡铁梅亲笔题写："生于明治元年八月十八日，卒于三十二年四月十五日，于戏有和女子上海苏报馆主生驹悦君之墓，杖期生尧城子胡铁梅拔泪拜题。"胡铁梅墓的正面碑文"清江南名士胡铁梅先生墓，辱知心泉迁衲谨书"，背面刻"明治卅二年十一季"。心泉，即北方心泉（1850—1905），石川县金泽市常福寺（东本愿寺派）的住职，书家，精通汉诗、篆刻、典籍等。1877年，心泉作为东本愿寺"支那布教事务系"赴上海，游历江南各地，与当地文人交流[4]，并协助俞樾（1821—1907）编辑了《东瀛诗选》[5]。

---

[1]《太阳》第5卷第16号，东京，1899年7月20日文苑栏第10页。
[2]《太阳》第5卷第21号，东京，1899年9月20日文苑栏第11页。
[3] 蒋海波：《近代日中文化交流の足迹を访ねて——中国画家胡铁梅と阪神间の文人たち》，载《神户华侨历史博物馆通信（No.5）》，神户，2005年6月，第4—5页。
[4] 川边雄大：《东本愿寺中国布教の研究》，东京：研文出版2013年版，第167—262页。
[5] 本冈三郎：《北方心泉——人と艺术》，东京：二玄社1982年版，第91—99页。

（三）《日本同人诗选》编者陈曼寿

陈鸿诰（1825—1884），字味梅，号曼寿、乃亨翁、寿道人等，以号行，浙江省嘉兴府秀水县人，客寓上海。《翰墨因缘》共收录其诗7首。在卫寿金的介绍下，陈曼寿于1880年4月赴日，曾作为本愿寺的汉语教师，寓居京都、大阪。1882年6月回国[1]，1884年2月卒。在日期间与小野湖山（1814—1910）、土屋弘（1841—1926）、藤泽南岳（1842—1920）、水越耕南等汉诗人交流颇多。其诗集《味梅华馆诗钞》于1880年8月，由原田隆造抄录，前川善兵卫在大阪刊行。其中《三月十一日，与铸老俞杏生朱季方同游诹访山，于酒楼小饮，赋此纪事》一首[2]，就是描绘他到达神户后，与诸友一起登上诹访山，俯瞰神户街景时的情形，首句中的"摄津"为兵库县神户市东南部和大阪府北部一带的旧国名，又称"摄州"：

> 摄津多层峦，讨春健游屐。爱此夕阳时，意行颇间适。同调三四人，各抱林泉癖。曲折历苔磴，济胜仗足力。画楼敞崇冈，明窗洞达辟。十五当垆女，洗戋勤劝客。繁弦与急管，靡靡音不绝。彼都尚脱略，何尝拘行迹。士有东晋风，集仿西园式。凭栏纵遥瞩，苍海在几席。樯镫闪稠星，岛烟生凉夕。飞觞醉月竦，狂歌脱吟帻。

陈曼寿与水越耕南有以下一组唱和[3]，反映了他们的交游行状。陈曼寿的和诗也收录在《翰墨因缘》，署名陈鸿诰，有诗题详叙其经纬："光绪六年庚辰秋日，侨寓山城晓翠楼，蒙耕南先生雅兄寄诗见怀，迟迟未报。顷客浪华，又劳远道过访，谆谆索和。爰不揣谬陋，率次原韵奉答，即请方家正之。"（下卷18叶）"山城"是京都府南部的旧国名，亦代指京都。"浪华"是大阪的旧地名。尾联中"吏隐有通儒"一句，暗指耕南笔名"耕南吏隐"：

---

[1] 王宝平：《清代中日学术交流の研究》，东京：汲古书院2005年版，第32—36页。
[2] 陈曼寿著、原田隆造抄录：《味梅华馆诗钞》，前川善兵卫1880年版，卷二，第17—18叶。
[3] 见《古今诗文详解》第75集，1882年12月25日，第7页。

赠陈曼寿　　耕南水越成章　在神户

芳声曾在耳，今夕得相娱。疏雨滴修行，清风生碧梧。文才凌李杜，墨妙抵欧虞。不怪江湖上，推为一代儒。

和水越耕南见赠原韵以呈并正　　陈曼寿　清人　在神户

之子青云彦，相逢足与娱。诗才惊敏捷，笔语扫支梧。仙骨能超孔，穷愁定笑虞。摄津虽小邑，吏隐有通儒。

1883年8月，陈曼寿编著的《日本同人诗选》由土屋弘在大阪刊行，该诗集共四集，收录了同时代汉诗人62家599首诗作[1]。与俞樾编辑的《东瀛诗选》（1883年7月）几乎同时刊行，值得注目[2]。该诗集收录了水越耕南诗作17首，其中反映耕南等人与中国文人交流事迹的有以下一首（《日本同人诗选》卷三17叶）：

五月五日，偕吉田马渡二僚友，及清国吴瀚涛卢子铭两君，饮于柳原花月楼

韶华如水梦如尘，践约来寻野渡滨。薄酒惜春情更厚，旧交在座话偏亲。云生远岫笼浓黛，花落前汀跳锦鳞。赢得一株当栏柳，斜风细雨苦留宾。

该诗原载于《萍水相逢》（卷下32叶），《萍水相逢》是神户早期的汉诗社"萍水吟社"的同人作品集，于1880年4月刊行[3]。诗题中提到的"五月五日"当1879年6月24日，吉田即吉田正义，号芳阳。马渡即马渡俊猷（1851—？，字汉阳）。吉田和马渡既是水越耕南的同僚，也是

[1] 蔡毅：《陈曼寿と〈日本同人诗选〉——中国人が编纂した最初の日本汉诗集》，载《国语国文》第72卷第3号，京都，2003年3月，第705—725页。

[2] 日野俊彦：《陈曼寿と日本の汉诗人との交流について》，载《成蹊国文》第48号，东京，2015年3月，第57—71页。

[3] 柴田清继、蒋海波：《水越耕南と〈萍水相逢〉——并せて萍水吟社について》，载《武库川女子大学纪要》（人文·社会科学）第57号，西宫，2009年3月，第175—186页。

诗友。以下是辑入《萍水相逢》时的该诗，其中楷体字是陈曼寿在编入《日本同人诗选》时删订过的文字，对照两者可以看出，后者的用词更加精准一些：

> **五月五日，偕吉田马渡二僚友，及清国吴瀚涛卢子铭两君，**
> **同饮于柳原花月楼，坐间拈韵。此日春尽也**
>
> 韶华如水梦如尘，践约来寻野渡滨。薄酒惜春情更厚，旧朋在座话偏新。云生远岫笼浓绿，花掠前汀跳锦鳞。赢得一株当栏柳，斜风细雨苦留宾。

二、往来神户的江南文人

（一）神交有素王紫诠

王韬（1828—1897），字紫诠、兰卿，号弢园老民、天南遁叟等，江苏省苏州府人，近代中国报人先驱。光绪五年闰三月九日（1879年4月29日）至七月十四日（8月31日），王韬赴日游览，受到日本诗文界的欢迎和重视。在东京，王韬与汉学者冈千仞（1832—1914）、重野安绎（1827—1910）、中村正直（1832—1891）等人进行了广泛的交流。虽然交流是在友好的气氛中进行的，但在华夷之辨、琉球归属等中日之间的敏感问题上，也不乏思想交锋[1]。访日期间，王韬以日记形式记录了其详细行状，题为《扶桑游记》三卷，由日本报知社分别于1879年12月、1880年5月、1880年9月刊行。

王韬在神户逗留期间为5月4日至13日（包括短期往来大阪、京都）。8月25日，回国途中又在神户逗留一天。在神户期间，受到旧友朱季方、许友琴的周到照顾，并与神户理事府理事廖锡恩、随员吴广沛、西文翻译张宗良、宁波商人胡小苹、张德澄、朱季方等人交游唱和。对张宗良，王韬是这样介绍的，"芝轩名宗良，南海人，少读书于

---

[1] 易惠莉：《日本汉学家冈千仞与王韬——兼论1860—1870年代中日知识界交流》，载《近代中国》2002年第12辑，第168—243页。薄培林：《近代日中知识人の异なる琉球问题认识——王韬とその日本の友人を中心に》，载《关西大学东西学术研究所纪要》第47号，大阪，2014年4月，第207—224页。

香港保罗书院，深通西学，能见其大。余著《普法战纪》，芝轩佐译之功居多"[1]。朱季方是商社成记号（号主张德澄）的号伴（合伙人）[2]，杭州人，经商往来于中日之间，也是王韬十年来的旧友，"朱君季方，肥胜于昔，容亦稍苍，十年远别，几不相识"[3]。

王韬在神户时与水越耕南并未谋面，他们两人的关系就是耕南在《翰墨因缘》凡例中所说的"偶有一二未经晤面者，亦神交有素"的诗友。《翰墨因缘》除了收录黄遵宪《奉赠弢园先生即和瓮江韵》（上卷17叶）、廖锡恩《七古一篇赠王紫诠》（上卷11叶）等与王韬有关的诗作以外，还收录了王韬本人的诗作8首，都是对吴瀚涛的和诗（上卷23—26叶）。他们之间的交流，在耕南刊行了《翰墨因缘》以后，仍然持续。王韬曾寄函耕南，感谢耕南馈赠礼物和书籍。全函如次：

与日本水越耕南（耕南名成章，为神户裁判官，能诗。
与余初未一面，前年朱君季方回沪，曾以诗集就正）

> 杨君砚池返棹，得拜嘉惠瑰籍新镌、云糕佳制，贶我良多，感荷无量。夙昔三神山在海上，可望而不可即，今则一苇可杭，虽沧波间阻相隔数千里之遥，刻期可至。弟向亦勾留旬日，雪泥鸿爪，具有因缘。瀚涛《剑华堂集》中唱和诗可证也。其时惜不得与足下一见也。今者远地神交，笔札诗简，往还络绎。杜陵所云，文章有神交有道者，其谓是与。前寄赫蹄，潦草涂鸦，殊甚发噱。顽石道人来，曾奉一书，闻在神山停帆仅半日，不及相见。岂友朋一见之缘，亦有数存乎其间耶。弟老矣，不复作重游之想。凑川山色，泷岭泉声，时时入于梦寐。文旌如来此间，当敬迓江干，为平原十日饮。天暑伏冀，顺时珍摄，为道自重。[4]

该函虽然没有日期，从"前年朱君季方回沪，曾以集就正"一句来看，

[1]王韬著，栗本锄云训点：《扶桑游记》上卷，东京：报知社1879年版，第5—6页。
[2]财团法人三江会馆编：《神户三江会馆简史》，神户：三江会馆2007年版，卷首插页影印件，原件藏神户市立文书馆。
[3]王韬著，栗本锄云训点：《扶桑游记》上卷，东京：报知社1879年版，第5页。
[4]王韬著，遁叟手校：《弢园尺牍续钞》卷六，光绪己丑排印本，第6叶。

耕南在《翰墨因缘》刊行之前，可能就征得王韬的同意，收录其诗篇，并得到王韬的校正。函中所说瀚涛，即吴瀚涛，有《剑华堂集》刊行。杨砚池即杨锦庭，曾任神户理事府通事（翻译）；顽石道人似指卫铸生（号顽铁道人）。据函中内容，我们可以推测，耕南托返沪的杨砚池，向王韬转交了新刻上梓的书籍、糕点以及信函，函中希望他再次访日。而王韬则表示，"弟老矣，不复作重游之想"。但依然怀念神户的山水景色，"凑川山色，泷岭泉声，时时入于梦寐"。"泷岭"即神户北部的布引山，以雌雄两条瀑布闻名，又称"泷山"。王韬还建议耕南访华，"文旌如来此间，当敬迓江干，为平原十日饮"。耕南并无访华之行，两者终究未能谋面，但他们的翰墨因缘却被保存下来了。

最近，一份反映王韬与水越耕南的交往的手札原件出现在文物市场，值得介绍。即王韬抄录了《马相伯自朝鲜回，馈余发纸，赋此志谢》《赠金陵黄瘦竹即题其揖竹图》两首自作七古诗，代替函札，赠送给水越耕南。其中前一首记述了王韬与马相伯的交谊，马相伯曾在神户任理事约半年（1882年5月至10月），即诗中"前年神山作仙吏"一句的由来，而马相伯与耕南又是旧交，所以王韬在题跋中写道："水越君耕南先生，日本诗人也，居神户，与余从未见一面，屡惠书籍，通笔札，此杜陵之所谓神交者非耶。特写蛮笺以报之。"印证了两者的神交之谊。该书札存留至今，足弥珍贵[1]。其中赠马相伯诗如次：

> 玉版金光名凤著，挥洒烟云若神助。昔闻削竹成赫蹄，今见剪发为笺素。体精质厚制特工，马君携自渤海东。馈余十样拜君赐，陆离五色迷双瞳。晴窗无事坐禅榻，偶试新螺涂满幅。染翰助予修凤楼，策勋看汝标麟阁。马君矫矫人中豪，塞胸经济凌时髦。前年神山作仙吏，割鲜小试庖丁刀。难弟难兄并心许，君家昆季云霄侣。三年两次见粤中，奇功乃复遭蜚语。中朝威力宣藩封，浃旬戡乱擒元凶。年来此事差快意，彼忌刻者真凡庸。羡君偏衣海外锦，崇衔特赐亚一品。仍王官耳非陪臣，今日还乡且共饮。平生好友兼

---

[1] 张恩昌：《王韬书赠日本诗人水越耕南书轴》，载《收藏·拍卖》2009年第3期。

好奇，得君佳纸赠君诗。愿将我诗写万纸，凭君传入高句骊。[1]

（二）云游文人的足迹

1. 才华横溢陈雨农

陈雨农，生卒年不详，名霖，又名慕曾，字雨农，农又作浓，号红莲馆主人，以字行，原籍浙江嘉兴府，客籍广东广州府。《翰墨因缘》收录其作品不仅数量多，共有诗29首，文4篇，牍6函，而且题材与形式也多种多样。有论述理学、书法金石的论文，还有2阕词作。其中直接反映与水越耕南交流的诗篇就达16首、牍4函、词2阕、文1篇。其中七古《结交行》（下卷40—41叶），叙述与耕南的交谊，情真志豪：

> 相信不必指天日，相契不必盟车笠。男儿孤矢射四方，结交岂仅乡与邑。张范昔时称久要，鸡黍千里能相招。世事炎凉顷刻耳，莫谓昨日同今朝。我有宝剑名干将，持以照人光更亮。君既欲之何不言，勿令挂君青冢上。君不见，公孙作相列鼎时，故人脱粟终见疑。又不见，翟公罢官廷尉日，门前冷落知交失。富贵相忘贫贱弃，人情翻覆奚足异。泛爱原非生死盟，褊心何用恩仇记。苍松百尺缠孤萝，万古冰霜见同志。丈夫结托贵如斯，白首依然抱明义。长歌激烈敲唾壶，波澜云雨无时无。人生知己岂易得，不惜报君明月珠。

以下一首《癸未六月八日……》（下卷41叶）记录了大阪"浪华吟社"唱和的情景，是一篇难得的史料。癸未六月八日当1883年7月13日。"云来上人"指石桥云来（1846—1914，名教，法号云来），兵库县姬路出生，在大阪主持汉诗塾"云来社"。喜漫游，广交友，有诗集《云来诗钞》《云来吟交诗》《友兰诗》等刊行[2]。

---

[1] 原载《蘅华馆诗录》卷六，见王韬著，陈玉兰校点《王韬诗集》，上海古籍出版社2016年版，第205—206页。

[2] 文明社编：《大阪现代人名辞书》，大阪：文明社1913年版，第118页。

癸未六月八日，关遂轩招同藤泽南岳、小原竹香、水越耕南、土居香国、近藤南洲、加岛菱洲、云来上人并诸君子，饮浪华吟社，遂轩诗成，次韵和答　陈慕曾

斗诗雅会足盘旋，一佛还兼众散仙。亦水亦山销夏地，不晴不雨醉吟天。兴来幸与壶觞约，客里仍多翰墨缘。且喜开樽非卜夜，缓归忘远并忘年。

《翰墨因缘》收录了不少反映陈雨农与水越耕南交友的作品，主要有，陈雨农为耕南的居室"花红竹翠居"题诗，并写下了长序（下卷46—49叶）。在其他作品中，我们可以得知，陈雨农赠送耕南汉玉圈一枚、香囊一袋、扇子一柄、十七帖二本、文徵明（1470—1559）石刻本一册、古墨四锭、明窑印色池一具等文房珍品。对此，耕南回赠古剑一柄，以示知己之交（下卷30叶）。他们的交友在《翰墨因缘》刊行以后也一直持续，因此陈氏是一位值得研究的人物[1]。例如，陈雨农为龟山节宇、水越耕南合编的《皇朝百家绝句》作序，指出了该诗集对研究日本同时代汉诗的史料意义。序文如下：

迩来东海韵学盛行，诗律之工，蒸蒸日上。观坊本前后汇刻及各家著选，皆随风唾珠，画日挥华，金和玉节，异曲同工。此神仙出霓羽，亦即童蒙之香草也。惟前辈选刻，类多乐府歌行，兼收众体。虽佳句共入锦囊，明珠尽储铁网，然初学者率尔抓觚，每有望洋兴叹，视为畏途。日者偶游神山，吾友播磨水越耕南君出此篇示余，乃君与其尊师龟山节宇先生所合选《皇朝百家绝句》也。云斤月斧，琢其肺肝，左锦张珠，发此妙墨。花梦江郎之笔，斗论子建之才。言成百家，妙兼众理。层见迭出，变化无穷。水佩风裳，剪裁入细。冰华雪芯，结撰维新。以遗金碎玉之余，作合璧联珠之卷。而两君更复详加评勘，搜括无遗。寻源竟委，琴弹百衲之声。

---

[1] 石晓军：《幕末·明治期における播磨の汉诗人と中国文人の交游——河野铁兜、龟山云平を中心として》，载《姬路独协大学外国语学部纪要》第28号，姬路，2015年2月，第19—39页。

纪事选言，鲭合五侯之味。等金镬之刮目，诚智珠之在胸。纸贵都门，有由来矣。是书两君采摭初成，将留为家塾课本，而朋辈传钞，殆无虚日，仍虑其难遍及也。乃以原本径付梓人，重加刊刷。盖以彰前人著作之功，成诗林之佚事。庶几后起之秀钻研有本，又岂徒云，案辔骚坛，环络艺府而已哉。故弁以数言，聊志重刊之所自。

大清光绪甲申上巳，红莲馆主人陈雨农序于神山旅次。

2. 旅行诗人王治本

王治本（1835—1908），治又作冶，字漆园，漆又作桼、黍，号梦蝶道人，浙江省慈溪县人。1877年夏，应广部精（1855—1919）所聘，王治本赴任私塾日清社汉语教师。后游历日本各地，其足迹之广，交友之多，被誉为海外旅行家[1]。1908年6月16日，在故里辞世[2]。关于他在日本各地的足迹，柴田清继先生发表了多篇论文，极尽其详[3]。《翰墨因缘》共收录其3首叠韵诗，反映他与水越耕南交流情形的是第三首《荷惠和章，金铃形园，玉磬声彻，朗诵一过，余韵绕梁三日，再叠前韵，以答耕南先生作家词坛，并希正之》，该诗也作为《薇山题葩》的题词收录，诗后王治本写道："己卯冬余来神户，甫经相识，即惠和章，再叠前韵奉答耕南先生作家正之。"据此可知，王治本于1879年底至1880年初在神户与耕南相识。诗如次（上卷31叶）：

神山顶上观红轮，万丈霞光气似春。萍水何缘逢杰士，蓬瀛自古住仙人。诗情淡泊摹彭泽，文阵纵横拟颍滨。省识东风缠一面，羡君丰度自超伦。

---

[1] 张如安：《天涯随处著游鞭——宁波海外旅行家王治本事迹初探》，见张伟主编《浙江海洋文化与经济》（第3辑），海洋出版社2009年版，第375—381页。

[2] 王勉善：《我对曾祖父的追忆及黄山的回忆》，载《古镇慈城》2009年第37期。

[3] 柴田清继、蒋海波：《明治期高知における日中文人の交流：旅の诗人王治本を中心として》，载《日本语日本文学论丛》（7），西宫，2012年3月，第47—80页。（中略，共17篇）柴田清继：《矢土氏澹园を访れた清国文人：王治本と阮丙炎》，载《书论》第44号，大阪，2018年8月，第95—104页。

3.瀛海采风黄吟梅

黄超曾，字吟梅，号金鳌钓徒，以字行，江苏省苏州府崇明县人。《翰墨因缘》共收录其诗7首，文1篇，牍2函。黄吟梅曾任驻神户、横滨理事府随员[1]。1884年4月，卸任后黄吟梅欲利用在职期间培养起来的人脉，赴日本各地采风，为此他起草了《瀛海采风简诸文学启》，希望能得到日本各地文人的合作，全文如下（上卷45—46叶）：

> 海外同文之国，首数瀛东。日中英俊之才，尤推都下。盖犹游鳞之萃灵沼，鸣凤之集高岗也。超曾随节钺东来，驻神户者两年，移横滨者六月。每以簿书丛杂，未遑诗酒清娱。雅歌投壶之会偶然，揽环结佩之贤绝少。知音落落，不无憾焉。今以采风奉职行驱冉子之车，且当问途已经始蜡谢公之展。诸君子学既赅博，此地又为生长之乡，千载兴亡，胸中烂熟；四时佳胜，眼底争来。问风嘶石马将军之故垒何存，声送木鱼梵王之琳宫何在。衣冠文武，谁为王谢之堂；楼阁参差，谁是神仙之窟。更或书探寄古，谁家馨二酉之藏；画妙通灵，谁氏享千金之帛。是皆仆所留意，而未能详悉者也。此去得逢佳士，倾盖便与论交。尔时若遇贤豪，倒屣敢云恐后。但愿邮亭候馆，小住为佳。好教挈榼提葫，清游足乐。吟弄八州风月，收拾奚囊。饱餐三岛烟霞，灿成邱锦。放怀山水，固所愿焉。至于言语不通，则笔端有舌；声气未广，借文字为缘。试听骊歌将唱，容我独往独来。还期鲤信远遗，聊尔咨询问度。
>
> 光绪甲申三月望日，吴郡黄超曾书于东京节署

反映黄吟梅采风成果的是《东瀛游草》[2]。查《东瀛游草》由《神户前集》（58首）、《神户后集》（53首）、《横滨集》（25首）、《采风集》（169首）、《同文集》（附西京、131首）、《东京集》（19首）等组成，1885

---

[1] 王宝平：《清末驻日外交使节名录》，见浙江大学日本文化研究所编《中日关系史论考》，中华书局2001年版，第243页。

[2] 汪向荣：《日本教习》，中国青年出版社2000年版，第317页。

年初在神户刊行[1]。其中《神户前集》《神户后集》《横滨集》《采风集》收录黄吟梅自己的诗作,《同文集》《东京集》收录了日本诗人的诗作,《东瀛游草》反映了黄吟梅在日本神户、大阪、京都等关西地区以及东京、东海地区采集历史文化、风土人情的足迹,是一份珍贵的文史资料。如《神户前集》,收录了黄吟梅与水越耕南等日本诗友唱酬之作24首,比《翰墨因缘》收录的7首更多。该诗集虽然付印,但属未定稿,编排和文字上都有不少缺陷,需要作一些整理,才能充分发掘出其史料意义。

1919年,《东瀛游草》中的《同文集》在"删存其半"之后,作为陈洙编辑的《房山山房丛书》之一种刊行。该诗集仅收录了日本汉诗人41人的诗作78首,其中水越耕南的诗是为送别吟梅出行游历而作的[2]。

吟梅黄使君将内游,留别东都诸文学,寄示佳章,
谨赋一绝,遥赠以送其行

不独乘槎意气豪,采风纪盛压风骚。一鞭残月关西路,马首云开莲岳高。

陈洙在为《同文集》写的序文中,记录了这部诗集留存下来的经过:

> 崇明黄吟梅先生,清光绪间随使日东,与日人士酬唱欢洽,有《同文集》之编。施雅桐太守为先生姪壻(婿),官湘时,尝延先生在署,女公子湘痕女士淑仪从受诗法。辛亥后,施女士以此帙见贻。缅惟两国人士唱和之雅,始于有唐而盛于近代。因删存其半,重刊饷世。[3]

这里提到的施湘痕淑仪女士,字学诗,江苏崇明人,曾任崇明尚志女学校校长、学监等职,有诗集《湘痕吟草》刊行。1922年,施淑仪编辑

---

[1] 现藏东京都立图书馆实藤文库,有缩微胶卷。
[2] 黄吟梅编,陈洙选编:《同文集》,艺文印书馆1970年影印版,第3页。
[3] 同上书,序。

的《清代闺阁诗人征略》（十卷，补遗一卷）刊行，收录了清代女性诗人1261人的事迹及诗作，是一部重要的文史资料[1]。

（三）汉语教师、书画家等

1. 浙籍汉语教师

（1）叶炜，字松石，号梦鸥，以字行，浙江省嘉兴人。《翰墨因缘》收其诗6首。1874年2月，作为东京外国语学校的汉语教师赴日，1876年7月满期退职回国，1880年夏再度赴日，滞留在大阪、京都。因困于疾病，于1882年2月回国[2]。有《扶桑骊唱集》，光绪辛卯（1891）仲冬刊于白下，是在东京任期期满时的饯别诗集。水越耕南虽然没有参加饯别，但是其诗五首也收录其中。这些诗是叶松石回国后，发表在《朝野新闻》上的[3]。叶松石得知后深受感动，特意将其收录在《扶桑骊唱集》，以示谢意。兹录其三如次：

偶读贵社新闻纸载清客叶松石在西京诗，

磐敬诸老皆次其韵，予亦效颦　兵库水越成章

西人久慕叶君贤，水阁为开诗酒宴。芦岸清风萍渚月，并将离恨上云笺。[4]

叶松石再次赴日时，与水越耕南重逢，应耕南之嘱，题诗一首（下卷21叶）：

题画梅应耕南先生嘱

黄昏明月来，窗上梅留影。依稀淡墨痕，暗香心自领。

（2）郭宗仪，字少泉，少又作小，以字行，浙江省嘉兴府秀水县人，书家，庆应义塾汉语教师。《翰墨因缘》共收录其诗2首，牍2函。

---

[1] 施淑仪辑：《清代闺阁诗人征略》，上海书店出版社1987年版。

[2] 王宝平：《清代中日学术交流の研究》，东京：汲古书院2005年版，第36—42页。

[3] 《朝野新闻》1876年9月20日（3）。

[4] 叶炜：《扶桑骊唱集》，光绪辛卯本，第26叶。

1880年10月16日（庚辰九月十三日），郭少泉赴东京，途经神户，拜访水越耕南，咏诗如次（下卷19叶）：

庚辰九月十又三日，奉访耕南先生，席上赋赠，并请大教

万里相逢遇亦奇，快谈今古有何疑。知君博学才如海，锦绣文章不费思。

以后郭少泉又致函水越耕南，略述在东京的教学生活，由于人生地疏，其生活枯燥乏味。信函中提到的福泽翁，大概是指福泽谕吉。函如次（下卷20—21叶）：

耕南先生大人阁下：

自神山叙别，思如一日，临行又蒙惠赐佳品，更感无愧。次日开轮在即，未得面辞，深为抱歉。是以横滨转辗，逗留数日，于初九日安抵京师矣。学校内生徒，约有二百人许之多，均是西学。支那学凡二三十人。弟所卧居，刻在校内福泽翁家。奈人地生疏，诸多不惯，终日埋头，殊无蔗味。况笔墨概未知之，无能消遣，徒唤奈何。未识大知己，将何意教我耶。风便乞赐玉音是盼。专此致达，敬请研安。

教弟郭少泉顿首，十一月十又一日
芝区三田二丁目二番地，福泽家内交无误。

2. 江苏籍书画家

（1）卫寿金，字铸生，号顽铁道人，以字行，江苏省苏州府常熟县人，书家。《翰墨因缘》收录其诗3首，牍3函。1879—1881年之间，卫寿金曾滞留神户、大阪，以其书法之技周游日本，润笔颇为丰厚，但其评价似乎并不高[1]。王韬是这样介绍卫寿金的，"铸生，琴川人，工书法，挟其一艺之长，而掉首作东游者。闻乞字者颇多，自八九月至今，

---

[1] 王宝平：《清代中日学术交流の研究》，东京：汲古书院2005年版，第25—29页。

已得千金，陆贾囊中，殊不寂寞"[1]。1881年10月6日，卫寿金访问水越耕南，有诗一首（下卷15叶）：

光绪辛巳中秋前一日，过耕南草堂，即席步韵，录请一哂

登堂便令醉华颠，披读新诗更胜前。奇句都从性灵出，才名早向世间传。散衙余事耽风雅，好客情怀总昔贤。老我天涯成莫逆，云山自此结良缘。

另外，卫寿金在致水越耕南的书简中，记述了在游历香川县高松时受到当地文人款待的情形（下卷17叶），并作和耕南《秋思》诗一首。[2]函中提到的赤松君应为赤松椋园。川口即大阪西区的外国人居留地川口地区，华商多集居于此。

耕南先生若见：

别后于初十日薄暮，由川口起程，一路浪静风平，飓轮如驶。昨晨八时，即抵高松，而池田氏、赤松君以次接见，款待甚殷，有宾至如归之概。且此间人士皆济济多才，相与过从，颇不寂寞。惟所苦者，旅舍之蚊，其大若蝇，其声成雷，辄不能寐。因忆尊著秋思一律，循讽不置。爰就枕上效颦，殊不成句，录请方家斧削为幸。

此布即颂吟安。不一。

卫寿金顿首，九月十二日

奉和耕南先生秋思原韵

冶春往事邈难追，愁绝雕栏落叶时。断藕缫丝萦别绪，齐纨捐

---

[1] 王韬著，栗本锄云训点：《扶桑游记》上卷，东京：报知社1879年版，第18页。
[2] 水越耕南《秋思》，在当时颇有声誉，黎汝谦（《古今诗文详解》第75号，1882年12月25日）、郑文程（上卷33叶）、黄吟梅（上卷48—49叶）、胡小苹（下卷9叶）、土居香国（《仙寿山房诗文钞》诗钞卷四）等人均有和诗留存，未见耕南原诗。在《白璧连城》（安田泰堂编，市川清藏等1885年刊行）中，收录了耕南对土居香国的再和诗一首。

筐有秋思。乱翻疏柳鸦千点，滴碎残荷雨一池。惆怅临风三压笛，登楼谁唱比红儿。

（2）王寅，字冶梅，以字行，江苏省江宁府上元县人，画家。《翰墨因缘》仅录其诗1首。1877—1885年间，三次赴日，其中以第三次赴日（1879年至1885年）的时间最长，主要滞留京都、大阪。[1]冶梅擅长画石，以画风清新受到好评，[2]有《冶梅石谱》（上海朝记书庄，1881年，陈曼寿、叶松石题词）印行。《翰墨因缘》仅收录其唱和诗1首，反映两人的交往。耕南的原诗[3]及王冶梅的和诗（下卷22叶）分别如次：

席上赠清客王冶梅　　水越耕南成章

艺林谁不仰芳声，此日相逢最惬情。何特丹青臻奥妙，元知词藻也浑成。当楼残柳阴偏薄，临水寒梅瘦更清。从此神山须小住，堪钦仙骨太峥嵘。

庚辰冬至后二日，耕南先生过访，并赠佳篇，即步原韵，尚祈斧政　　王冶梅

东瀛二载仰先声，邂逅初逢胜故情。沧海壮游欣有遇，雕虫小技愧无成。拜瞻眉宇英雄气，快读诗文珠玉清。不独惊人佳句妙，笔谈高论吐峥嵘。

（3）王钺，字鹤笙，以字行，江苏省苏州府吴县人，书家。光绪庚辰（1880）年游历日本。龟山节宇为《薇山摘葩》作序，由王钺题写。《翰墨因缘》仅录其诗1首（下卷17—18叶）：

---

[1] 鹤田武良：《王寅について——来舶画人研究》，载《美术研究》第319号，东京，1982年3月，第75—85页。
[2] 王宝平：《清代中日学术交流の研究》，东京：汲古书院2005年版，第16—25页。
[3] 见《古今诗文详解》第8集，1881年2月15日，第10—11页。

光绪庚辰，游历日本，得见当代名公雅士，适至摄州，
闻耕南先生诗名久矣。承惠余佳章，不觉见猎心喜。
偶成俚句，追步原韵，呈政，未免贻笑方家也

羡君下笔夺天工，诗擅汉唐拜下风。我亦来此闻名久，于今超轶独推翁。

（4）庄介祉，字吉云，江苏省镇江府丹徒县人。《翰墨因缘》仅录其诗1首（上卷34叶）：

奉和耕南先生原韵以赠

迅速鸟飞隙过驹，多才当路任驰驱。胸无尘俗情耽古，腹贮诗书行若愚。笑我遨游留笔记，羡君高洁似梅癯。名流自昔推风雅，欲唤先生作汉儒。

庄介祉有刻本《日本纪游诗》二卷行世（1884）。江宁人邓嘉缜在为该诗集所写的序文中介绍道："以二百日得三百篇，是君之所闻者、所体察者、所欲伦者与所欲推行者，皆得托之与诗。"其中咏唱神户、大阪的人物风情的约有36首。除了与在神户的中国人黎汝谦、黄吟梅、胡铁梅、郑鹏万等人交往以外，还与森琴石、水越耕南、梅风女史、吉岛吾俊、加藤云外等日本士人交往。在题为《和水越耕南用原韵》（《日本纪游诗》卷一，7叶）一诗中，用字与上述《翰墨因缘》收录的一首有较大出入，除了尾联后句相同以外，其余各句都作了修订，后者更加精炼：

流水光阴隙过驹，腾骧当路任驰驱。胸除尘垢情耽古，腹贮诗书貌类愚。愧我才思无笔梦，羡君品节似梅癯。名流千载惟风雅，欲唤先生作汉儒。

结语

1871年，清朝与日本签订《中日修好条规》，1878年清朝相继在东京、横滨、神户、长崎等地开设了公使馆和理事府，中日之间间隔约

200年的交往重新开始，度过了一段短暂的对等交流的岁月。与气氛友好的官方往来相呼应，中日民间文人的往来也出现了近代最初的兴旺景象。随着上海、宁波等地的通商以及中日之间航线的开通，具有开拓精神的江南文人开始走向日本。他们既有可能成为感受、吸收、传播日本社会巨变的载体，也是向日本展示晚清社会文化现状的具现者。

近代中日之间的交流，是一次范围广、时间长的文化撞击。在这一过程的初始阶段，汉字这一东亚共同的传媒工具，不仅能缓解东亚文人因直接接触异质的西方文化所带来的忧郁和紧张，还能享受汉文学优美的愉悦。水越耕南作为一个具有丰厚汉诗文根底的文人，与寓居、往来神户的中国文人广泛交流，以诗会友，其特长在神户得到了充分的发挥。与日本的近代化同步发展的新兴海港城市神户，不仅吸引了外国人，而且吸引了日本各地的人才。在关西、环濑户内海地区已经成熟的汉诗文交流网络的基础上，神户作为对内对外都具有开放功能的城市，为实现日本国内和东亚文化的连接和交汇提供了不可多得的舞台。

《翰墨因缘》记录的江南文人，有些人虽有才华和著述，如陈曼寿和黄吟梅，但他们的经验并没有在以后的中日交流活动中发挥作用，成了不传之作；有些人因不适应新的环境而无所作为，例如曾经寓居在福泽谕吉宅邸的郭宗仪（少泉），他很可能是唯一或极少数与福泽见过面的中国人，但却与福泽擦肩而过；有些并非声名显赫之辈，因偶然的机遇而游历、滞留日本，甚至在日本辞世，例如胡铁梅，神户是他人生的终点站，也成为后人研究和凭吊这段鲜为人知的历史的现场。他们的心态、言行和境遇折射出了晚清社会文化颓废的状态，与同时代日本文人的进取心态形成了鲜明的对照[1]，是值得分析和反思的。

在以神户为舞台的中日文人交往过程中，旅居华商的参与是一个显著的特色。例如本稿介绍的胡小苹就是一个显著的例子。他不仅是商人，而且还参与了日本的教育、诗作评论等文化交流活动，起到了开拓者的作用。朱季方、张德澄等浙江商人在中日文化交流过程中所起的作用不容忽视，这种包括中日文人、华商在内的多方面人士参与的特殊模

---

[1] 王宝平：《晚清文人与日本》，载《日本学刊》1998年第4期。

式，成为中日民间能够超越两国政治、外交关系的障碍，得以持续交流的桥梁，也使神户这座开港城市具有了丰厚的文化内涵和持续力，在中日文化交流的历史上，留下了值得瞩目的轨迹。

【**作者简介**】日本神户孙文纪念馆主任研究员。

论叶松石与明治诗坛盟主森春涛的
汉诗交流与唱和

黄仁生

【摘　要】　晚清嘉兴诗人叶松石（1839—1903）曾两度访问日本，与数以百计的日本文人有交往，在明治文坛一度声名藉藉，甚至获得过"词宗"的美誉，其中与明治诗坛盟主森春涛（1819—1889）的交往与唱和尤其值得重视。二人从以诗定交到相知互赏，以及分别后仍然诗书往来，并且这些珍贵的文本大多因发表在森春涛主编的汉文杂志或选本中而得以保存下来，对于考察与研究近代中日汉诗交流具有重要意义。

【关键词】　叶松石　森春涛　中日汉诗　交流　唱和

现代以来，日本与中国文化学术界关于叶松石的印象，往往是从永井荷风随笔集《冬天的蝇》中《十九岁的秋天》一文与周作人散文集《苦竹杂记》中的《煮药漫抄》一文[1]获知一鳞半爪。直到21世纪初，范笑我将《煮药漫钞》点校刊行，王宝平将《扶桑骊唱集》收入《中日诗文交流集》影印出版，叶松石才逐渐受到关注。2012年9月，为出席在日本冲绳举行的"汉籍与中日文化交流——中日古典学者学术研讨会"，笔者曾撰《叶炜其人其著简论》一文[2]，但当时因受文献资料的限制，论述尚未深入展开。

叶松石（1839—1903，名炜，号梦鸥、松石道人、鸳湖信缘生等）是浙江嘉兴人，曾先后两度赴日本从事文化交流活动。第一次是

---

[1] 按：《苦竹杂记》由上海良友图书公司于1936年2月出版，所收《煮药漫抄》一文，最早于1935年8月3日发表于《大公报》。

[2] 该文后来改题《论叶炜与日本文人的交流及其著述》，收入《梯航集——日藏汉籍中日学者对话录》，上海古籍出版社2018年版，第366—373页。

同治十三年（1874，明治七年）一月至光绪二年（1876，明治九年）九月，在东京外国语学校（今名东京外国语大学）任汉文教授两年多，因其属于中国首届驻日公使何如璋抵日（1877年12月）前的旅日文人，堪称近代中日文化交流史上的先驱者之一。第二次是光绪六年（1880，明治十三年）夏重游日本，居住于大阪、京都等地，主要以诗文书画与日本文化界交流而维持生计，回国后曾任吴县主簿[1]。著有《延青阁诗钞》《石有华斋诗话》《井窗杂志》《梦鸥呓语》《煮药漫钞》，编有《扶桑骊唱集》。但今仅见有后三书传世，且皆与日本相关。其中《梦鸥呓语》一卷（明治十四年大阪刻本）、《煮药漫钞》二卷（光绪十七年金陵刻本）皆撰于第二次寓日期间；而《扶桑骊唱集》一卷（光绪十七年金陵刻本），则主要收录其在东京任教期满、归国前日本友人送别时的唱和之作。

尽管叶松石先后两次寓日的时间加起来不到五年，但他曾与数以百计的日本文人交往，在明治文坛一度声名藉藉，甚至获得过"词宗"的美誉，其知名度和影响，远大于他在中国生活的六十年。究其根本，他主要是以诗文书画之才能而引起日本文人的重视，与当时颇具影响力的汉文作家时有唱和，从之学诗者也不少。但他最初是经由中村敬宇、大槻爱古、成岛柳北、小野湖山、森春涛等著名人物及相关媒体（包括选本、报纸、杂志、丛刊等）的推介而走入东京文人圈，进而为日本汉文学界所接受和熟知的。本文拟着重考察叶松石与森春涛的交往与唱和，包括二人相见时的诗歌酬唱、分别后的诗书往来，以及这些唱和作品的价值与意义。

一、从以诗订交到相知互赏

森春涛（1819—1889，名鲁直，字方大，后改字希黄，通称浩甫，号春涛，又号九十九峰轩、三十六湾书楼、香鱼水裔庐等）为日本尾张（今爱知县）人，江户末年曾先后师从鹭津益斋、梁川星岩专攻汉学与汉诗，声名渐起。明治七年（1874）秋迁居东京下谷摩利支天横町（茉莉凹巷）以后，他相继主持茉莉吟社（每月十日以诗相会），入旧

---

[1] 关于叶松石的生平事迹，参见《嘉兴县志》卷三十四及俞樾撰《吴县主簿叶君墓志铭》。

雨社[1]，创办《新文诗》杂志（累计出版100集），编纂《新文诗别集》（累计出版28集）、《新新文诗》（累计出版30集），从而将一大批日本汉诗文作家和旅日中国诗人长期凝聚在其周围，被奉为明治诗坛盟主二十多年。曾编选《东京才人绝句》《清三家绝句》等书，著有《春涛诗钞》二十卷（明治四十五年刊行）。

据《煮药漫钞》卷下记载："同治甲戌（1874）年，余受日本文部之聘，元月三日东渡。时同人知者绝少，惟杨少梧司训有《送别》四绝，差不寂寞。"叶炜抵日本后一年间，除了在东京外国语学校任教时结识一些教师、学生外，仅同少数几位诗坛名家偶有接触与唱和，尚未引起日本文坛重视。但自明治八年（1875）春以后，情形开始发生转变。其中与森春涛的相识相知，就是这种转变中的一个重要动因。《煮药漫钞》卷上对此有如下记载：

> 余与春涛髯史，初未谋面。门人中田敬义索书扇，录旧作四绝以应，为春涛所见，介德山樗堂，订文字交。征余近制，又录数首付之。遽为其刻入《东京才人绝句选》中。前四绝，系癸酉（1873）《春兴》，故《浮海集》不载，兹录存之："春衫初试踏青天，正好寻芳乐少年。恼煞东风无意绪，忽飘微雨湿秋千。""芭蕉窗外绿阴稠，檐滴无声宿雨收。自笑痴情痴不醒，梦中犹替落花愁。""闲情淡尽更如何，遣闷晴窗写永和。差听梁间双燕说，春原不负负春多。""寻诗彳亍小回廊，寂寞翻疑漏点长。花影亦如邻女艳，月斜夜夜上东墙。"

---

[1] 明治十年（1877）二月，森春涛编刊《旧雨诗钞》二卷，卷首有明治七年十月藤野海南撰《旧雨社记》曰："皇上驻跸东京，百官咸集。而兵革之余，士气激昂，豪奢成风。余亦混其中，而非其志也。则稍稍索同好士，始邂逅成斋、鹿门，继而获朗庐、湖山、松塘数辈，于是乎延诸子会吾庐，议创文酒社……夫人生之乐，莫乐于亲朋相会晤。况吾侪垂老，犹幸无恙，遇数百里外之故交，而订数十年前之旧盟，其乐何如哉？于是乎相共谋，卜莲塘长酡亭，每月一会。会者无定员，然不容俗客。除旧故外，有社员相识而嗜文墨者，则许之。创社三年于兹，四方英贤，闻而来会者，耆宿如圮南武富氏，少年奇才如广濑林外。其他会者，常十余名……命社以旧雨者，取诸杜子美句，欲其必来而勿渝也。"则该社始创于明治四年，至《旧雨诗钞》编刊时，已近六年，所收皆社友诗作，凡69人。森春涛撰《例言》曰："旧雨社文钞，原稿有若干卷，人文之彬彬可以见焉。余近入社，与小野湖山谋，先校定其诗二卷，附诸剞劂。"

自知"艳"字未妥，然终难得一字以易之，春涛亦未有以匡我也。

中田敬义为叶松石在东京外国语学校任教时的学生，应其所求而题于扇上的七绝《春日杂兴》四首，偶为森春涛所见，竟主动通过其门人德山樗堂介绍而得以与叶松石会面，并作《赠清客叶松石次其春日杂兴韵》四首而"订文字交"：

> 画栏春色恼人天，应有才情感妙年。偷见东家和月起，满身花影上秋千。

> 空阶雨歇杏花稠，犹有相思乱不收。写向乌丝情亦懒，付他双燕说春愁。

> 慧口童生果几何，百花枝上鸟声和。一春学得华音好，不比南蛮缺舌多。

> 梨花如雪照西廊，翻觉春宵亦尔长。归梦不知云海隔，子规声里月过墙。

当时，森春涛正在编选《东京才人绝句》一书，因征其近作。叶松石又抄《闲居即事》四首、《芝山望海》一首、《自遣》四首、《感怀》一首、《冬日即景》一首付之。该书分为二卷，编成于明治八年四月，当年九月刊行于世，总共收录166家的563首诗，皆为七绝。卷下收有森春涛《赠清客叶松石次其春日杂兴韵》四首，并于最末附录叶松石15首，实际已把叶松石视为"东京才人"，而向日本汉诗界推荐。

是年七月，森春涛创办汉文杂志《新文诗》[1]，当年九月出版的第三

---

[1] 创办于明治八年七月的汉文杂志《新文诗》，在明治诗坛影响甚大。第一集首篇载川田刚《读新文诗》曰："厌旧喜新，人情皆然。然举世趋新，耳目所触，无物不新。当是时，求新于新，则新者非新。自洋学之盛，蟹文横行，鸟迹渐少，而春涛老人独守旧业，征近著于诸友，每篇批评，每月刊行，使览者唯见其可喜，而不觉其可厌，化腐为新，工亦甚矣。夫官报物价，翻译（转下页）

集发表叶炜《秋兴》诗一首："事学渊明亦偶然，古琴挂壁懒张弦。舌痟
历试君臣药，文债难偿子母钱。醉墨留香成画隐，孤灯煮影悟茶禅。从
来不作千秋想，误被人将断句传。"春涛评曰："全稿足传，何啻断句！"
几乎与当月刊行的《东京才人绝句》一书同时面世，叶松石当即作《赠
春涛诗坛鲁直》诗曰："未曾谋面早心倾，辱荷箫韶和缶鸣。一代才人
编绝句，四方选政赖先生。只谈风月场中乐，每有文章海外惊。魏野林
逋千古仰，奚须爵位始传名？"春涛曰："'只谈风月'四字，系余斋头
扁题，是清国姑苏人金邠书而赠余者。盖逸士有所感而入诗耳，余亦有
所感而次原韵如左：'未抵相逢肝胆倾，想君曾以所能名。酒违胜侣无
聊甚，诗到梅花太瘦生。白马场中身尚是，红羊劫后梦还惊。拈来海外
文章句，不负寒酸东野名。'"松石的赠诗与春涛的评语、和诗皆发表于
《新文诗》第四集（明治八年十月出版），各自表达了对对方的倾慕与肯
定，由此可见二人相知互赏，已建立深厚情谊。当然，最早使叶松石为
日本大众与汉文学界所知的媒体，还有报纸《朝野新闻》，明治八年五
月廿八日、五月三十日、十二月十八日，著名诗人大槻爱古在其主笔的
《读馀赘评》或其他文章中也陆续报道了他与叶松石的文字之交，包括
二人如何相识，以及一起鉴赏古玩、赠诗唱和、参与诗会等，对此，笔
者拟另文评述。

　　明治九年（1876）元月，叶松石寄给森春涛《新年偶作》诗一首：
"未能免俗写宜春，笔砚纵横隔岁陈。戏署头衔称逸士，喜无手版谒权
臣。半窗晴日阳和足，一树梅花气象新。谁说光阴留不得，编年诗卷总

（接上页）书目，陈陈相因，屋上架屋，近日新闻纸乃然，人亦盍置彼而读此新文
诗？该文实相当于发刊词，只是从诗友口中说出而已。故春涛于文末发表感言
曰："仆守旧业，独不愧于心乎？今获此新文，可谓腐草生光矣！"第二集载阪谷
素《赠春涛老人鲁直》曰："顷日，阅高选《新文诗》，不特文诗之新可喜，命名
新奇，何其著意之敏也！盖曰：么麼册子，特假音便以当吾家吟坛。新文纸抑人
事与雅趣，则两存不可微焉。新文纸示劝戒于新话，而新文诗放风致乎新韵，皆
新世鼓吹之尤者。而词林风月之光，则新文诗专任之。邦土古矣，而事则日新；
人物旧矣，而思则日新。毛诗有之：'方叔元老，克壮其犹。'素亦云：'春涛老将，
克新其思。'"亦是围绕着"新"来作文章，对春涛"克新其思"之举予以声援。
前文已提及是年春叶松石就已与森春涛订交，创办汉文杂志《新文诗》这样的大
事，叶松石自然有兴趣加盟其中，但第一、二集所载诗文皆为日本人所作，从第
三集开始，叶氏方成为作者，不仅经常向其投稿，而且参与其所载作品的评点。

随身。"并附书信曰："世之上寿者，先之曰豫祝，后之曰补祝。俚句一章，昨日率成。在日本已是补作，在中华犹豫作也。虽建月不同，而诗情无异。先之后之，通才当不拘拘焉。再者，尊选《新文诗》，目弟为居士，弟不乐居之，而欲逸之。他日若垂采掇，愿书逸士，以副诗意。祷甚，幸甚！手书敬请炉安。春涛吟侣阁下，弟叶松石顿首谨白。"森春涛将其诗其书皆收入当月出版的《新文诗》第七集发表，并撰识语曰："豫祝补祝，邦人所未道也。方言各殊，亦不足怪。如称中华则不然，人各宜以我所居为中华耳。此事关于国体，不得不辨。"所谓"补作""豫作"，盖因日本自明治维新以来，改以公历一月一日为春节，此《新年偶作》一诗实作于元旦以后，故称"补作"，但对于仍以农历正月初一为春节的中国人来说，则是"豫作"。又"目弟为居士"，是指《新文诗》第三集发表叶炜诗作时的署名，诗题为"《秋兴四律》，录一"，题下署为"松石居士炜"，叶氏希望改署为"逸士"，实含有自负之意。这从后来朱百遂《煮药漫钞序》所称"松石先生抱经济，能文章，顾不尽其用，而名藉于东国"，以及叶氏至花甲之年仍出任吴县主簿，可以得到印证。而森氏针对叶氏"在中华犹豫作也"一语，而以"人各宜以我所居为中华耳"为辨，实包含日本既有写作汉诗文的传统，亦可以称为中华之意。

是年夏，叶松石执教东京外国语学校期满，在别友西归之前一段时间内，他与森春涛至少有三次会面。

一是四月十六日，众诗友集于墨水（隅田川）之湄长酡亭，祖饯冈本黄石回京都，叶松石作《送黄石先生归故里》一首曰："久遂初衣载酒行，倦游又说欲归耕。饯疏出郭冠裳接，送贺还山士女惊。残风晓月今夜别，暮云春树异时情。阳关厌唱前人曲，旧雨新交各一声。"春涛曰："闻少时从陈云伯亲授诗法，余近日赠一绝句云：'墨水樱花赋冶春，钱塘柳色梦如尘。诗多丽格君休怪，曾是碧城门下人。'"（详见丙子四月出版的《新文诗·别集二》）陈云伯（名文述，号碧城，钱塘人）是森春涛喜爱的清中期诗人，他曾选编《陈碧城香奁诗》三册单独刊行，又编有《清三家绝句》一书，录张问陶、陈文述、郭麐三家诗，出版时间虽在明治十一年（1878），但其时或正在选编中。所谓"诗多丽格""曾是碧城门下人"，透露出他欣赏叶松石的诗歌，实与其诗学取向有关。

不过，此处所说"闻少时从陈云伯亲授诗法"，却与事实不符。据《煮药漫钞》卷上载："先兄少雅怪凌……性倜傥风流……少年受诗法于陈云伯先生，生平诗不多作，如其为人……皆不愧碧城仙馆衣钵。"按陈文述（1771—1843）逝世时，叶松石仅四岁，不可能"从陈云伯亲授诗法"，大概叶氏曾向森氏谈起过他的兄长曾从云伯学诗的趣事，而森氏却误记为叶炜本人。

二是六月六日，叶松石去茉莉凹巷拜访森春涛，得知德山樗堂暴死之噩耗，当即作《哭樗堂纯二律》："祖饯湖亭尚俨然，俄闻笙鹤缑山巅。生抛少妇君何忍，死竟他乡世尽怜。异日愿留吴季剑，从今罢鼓伯牙弦。手书挥涕重披读，诗谶分明大别前。""茫茫天道竟无知，欲赋招魂续楚词。分手尚言愁我去，伤心翻恨识君迟。黄炉聚饮悲难再，白马追丧幸及期。地下修文应亦悔，平生吟业早凋萎。"春涛曰："樗堂有公事，以五月十八日赴山阳道，六月六日昧爽无病暴死于备中仓敷，即日午前电报讣至，叶子适来，相见无语，不觉一恸。"（参见《新文诗》第十集）按德山樗堂名纯，别号梦梅，越前人。他作为森春涛的门徒，诗词兼擅，叶松石到东京的当年就与他相识，后来森春涛正是通过他的介绍而与叶松石会面。因而得知樗堂死讯，二人皆悲恸不已。叶诗中所谓"祖饯湖亭尚俨然""分手尚言愁我去"，是追忆樗堂离京时，他曾去湖上旗亭以诗酒送行，樗堂亦手书诗作相赠，谁知转瞬客死他乡，故有如此伤心、悲恨之恸哭。《新文诗》及《新文诗·别集》曾发表德山樗堂诗词多首，其中《鹧鸪天·黄石先生将还京师，填词为贶》（《新文诗·别集二》）、《喜迁莺·墨水夜泛》（《新文诗》第九集）二词为离京前的近作，且皆有叶松石的评赞与森春涛的和作附于后，读此最近三人互动文字，当有助于理解春涛收到樗堂暴死电讣后"叶子适来，相见无语，不觉一恸"之情境，松石所作《哭樗堂纯二律》，亦是哭悼日本吟友最撕心裂肺的篇什。

三是七月盛暑离开东京之前，叶炜先作《将归故国留别东京诸友》七律二首抄送给诸诗友：

岂有乘风破浪心，偶然来听子春琴。闲云久驻添今雨，倦鸟孤飞恋故林。此日销魂开祖帐，他年回首感题襟。斯游真个超前哲，海外论交比海深。

皋比虚拥忝谈经，自愧毫无裨友生。浮海徒夸诗格变，出疆幸际圣时清。乡心梅鹤频萦梦，秋思莼鲈忽动情。最是两般抛不得，联吟诸子墨江樱。

诗前有小引曰："曰归有日，再到无期。感赋俚歌，聊抒离恨。所望琼瑶之赐，藉增卷帙之光。谨此抛砖，敢邀赠玉。"实是于告别中征求和诗。森春涛于东台旗亭为之饯行，并撰《送叶松石归清国叠其留别韵》七律四首相赠：

彤管拈来写蕙心，杳如流水韵于琴。才情不让杜书记，风貌应钦苏翰林。一夜相思秋入骨，六朝残梦月如襟。可怜南浦萧萧柳，情种生稊几寸深。

欢场如梦记曾经，枕上无端别恨生。湘簟近秋肌玉瘦，冰绡易湿泪珠清。早知月下多归思，合不春前赋定情。篱落海棠凄欲绝，悄怜犹似雨中樱。

十载江湖迟暮心，可堪重对美人琴。古歌将恨和乌夜，今话留诗补墨林。清渚露荷倾暗泪，画梁秋燕湿红襟。年年须渡吴淞水，莫与银河较浅深。

胸中元自韫全经，修得仙缘抵此生。桃叶歌犹吾所好，旗亭酒亦圣之清。老逢秋雨偏多感，话到春风空复情。须记东台携手处，半空云白万株樱。

（《春涛诗钞》卷十三）

此次饯别，乃是二人最后一次会面。其原唱与和诗后来皆收入《新文诗・别集五》，毅堂山长分别以"情笔俱到，一读黯然销魂""颔联叙游境之广，颊联叙归与之情，结末双收，无一字虚设"评叶氏二诗。而森氏和诗四首有三位作评：一是松石曰："柔情旖旎，具见髯史本来面目，以近古人方之，不减渔洋《秋柳》风调。"二是毅堂曰："四首俱轻圆明秀，非寻常粗心人所企及。"三是湖山曰："情生于文，文生于情。此卷有此四律，才可以赠异邦人。"此次告别唱和活动，实际成为叶松石已经融入东京汉诗界的标志，其成果先由森春涛编成专集（指《新文诗・别集五》），选刊了一部分，后由叶松石汇编为《扶桑骊唱集》梓行于世。

二、分别后的诗书交流

森春涛在东京为叶松石饯行以后，二人虽未再会面，但仍断断续续地以诗书寄赠的方式保持联系达十年之久。兹以叶松石的行踪为线索，大致分为四个阶段来考察。

一是离开东京后仍在日本滞留期间。明治九年七月炎暑揖别森春涛后，叶松石从横滨乘船至关西，还延续了一段游山玩水、诗酒流连的活动。八月十六日，即到达京都后的次日，他写信向森春涛报告行踪：

> 春涛先生同道执事：
>
> 一昨临行，备叨雅谊。感谢，感谢！横滨复接诗函，时以小恙，未及裁答，祈恕疏慢。近来别绪离愁，兼中暑气，偶染采薪，是以到处勾留。至八月十五日始到京都，投止黄石翁家。翠雨先生昨夜已见，拟移共同寓。微疴今喜全愈，知劳台念，率此以闻，兼谢曩惠余言续达。雪江先生出饯横港，又寄瑶草，并乞寄声道谢。诸君子或惠品物，或投珠玉，未能一一致函，惟有借髯史之绣口一谢而已。余暑尚炎，千珍万重！鸿便示我佳音，以当晤对为祷。此颂文安，不一。

这篇书信发表在明治九年八月廿五日的《朝野新闻》上。结合叶氏在此期间写作且发表过的其他诗文可知，他从东京至横滨后，因小恙而有所滞留，森春涛得知后曾将"诗函"邮寄或托人带至横滨旅舍，东京诗人雪江思敬还前往横滨港口为叶氏饯行，但春涛"诗函"与雪江"瑶草"的内容，今已难知。从横滨到达京都后，他在冈本黄石家中住过一晚，并与日下部翠雨相见。翌日，冈本黄石安排他在鸭沂西涯木屋町柏亭寓宿，与日下部翠雨同寓，"开窗则四面皆山，剪烛则二人谈艺"。稍后又与当地诗人聚会，"得识凤阳、天江诸君，每载酒同游岚山、鸭水间，题诗殆遍"。大概是考虑到报纸比杂志更及时，叶松石在关西写作的诗歌与书信，都是寄至《朝野新闻》发表，尤其是他的《游西京偶得》组诗，曾引发多人步韵唱和。游览过京都名胜，与旧雨新知[1]分别后，叶氏"又留大阪、神户半月，自笑如西域贾胡，到处辄止，不满载不归也"；最后"于大阳历九月廿一日在兵库发轮，越七日抵上海"。

二是回到中国后至重游日本前近四年期间。叶松石虽自负有才，却仍无人赏识，除了安葬先兄，娶妻成家，就是编辑《扶桑骊唱集》一事颇有意义，然而并未付梓。其间对日本诗友仍一直系之念之，起初亦曾邮寄诗书至《朝野新闻》等报刊发表，借以表达对包括森春涛在内的日本诗友的怀思与问候，不过羞于详说其落拓窘境而已。兹举二诗如下：

寄怀大日本国诸友（其三）

万里扶桑望渺茫，东来紫气想文光。愧我偏废吟诗课，清兴何如在异乡。

（明治十年五月三日《朝野新闻》）

还乡后作

万里归来梦亦清，岂惟松菊系深情。将谋鸳牒求佳偶，先吊鸰原葬伯兄。抚景徒挥他日泪，倾谈时杂异乡声。廿年浪迹成何事，输彼田家乐耦耕。

（《花月新志》第九号，明治十年五月十日发行）

---

[1] 按：冈本黄石、日下部翠雨是在东京时结识的，且曾有诗歌唱和，是谓"旧雨"；"新知"则有神山述（字古翁，号凤阳，京都人）、江马钦（字正人，号天江，京都人）、谷铁臣（字百炼，号太湖，又号如意，近江人）等。

是年叶松石已三十九岁,弱冠以来浪迹海内外,二十年一无所成,回国后从梦中清醒过来,连作诗的兴趣也不能与在日本时相比了。虽非专为春涛而作,但却比较贴切地写出了他回国后的处境与心情。直到光绪四年(1878)五月收到森春涛主编的《新文诗·别集》五卷五册(其中第五集为东京诗友送别叶松石的唱和专集),叶松石读后欣喜不已,于是鼓起勇气,托友人带给森春涛一封长信:

> 辱知弟叶炜,谨寓书春涛先生词宗大人执事:计不相见,三载于兹,旧岁至今,并疏音问。昨五月来申,领到高木法古寄来《新文诗·别集》五卷五册,如景星卿云从天下降,欣慰何极!及捧读,别绪离情,纸上如绘,益叹贵邦文物之盛、诸君子爱我之深。不禁一则以喜,一则以惧。喜则喜海外交情足傲前古,惧则惧无所短长有负知己。更有忧焉,鲁多君子,我尽故人,回首东洋,重逢何日?近维老先生颐养冲和,起居多福。炜归国以来,迄无佳境,每奏《雉朝飞》之曲,顾影恓惶。乃于丁丑秋娶妻,系延陵季子之裔,亦颇知书。闺中相对,高柔本少宦情;庑下为春,梁鸿未能力作。饥来驱我橐笔出游,待价求沽,未逢赏识。近况如斯,不堪为知己告。丙子夏,炜辞贵邦,蒙东西京鸿儒送别,得诗一百馀首,半尊选《别集》所未载者,汇为一册,名《扶桑骊唱》,昨付手民,工尚未半。今读《别集》,亦有数篇炜所未见,业已补入。或尚有遗珠,幸即惠寄以充卷幅。后日刻成,奉致数册呈电。顷者我友冯君耕三,决期东游,挂帆匆遽,炜又适感暑疾,率洳寸笺,未尽万一。时当炎夏,伏愿为道爱重,临楮不胜驰想,弟炜再拜顿首。
>
> 再启者,传闻用拙道人、花南醉石并已作古,炜不觉为之涕零竟日。以重洋相隔故,未知时日,不能一言以奉挽,于心歉然。再别纸所列诸君子,皆文字旧交,如各无恙,幸书明寄还,以慰远盼。祷切祷切。

收到此信后,森春涛甚为重视。一方面送小野湖山等传阅,并随即编入《新文诗》第三十七集(戊寅七月)发表,末附湖山题识曰:"海外之交,经年之别,写来委曲,真情可掬,真是才人之笔。""松石闻用拙、花南物故[1]，其哀伤至矣，如闻磐溪、雪江、蓼处等陆续即世[2]，则其情如何也。松石为人深厚敦实，尤可敬重。"春涛也加注说明："别纸所列各位名姓，载在《朝野新闻》，诸公一览，幸悉其意。"一方面先在《送王琴仙（藩清）还清国兼寄金幽怀（嘉穟）叶松石（炜）》一诗中兼表对叶松石的问候："雁风燕雨迹多差，此意平生吾所嗟。湖上别愁悲楚管，夜来零露泣湘花。仙云近接东瀛水，星汉遥回八月槎。南沪倘逢金与叶，为传诗酒老京华。"（《新文诗》第三十七集）稍后，又专作歌行体一首，为叶松石新婚致贺：

善因缘歌遥贺叶松石新娶

善因缘，善男子，善女人，善愁善恨修善根。明月前身，梅花后身，翠禽半夜依春寒。流水前因，桃花后因，锦鸳千古留梦痕。吴彩鸾、卓文君，多情为彼羞私奔。所慕秦楼女，吹笙相伴乘仙云。可怜御沟水，流红一片归词臣。并头兰，合欢莲，未来现在情缠绵。呜呼，善因缘，善男子，善女人。

（《新文诗》第四十二集）

据叶松石后来所撰《煮药漫钞》卷上记载："内子吴氏，外舅芩阶先生鹿鸣，登壬子（1852）贤书。无子，仅一女，亦颇读书，年十八归余。结褵以后，每劝之学诗，辄谢曰：'中馈、缝纫，是妇人职。若吟咏，为丈夫之余事耳。妾非不爱风雅，诚恐韵语流传，为后世选家列于释道、倡妓之间，所不甘也。'见远识高，非余所及，不复强。"以"香奁体"著称的森春涛对于新娘吴氏的了解，完全来自叶松石的书信，但他有意不用平时擅长的七言四句体，而是选择容量与难度皆大的歌行体，字里行间虽然旖旎满纸，情意缠绵，意趣格调却显得高远而深厚。吟坛耆宿小野湖山读后竟无法作评，只好说："此等诗，余辈不特不能作，又不能

---

[1] 按：用拙指松冈时敏，号用拙道人，土佐人。花南指丹羽贤（1846—1878），字大寿，号花南，尾张人。
[2] 磐溪指大槻清崇（1801—1878），字士广，号磐溪，陆前仙台人。雪江指关思敬，号雪江，东京人。蓼处指铃木鲁，越前人。

评，顾亦必有渊源，乞教示。"实际上，森春涛的这首《善因缘歌》是仿效杨铁崖而作的"古乐府体"[1]，极尽想象之能事，连用古代多情美女之典故，借以表达他对于以情为本之善姻缘的歌颂与祝福。

不过，由于叶松石是年秋曾撰急就草托人带给小野湖山，稍后发现赠诗中有"叶韵乖误"处，他在既未看到《新文诗》第三十七集发表的文字，也未收到森春涛所作兼寄诗与专贺诗的背景下，又匆匆寄给森春涛一封书信及近照四枚，并附诗作三首。其《与森希黄》书曰：

> 启者：畊山冯氏还国，谂审起居曼福，慰慰。轮蹯发，仅裁一函，达湖山先生，附急就草，叶韵乖误，贻笑大方。爰急改易，别录一笺，并近作二绝，呈乞斧政。弟羁留上海，缘木求鱼，当此西风，忽兴秋思。世无须贾，谁怜范叔无袍？家有细君，欲效东方割肉。于九月十五日旋里，聊作三冬之蜇。然而煮字不能疗饥，难免卧牛衣而对泣耳。写真四枚，分赠毅堂、湖山、敬宇、执事。四君子当酒酣茶熟，时出一观，不须吟落月之诗，亦可见我颜色矣。比来湖翁已惠二函，阁下竟无一字，何落寞也。今后幸赐朵云以当觌面，盼祷，盼祷！秋风砭骨，珍重为要。万里驰书，神与俱往。谨启。
>
> （《新文诗》第四十二集，戊寅十二月）

叶松石有所改易的诗稿，本是为湖山而作，他推想小野会很快交由《新文诗》发表，因而径直将改稿寄给森春涛，本意是希望能将草稿替换为改稿后发表。然而邮件还是晚到了一步，叶松石的书信《复湖山小野词宗先生》与两首诗已刊载于《新文诗》第四十一集（戊寅十一月）。兹不妨将二诗抄录如下：

得湖山翁书

古调谁弹剧可哀，囊琴三载任尘埋。正愁天下无知己，忽枉扶桑云锦来。

---

[1] 关于森春涛取法"铁崖体"，笔者另有《论杨铁崖在日本汉诗界的遗响》作详细论述，兹不赘。

秋夜口占

湘帘斐几有馀清，遥夜无眠百感生。自起开窗看明月，一泓秋水浸桃笙。

稍后补寄给森春涛的为二题三首，为便于比较，也照录如下：

得湖山翁书喜作

古调谁弹剧可哀，囊琴三载积尘埃。正愁旷代无知者，忽枉扶桑锦段来。

秋日口占二首

怀中名刺已生毛，独对西风首重搔。鹦鹉才高空自好，身心曾否补分毫。

啼残络纬又罗衣，真悔离家作计非。南荡青菱南堰蟹，故乡大好不如归。

（《新文诗》第四十二集，戊寅十二月）

所谓草稿"叶韵乖误"，是指第一首第二句的韵脚"埋"字在平水韵中属"佳韵"，而第一句末的"哀"字与第四句末的"来"字，皆属"灰韵"，这是犯忌的，"尘埋"改为"尘埃"后，就与第四句合辙了，其他所作的修改皆出于炼字炼句的考虑，与"叶韵乖误"无关。又原作《秋夜口占》是合韵的，然立意平平；后寄的《秋日口占二首》属于新作，并非对前者的修改，但比前者更富于个性。小野长愿收到叶氏赠诗后，即作《得叶松石报书，书尾有诗，和韵却寄》二首："醉骨幸然犹未埋，怕他秋色入悲哀。今朝有此快心事，海外芳音先雁来。""不容名字付沉埋，入梦音容落月哀。绝海重游曾有约，春帆细雨几时来。"他似乎发现了原唱用韵的疏误，因而将"埋"字移至第一句末，称得上是比较稳妥的处理办法，因为近体律绝的第一句既可入韵，也可不入韵。后见叶氏补寄给森春涛的书信与改诗，湖山翁颇有感慨地说："书词恳到，诗意凄婉。使人反覆，不能释手。""一字推敲，万里邮寄，何等厚情！""余和高韵有'入梦音容落月哀'句，与书中语符，今蒙寄写真，感谢，感谢！"（《新文诗》第四十二集）而所谓"绝海重游曾有约，春帆细雨几时来"二句，实已向叶氏抛出橄榄枝，颇有鼓励甚至怂恿其重游日本之意。

三是重游日本的近二年期间。或许是明治九年九月因护照到期，关西之行意犹未尽，叶松石于光绪六年（1880，明治十三年）暮春重游日本时，竟选择在关西登陆，重访京都，见樱花尚盛，即赋《重游日本述怀感旧》七律二首，从京都寄给森春涛：

　　飚轮容易渡东瀛，到处勾留证旧盟。鸥渡樱花春十里，鸭川歌管月三更。石交遍访应无恙，泥印重寻倍有情。一事胜他朱舜水，山河故国喜升平。

　　休笑年来作计非，自甘食淡不求肥。千秋已矣孤云懒，万里飘然一鹤飞。念旧定多投缟纻，好贤可有赋缁衣。再游夙约今难缓，硕果晨星日渐稀。

春涛即作《叶松石在西京见寄二律次韵代赠》二首：

　　春云窈窕绕仙瀛，不负投壶玉女盟。岛上名花香一弄，洞中明月梦三更。岂图并笛重相倚，惟恨乘龙别有情。留赠支机当日石，回槎何必问君平。

　　万里多情梦未非，重来仙岛觅环肥。分明箧底宝钿合，髣髴云中乌鹊飞。犹讶人如河汉月，无端雨湿芰荷衣。相逢欲诉相思苦，休恨从前锦字稀。

（《春涛诗钞》卷十四）

叶氏原诗二首主旨为"述怀感旧"，并非专为森春涛一人而作，因而曾同时寄给多位以往所结识的日本诗友，所谓"休笑年来作计非""万里飘然一鹤飞""再游夙约今难缓""泥印重寻倍有情"云云，皆为自身处境与心情的真实写照，惟"一事胜他朱舜水，山河故国喜升平"一联表明，作为下层文人的叶氏，即使因"作计非"而失意、落魄、"顾影恓惶"，在光绪初年仍唱着"山河故国喜升平"的高调，并未意识到近代中国正在日趋衰落的危机。森春涛的和诗二首，则专为二人交谊而作，第二首尾联"相逢欲诉相思苦，休恨从前锦字稀"，印证了前引《与森希黄》中所谓"比来湖翁已惠二函，阁下竟无一字，何落寞也"之叹，但从"相逢欲诉相思苦"句中，仍然表达了他对松石的思念，并且期待于重逢时诉说。稍后，叶松石抵大阪，寓居川口自由亭，曾寄书成岛柳北，提到"惟春涛翁曾赠答书，语亦甚略"（明治十三年七月四日《朝野新闻》），当指回赠上引二诗时附有短书。是年六月，森春涛在《新文诗·别集十一》中，不仅刊载上引叶松石《重游日本述怀感旧》七律二首以及春涛的和诗，还以该集多半篇幅发表了众诗友的和诗[1]，其中小野长愿不仅颇欣赏叶氏原唱第一首的尾联，称为"好典故，翻用极好，与黄公度《日本杂事诗》中咏舜水作各有其妙"，而且在福原亮的和诗二首末曰："前年松石西归之日，东京诸旧送别之什，累积成卷，已刊行于世。今其再来也，西京浪华诸子，唱酬开端，业已如此。松石来往我邦，所谓有文字夙缘者欤！庚辰六月，湖山长愿妄批赘志。"是年冬，叶松石从大阪寄诗给森春涛，题为《长至后十日为是邦新年，即事戏占绝句四首》：

  光阴添线未知长，便说迎年历改洋。画债诗逋皆谢却，待吾清国岁除偿。

  又值门标松竹时，梅花聊剪未开枝。遣怀乐与儿童戏，抛堕庭中寒不知。

  我固残冬岁未更，居邦从俗礼须行。贺年并乏生毛刺，呵冻裁笺写姓名。

  生计无端托砚田，来年痴想有丰年。囊余润笔金倾出，尽作臭奴压岁钱。

---

[1]《新文诗·别集十一》载诗凡31首及若干评语，前11首为福原亮《留别东京诸同人》原唱与众诗友的和诗及评语；后20首为叶松石《重游日本述怀感旧》七律二首原唱与众诗友的和诗及评语。

森春涛立即将其编入《新文诗》第七十集发表，并撰评语曰："此种之诗，在我差涉俗意，在彼邦则事奇意新，传为好话头耳。"据《煮药漫钞》卷上记载："辛巳（1881，光绪七年）暮春，再客西京，忽患咯血疾，就医葛野郡。既而还大阪，养疴自由亭。"本来叶松石重游日本期间是打算去东京与包括森春涛在内的诗友会面述怀的，但因咯血疾一直没有好转，只好改变计划，回国养病，因作《将之东京因病不果遂决归国计感赋留别》七律四首[1]向旧雨新知告别，其四曰："回首东京彼一时，儒林循吏半相知。此来访旧原初志，今去还山岂所期？四海论交思鲍叔，五湖归隐逐天随。他年病起重游日，故友相逢喜不支。"明治十五年（1882，光绪八年）二月，叶松石不得已抱病回国。

　　四是第二次回国后直至终老期间。在嘉兴家中养好病以后，叶松石并未第三次游日本，而是奔走于南京、苏州一带，涉足政界，从做幕僚开始至出任吴县主簿，虽仍与日本文人有一些交流，但与森春涛的联系甚少，仅有二事值得一提。一是森春涛在当年（1882）七月出版的《新文诗》第八十五集发表了小野长愿撰写的《叶松石煮药闲抄序》，表达了对穷困愁苦之士的怜悯与声援。二是叶松石获知森春涛编纂的《新文诗》于明治十六年（1883，光绪九年）十二月出版第一百集封刊后，又于明治十八年（1885，光绪十一年）五月创办了《新新文诗》，他当时正在南京任秣陵司巡检，先作《怀人诗》二首（分别表达对知交中村敬宇、森春涛的思念与问候），托岸田吟香转寄森春涛，森氏收到后迅速将其发表在《新新文诗》第七集（乙酉十二月），兹抄录如下：

　　　　渭树复江云，知交两地分。十年劳梦想，万里阻声闻。对月吟佳句，拈花悟妙文。一樽摊卷坐，此际最思君。（中村敬宇）

　　　　故人别久费思量，眠食如何未得详。落月停云何处寄，每依紫气望扶桑。（森春涛）

---

[1] 此四首七律最先发表于明治十四年十一月十五日《朝野新闻》，后以《客大阪将之东京因病不果遂决归计感赋留别》为题再发表于1883年正月十五日《申报》，文字也略有修改。

诗末有森春涛评语曰："松石不相见者，殆若十年。近托岸田吟香寄到两诗，始知起居无恙。云涛万里，无堪翘望，此录以告松石海东知交。"又载小野湖山评语曰："松石真可爱不可忘之人，闻其久病，思得消息。今读此二首，稍自慰渴怀。"自叶氏从关西抱病西归后，日本诗坛"谬传松石死矣"，此二首《怀人诗》的发表，使"海东知交"确信海西"梦鸥"尚存人世。翌年（1886，光绪十二年，明治十九年）春，松石又作《寄怀日本友十二首》，直接寄给森春涛，当年五月即发表在《新新文诗》第十二集上，其第二首为森春涛而作，诗曰：

> 秦淮今夜月，应照东海东。却忆东海客，诗坛一世雄。春风吹不返，诗梦杳难通。忽有邻鸡唱，钟山晓日红。（森春涛）

因同照一月而忆及"诗坛一世雄"的"东海客"，这种评价是符合实际的。在组诗的末尾，鲁直曰："松石前有寄怀之什，今又获此稿，其于东土旧雨，眷眷若此。老夫欲作一书报之，未果，临风怅然。"鲁直是春涛的名，所谓"前有寄怀之什"，即上引《怀人诗》二首。所谓"东土旧雨"，主要指组诗分咏的十二位尚存于世的诗友，除了森春涛，还有中村敬宇、长三洲、小野湖山、冈本黄石、日下部翠雨、谷太湖、江马天江、福原周峰、小林卓斋、藤泽南岳、菊池三溪。不过，三年后春涛仙逝，这组诗歌可能是二人之间的最后一次文字交流。

综上所述，叶松石与森春涛是以"诗"而相识相知，但其后能维系交往达十一年之久，既与森春涛为明治诗坛盟主有联系，更与他作为汉诗媒体的主持者密切相关，尤其是在叶松石诗集已佚的情况下，笔者主要依据森春涛主编的选集、期刊、丛刊上所载文字，才能大致勾勒出二人在汉诗交流与唱和方面的概貌，并由此辑得叶氏佚诗若干首，佚评若干条。这些堪称珍贵的文献资料，除了有助于重新评价叶松石这位长期被疏忽的诗人以外，对于考察与研究近代中日汉诗交流也具有重要意义。

【作者简介】复旦大学中国古代文学研究中心教授，博士生导师。

余达父旅日期间的诗歌创作与唱和活动

吴留营

【摘　要】　作为清末留学日本热潮中的一员，彝族文人余达父接受先进思想，关注国内外局势，与中日诗人广泛交往与唱和。其旅日诗作，既表现出清末民初特有的时代风貌，折射其传统文人的家国情怀以及进步文人对东亚变局中民族、民主问题的思考，又反映出独到的异国体认、冷静而卓有远见的眼光。与其唱和的苏曼殊、森槐南、永井禾原等人皆为近代中日诗坛闻人，结合中日相关历史文献，可有助于领略当时文学交流生态。

【关键词】　余达父　旅日　彝族　唱和　汉诗

　　晚清民国时期少数民族诗人、法学家余达父（1870—1934），名若瑛，号达父，亦作达甫，生于四川叙永，彝族人。先世为明代西南地区赤水河沿岸奢姓土司，后避祸改余姓。入清以后，余氏家族崇儒尚文，至达父以上三代皆是当地有名诗人，即如万慎子所称"余氏为毕节名族，自其先世，皆以能诗襮声黔蜀间"[1]，达父亦自谓"家学逾百年，幽光久陈酿"[2]。达父存诗六百余首，有诗集《㯋雅堂集》刊行于世。其诗取法少陵，出入义山、山谷间。罗振玉为之作序，称其诗"原本风雅，词旨温厚，非学养兼到者不能道只字也"[3]；柳诒徵亦在序中称其"大

---

[1] 万慎子：《㯋雅堂诗集叙》，见《㯋雅堂诗集》卷首，贵州人民出版社1989年版，第14页。

[2] 余达父：《将归书示桐儿》，见《㯋雅堂诗集》卷九，贵州人民出版社1989年版，第103页。

[3] 罗振玉：《㯋雅堂诗集序》，见余达父著，周敬校注：《㯋雅堂诗集》，科学出版社2018年版，第367页。

句碑兀，怒霆轧霄；曼歌徘徊，香草醉骨"[1]；袁嘉谷阅之"深佩仰"，以"衰年双鬓一狂啸，北地高间南总持"[2]称许该集。就余达父诗歌成就而论，不惟在彝族汉文学领域里堪称翘楚，即在晚清民国西南诗坛亦可独树一帜。学术界特别是文学研究方面对其关注尚不充分[3]，笔者拟以其旅日期间的诗歌创作及与苏曼殊（1884—1918，名玄瑛）、郁华（1884—1939，字曼陀）、森槐南（1862—1911，名大来）、永井久一郎（1852—1913，号禾原）等中日文人的诗歌唱和为视点，钩沉中日两国相关历史文献，以期展现当时文学交流场景，揭示余达父诗歌艺术特质及其所反映的时代风貌。

一、避祸东渡　日本纪行

余氏家族所居，于川滇黔三省交界处。值晚清政治日衰，群盗四起，余达父兄长余若煌组织团练乡兵，多次廓清来犯盗贼，为地方守官所倚重。1904年夏，叙永哥老会挟制官府作乱，永宁道赵尔丰受命招募兵勇弹压，札调余若煌襄办。赵素来主张武力行事，手段残暴，若煌不愿事从，且逢母病需侍，遂以此为由拒辞。赵尔丰为之怀恨，后官盗勾结，寻隙将余若煌陷之狱中监禁，并借机抄没其家产。突遭此祸，余达父营救乏术，被迫背井离乡，带子侄余祥桐、余健光、余景炎远走日本。受家庭变故及民主革命风潮影响，余氏两代在日本期间接受先进思想，倾向革命。余健光与陈其美、胡汉民等交往过从，加入同盟会，被孙中山委以重任，先后参加了广州起义、护法运动等革命活动。直至病殁，孙中山为其传记亲撰序文。达父虽未直接入会，然于背后支持。

---

[1] 柳诒徵：《愫雅堂诗集序》，见《柳诒徵文集》卷八，商务印书馆2018年版，第251页。

[2] 袁嘉谷：《题愫雅堂诗集》，见《愫雅堂诗集》卷首，贵州人民出版社1989年版，第19页。

[3] 学界对余达父诗歌的既有研究成果，可见余宏模《彝族诗人余达父及其〈愫雅堂诗集〉》，载《贵州民族研究》1983年第4期；周敬《余达父诗歌创作渊源探析》，载《毕节学院学报》2014年第10期；以及左玉堂《彝族文学史》（云南民族出版社2006年版）、罗建明《黔西北文学》（贵州民族出版社2011年版）、母进炎《百年家学　数世风骚：大屯余氏彝族诗人家族研究》（贵州人民出版社2012年版）中的相关论述。

自1906年冬抵日，至1910年夏学成回国，达父除日常读书学习外，时间相对优裕。至1919年再度短暂赴日，其间对日本自然与人文景观多有题咏。达父以诗书之家学，书写日本风情，当为彝族文人之开风气者。其赏春诗如《暮春十九日游春日山看樱花，归途经上野，憩不忍池桥，回望林壑杂花生树，真在绝妙图画中行也》六首其一写道：

> 大雪经春花信迟，落红飞白怨芳时。新晴十万嬉春队，尽惹春风上鬓丝。[1]

上野赏樱是东京游春的好去处。上野公园有湖名曰不忍池，湖畔有塔有楼馆。逢花季，樱花千株竞放、万人同观的景象，在明治以来的日本文学作品中常可见。在余达父笔下，暮春大雪推迟了花期，与中国常见气候现象及诗歌描写已颇为不同。"落红飞白"一语，看似颜色杂糅而自相矛盾，却也贴合实景实情。传统意义上，落红即指落花，而无论花色。樱花瓣或白或粉，以落红一词概而言之，似无不可，但仍少了几许动感。达父所言"飞白"，可补此缺。由此，飞白一词，由书画中的枯笔露白又多了一分落花纷飞的神韵。如此陌生化的抑或是夺胎换骨的写法，在余达父诗歌艺术中可堪一书。

该组诗共有六首，其二曰："伤别伤春减带围，那堪刻意惜芳菲。游人如蚁春如海，雪样樱花匝地飞。"由上一首嬉春之景，情感急转直下。伤别写出与亲友远隔重洋，离情别绪挥之不去，伤春则是余达父作为法学家的诗人气质。其三所言"说到春阳尽断肠，中年丝竹更苍凉。蓬山仕女无愁思，只有桃花怨夕阳"，更将此情推向高潮。首句化用唐人《梦中美人歌》"长安少女踏春阳，何处春阳不断肠"[2]之句，伤春之感定下基调。次句典出谢安尝谓王羲之曰"中年以来，伤于哀乐"[3]，使得美好春光里、丝竹管弦声中黯然伤神的中年游子形象凸显而真切逼

---

[1] 余达父著，周敬校注：《㑳雅堂诗集》，科学出版社2018年版，第154页。本文所引余达父诗，如无特殊说明，皆据此书，不另注。

[2] 邢凤：《梦中美人歌》，见《全唐诗》第八六八卷，中华书局1999年版，第9894页。

[3] 房玄龄等撰：《晋书》列传第五十，中华书局2000年版，第1398页。

人。再与后句天真无邪、无忧无虑的游春仕女两相对比，所抒之情更加浓郁。由此，该组诗也由摹景渐趋转至写人为主。

组诗其四写道："镜里湖山画不如，杂花生树绿荫初。买春竟费珠千斛，不敌倭娘一纸书。"此诗风格突变，跅弢不羁甚至有几分狭邪的意味。这在有着法学背景、济世情怀、诗风沉郁的余达父的诗集中较为少见。然而，此类作品出现在其旅日期间，也恰恰体现了晚清狭邪文学的影响以及诗人对游子离愁的消解。

组诗其五继续叙写赏樱女子，"锦袜罗衣照暮春，鞭丝帽影动香尘。丽人一样长安水，飘渺仙山望太真"，并自注当日见掖庭车骑游小金井观樱。春光正好，宫女们亦来赏樱，诗人所见，与老杜《丽人行》所言"三月三日天气新，长安水边多丽人……绣罗衣裳照暮春"[1]何其相像，故而化而用之，远接唐音。此亦是达父追摩杜诗之一明证。

"自锄香泥葬落花，更怜芳草遍天涯。长年留得娇春驻，愿化金铃护降纱。"组诗其六由人及己，由外物而内心，是本组诗的收束之章。其怜芳惜香之情，是为眼前樱花而动，还是为花下丽人而生呢？尾章的朦胧似有不可解、不必解之妙。综览全篇，此组赏春诗结构转合完整自然，情节跌宕起伏，情感细腻而鲜活。是为达父诗歌之特质，又可当彝族汉文诗歌之经典。

此外，《惜春辞》二首亦由花及人，以花喻人，可与此赏樱诗六首互读。《乙酉二月二日散步江户川壖，偶忆玉溪生〈二月二日江上行〉诗，即次其韵》有"昨夜风尘不可行，返关拨火沸瓶笙"之句，全诗既步义山之韵，又承其迷离之意，可谓深得其旨。又有《乙酉仲冬重游箱根仍宿环翠楼》诗煌煌四十二韵，连用中日文学、历史、神话典故，为纪行诗增重，非一般诗学浅薄者可为之。此正是杜少陵以至黄山谷学问诗一路，于民族诗人而言，颇为难得。《江户川夜樱》则是夜晚赏樱之景，别是一番风情。而从写法上看，诗人见花繁人稠，衣香撩人，而万花终为狂风卷散，不禁感叹道："高楼思妇春更伤，穷边羁客愁难触。安得故园一枝春，西窗对话清如鹄。"此诗所抒思乡怀人之情，相较于前

---

[1] 杜甫：《丽人行》，见杜甫著，高仁标点：《杜甫全集》卷一，上海古籍出版社1996年版，第8页。

述赏春诗，更为鲜明具体，显豁直露，可见其不拘一体的多面之能。

二、关注时局　家国情怀

余达父的早期创作中，较多伤春悲秋、遣兴游赏甚至效古模拟之作。此种局面在1900年亦即三十而立之际，有较大改观。表现在更多诗作直切时事，缘事而发，体现其对时局的态度和冷静思考。《秋感八首》效杜甫《秋兴八首》，将甲午战败、中日和约、公车上书、戊戌变法等时事载于诗中；《都门有警怀葛正父比部》"兵盗潢池弄，忧贻首善区"记述庚子国难；《和刘嘉予感事韵四首》则言两宫西幸、辛丑赔款、迁都之议。

抵日后，余达父考入东京和佛法律大学（法政大学前身），研习法律，希望以法律为武器，救兄乃至救国，即其诗中所谓"泛海求大药，或有生民术"（《南征百韵次杜甫〈北征〉韵增三十韵》）。在日期间，达父与同盟会会员平刚等旅日进步人士频繁接触，诗酒唱和中，可见其对国内外局势的密切关注。

《愫雅堂集》中有《断发》一诗，如同鲁迅等人赴日后剪掉辫子以表新思想、新风尚。鲁迅断发后曾赋诗明志，其诗云："灵台无计逃神矢，风雨如磐暗故园。寄意寒星荃不察，我以我血荐轩辕。"[1]余达父诗中则有"回首神州黯陆沉，千钧一发情尤迫"之句。两人前后相差约三年，诗句则有暗合之意。所不同的是，达父所言国内局势千钧一发，进而言"拔毛能利胡不为"，一语双关，有将旧封建势力比喻成毛发，欲除之而后快的意味。达父诗中惯用比喻，意蕴深婉，是其诗歌艺术特色之一端，与鲁迅"我以我血荐轩辕"的决心和态度不尽相同。这也反映了达父不满封建旧国，但尚未与之决裂的阶段性政治思想。

随着国内政局日坏，革命形势风起云涌，余达父的思想变化与之俱进。1906年12月，同盟会策划的萍浏醴起义爆发。刘道一负责统筹、联络各地起义军，不慎为清兵抓获，英勇不屈而遭杀害。刘道一既是留日学生中反清遇害的第一人，亦是同盟会为革命流血牺牲的第一个烈

---

[1] 鲁迅：《自题小像》，见《鲁迅全集》（第七卷），人民文学出版社2005年版，第447页。

士。孙中山闻讯为之赋诗哀悼，同在日本的达父亦有诗《衡山哀为刘道一作也》。诗中云：

> 丰隆造父战天衢，失事一败全军墨。十番红桐碧血殿，柱维裂岸共工踣。

刘道一于湘起事，达父用屈原《离骚》之典[1]，喻之为雷神丰隆；又将其比作善御者造父，突出奋勇之势。十番红桐一语，同样借用李义山《无愁果有愁曲》"推烟唾月抛千里，十番红桐一行死"[2]之语，却也贴合。以碧血指仁人志士之牺牲精神，虽已常用，但以"红桐碧血"连用，仍见其新。"柱维裂岸共工踣"一句，将《列子》"共工氏与颛顼争为帝，怒而触不周之山，折天柱，绝地维"[3]之神话典故化用于无形。而以共工喻指革命者，称誉其不畏强权、改天换地之英雄气概。

接续二句写道："日午飞霜鬼杂人，横戴骷髅暗中泣。沧溟万里精卫魂，吹埙和箎招不得。"刘道一之死，日午飞霜，其死也冤。此句已鲜明表达对革命派与清廷的爱憎之情。喻烈士为精卫，颂扬其为革命献身、矢志不渝之精神。正如李贺"我有迷魂招不得"，李商隐"一自香魂招不得"，招不得之魂魄，是为理想大业九死未悔的执着。英雄死难于国，其魂既然"招不得"，诗歌结尾仍写道"已作招魂兮，归来哀南极"。为逝去英雄赋诗招魂，源于屈原时代。屈原《招魂》一诗结句正是"魂兮归来，哀江南"[4]！达父"归来哀南极"一句则将此情充沛到极致。该诗同样频于用典，精于用典，且多用先秦典事，格调雄浑高古、严肃静穆，可见对革命烈士的敬仰而哀惋。

刘道一遇难后，其妇曹庄闻讯即自尽未成，两年后自经殉节。此消息由湘人传至日本后，余达父深感其哀，再赋《湘娥怨吊刘道一妇也》

[1] 屈原《离骚》："吾令丰隆乘云兮，求宓妃之所在"，见王泗原《楚辞校释》，中华书局2015年版，第48页。
[2] 李商隐：《无愁果有愁曲北齐歌》，见李商隐著，冯浩笺注，蒋凡标点《玉溪生诗集笺注》卷一，上海古籍出版社1979年版，第245页。
[3] 杨伯峻：《列子集释》卷第五，中华书局2012年版，第143—144页。
[4] 屈原：《招魂》，见王泗原《楚辞校释》，中华书局2015年版，第151页。

致悼。此二诗可并而观之。

1909年10月，朝鲜[1]安重根在哈尔滨刺死前日本首相伊藤博文。此举在日本、韩国、中国乃至全世界引起震动。孙中山、梁启超、章太炎、蔡元培等皆有诗文题词。梁启超作长诗《秋风断藤曲》，章太炎有《吊伊藤博文赋》，日本汉诗人吊伊藤者作品更多[2]。当然，东亚不同民族处于侵略与被侵略的地位不同，立场相左。时在日本留学的余达父密切关注时事报道，分析研判事态发展趋势，体现了其对国内外局势尤其是观乎国家民族命运的重大事件的认知。

余达父《吊伊藤春亩五首》写道："一夫喋血忍万死，三杰赎良谁百身。老去功名成壮悔，蹶来家国总艰辛。"对朝鲜民族而言，奋力一击是反抗侵略的壮举；对日本民族来说，伊藤是使国家走向富强的伟人。伊藤晚出而未入"明治三杰"之列，却步西乡隆盛、大久保利通之后尘，与之同样未得善终。"伟人"伊藤之死，"匹夫"似乎百身难赎。而伊藤的伟人功名，却是沾染了异族血腥换来的。其统监韩国期间，控制该国外交，威逼高宗退位，解散其军队，加深了朝鲜半岛的殖民地化，此所谓"功名"终招致杀身之祸。在达父看来，伊藤遭遇，与侯方域因助清作战而中年壮悔，或有几分相似。

组诗其五将此日韩间的政治事件落脚到中国，"阳九神州厄运丁，列强宰割竟难醒"言中国多灾多难，任人宰割而不自强。"不因蜀道戕来歍，已见辽东逐管宁"谓行刺之事难以对日本帝国主义的侵略扩张产生影响，东三省面临瓜分危机。"长白山高可埋骨，大黄海浊尚闻腥"言伊藤平昔既抱吞并东三省之志，甲午海战中国全败之耻尚且未远。"得臣纵死犹余毒，一发中原望眼青"谓伊藤虽死，日本觊觎中原的野心并不会收敛。

凭借日本发达的新闻媒介，以及与包括伊藤博文贴身秘书、"刺伊"

---

[1] 1897年，朝鲜王朝高宗改国号为韩。本文所用"朝鲜"，泛称余达父旅日期间朝鲜半岛政权。

[2] 参见《梁启超全集》第十七集（中国人民大学出版社2018年版，第628—630页）、《章太炎全集》（上海人民出版社2014年版，第244页）、《奉挽春亩相国》（永井禾原《来青阁集》卷八）、《春亩伊藤枢相公挽词二首》（铃木豹轩《豹轩诗钞》卷五）等。

事件当事人之一的森槐南在内的日本文人长期而频繁的交往，余达父对"刺伊"事件的情况掌握相对全面，且能冷静洞悉此事之于东亚形势的影响。而就后续发展来看，日本吞韩、侵华脚步未停，"死犹余毒"之说可谓一语成谶。

1917年夏，张勋、康有为拥戴清逊帝溥仪复辟。次日，此消息即为身处日本的余达父所知悉。达父有诗表达其对此事的观点态度，《十四日西京道中阅晚报言中国复辟事》诗中有"矢飞诞燕张公子，窦出驯龙夏少康。仓促夺门真有手，昏庸授柄太无肠。纥幹冻燕楼梁苑，忍听铃声替庾冈"等语。全诗不过八韵篇幅，几乎句句用典，将赵飞燕、张放迷惑汉成帝，朱温胁迫唐昭宗迁都，马融作《西第颂》献媚权贵等历史典故翻作新用，讽刺复辟丑剧中军阀张勋趁虚夺门、弄权得势，溥仪受人掌控且非一世明君，遗老遗少争购假发辫而弹冠相庆，守旧文人作颂辞迎合复辟。达父时在海外，并未亲身经历复辟事件，借由报纸新闻报道，而将此一重大历史事件诉诸诗章。如今结合当时历史文献记载观之，其委婉叙事与历史情节相合，不出其一贯的史诗笔法。

三、诗社雅集　汉诗唱和

明治时代，虽然遭受西洋新学冲击，传统汉学在日本依然根深蒂固，文人结社吟咏汉诗的风气仍在。明治初期中日两国互派使节以来，作为"同文之国"，两国文人诗歌唱和借由多种方式频繁展开。驻日使节、在日留学生或者侨居文人的加入，在日本文人汉诗雅集的基础上形成了和汉唱和的时代文化景观。

旅日期间，余达父与同好文人相与唱和，第一位即是苏曼殊。曼殊生于日本横滨，其父母分别为来自中日两国，因此曼殊常往来于东海两岸。曼殊思想进步，致力革命，与鲁迅、柳亚子等人皆有交际，作为南社成员积极在《新青年》等进步刊物撰文。惜其过世较早，诗集未经手订，散佚严重，后经柳亚子整理编辑的诗歌仅存八十余首。余达父《和曼殊上人有寄韵》作于"淹留异国"之时。而曼殊原作"春雨楼头尺八箫，何时归看浙江潮。芒鞋破钵无人识，踏过樱花第几桥"附记于和作之后，却于今所见《曼殊全集》不载。如此可贵，足补一阙。

作为留学生居日近五年的余达父，积极参与了中日文人的诗社雅集，广泛结识永井禾原、永阪石埭、土居通豫、塚原周造等日本汉诗人，以及郁曼陀、苏曼殊、平冈、黄云深等旅日文人。现以两国相关历史文献为据，重绘其时文学交流场景。

1910年清明前，永井禾原于东京居所"来青阁"设宴，中日两国文人十余位于席上分韵和诗。禾原先后任职于日本官商机构，多次来华，与姚文藻、文廷式、王治本、张之洞、傅增湘等文坛、政界名流皆有往来。自其于东京构筑来青阁，曾接待过赴日考察学制的京师大学堂总教习吴汝伦父子及画家黄璟等人，并招徕森槐南、永阪石埭等人诗酒唱和。[1]

此次来青阁雅集，与会者有余达父、黄以仁（任轩）、张芍岩（怀奇）、于馥岑、后浴蘅、徐润中（泽锡）、但值之（焘）、郁曼陀（华）、永阪石埭、森槐南、土居香国、塚原梦舟、铃木鹿山等中日文人。以东道主身份，禾原先赋一首起倡，其诗曰：

> 柴门寂寞似离城，为接佳宾乞晚晴。红杏红桃开一半，多风多雨近清明。衣冠新改晋唐样，词赋长思李杜名。置酒小楼同剪烛，须眉照见古人情。[2]

作为来青阁主人，禾原谦虚又热情，更为可贵的是其对晋唐以来文人唱和风气的推崇与传承。余达父和诗紧承原韵，内容上则以青秘楼台、甲第对照禾原所谓"柴门"，亦由景及人，"白社风流多宿旧，黄初人物尽才名"（《和禾原招引原韵》），则以汉魏时期文坛人才辈出作喻，言与会诸君皆诗坛耆宿。尾联同写夜深诗兴未尽、秉烛夜饮事。

---

[1] 永井禾原：《邀饮挚甫京卿、其子辟疆启孙、小宋观察、槐南、石埭、裳川、冷灰诸君子于来青阁席上分韵得微》，见《来青阁集》卷五，日本大正二年（1913）铅印本。吴汝纶：《赴永井久一郎之招坐中分韵得歌部赋一绝》，见吴汝纶撰，施培毅、徐寿凯校点《吴汝纶全集》，黄山书社2002年版，第464页。

[2] 永井禾原：《邀饮余达父、黄任轩以仁、张芍岩怀奇、于馥岑、后浴蘅、徐润中泽锡、但植之焘、郁曼陀华、永阪石埭、森槐南、土居香国、塚原梦舟、铃木鹿山于来青阁席上赋赠》，见《来青阁集》卷九，日本大正二年（1913）铅印本。

宾主唱和之后，众人分韵赋诗。达父有《永井禾原侍郎招宴来青阁赋诗分韵得九青》诗，"先登秘阁玩来青"一句，嵌入来青阁之名；"龙虎文章重八滇"一句言坐中永阪石埭、森槐南皆为日本诗坛泰斗；"同舟郭李藉扬舲"则不仅写出此次中日文人同好切磋诗艺由禾原组织，他日往来东海两岸，亦由担任邮船会社经理的禾原充当"摆渡人"。唱和毕，与会诸位再联句赋诗，每人一句或两句不拘一格。联句成诗，或始于汉武帝君臣和作《柏梁台诗》，后世效仿者众。"他年重把臂，文字有因缘"[1]，禾原等人以此句作结，虽为宴饮时酬酢游戏之作，却将诗社活动推向高潮。

及至禾原将远游于中韩两国，于来青阁宴饮友朋，达父再赋长诗为之饯行。禾原此行虽是故地重游，却仍对中国壮丽河山充满向往。其自撰留别诗云："老境未忘周览好，十年重渡壮心添。沈阳烟树新诗料，楚甸晴波旧镜奁。最爱江南佳丽地，秦淮画舫定留淹。"[2]由北至南，描述出其醉心之处。余达父送行诗更进一步，以五言长律将禾原将要行经之韩国、山海关、京津、洛阳、武汉、赤壁、南京、上海等地名胜图景如数家珍般一一勾勒。事实上，就禾原《来青阁集》所录西游纪行诗观之，其路线大抵如此。值得一提的是，达父送行诗格调渐升，以"交谊彻金石，千载永不磨。结此文字缘，融合汉与倭"之语，唱出20世纪初期中日两国民间诗歌友好交流的时代华章。

除与东道主永井禾原唱和之外，宾朋之间亦有交际。随鸥吟社社长永阪石埭主动投诗以赠，达父次韵以还。永阪石埭字周二，曾从森春涛、鹫津毅堂学诗，其诗书画兼擅，早在黎庶昌在任驻日公使时，其即为座上宾。于来青阁雅集时，石埭诗虽最后成，却最工。达父以"速枚不敌马工迟"句，引"司马相如善为文而迟，故所作少而善于（枚）皋"[3]之说，称誉石埭晚成之诗。

由上次来青阁雅集相会之机缘，余达父得识永阪石埭，进而参与其

[1]永井禾原：《席上联句》，见《来青阁集》卷九，日本大正二年（1913）铅印本。
[2]永井禾原：《庚戌五月将游清国招友来青阁设筵留别》，见《来青阁集》卷九，日本大正二年（1913）铅印本。
[3]班固：《汉书》，中华书局2000年版，第1809页。

主持的诗社活动。《随鸥吟社招宴向岛八百松楼席间和社长永阪石埭原韵》即为诗社宴集时所作。当其时,永阪石埭先赋一首云:"红花碧草自年年,又届枕桥修禊天。诗梦摇溶潮上下,不离七十二鸥前。"达父则以其原韵,叠和四章。

在来青阁席上与梦舟居士塚原周造频频聚首,余达父得以与之交游,多次参与寒翠山庄雅集,与主人及诗友唱和。在达父看来,"梦舟能汉诗文,有著集,喜与文士宴游,且雄于赀"。其汉诗集今存《龙蛇握奇集》一卷,明治三十八年(1905)铅印本。其位于东京小石川的寒翠山庄占地开阔,植松数百株,有池有舟,客房精洁。在寒翠山庄分韵赋诗中,达父分得肴韵,其诗中有"五载神山怅系匏"之句提示了诗歌作年。

同赴寒翠山庄雅集者,还有余达父的好友郁曼陀。曼陀即郁达夫兄长郁华,1905年以官费入早稻田大学就读,在日期间,与余达父交往甚密。从现存文献推知,郁曼陀较早赴日且较早结识土居、禾原等日本汉诗人,并参与诗社活动。达父的加入,起初当借由曼陀的推介。寒翠山庄宴会毕,达父以梦舟赠郁华之韵和之,诗中以"名园留胜概,仙阙近芳踪……食我如瓜枣,安期世外逢"等语致谢梦舟盛情宴请。

五月十三日竹醉日,梦舟再次招饮于寒翠庄,达父与焉。此日近临夏至,故而众人追和康雍间诗人厉鹗《夏至前一日同少穆耕民泛湖》诗韵[1]。森槐南亦参与了此次雅集,其作《寒翠庄雅集限用樊榭诗韵》诗云:

> 选胜何须远出城,雨晴万绿一时明。同来松下科头坐,戏向山头著屐行。得意藤萝消昼景,无心泉石惬幽情。杳然如在深林里,卓午微闻野雉声。[2]

---

[1] 厉鹗诗为:"雨后看山绿绕城,镜栌初卷半湖明。荷边鱼在香中戏,桥上人从画里行。料理酒杯无俗物,销除席帽足闲情。水风忽送凉如许,摇曳新蝉一两声。"见厉鹗《樊榭山房集》卷二,上海古籍出版社2012年版,第153页。
[2] 森槐南:《槐南集》卷二十七,明治四十五年(1912)铅印本。

厉鹗诗歌艺术虽归为宗宋一派，其上述消夏诗却不事雕琢，句不用典，读来清新自然，深孚"平生山水心"[1]之论。森槐南久居日本宦场，能与中日诗坛同好闲坐园林以汉诗叙幽情，自有其独到之处。余达父则连赋二章，与樊樹、槐南消夏诗皆不同的是，达父第一首尚有"人在西湖镜里行"的洒脱，第二首则接连用典，直至结句"新晴才破愁霖歇，无限松梢作雨声"，整首诗读来厚重而显沉郁。

此外，席上诸家仍分韵赋诗，槐南分得来字，连作两首；达父分得真韵，赋诗曰："再到林园景色新，绿荫匝地不生尘。临风一树灵和柳，却忆当时画里人。"与上述七律相较而论，达父绝句更显活泼可爱。其所谓"画里人"，当指上次寒翠山庄宴集时的侍酒女子，达父曾注记"其一甚妍媚"。诗如其人，坦诚而不掩饰，是达父真性情的一面。

如前所述，寒翠庄树茂水清，适宜消夏。已与梦舟熟络的余达父偕郁曼陀造访寒翠庄，登阁乘凉，同样以诗纪之。余达父诗中有"神欢飞欲奋，禅破静闻香"之句，其后一句化自黄山谷"花气薰人欲破禅"[2]；郁曼陀诗中则有"何处羲皇卧，云根冷石床"[3]一联，典出陶渊明"五六月中北窗下卧，遇凉风暂至，自谓是羲皇上人"[4]。同为用陆游《伏中官舍极凉戏作》韵而作，达父诗中蕴涵着佛家虚空之禅意，曼陀诗句则透露出道家无为的隐逸思想。

其外，与土居通豫、结城蓄堂等日本汉诗人在寒翠庄缔交，与平刚、张绎琴、近藤恬斋等唱酬，与村松研堂唱和往还且同游滨松普济寺，皆有诗可征。值其回国之际，亲友送至车站者十余人，其异国交情可见。

---

[1] 张世进：《哭樊樹二首》，见《著老书堂集》卷三，《四库禁毁书丛刊》（集部第168册），北京出版社1997年版，第586页。

[2] 黄庭坚著，陈永正、何泽棠注：《山谷诗注续补》，上海古籍出版社2012年版，第491页。此外，陆游《东门外遍历诸园及僧院观游人之盛》有"春物撩人又破禅"，《梅花绝句十首其一》有"撩起清愁又破禅"之句，分别载于《剑南诗稿》卷八、卷十。

[3] 郁华：《纳凉寒翠山庄赠塚原梦舟》，见《郁曼陀陈碧岑诗抄》，学林出版社1983年版，第41—42页。

[4] 陶潜《与子俨等疏》："见树木交荫，时鸟变声，亦复欢然有喜。尝言五六月中北窗下卧，遇凉风暂至，自谓是羲皇上人。"参见袁行霈：《陶渊明集笺注》卷七，中华书局2018年版，第519页。

结语

余达父旅日期间，处于20世纪初期中日关系平稳发展的阶段。日本西学兴盛但汉学依然坚挺，研究中国政情、社会、文化等项也成为甲午战后日本学界的热门。此一时期，中国朝野对日已由轻视、敌视到全面效仿。清廷陆续派出大批赴日留学生、赴日教育考察、宪政考察团。仅在1905年至1906年之间，赴日留学生超过了八千人（数据参考黄福庆《清末留日学生》）。余达父作为这一潮流中的一员，但并非"体制内"的一员。他避祸东渡，而非清廷支持的官费留学生，这一身份，使其在中日诗歌交流中增加了广度和自由度。旅日期间，其足迹遍及横滨、上野、奈良、东京、箱根、滨松、京都等地，参与思古吟社、随鸥吟社雅集，结交了一批朝野内外、阶层不一的重要汉诗人。

余达父旅日期间，与中日两国各领域交流空前频繁相对应的是，日本逐步完成了吞并韩国的计划，并进一步染指中国东北。余达父诗中既唱出"交谊彻金石，千载永不磨。结此文字缘，融合汉与倭"的友谊之歌，又体现出其对内外局势的密切关注，保持对伊藤博文之辈"纵死犹余毒"的警醒，揭露日本帝国主义侵略东北三省的野心。从支持勤王到倾心革命，旅日时期，是余达父思想更新迭变的关键阶段。余达父经心国事，是其传统文人家国情怀的体现。其对当时日本动向的远见，即使在旅日华人群体中亦属难得。而这些又借由诗歌来呈现，是晚清彝族文人"开眼看世界"的生动写照。

【作者简介】复旦大学中文系博士后。

编　后　记

　　2019年5月11日至12日在上海奉贤举行的第四届中华诗词古今演变研究学术研讨会，称得上是一次令人难忘的盛会。来自海峡两岸和日本的六十余位学者，先后于研讨会场上发表并评议了49篇论文，还在奉贤区会议中心观赏了由上海音乐学院、上海歌舞团等单位专业人士奉献的中华古谱诗词展演。学术讨论与艺术表演就同一主题相互配合发声，诗乐交融，古为今用，以探讨传承之道为宗旨，在一定程度上揭示了中华诗词古今演变研究的使命、意义乃至魅力之所在。

　　《中华诗词研究》第六辑的稿件，主要采自《第四届中华诗词古今演变研究学术研讨会论文集》。最终入选的21篇稿件，仍按照原设置的栏目编排，个别栏目略有调整。

　　"诗学建构"栏所收洪本健教授《欧阳修与朱自清"以文为诗"的差异与成因》、陈友康教授《校正诗歌观偏弊　确认"诗明理"之正当性》、洪峻峰编审《从酬唱看传统诗词的独特价值》三文，是从不同的诗歌现象而展开的、与诗学相关的学理思考，而杨赛副教授《声歌之道——构建新时代中国音乐文学体系》、姚蓉教授《专题文献的整理与诗词学研究的深入》二文，则是从不同的学科间接或直接地探讨诗学问题，虽然视角不同，主旨各异，却殊途同归，皆为当代广义诗学的建构而添砖加瓦。

　　"诗史扫描"栏由海峡两岸老中青三代学者所撰九篇文章组成，仍如以往各辑一样，作为重心来编排。从内容与思路来看，大致可分为四类：一是朱惠国教授与付优博士合撰的《20世纪词论的发展进程及其反思》，径直探讨20世纪词学批评史相关问题，寓心得于扫描之中；二是许俊雅教授《台湾诗余与大陆社团的交流与互动》、简锦松教授《结社每分韵，江湖重诗人——台湾传统诗社的诗史价值》、李昇副教授《晨风庐诗人群与民初沪上遗民社团的新变》三文，皆围绕诗词社团相关问题而展开，选题与阐发各具特色，令人耳目一新；三是石钟扬教授《中国新诗格律化独特的尝试——论赵朴初的"自度散曲"》、赵郁飞博士《民国沪上词坛的双子星座——陈小翠与周炼霞》、博士研究生王春《论顾随的诗歌理论与创作》、博士研究生李沛《论臧克家旧体诗与古典诗歌之关联》四文，皆属于个案研究，分别选择20世纪的名家进行分析与阐释，并重新评价其在诗史、词史、散曲史上的意义；四是姚泉名先生《当代田园竹枝词与新田园诗歌》，就当代诗歌创作中出现的新气象而进行审视与评论，是颇接地气的一篇尝试之作。

"报刊诗词"似为新置栏目，实是根据第二辑所设"诗歌传播"栏略做调整而成。与古代诗歌传播相比，近代以来诗词传播的最大区别，就是在新兴的报纸杂志上发表诗词及相关评论（含诗话、词话、曲话等），不仅从而逐渐改变了诗歌的生产与消费方式，而且因其具有时效性、广泛性，可以迅速产生反响，乃至于引导潮流。因此，依据报刊所载诗词作品及相关评论，与仅仅根据结集后刊刻的书籍相比，更有利于准确评价作家作品的实际影响。赵海霞博士《论近代澳门报刊与诗词演变》、付优博士《论民国报刊词话的特点和价值》二文，皆是在广泛查阅当时报刊后进行分析、归纳与阐发，具有综合审视、整体评价的性质。

"诗教纵横"栏所收查洪德教授《唐宋律诗尾联处理的功夫》、周建忠教授《全国统编本中小学语文教材古诗词的解读与教学》二文，一是根据自己在大学讲授诗学的讲义修改而成，实际对于当代律诗的写作也有指导意义；一是围绕中小学诗词教材与教学而展开的研究，宏观审视与个案分析兼顾，理论与实践结合。二文各具特色，且皆有独到见解。尤其后者是本丛刊首次发表关于中小学诗词学习的论文，关乎未来诗人的成长。

为体现本丛刊"兼顾中外"的特色，第一、二、三辑曾设"域外汉诗"栏，自第四辑起，更名为"中外交流"栏，本辑所收蒋海波研究员《晚清江南文人在神户的诗文交流——以水越耕南〈翰墨因缘〉为中心》、黄仁生教授《论叶松石与明治诗坛盟主森春涛的汉诗交流与唱和》、吴留营博士《余达父旅日期间的诗歌创作与唱和活动》三文，皆选择中日近现代汉诗交流与唱和的相关问题展开研究，提供了新的材料与观点。以往关于中外近代以来汉诗交流与唱和的研究甚少，而日本为域外汉诗的重镇，明治维新以来，往往开亚洲风气之先。目前从中日汉诗交流的个案入手，实乃顺理成章之事。待以时日，或有探讨中韩或中西近代以来汉诗交流的论文刊发。

　　本辑从稿件的遴选到编校审订，都是在中华诗词研究院副院长杨志新先生与复旦大学中文系资深教授黄霖先生的指导下进行的。受其委托，黄仁生教授继续承担了本辑的主要编务工作。中华诗词研究院学术部副主任莫真宝博士从学术会议的筹备到丛刊稿件的选编与审订，襄助良多。复旦大学中国古代文学研究中心博士研究生王春在编辑过程中做过一些辅助工作，包括联系作者、细读文本、归置栏目、统一体例、核对引文、校对清样等，皆不辞辛劳。

编　者

谨识于庚子谷雨

图书在版编目（CIP）数据

中华诗词研究. 第六辑／中华诗词研究院，复旦大
学中文系编. 一上海：东方出版中心，2020.5
　ISBN 978-7-5473-1625-2

　Ⅰ. ①中… Ⅱ. ①中… ②复… Ⅲ. ①诗词研究—中
国 Ⅳ. ①I207.2

　中国版本图书馆CIP数据核字（2020）第061179号

中华诗词研究　·　第六辑

编　　者　中华诗词研究院　复旦大学中文系
责任编辑　赵　明
封面设计　钟　颖

出版发行　东方出版中心
地　　址　上海市仙霞路345号
邮政编码　200336
电　　话　021-62417400
印 刷 者　上海万卷印刷股份有限公司

开　　本　710mm×1000mm　1/16
印　　张　21.5
插　　页　2
字　　数　298千字
版　　次　2020年5月第1版
印　　次　2020年5月第1次印刷
定　　价　58.00元